BESTSELLER

Douglas Preston y **Lincoln Child** son coautores de una veintena de novelas aunque también escriben por separado.

Lincoln Child es un apasionado de las motos, los loros exóticos y la literatura inglesa decimonónica.

Douglas Preston, en cambio, prefiere los caballos, el buceo, el esquí y la exploración de la costa de Maine en un barco de pesca.

Ambos autores invitan a sus lectores a visitar su página web:
www.prestonchild.com

Biblioteca

PRESTON & CHILD

El aguijón del escorpión

Traducción de
Simon Saito Navarro

DEBOLS!LLO

Papel certificado por el Forest Stewardship Council®

Penguin
Random House
Grupo Editorial

Título original: *The Scorpion's Tail*

Primera edición en Debolsillo: abril de 2024
Primera reimpresión: octubre de 2024

© 2021, Splendide Mendax, Inc. y Lincoln Child.
Esta edición se publica por acuerdo con Grand Central Publishing, Nueva York, Estados Unidos.
Todos los derechos reservados.
© 2023, 2024, Penguin Random House Grupo Editorial, S. A. U.
Travessera de Gràcia, 47-49. 08021 Barcelona
© 2023, Simon Saito Navarro, por la traducción
Diseño de la cubierta: Adaptación de la cubierta original de Grand Central Publishing diseñada
por Flag: Penguin Random House Grupo Editorial / David Ayuso
Imagen de la cubierta: Composición fotográfica; montañas: Getty/E+;
calaveras: Getty/Digital Vision; mujer: Shutterstock

Printed in Spain – Impreso en España

ISBN: 978-84-663-7337-1
Depósito legal: B-1.869-2024

Compuesto en La nueva Edimac, S. L.
Impreso en Liber Digital, S. L.
Casarrubuelos (Madrid)

P 3 7 3 3 7 1

En memoria de William Smithback, Jr.
REQUIESCAT IN PACE

1

Desde que se graduara en la academia hacía ocho meses, la agente especial Corrie Swanson había aprendido a no tener casi ninguna expectativa. No obstante, lo que nunca había esperado era que debería entregar órdenes judiciales a adolescentes histéricos. Mientras regresaba a través de las montañas con el resto del equipo del FBI, pensó con alivio que estaba a punto de acabar un día duro.

Volvían de la ciudad de Edgewood después de entregar una orden judicial a un hacker con la cara llena de granos que rompió a llorar cuando abrió la puerta de la casa de su madre y los vio. Corrie se había sentido mal por el crío, y luego se sintió mal por sentirse mal, porque, después de todo, había entrado «solo por diversión» en una red confidencial del Laboratorio Nacional de Los Álamos. Ahora sus ordenadores, sus discos duros externos, su iPhone, su PlayStation e incluso el sistema de seguridad de la casa de su madre estaban en el Navigator negro con los vidrios tintados que seguía su coche con la agente Liz Khoury al volante y el agente Harry Martinez de copiloto.

Corrie iba sentada al lado de su jefe, el agente especial Hale Morwood, su supervisor, que conducía el coche menos atractivo para un ladrón que Corrie había visto en su vida: un modelo antiguo de camioneta Nissan con todos los extras, del color rojo de una manzana bañada en caramelo, con unas franjas de coche de carreras y un adhesivo de un dragón chino que cruzaba en diagonal el capó. Era la antítesis de la personalidad de Morwood. Cuando Corrie por fin reunió el valor para preguntar a su jefe por qué conducía aquello, su respuesta fue: «Me muevo de incógnito».

—Bueno —dijo Morwood adoptando su voz de mentor—, ¿ha tenido suficiente emoción por hoy?

Difícil o no, Corrie sabía que lo de hoy había sido una especie de premio. Había dedicado más horas que las que le correspondían al trabajo burocrático, se había esforzado en impresionar a Morwood e incluso había conseguido desempeñar un papel importante en un caso reciente. Era obvio que para Morwood aquello equivalía a un viaje de final de curso.

Aun así, también sabía que su jefe torcería el gesto si se deshacía en agradecimientos.

—Me he sentido un poco idiota llevando puesto el chaleco antibalas en una misión así.

—Nunca se sabe. En vez de gritarnos, la madre podría haber sacado un Magnum .357.

—¿Qué van a hacer con todo ese equipo informático?

—El laboratorio lo revisará para averiguar qué ha hecho y cómo, y luego volveremos y detendremos al chico... Y su vida habrá terminado.

Corrie tragó saliva.

—¿Le parece excesivo?

—Sinceramente, no se ajusta a mi idea de delincuente.

—A la mía tampoco. Un chico inteligente, de una familia estable de clase media, un estudiante de sobresalientes, con un futuro prometedor... En cierta manera eso lo hace peor que, digamos, un chico que crece en los barrios marginales de la ciudad y empieza a trapichear con drogas porque no conoce otra cosa. Nuestro chico tiene dieciocho años, es adulto y ha jaqueado un sistema que guarda información confidencial sobre bombas nucleares.

—Lo pillo, se lo aseguro.

Un momento después Morwood dijo:

—La compasión está bien, muchos agentes la pierden con los años, pero hay que equilibrarla con el sentido de la justicia. Tendrá un juicio justo ante doce sensatos ciudadanos estadounidenses de a pie. Así es como funciona… y es un sistema precioso.

Corrie asintió. Morwood era agente desde hacía veinte años y su falta de cinismo no dejaba de sorprenderla. Tal vez por eso lo habían elegido para ejercer de mentor de los agentes nuevos durante el periodo de prueba de dos años. Muchos de sus compañeros novatos —la mayoría de los tíos y algunas mujeres— tenían como mentor a un tipo duro y muy macho, cínico y amargado.

Cuando atravesaban Tijeras por la vieja Ruta 66, Morwood se inclinó y subió el volumen de la radio policial, cuyo murmullo había estado sonando de fondo.

«Altercado doméstico. Zona de acampada de Cedro Peak. Informan de disparos…».

Corrie abandonó sus divagaciones y prestó atención.

«Informan de una discusión doméstica y de disparos en una caravana. Posible víctima de disparos. Posibles rehenes. Lugar: zona de acampada de Cedro Peak, Nuevo México, 252, desvío de Sabino Canyon…».

—Maldita sea —dijo Morwood toqueteando el programa de navegación—. Está a la vuelta de la esquina. —Cogió el micro—. Aquí los agentes especiales Morwood y Swanson y Khoury y Martínez. Estamos en la Ruta 66 pasando por Tijeras, cogemos la 337 de Nuevo México en dirección sur. Llegaremos en diez minutos.

Morwood aceleró mientras hablaba con la persona de la centralita y los agentes que nos seguían en el otro coche. Los neumáticos chirriaron cuando tomó la salida 337 de la Ruta 66 en dirección a las estribaciones de las montañas Sandía al mismo tiempo que daba un manotazo a la sirena instalada en el salpicadero y encendía los faros ocultos. En el SUV enseguida hicieron lo mismo.

La agente de la centralita compartió con los agentes toda la información que tenía, que era bastante poca; básicamente, otros usuarios del camping habían llamado al 911 para informar de un incidente en una caravana extensible: una discusión acalorada, gritos de una mujer, disparos. Uno de ellos también había dicho que le había parecido oír llorar a una niña pequeña. Por supuesto todos los campistas se habían largado escopeteados.

—Al parecer, vamos a tener un poco de acción de verdad, no solo un hacker llorica —dijo Morwood—. Somos los primeros en responder al aviso. Revise su arma.

Corrie sintió que se le aceleraba el corazón. Sacó la Glock 19M de la funda que llevaba a la altura de la axila y extrajo el cargador, lo revisó, lo introdujo de nuevo y volvió a guardar la pistola. De acuerdo con el procedimiento estándar, ya había una bala en la recámara. Se alegró de no haberse quitado el chaleco antibalas.

—Discusión doméstica —dijo Morwood recuperando el modo mentor—. Como sin duda le enseñaron en la academia, puede ser la más peligrosa de las intervenciones. Es posible que el responsable no atienda a razones, esté nervioso y tenga impulsos suicidas.

—Correcto.

El velocímetro subió a los ciento diez kilómetros por hora, lo cual, si bien en sí mismo no era una velocidad excesiva, en una carretera de montaña con caídas escarpadas y escasos guardarraíles asustaba un poco. Los neumáticos protestaban tímidamente con un chirrido de goma en cada curva.

—¿Cuál es el plan? —preguntó Corrie. No los esperaba un crío con espinillas; esto era real. Se trataba de su primera intervención en una situación con una persona armada.

—Han llamado a un equipo SWAT y a un negociador del CNU, y el FBI ha avisado al CIRG. De modo que tomaremos posiciones defensivas, anunciaremos nuestra llegada, evaluaremos la situación y rebajaremos la tensión. En definitiva, daremos conversación al tipo hasta que lleguen los profesionales.

—¿Y si tiene un rehén?

—En ese caso, la clave es darle conversación, tranquilizarlo y centrarnos en convencerlo para que suelte al rehén. A no ser que se trate una crisis, cuanto menos hagamos, mejor. El momento más peligroso es cuando lleguemos y la persona armada nos vea. Así que nos presentaremos con toda la calma del mundo, sin gritos ni nada en plan agresivo. Debería ser coser y cantar. Será una buena experiencia para usted. —Hizo una pausa—. Pero si la cosa se tuerce…, limítese a seguir mis instrucciones.

—Entendido.

—Recuérdeme su nota en tiro.

—Esto… Cuarenta y nueve. —Corrie se sonrojó. Era un aprobado justo, y a él siguieron semanas de práctica en el campo de tiro, tan intensas que el dolor en los antebrazos le duró varios días. El tiro no era su fuerte.

Morwood respondió con un gruñido y pisó más fuerte el acelerador. La camioneta volaba por la serpenteante carretera de doble sentido que ascendía por las colinas cubiertas de pinos piñoneros y enebros. Cinco minutos tardaron en llegar al desvío del camping del Cedro Peak Group en el Bosque Nacional de Cibola, y otros cinco hasta un camino de grava. Morwood redujo la velocidad. Un par de minutos después llegaron al área de acampada, una pacífica cuenca con mesas de pícnic entre los pinos, un refugio común y espacios habilitados para encender hogueras, con la imponente sierra de Sandía detrás.

Corrie divisó al término de un camino circular una solitaria caravana enganchada a una camioneta Ford blanca. No se veía ni un alma en el resto de la zona de acampada, solo un puñado disperso de tiendas de campaña.

Morwood condujo su camioneta hacia el lado derecho del camino y les hizo una indicación por la ventana a Khoury y a Martinez para que fueran por el otro lado y se encontraran al final.

—Si nos dispara, agache la cabeza —dijo Morwood—. Voy a acercarme todo lo posible.

Detuvo la camioneta a menos de veinte pasos de la caravana.

Nadie les disparó. La caravana era una de esas que se extendían, con compartimentos para dormir a cada lado del espacio central común, cubierta con unas mosquiteras y unas cortinas de nailon blanco que no tapaban nada. De hecho, Corrie vio en el espacio común a un hombre que envolvía con el brazo el cuello de una niña pequeña y le apretaba una pistola contra la cabeza. Lloraba aterrorizada.

—Mierda —masculló Morwood. Se encogió en el asiento del coche y sacó la pistola.

El hombre no decía nada ni se movía; tampoco despegaba la pistola de la cabeza de la niña.

Corrie también sacó la pistola.

—Saldremos por este lado y usaremos la camioneta como parapeto. Quédese detrás del bloque motor.

—De acuerdo.

Los dos bajaron con cautela y se refugiaron detrás de la parte delantera de la camioneta. Morwood había agarrado el cable del micrófono del coche y lo llevaba con él. Habló al micro y el altavoz de la camioneta amplificó su voz pausada y neutra:

—Somos los agentes del FBI Hale Morwood y Corinne Swanson. Señor, voy a pedirle por favor que suelte a la niña. Estamos aquí para hablar con usted, eso es todo. Nadie va a resultar herido.

Un largo silencio. El hombre estaba iluminado a contraluz, de manera que no se veía la expresión de su cara a través de las mosquiteras, pero su pecho se hinchaba y Corrie oía su respiración jadeante. Y entonces reparó en la sangre que se escurría por la puerta y caía en regueros por la escalera de la caravana a la tierra.

—¿Ve la sangre? —le preguntó Morwood.

—Sí —respondió Corrie. El corazón se le había subido a la garganta. El tipo ya había disparado a alguien dentro de la caravana.

—¿Señor? Por favor, suelte a la rehén. Deje libre a la niña. Entonces podremos hablar. Escucharemos todo lo que tenga que decir y buscaremos una solución.

El hombre apartó la pistola de la cabeza de la niña y disparó dos veces a los agentes. Las dos balas pasaron muy lejos de la camioneta.

«No es la primera vez que me disparan —pensó Corrie—. Puedo manejarlo. Además tiene muy mala puntería».

Morwood continuó sin variar el tono:

—Por favor, deje que la niña se vaya. Si necesita algo de mí para soltarla, puede pedirme lo que sea.

—¡No necesito una mierda de usted! —gritó de repente el hombre, con tanta rabia y tan agitado que apenas se entendían sus palabras—. ¡Voy a matarla! ¡Joder, voy a matarla ahora mismo!

La niña se puso a chillar.

—¡Cierra la puta boca!

Morwood volvió a hablar, con voz serena pero firme:

—Señor, no va a matar a una niña. ¿Es su hija?

—¡Es la hija de la zorra, y voy a matarla ahora mismo!

Corrie vio que el hombre levantaba la pistola y les disparaba otras dos veces. Una de las balas impactó en la parte trasera de la camioneta. Luego volvió a encañonar a la niña en la cabeza.

—¡Va a morir, a la de tres!

Los gritos aterrados de la niña sonaron como una navaja cortando una lata.

—¡No! —gritó la pequeña con la voz ahogada—. ¡Por favor, tío, no lo hagas!

—¡Uno!

Morwood miró a Corrie y le dijo en voz baja y con tono urgente:

—Le doy autorización para disparar a matar. Iré hacia la derecha para buscar un ángulo lateral. Cúbrame. Si se le presenta una oportunidad clara de disparar, y quiero decir absolutamente clara, dispare.

—Señor...

—¡Dos!

Corrie sentía la pistola en la mano temblorosa como un

pesado bloque de plástico húmedo. «Tranquilízate y céntrate, por el amor de Dios». Echó un vistazo por encima del capó y puso el cuerpo en posición de disparar, con los brazos firmes. Eso la dejaba expuesta al tirador, pero el tipo tenía una puntería que daba pena. Repitió dentro de su cabeza: «Tiene una puntería que da pena».

Corrie apuntó a la cabeza del hombre y apoyó suavemente el dedo en el gatillo. Sujetaba a la niña delante de sí, y diez metros eran demasiados para un disparo seguro.

Morwood salió como un rayo de detrás de la camioneta, corrió con el cuerpo encogido hasta un pino que había a unos nueve metros a la derecha y se tiró al suelo, preparado para disparar.

Corrie mantuvo al hombre fijo en la mira de su pistola. Un disparo en la cabeza a aquella distancia con la Glock 19M era demasiado peligroso para la niña. Echó un vistazo a la izquierda y vio a Khoury y a Martinez detrás de su SUV, apuntando con sus armas. Oyó el sonido lejano de las sirenas del equipo SWAT que subía por la carretera.

Gracias a Dios, ya casi habían llegado.

—¡Tres!

Morwood disparó su arma, pero Corrie inmediatamente se dio cuenta de que era un disparo al aire para distraer al hombre e impedir que matara a la niña… Y vaya si lo distrajo. El hombre apartó la pistola de la cabeza de la niña y pegó dos tiros a lo loco. Al mismo tiempo, la niña se revolvió, se zafó de él y se abalanzó hacia la puerta, pero resbaló a pocos metros.

En ese momento el hombre estaba aislado, solo, y su silueta se recortaba claramente sobre la mosquitera. La niña se encontraba tirada en el suelo. Corrie tenía al hombre inmóvil en su mira.

Apretó el gatillo.

La pistola dio una sacudida y la bala se hundió en el hombro izquierdo de aquel individuo en vez de en la cabeza, adonde había apuntado. El impacto empujó hacia atrás ese lado del cuerpo del hombre, que giró el arma para devolver el disparo, pero estaba desequilibrado y disparó por impulso. Corrie vio el destello y el culatazo del arma justo cuando la niña se levantaba del suelo y ponía la mano en la birriosa puerta de la caravana. La pequeña cayó por la escalera; las trenzas revolotearon en el aire y las horquillas de la princesa Leia salieron volando.

—¡Cabrón! —Corrie corrió hacia la caravana antes de pensar siquiera en lo que hacía. Al mismo tiempo resonó la descarga cerrada de Morwood y los otros agentes. Las balas impactaron en el hombre, que dio una sacudida hacia atrás con el cuerpo convertido en una macabra imitación de la muñeca de trapo Raggedy Ann cuando atravesó la mosquitera de la parte trasera de la caravana.

Un segundo después Corrie había llegado junto a la niña y la recogió del suelo, dando la espalda al hombre. La pequeña no se movía y estaba cubierta de sangre. Y entonces, de repente, había miembros del equipo SWAT por todas partes. Corrie vio que una estridente ambulancia se detenía en medio de una nube de polvo y los paramédicos saltaban de ella. Corrió hacia ellos y los paramédicos la rodearon y le quitaron con sumo cuidado la niña de los brazos para depositarla en una camilla.

Corrie se tambaleó y uno de los sanitarios la sujetó del brazo.

—¿Se encuentra bien?

Paralizada y rociada de sangre, lo miró sin decir nada.

—¿Está herida? —insistió el hombre en voz alta y clara—. ¿Necesita atención?

—No, no, esta sangre no es mía —dijo enfadada, soltándose el brazo—. Salve a la niña.

Morwood apareció de repente a su lado y la rodeó con un brazo para sostenerla.

—Yo me ocuparé de ella —le dijo Morwood al paramédico. Luego miró a la agente—. Corrie, la acompaño al coche.

Ella intentó mover las piernas y trastabilló, pero Morwood la sujetó.

—Solo tiene que poner un pie delante del otro.

Corrie vio con el rabillo del ojo a los paramédicos frenéticos sobre el cuerpo de la niña.

Siguió las instrucciones que le murmuraba Morwood como buenamente pudo y él la ayudó a sentarse en el asiento delantero. Corrie se dio cuenta de que estaba hiperventilando y sollozando al mismo tiempo.

—Vale, tranquilícese. Ahora tranquilícese, Corrie. Está muerto. Respire hondo. Eso es, respire hondo.

—La he cagado —dijo Corrie ahogándose—. Fallé. Ha matado a la niña.

—Solo respire hondo... Eso es... Eso es... No ha hecho nada malo. Aprovechó su oportunidad, disparó y le dio. No sabemos cómo está la niña.

—Apunté a la cabeza y fallé. Fallé...

—Corrie, deje de pensar un momento y respire. Solo respire.

—Disparó a la niña. Ella...

—Escuche lo que voy a decirle. No hable. No piense. Solo respire.

Corrie intentó seguir sus instrucciones, intentó respirar, intentó no pensar, pero lo único que veía era el hombro del hombre girando, girando, mientras movía el cañón de la pistola para dispararle a ella, pero ese disparo precipitado fue directo a la niña... Y luego, su cuerpecito tirado en el suelo, las horquillas ensangrentadas de la princesa Leia sobre la tierra.

2

Dos semanas después

Cuando llegó al paso de Oso Peak, el sheriff Homer Watts se detuvo para descolgar la cantimplora del pomo de la silla de montar y tomó un trago de agua. Las vistas desde el paso eran espectaculares; el paisaje descendía por las estribaciones cubiertas de pinos piñoneros hasta el desierto, que se encontraba a muchos kilómetros de distancia y varios centenares de metros más abajo. Septiembre había traído un agradable frescor al aire de la montaña, impregnado de la fragancia de las hojas de los pinos. Era el primer día libre de Watts desde hacía ya tiempo y era maravilloso, un regalo de los dioses.

Dio una palmada cariñosa en el cuello a su caballo, Chaco, volvió a colgar la cantimplora y acarició las ijadas de la montura con las espuelas. Chaco se puso en marcha inmediatamente y enfiló por el camino que ascendía a la parte más alta de Nick's Creek. Watts llevaba todo lo necesario para pasar un tranquilo día de pesca: la caña de bambú para la pesca con mosca, metida en un tubo de aluminio; una caja con moscas y ninfas; una cesta; un cuchillo; una brújula; el almuerzo; la petaca con whisky y los dos viejos Colt Peacemaker de su abuelo, guardados en unas fundas casi igual de antiguas.

Recorría sin prisa el camino a lomos de su caballo, a veces en sombra y a veces bajo el sol, atravesando pinares y claros cubiertos de flores silvestres, arrullado por el suave balanceo de la silla. En la ladera de Oso Peak, los árboles daban paso a una vasta pradera. Tres ciervos mulos, un macho y dos hembras, pastaban en el otro extremo del prado. La repentina aparición de Watts los sobresaltó y huyeron. Watts se detuvo un momento para observarlos mientras se alejaban saltando.

Más allá de la pradera, a su izquierda, atisbó una lejana columna de humo en las estribaciones, en una meseta que se alzaba a los pies de las montañas. Detuvo de nuevo el caballo, cogió los prismáticos y echó un vistazo. Un incendio en esa época del año, cuando todo estaba seco como la yesca, sería desastroso. Pero los anteojos revelaron que no se trataba de humo, sino de unas irregulares nubes de polvo de arena multicolor en un lugar que conocía a la perfección, un asentamiento minero llamado High Lonesome, uno de los pueblos fantasma más aislados y menos saqueados del Suroeste.

«Nubes de polvo». ¿Qué significaban? Alguien estaba tramando algo. Y a juzgar por el tamaño de las nubes, probablemente no era nada bueno.

Watts se tomó un momento para reflexionar. Si seguía por la derecha, el camino lo llevaría a Nick's Creek y a un tranquilo día de pesca en un riachuelo burbujeante, con resplandecientes truchas de Clark en sus pozas y recovecos. Si seguía por la izquierda, lo conduciría a High Lonesome y a un día, quizá, de problemas y dificultades.

«Maldita sea». Watts sacudió con suavidad las riendas del caballo para que siguiera por la izquierda.

El camino discurría con pronunciados altibajos por un terreno que descendía abruptamente por las faldas de Gold Ridge. Los pinos cedían terreno a los enebros a medida que dejaba atrás las cumbres. Cuando rodeó la cresta, ante sus ojos apareció el pueblo fantasma, un poblado de construcciones de adobe y piedra diseminadas por la superficie de una meseta. Se detuvo para mirar otra vez con los prismáticos. Y su sospecha se confirmó: un buscador de reliquias. Vio al hombre cavando con una pala en el sótano de una de las casas en ruinas. Cerca de allí había aparcada una camioneta.

Se le aceleró el corazón. Conocía muy bien High Lonesome desde que su padre lo llevara allí por primera vez de acampada, cuando era un niño. El pueblo fantasma, remoto y apenas conocido, se había librado casi por completo de los saqueos y la destrucción esporádicos que habían asolado la mayoría de los asentamientos mineros abandonados del estado. Había sufrido algún que otro acto de vandalismo, naturalmente, sobre todo de adolescentes borrachos de Socorro que venían a las montañas para pasar un fin de semana de fiesta, pero nada a gran escala. Ni siquiera aparecía en las guías de los pueblos fantasma de Nuevo México, por el simple hecho de que era muy difícil llegar a él.

Pero ahí estaba ese hijo de perra profanándolo.

Watts tiró de las riendas para sacar al caballo del camino y continuó cabalgando a través de los pinos piñoneros. Quería atrapar al tipo antes de que lo viera y tuviese oportunidad de escapar. Si bien toda esa zona pertenecía al BLM, el Departamento de Gestión del Territorio, y, por lo tanto, estaba fuera de su jurisdicción, no dejaba de ser el sheriff electo del condado de Socorro y tenía la potestad de detener a ese cabrón y entregarlo a la policía del BLM.

El terreno finalmente se niveló y Watts puso el caballo al trote para salir del bosque al otro lado del poblado. El saqueador se encontraba al final del asentamiento, tapado por las casas que se interponían entre ellos. Watts se adentró en el poblado amparándose en las construcciones, acompañado por el murmullo del viento constante que soplaba entre las ruinas, y una planta rodadora cruzó la escena como en todas las películas del Oeste.

Según se acercaba, vio con claridad la camioneta y la reconoció; pertenecía a Pick Rivers.

«Pick Rivers». Eso sí que era un quebradero de cabeza, sin duda. Rivers había sido un mierdecilla pagado de sí mismo aficionado a las metanfetaminas —y todo el mundo sabía que se había dedicado a la venta de reliquias para conseguirla—, pero hacía dos años que estaba limpio, después de que una breve temporada en chirona lo acojonara, y no había vuelto a meterse en líos desde entonces.

Cuando llegó al final del pueblo, Watts ordenó a Chaco que se detuviera detrás de un edificio y desmontó, estiró las riendas y ató el caballo a un poste de madera. Le dio otra palmadita en el cuello y le susurró unas palabras cariñosas. Vaciló un momento, pero al final descolgó las pistoleras del pomo de la silla, sacó las armas y las revisó; después volvió a meterlas en las fundas y se abrochó el cinturón alrededor de la cintura. Solo por precaución. Rivers era uno de esos a los que les gustaba llevar el arma a la vista, y Watts sabía que solía moverse acompañado de un S&W .357 ligero sobre la cadera.

Watts dobló una esquina y vio el edificio en el que Rivers estaba cavando. Era una casa llamativa de adobe, de dos plantas, aunque la superior se había derrumbado casi por completo. Rivers se hallaba en el sótano, echando paladas de arena por el hueco de una ventana rota. Y estaba trabajando duro. Se preguntó qué habría encontrado.

Se acercó con cautela, con la mano apoyada en la empuñadura del revólver que le colgaba sobre la cadera izquierda. Era evidente que Rivers había dado con algo, pues se había puesto de rodillas y barría con las manos tierra y arena. Estaba tan absorto en lo que hacía y había tanto polvo en el sótano que no se percató de que Watts se aproximaba a él por detrás.

El sheriff buscó una posición que le ofreciera una buena visión a través de la trampilla del sótano de Rivers, que seguía retirando arena ensimismado, y luego gritó:

—¡Rivers!

El hombre se quedó paralizado, de espaldas a Watts.

—Soy el sheriff Watts. Sal con las manos en alto, venga.

Rivers no se movió.

—¿Estás sordo? Enséñame las manos.

Rivers obedeció, todavía sin volverse, y sostuvo en alto las manos a ambos lados de la cabeza.

—Lo he oído, sheriff —dijo.

—Bien. Ahora mueve el culo y sal.

—Voy a salir. —El hombre comenzó a levantarse y... de repente sus manos desaparecieron. Rivers se dio la vuelta empuñando el Magnum .357 con las dos manos y apuntó con precisión.

Watts desenfundó un Colt en el mismo instante en el que el .357 de Rivers disparaba con el estruendo de un cañón.

3

Cuando la agente especial Swanson salió del cuarto de baño, los dos agentes novatos que estaban en el pasillo interrumpieron su conversación bruscamente. Swanson pasó junto a ellos sin mirarlos y regresó a su cubículo en la delegación de Albuquerque, en Luecking Park Avenue Northeast. Se sentó y cogió el archivo del caso en el que estaba trabajando. Se encontraba en el rincón más oscuro de la sala, el más alejado de las ventanas. Era donde se aparcaba tradicionalmente a los novatos, que, a medida que ascendían en el cuerpo, también se acercaban un poco más al gran ventanal que ofrecía una vista panorámica de las montañas. Sin embargo, Corrie se alegraba de no tener que mirar por la ventana los tres mil trescientos metros de la sierra de Sandía, cubierta por el manto blanco de la primera nevada del año, porque lo único que hacía era recordarle su error. Era una amarga ironía: hasta hacía dos semanas, las vistas de las montañas le traían a la mente su mayor éxito como joven agente. Ahora se preguntaba si alguna vez volvería a mirar la montaña sin sentirse aplastada por la vergüenza y los remordimientos.

Después del tiroteo se realizó una investigación, previsible y rutinaria. Corrie no había recibido una reprimenda ni le habían impuesto una medida disciplinaria. De hecho, la elogiaron verbalmente por salvar la vida de la rehén a costa de arriesgar la suya. Gracias a Dios, la bala solo rozó a la niña. Le habían dado unos cuantos puntos y a la mañana siguiente la enviaron a casa con sus abuelos, junto con un ejército de psicólogos especialistas en duelo. Resultó ser que toda aquella sangre que había asustado a Corrie pertenecía a la madre de la pobre niña, a la que encontraron tendida en el suelo de la caravana, muerta.

Aun así, Corrie no se lo perdonaba. Tendría que haberle metido la bala entre ceja y ceja, incluso a diez metros de distancia. Tenía su cabeza en el punto de mira, estaba concentrada. La mira de la pistola no presentaba ningún defecto —lo sabía porque después lo comprobó en el campo de tiro—, simplemente había fallado el disparo en un momento crítico. Aunque no era la mejor tiradora entre sus compañeros, tampoco se trataba de la peor; cuarenta y nueve de sesenta en un QIT-99, un punto por encima de la nota mínima exigida, no era ninguna maravilla, pero una cuarta parte de sus compañeros ni siquiera había aprobado. Si su disparo hubiera dado en el blanco, habría sido un día redondo, lo habría terminado con una distinción y un incremento en la consideración de sus colegas, habría reforzado sus cimientos como una agente con un futuro prometedor. Por el contrario, solo recibió palabras ambiguas, miradas de soslayo y un simple «Buen disparo, tejana» en voz baja.

La había cagado y todo el mundo lo sabía. Una agente veterana se la llevó aparte y le dijo que no lo había hecho bien. En pocas palabras, Corrie, sin poder evitarlo, se había visto colocada en una posición en la que, en circunstancias normales, nunca debería estar. Pero sus colegas novatos parecían muy pagados de sí mismos, y eso le recordaba aquel dicho tan cruel: «No basta con hacerlo bien, otros tienen que hacerlo mal». Lo peor de todo era que Morwood, al contrario de lo que había esperado, no decía ni mu sobre el asunto, más allá de sugerir con indirectas que pasara más tiempo en el campo de tiro. No le había echado la bronca, pero tampoco la había respaldado. Tal vez solo fuera fruto de su imaginación, pero notaba a su supervisor un poco distante con ella. Y resultaba evidente que la montaña de archivos de otro caso sin resolver que había dejado encima de su escritorio era una forma de castigo.

Todos los días de las dos semanas que habían pasado desde el tiroteo, después del trabajo iba una hora a practicar al campo de tiro. En la última tanda había logrado una puntuación de cincuenta y uno de sesenta, más o menos la media, y estaba convencida de que con trabajo duro podría alcanzar los cincuenta y dos puntos, o incluso los cincuenta y tres. Pero Morwood no pareció impresionado cuando se lo contó. «Cualquiera puede conseguir una puntuación alta en el campo de tiro —le había dicho—. Pon a quien quieras en una situación con un hombre armado. Esa es la verdadera prueba». El comentario le había sentado como otra bofetada en la cara. Corrie había estado a punto de contestarle y pedirle que le dijera claramente si se refería a su actuación en Cedro Peak, pero se mordió la lengua y había respondido con un escueto: «Sí, señor».

—¿Corrie?

Era Morwood. Estaba apoyado en el marco de la puerta de su cubículo, con la tarjeta de identificación colgada del cuello. Reparó en que estaba dejándose largo el pelo cada vez más ralo de la coronilla. Su sonrisa parecía un poco forzada. Estaba segura de que continuaba decepcionado con ella.

—¿Tiene un momento?

—Sí, señor.

Corrie se levantó, salió del cubículo detrás de Morwood y lo siguió por el pasillo hasta su pequeño despacho, también con vistas a las Sandías.

—Siéntese.

Corrie se sentó evitando mirar por la ventana.

—Bueno, bueno —dijo Morwood juntando las manos sobre el escritorio—. Tengo un caso para usted. De hecho, es la persona más adecuada para ocuparse de él.

—Sí, señor —repuso Corrie.

El tono de su jefe, una pizca desenfadado de más, despertó sus sospechas. Estaba segura de que si fuera un caso bueno de verdad no se lo ofrecería a ella. Probablemente estuviera mandándola «a la playa», que era como se decía en el argot del FBI al hecho de enviar a un agente a dar los primeros pasos en la investigación de un caso insignificante que no podía estropear, y, si lo hiciera, nadie se enteraría ni haría preguntas.

—El sheriff de Socorro sorprendió ayer a un buscador de reliquias desenterrando unos huesos en medio de la nada. Restos humanos. La jurisdicción es del BLM. Se produjo un tiroteo del que salió perdedor el buscador de reliquias, un tipo llamado Rivers. Hirió al sheriff y él acabó con la rótula destrozada. Está en el hospital, bajo vigilancia permanente. Se le acusa de intento de asesinato de un agente de la ley. Los vecinos de Socorro no están muy contentos, así que es posible que la vigilancia sea tanto para protegerlo como para impedir que se escape.

Corrie asintió en silencio.

—Los huesos que Rivers desenterró parecían de alguien del siglo XX, a juzgar por los pocos restos de ropa visibles, pero el cadáver no parece reciente; me han dicho que podría tener unos cuarenta o cincuenta años. Podría ser cualquier cosa, un asesinato, un suicidio, un accidente… Ahí entra su formación en antropología forense, más que nada porque se ha encontrado en territorio federal. El sheriff parece un buen tipo, aunque un poco quemado… —Morwood hizo una pausa—. Socorro es un condado enorme y él es el único sheriff, así que está encantado de recibir su ayuda.

No era exactamente la clase de caso que Corrie había temido; después de todo, un representante de la ley había sido herido en un tiroteo. No obstante, aún podía terminar no siendo siquiera un caso y que solo se tratara de los huesos de un viejo vaquero que había recibido la coz de una mula en los tiempos de J. Edgar Hoover. Sin embargo, no estaba en posición de quejarse. Si algo sabía con certeza era que debía esconder toda manifestación de duda, trabajar duro y transmitir en todo momento la imagen de una prometedora novata, servicial y jovial.

—Genial. Gracias, señor. Lo investigaré encantada. Soy la más adecuada para ocuparme de este caso. —Esbozó una sonrisa. Socorro estaba a una hora en coche. Nunca había estado allí, pero tenía el presentimiento de que sería una de esas tórridas ciudades del desierto que salpicaban el estado—. ¿Estaré sola?

—Sí, hasta que se convierta en un caso real. Podría empezar pasándose por el Presbyterian esta tarde e interrogar al buscador de reliquias. Está programado que mañana se reúna usted con el sheriff… —Morwood revolvió los papeles que había encima de su mesa—, ah, Homer Watts. Él la llevará hasta los huesos. Al parecer están en un lugar dejado de la mano de Dios y es imposible llegar si no se conoce el camino.

«Homer Watts». ¿Acaso esta era la idea que Morwood tenía de una broma?

—¿Y a qué hora tengo que reunirme con el sheriff Watts?

—A las ocho en punto, en su oficina de Socorro.

«Eso significa que tengo que levantarme a las seis. No, a las cinco y media».

—Allí estaré. Y, gracias, señor. ¡Gracias por darme esta oportunidad!

Corrie reparó en la mirada larga y evaluadora de Morwood.

—Corrie, sé lo que está pensando. Y solo quiero decirle una cosa: nunca sabes adónde podría llevarte un caso. —Se recostó en la silla—. ¿Recuerda a Frank Wills?

—¿Era un agente del FBI?

—No. Trabajaba de vigilante de seguridad en un hotel. Una noche se dio cuenta de que habían puesto cinta adhesiva en una puerta para que no se cerrara.

Mientras esperaba a que continuara, Corrie se preguntó adónde querría ir a parar Morwood con esa historia.

—Parece una tontería —prosiguió Morwood—. En los hoteles lo hacen continuamente por comodidad. Pero Frank se quedó con la mosca detrás de la oreja y decidió avisar a la policía, sin importarle que pudieran reírse de él por llamar por una cosa tan tonta como un poco de cinta adhesiva en unas cerraduras.

Morwood esperó a ver la reacción de Corrie con una leve sonrisa en los labios.

—¿Qué pasó?

—El Watergate —respondió Morwood.

4

Corrie enfiló por un monótono pasillo de la tercera planta del hospital Presbyterian de Albuquerque. Por su experiencia, los hospitales eran, en el mejor de los casos, lugares desagradables, y el pasillo que recorría no parecía un modelo de eficiencia ni de consuelo. Las camillas se acumulaban a lo largo de las paredes como coches aparcados en segunda fila, la mayoría ocupadas por pacientes en distintos grados de consciencia. Los portasueros y los carros de la ropa sucia que encontraba a su paso eran obstáculos que debía sortear. El puesto de enfermería, donde todo el mundo estaba manteniendo una conversación acalorada al teléfono, parecía una revuelta callejera. Ya iba a abordar a alguien para pedir indicaciones cuando divisó lo que solo podía ser lo que buscaba: una puerta cerrada al final del pasillo, con sillas a ambos lados. Una de las sillas estaba ocupada por un agente de la ley, a cuyos pies había un periódico doblado y una taza de café.

Corrie se alisó la chaqueta con la palma de la mano y atravesó el caos, cuyo bullicio se atenuó a medida que se acercaba a la puerta cerrada. El hombre sentado en la silla lanzó una mirada en su dirección y Corinne se fijó en su uniforme de agente forestal del BLM. Era lógico, pues el tiroteo había tenido lugar en territorio federal, así que el BLM estaría al cargo de la custodia del detenido. El BLM tenía agentes especiales, pero pocos y muy diseminados, así que la tarea recaía en los que estaban en escalafones inferiores del cuerpo.

—Agente especial Swanson, FBI —se presentó Corrie cuando ya estuvo cerca. Le mostró la placa que le colgaba de una cinta que le rodeaba el cuello—. He venido para interrogar al sospechoso.

El agente forestal se puso en pie y miró la placa y la identificación de Corrie el tiempo suficiente para que resultara humillante. Finalmente asintió satisfecho.

—Mucha suerte —le deseó, entregándole un sujetapapeles con una hoja de registro de visitas.

—¿A qué viene eso? —preguntó Corrie mientras escribía sus datos.

—El tipo no ha abierto la boca desde que lo trajeron aquí, salvo para acordarse de los antepasados de las enfermeras cuando le revisan los vendajes.

El agente cogió de nuevo el sujetapapeles y abrió la puerta a Corrie. Luego volvió a cerrarla con llave. Corrie se detuvo nada más entrar para echar un vistazo alrededor. La habitación era aún más sencilla que lo que solían ser las habitaciones de hospital. No había cuadros ni televisor, ni siquiera un tocador, solo una cama de hospital eléctrica y, tendido en ella, con una muñeca esposada a la barandilla, el sospechoso.

Corrie avanzó hacia él. Había practicado interrogatorios de esas características y asistido como observadora a otros, pero era la primera vez que se enfrentaba a uno completamente sola.

—¿Señor Rivers? ¿Pick Rivers?

El hombre la miró con ojos inexpresivos. Era un cincuentón de estatura media y complexión delgada. Aunque llevaba una barba de varios días, tenía el cabello corto y arreglado.

Corrie le enseñó la placa.

—Soy la agente especial Swanson, del FBI. Me gustaría hacerle algunas preguntas.

No obtuvo respuesta. El hombre continuó mirándola con una cara que no delataba ninguna emoción ni el mínimo interés. Corrie esperó un momento y repasó mentalmente el interrogatorio que se había preparado.

—Se le acusa del intento de asesinato de un representante de la ley, con el agravante de intencionalidad. Y lo hizo en nuestra jurisdicción, lo que lo convierte en un delito grave de clase B; un delito federal. Empleó un arma letal, en concreto una Smith and Wesson .357, lo que supone otro factor agravante que se tendrá en cuenta cuando se decida su condena. En pocas palabras, le espera una larga temporada en la cárcel. Y, como probablemente ya sabrá, en el sistema federal no hay libertad condicional, así que cumplirá todos los años que le caigan. He revisado su historial, señor Rivers. Sé que pasó unos meses en un centro penitenciario del condado, pero el lugar al que irá ahora hará que aquello le parezca una guardería.

Hizo una pausa para ver qué efecto habían tenido sus palabras en el hombre esposado a la cama. A primera vista, ninguno. El detenido había recorrido con los ojos el cuerpo de Corrie de arriba abajo, pero eso era todo.

Corrie se acercó un poco más a Rivers para demostrarle que su silencio no la intimidaba.

—Pero aún podría hacer algo que lo ayudara. Como responder mis preguntas. ¿Por qué estaba cavando en un sótano de High Lonesome?

Ninguna respuesta.

—¿Había alguien más involucrado o trabajaba solo?

Silencio.

—¿Tenía alguna razón para creer que encontraría un cuerpo en aquel sitio? ¿O se topó con él por casualidad?

Más silencio.

—Llevaba años comportándose como un ciudadano respetuoso con la ley. ¿Por qué era tan importante ese hallazgo, hasta el punto de que le pareció que valía la pena intentar asesinar a un policía?

Rivers usó la mano libre para ayudarse a expulsar el contenido de una fosa nasal en una taza que había junto a su cama, pero por lo demás no emitió ningún sonido.

Su silencio chulesco empezaba a ser irritante. Corrie respiró hondo y se esforzó en mantener un tono calmado y neutro y en que su rostro no trasluciera sus emociones.

—Tiene una oportunidad de ayudarse, aquí y ahora. De lo contrario, le esperan unos años duros, muy duros.

Por fin, los ojos del detenido mostraron una pizca de interés y Rivers habló por primera vez.

—¿Duros?

Corrie intentó que no se le notara el entusiasmo que la embargaba por haber arrancado una palabra al detenido.

—Exacto.

—Bueno, le diré una cosa —repuso Rivers con una voz áspera—. Tal vez podríamos llegar a alguna clase de... acuerdo.

—Eso sería inteligente por su parte. —Corrie sacó una grabadora digital del bolso y la encendió a la vista de Rivers—. Ya le han comunicado la advertencia Miranda, pero, solo para refrescarle la memoria, cualquier cosa que diga puede ser utiliza en su contra.

Rivers sacudió la mano al oír aquello como si espantara una mosca.

—Ha dicho «duros» —repitió con una voz neutra, seguro de sí mismo.

Corrie asintió con la cabeza y echó una ojeada a la grabadora para asegurarse de que estaba encendida.

—Vaya, menuda coincidencia, porque a mí sí que se me ha puesto algo duro... Una zorrita mona como usted entra en mi habitación, yo estoy en la cama y eso. Así que responderé todas sus preguntas... después de que me la chupe.

Corrie lo miró a los ojos, momentáneamente muda, mortificada porque notaba que estaba ruborizándose. Hizo un esfuerzo enorme para no expresar su ira, para mantener la calma.

—Ah, y quíteme las esposas para que pueda guiar los movimientos de su cabeza con la mano.

Y en ese instante Rivers se echó a reír, en voz baja, de un modo provocativo.

Y seguía riendo cuando unos segundos después Corrie salió de la habitación, hizo un gesto al agente forestal para que cerrara la puerta con llave y enfiló con pasos enérgicos por el pasillo del hospital.

5

Socorro resultó ser tan terrible como había esperado, con el Río Grande a un lado, campos de regadío y algunas montañas áridas que se alzaban en el otro extremo de la ciudad. Aun así, era una cuadrícula llana de calles abrasadoras —insoportablemente abrasadoras, de hecho—, y, mientras se dirigía a la oficina del sheriff, el viento del desierto empujó un par de plantas rodadoras que cruzaron la calle delante de ella, como para recordarle dónde se encontraba. Mientras cogía la maleta con el equipo y bajaba del coche en el aparcamiento de la oficina, el largo aullido del silbato de un tren acentuó la sensación de desolación. Era justo la clase de lugar que había imaginado como destino para los agentes del FBI que la cagaban. Por enésima vez se dijo que le habían asignado un caso que parecía prometedor.

La oficina del sheriff, por el contrario, era un bonito edificio de adobe, rodeado por un aparcamiento de asfalto con unas grietas que se habían rellenado con más asfalto, de manera que daba la impresión de que una telaraña cubría el suelo. A pesar de que estaban a finales de septiembre, las botas de montaña de Corrie se pegaban al alquitrán mientras caminaba hacia el edificio.

El sheriff Watts salió a recibirla en cuanto entró en la oficina y Corrie se llevó la primera sorpresa de la mañana. Lejos de ser el entrañable sheriff bigotudo y con las mejillas caídas que había esperado encontrar, Watts tenía más o menos su edad (veintitrés años), era alto, atlético y guapo a rabiar, con el pelo negro y rizado, la frente lisa, los ojos castaños y una sonrisa de estrella de cine. Dos revólveres antiguos, a sendos lados de la cadera, complementaban su imagen, y un aparatoso vendaje le cubría el lóbulo de una oreja. Llevaba puesto un elegante sombrero de vaquero con una toquilla trenzada de crin de caballo, y pareció tan sorprendido al ver a Corrie como ella.

Cuando salieron de la oficina, Watts sugirió que fueran en su vehículo policial. Hizo ademán de ir a abrirle la puerta del jeep, pero entonces dio la impresión de que pensaba que eso no sería apropiado y se apartó para que fuera ella quien la abriera. Quedaba bastante claro que Corrie había anulado todos sus prejuicios sobre los agentes del FBI.

—Agente Swanson —dijo Watts sentándose al volante—, antes de salir hacia allí voy a pasar a recoger a un hombre llamado Charles Fountain, un abogado que sabe mucho sobre la historia local. Es una verdadera enciclopedia. He creído que podría arrojar un poco de luz sobre las cosas, y tal vez tenga la respuesta a algunas preguntas.

Corrie no esperaba que un civil los acompañase, pero no estaba en posición de oponerse.

—Gracias, sheriff.

Este asintió y arrancó el Jeep Cherokee, que tenía los colores y los adhesivos de un vehículo policial, entre ellos el de una gran estrella de sheriff. Corrie se preguntó si debería proponerle a Watts que se tutearan, pero decidió que no; era mejor mantener la formalidad.

—He oído que habló con Pick —dijo el sheriff mientras atravesaban lentamente la ciudad.

—Me sorprende que utilice su nombre de pila después de que intentara asesinarlo.

—Bueno, no lo consiguió, y no soy rencoroso —contestó Watts riendo—. Tiene muy mala puntería. Supongo que tuvo suerte.

—Yo diría que su suerte fue no acabar muerto.

—Ah, eso no fue suerte. Si hubiera querido darle en un

órgano vital lo habría hecho —afirmó Watts sin el menor atisbo de fanfarronería, como quitándole importancia.

Corrie reflexionó un momento. ¿Significaba eso que Watts había dejado de forma deliberada que Rivers disparara primero? Se dijo que sería grosero preguntárselo directamente, de manera que dio un rodeo.

—Hablando de tiroteos, no he podido evitar fijarme en esos revólveres con empuñadura de marfil que lleva.

Watts volvió a asentir con la cabeza, esta vez con una pizca de orgullo.

—Son unos Colt .45 Peacemaker, de acción simple, con el armazón «pólvora». De alrededor de 1890. Eran de mi abuelo. No quiere decirme de dónde los sacó.

—¿Por qué lleva dos?

Watts se encogió de hombros.

—Venían juntos.

—¿Y las pistoleras al revés? Las empuñaduras apuntan hacia delante.

—¿Nunca ha oído hablar de la técnica de desenfundar cruzando los brazos? Supongo que en la escuela del FBI no lo enseñan todo.

Corrie no respondió. Ella desenfundaría su Glock semiautomática antes que él esas reliquias en cualquier situación, pero prefirió no decirlo.

—Sin embargo, todavía no me explico por qué Rivers me disparó —añadió Watts—. Llevaba un par de años portándose bien. No se me ocurre qué podría tener de especial ese cadáver para que lo arriesgara todo.

Se detuvieron delante de una vivienda modesta pero cuidada. Antes de que Watts tuviera tiempo de bajar del coche, un hombre salió por la puerta. Corrie se llevó otra sorpresa al observarlo. En vez del abogado rural al estilo de *El diablo y Daniel Webster* que había esperado ver, fumando de una pipa hecha con un zuro de maíz y con unos tirantes rojos sobre una voluminosa barriga, Fountain era un hombre alto, seguramente sexagenario, y solo un poco corpulento. Llevaba puesta una chaqueta Barbour verde oscuro, sin duda la única que había en ciento cincuenta kilómetros a la redonda, tan arrugada que podría haber dormido con ella puesta. Estaba recién afeitado y una espléndida cabellera entrecana, con la raya en medio, le caía casi hasta los hombros. Miró a uno y luego al otro con unos pálidos ojos azules que rebosaban inteligencia detrás de unas gafas con las lentes redondas y la montura dorada.

Watts bajó del coche y le estrechó la mano. Corrie hizo lo mismo. El sheriff se encargó de las presentaciones.

—Tengo entendido que es abogado —dijo Corrie.

—Semijubilado —repuso Fountain con voz queda, melodiosa—. Y seguramente sea mejor así.

—No se deje engañar —advirtió Watts a Corrie—. Su reputación llega más allá de los límites del estado. No encontrará una mente más perspicaz en el mundo de la abogacía. Nunca ha perdido un caso.

—¿Es eso cierto? —preguntó Corrie sin poder contenerse.

—Solo en parte —respondió Fountain—. Perdí un par cuando trabajaba para la Fiscalía Federal.

—Pero ninguno desde que se hizo abogado defensor —terció Watts—. Es la voz. Nunca se la esperan.

—Usted lo ha dicho: voz y aspecto —dijo riendo Fountain—. Yo prefiero llamarlo «presentación conmovedora».

—Usa este aspecto desaliñado como si fuera un uniforme de trabajo —agregó Watts, que parecía haberse relajado al hallarse en compañía de una persona conocida, porque esta vez le abrió la puerta a Corrie sin pensar.

—Solo los acompaño para ponerlos en contexto como historiador aficionado —dijo Fountain mientras subía a la trasera del vehículo—. No interferiré en su trabajo.

Watts subió el aire acondicionado a tope y se pusieron en marcha para salir de la ciudad.

—El lugar al que vamos es un pueblo fantasma en las montañas Azul llamado High Lonesome. Es un antiguo asentamiento minero que quedó abandonado cuando el yacimiento se agotó a principios del siglo xx. Es uno de los pueblos fantasma más bonitos del estado, pero llegar a él resulta un infierno. Tenemos por delante dos horas de viaje. No tardaríamos tanto si fuéramos en línea recta, pero los caminos son tortuosos.

«¿Dos horas?», pensó Corrie. Tendría suerte si estaba de vuelta en Albuquerque antes de medianoche.

—¿Un poco de música? —preguntó Watts sacando el móvil y conectándolo al equipo de música del coche.

—Ah, sí, claro —dijo Corrie.

—¿Alguna preferencia?

—Mientras no sea canto gregoriano o rap, me da igual —respondió Fountain desde el asiento de atrás.

Corrie no creía que el sheriff Watts tuviera algo de la música que le gustaba.

—Elija usted.

—Les doy permiso para vetar lo que voy a poner —dijo Watts. Toqueteó el móvil y por los altavoces del jeep comenzaron a sonar los Gipsy Kings. No era la música que Corrie habría elegido, pero tampoco estaba mal y en cierta manera iba bien con el paisaje.

Watts conducía hacia el sur en dirección a una sierra irregular de montañas que se alzaban desde el desierto de color canela. El Cherokee se desvió para entrar en una carretera rural. Los continuos cambios de dirección enseguida desorientaron a Corrie en aquel desconcertante laberinto de caminos de tierra, donde el siguiente siempre estaba más bacheado y menos definido que el anterior. Llegó un momento en que el vehículo avanzaba a menos de diez kilómetros por hora, cabeceando, y Corrie tuvo que agarrarse al asidero del techo para no salir disparada del asiento. Según ascendían por las montañas, los pinos piñoneros daban paso a los pinos reales, que a su vez cedían el terreno a los abetos de Douglas y a las píceas. Al coronar un paso aparecieron ante ellos unas vistas fantásticas.

Watts detuvo el coche un momento y señaló con el dedo.

—Lo que ven al sur es el desierto de la Jornada del Muerto y la sierra de San Andrés. Están dentro de los límites del Polígono de Misiles de White Sands, donde los militares juegan con sus armas. Jornada del Muerto es el nombre de la antigua vía española que atravesaba el desierto a lo largo de ciento cincuenta kilómetros, desde Ciudad de México hasta Santa Fe. Estaba pavimentada con huesos y bordeada de cruces.

Corrie miró en la dirección que señalaba el sheriff y contempló el desierto de color canela, con vetas rojizas y parduzcas, que se extendía hacia el sur.

—Más al sur, al otro lado de las montañas, está White Sands —explicó Watts—. ¿Ha estado allí alguna vez?

—No. Solo llevo en la delegación de Albuquerque ocho meses. ¿Y usted?

—Muchas veces. He crecido en Socorro. Mi padre era ranchero. Cuando era niño llevaba nuestros caballos a todas partes. White Sands es uno de los lugares más impresionantes del planeta: dunas blancas como la nieve que se extienden cientos de kilómetros.

—¿Creció aquí?

El tono de incredulidad de Corrie provocó la risa de Watts.

—Algunas personas lo conseguimos —dijo Fountain con un tono simpático.

Corrie notó que se ruborizaba.

—¿Usted también nació aquí?

—Un poco al norte de Socorro —respondió Fountain—, en un lugar llamado Lemitar.

Corrie, que no sabía dónde estaba ese sitio, se limitó a asentir con la cabeza.

—No está tan mal como parece —continuó el abogado—. Hay muchos rincones para explorar. A la derecha tenemos la montaña Chimney, y allí está Oso Peak, donde Black Jack Ketchum y su banda tenían su guarida. Fueron un poco chapuceros cuando lo ahorcaron y acabó decapitado. Cuentan que su cuerpo cayó de pie y se mantuvo así un rato, hasta que se desplomó.

—Menudo sentido del equilibrio —comentó la agente del FBI.

Fountain se echó a reír.

—Y al sureste está la reserva de los mezcaleros. Una tierra hermosa. Es donde se instalaron los últimos apaches chiricahua de Gerónimo. Gerónimo, Cochise, Victorio…, todos esos grandes jefes indios recorrieron estas montañas.

Corrie percibió en la voz de Fountain un fuerte amor por la tierra, y, por alguna extraña razón, sintió envidia. Ella no profesaba cariño alguno por el lugar donde había nacido, Medicine Creek, en Kansas, y en sus planes no entraba regresar allí. Antes preferiría ir al infierno.

Watts pisó el acelerador y cruzaron el paso. El camino descendía como una montaña rusa hasta una serie de mesetas desérticas que partían del extremo meridional de las montañas. Bajaron casi todo lo que habían subido serpenteando por una sucesión de caminos escabrosos hasta que regresaron al desierto de pinos piñoneros y enebros, atravesado por arroyos y mesetas. Y entonces, de repente, el pueblo fantasma apareció ante ellos, encima de una meseta baja que descollaba sobre una llanura inmensa y extraordinariamente aislada. Watts continuó descendiendo por un par de tortuosos caminos erosionados y cinco minutos después entraban en el pueblo.

—Bienvenidos a High Lonesome —dijo el sheriff.

6

El anuncio fue recibido con un breve silencio.

—Hace honor a su nombre, el Solitario Alto —murmuró Corrie—. Es impresionante.

Una única carretera de tierra atravesaba de punta a punta el pueblo, flanqueada por casas de adobe y piedra en ruinas; algunas conservaban el tejado, otras estaban expuestas a los elementos.

—Eso de allí era el hotel —explicó Fountain señalando un edificio de dos plantas de piedra toscamente cortadas, con puertas torcidas de madera alrededor de la fachada—. El bar, tiendas, viviendas para los mineros, una iglesia… Fue un pueblo próspero cuando se descubrió oro en la cuenca a principios de la década de 1880 —continuó el abogado—. Al principio era una zona peligrosa, con los apaches de Gerónimo merodeando por aquí. Cuando por fin se rindieron, llegaron los prospectores y siguieron un depósito epitermal. La mina en realidad está en los barrancos de abajo. Es una sola galería horizontal de dura roca. Concluida la campaña de Gerónimo, hubo un montón de soldados licenciados dispuestos a trabajar en la minería. Procesaban las menas en un molino de pisón que estaba en las montañas, cerca de un riachuelo.

—¿Cómo es posible que un pueblo como este haya sobrevivido intacto tanto tiempo? —preguntó Corrie—. Podría ser un decorado para películas.

—Ya ha visto el camino para llegar aquí —dijo el abogado—. Y casi todos los edificios del pueblo se construyeron con adobe y piedra, no con madera, así que es difícil que se quemen. Sus habitantes lo abandonaron de manera brusca, lo cual, ironías del destino, ayudó a su conservación.

Corrie vio que los dos hombres intercambiaban una mirada.

—¿Qué pasa? —preguntó.

Fountain se aclaró la garganta antes de responder:

—Bueno, el final de la historia de este lugar es tan horrible como hermoso el paisaje que lo rodea. Cuando el yacimiento de oro empezó a agotarse, los propietarios de la mina presionaron en exceso a los trabajadores para que siguieran la cada vez más exigua veta. No apuntalaron la galería como era debido. El resto se lo puede imaginar. El túnel se derrumbó y una docena de mineros quedaron atrapados.

—Atrapados vivos, según se cuenta —añadió Watts—. Debió de ser una muerte lenta y horrible.

Fountain asintió con la cabeza.

—Si se aleja un poco del pueblo, encontrará lo que queda del cementerio. Una docena de lápidas de piedra, todas con la misma fecha en una esquina. Naturalmente, en las tumbas no hay cuerpos.

Atravesaron el pueblo y llegaron a un grupo de edificios diseminados cerca del borde de la meseta, con los muros de adobe derruidos y las vigas astilladas derrumbadas en el suelo. Watts detuvo el coche junto a uno de ellos y todos se bajaron.

—Seguí una columna de polvo hasta ese sótano de ahí —dijo Watts—. ¿Lo ve, detrás de esas otras casas? —Echó a andar en la dirección que había señalado y los otros dos lo siguieron—. Después de esposar a Rivers y estabilizarlo —continuó—, bajé para ver qué era tan importante como para dispararme. Ya había desenterrado la parte superior de un cráneo y una mano. Quince minutos más y probablemente lo habría sacado todo y se habría largado.

Corrie cogió una linterna frontal de la bolsa donde llevaba el equipo y se la puso junto con unos guantes y una mascarilla.

—Voy a echar un vistazo… sola, si no le importa.

—Por supuesto —dijo el sheriff.

Corrie se puso de rodillas con las manos apoyadas en el suelo y examinó el interior del sótano. Franjas de luz solar estriaban la oscuridad. El sótano conservaba el techo, aunque estaba combado en el lado izquierdo, y la arena arrastrada por el viento se había acumulado hasta la mitad de su volumen. Vio por dónde se había colado Rivers, el buscador de reliquias, pues había dejado sus huellas por todas partes. Era obvio que había cavado varios agujeros. El más profundo, el que estaba al lado de la pared de la derecha, donde se veía el cráneo que había mencionado el sheriff junto con los huesos de una mano, la manga ajada de una camisa y, cubriendo parcialmente todo eso, lo que parecía un guardapolvo o un impermeable.

Corrie se introdujo en el sótano y sacó la cámara para tomar unas fotos. La altura del suelo al techo era suficiente para caminar encorvado por aquel espacio. Se acercó a los huesos y volvió a arrodillarse para sacar más fotos.

Lo primero que le llamó la atención al observar a corta distancia los restos fue que todavía se conservaba mucha carne momificada alrededor de los huesos. Sacó una brocha del equipo y retiró la arena suelta que cubría el cráneo y el brazo, cuyos músculos fibrosos como tiras de carne curada sonaron mientras los limpiaba como si agitara una gavilla de espigas secas. Incluso constató la existencia de un poco de vello en el antebrazo, lo cual, a pesar de su entrenamiento, le produjo un leve acceso de náuseas. Según limpiaba los restos aparecieron más prendas, incluida una camisa de cuadros hecha jirones. En el dedo meñique de la mano había un anillo de oro. Corrie lo observó de cerca y distinguió las iniciales «JG» grabadas en él. Era evidente que Rivers no había tenido tiempo de quitárselo antes de que el sheriff lo sorprendiera.

Corrie retiró la arena que se acumulaba alrededor del cráneo y encontró más restos del guardapolvo podrido en torno al cuello del cadáver. A juzgar por la ropa y el flequillo que recorría el cráneo, no había duda de que se trataba de un varón.

Hizo una pausa. Sacar aquellos restos de toda la arena en la que estaban enterrados iba a ser un trabajo complejo. Si se trataba de la víctima de un asesinato y desenterraba ella los restos, pondría en peligro la integridad de la prueba. Se había formado como antropóloga forense; no era una arqueóloga titulada. Estaba cualificada para analizar los restos en su laboratorio, pero no tenía los conocimientos necesarios para extraerlos de forma adecuada del yacimiento. Por otro lado, si pedía un equipo de la ERT, la unidad de búsqueda y recogida de pruebas del FBI, los hacía venir hasta allí a ellos y su furgoneta —tres horas de ida y otras tres de vuelta por caminos infernales desde Albuquerque— solo para que al final descubrieran que se trataba de una muerte accidental…, quedaría como una idiota. Parecía evidente que lo que necesitaba era un arqueólogo que retirara los huesos correctamente.

Pensó en Nora Kelly.

Kelly era conservadora jefa en el Instituto Arqueológico de Santa Fe. Corrie ya había trabajado antes con ella. De hecho, su colaboración, aunque sin esperarlo, se convirtió en el primer, y único, caso importante en la carrera de Corrie.

Y además había sido un éxito. Primero… y único.

Arrodillada junto al esqueleto, Corrie le dio vueltas a la idea. Kelly llevaba unos meses supervisando una excavación en Sierra Nevada cuando Corrie había irrumpido en su campamento en el transcurso de una investigación relacionada con un asesinato y un saqueo de tumbas. Al principio las dos habían chocado —y Kelly podía ser un grano en el culo a veces, pues era testaruda y un poco pagada de sí misma—, pero no podía discutirse que era una profesional cualificada. Llegado el caso, sería una testigo experta idónea. Y Corrie estaba segura de que Morwood, que conocía a Kelly del mismo caso anterior, aprobaría que la metiera en la investigación. Kelly tenía lo que su supervisor habría llamado «determinación».

Además, Kelly le debía una.

Sacó una última serie de fotos, metió el anillo en una bolsa de pruebas y salió del sótano, deslumbrada por el radiante sol de septiembre. Watts y Fountain se habían puesto a charlar mientras la esperaban. Los dos se volvieron hacia ella.

—¿Qué tal? ¿Cómo ha ido? —preguntó Watts quitándose el sombrero y frotándose la frente.

—Bueno —dijo Corrie—, vamos a necesitar un poco de ayuda extra. Voy a traer un especialista para que desentierre los restos... Por si acaso fuera un homicidio.

—¿Para qué un especialista? —quiso saber Fountain—. Si se trata de un asesinato, quienquiera que lo cometió lleva mucho tiempo muerto.

—Podría ser, pero debemos conservar la integridad de la prueba. Eso significa que debe venir un arqueólogo profesional. Y cuanto antes mejor. —Mostró el anillo—. Este podría no ser el único objeto valioso que hay ahí.

—Me gusta el plan —aseveró el sheriff Watts con una sonrisa radiante. Echó un vistazo a su reloj—. Me muero de hambre, y no hemos traído comida. Hay una cafetería bastante decente en Socorro. Si nos damos prisa, llegaremos antes de que cierren a las tres.

Corrie dudaba que en Socorro hubiera una cafetería «bastante decente», pero también tenía hambre. Además, no le apetecía encadenar el largo viaje de vuelta a Albuquerque con el que le esperaba solo para salir de High Lonesome.

Fountain miró a una y luego al otro. Era obvio que Watts no lo había incluido en la invitación.

—No os preocupéis por mí —terció lacónicamente el abogado—. De todas maneras, estoy a dieta.

—Lo llevaré a su despacho —se ofreció Watts. Tendió una mano y Corrie le entregó la bolsa con la prueba—. Qué pena que las iniciales no sean «HW» —dijo mirando con detenimiento el anillo. Se lo devolvió a Corrie—. Parece que habría encajado perfectamente.

—Eso sería un delito grave de robo a un muerto —observó Fountain mientras subía a la trasera del coche—. Pero, no se preocupe, sheriff —continuó cuando emprendieron el largo viaje de regreso a la civilización por los caminos llenos de baches—. Yo podría salvarlo.

7

Las paredes de la pequeña cueva de los indios pueblo se habían enlucido con barro y pintado de rojo, pero los seiscientos años que habían transcurrido desde entonces le habían pasado factura. Nora Kelly examinó la pared del fondo a la luz de su linterna frontal. Tenía una mancha de hollín en una zona circular que parecía cubierta con una capa más gruesa de enlucido que el resto del espacio interior. Cuanto más la observaba, más convencida estaba de que el barro tapaba un agujero en el fondo del refugio.

Su estudiante de posgrado, Bruce Adelsky, entró y se arrodilló detrás de ella para mirar por encima de su hombro.

—Un trabajo de enlucido curioso.

—Eso mismo estaba pensando yo. —Nora golpeó con suavidad la capa de barro con el mango de su paletín de arqueóloga y sonó hueco.

—¡Ostras! —exclamó Adelsky—. ¡Detrás hay algo!

—Estoy casi segura de que es una tumba. Eso quiere decir que no lo tocaremos.

—¡Venga ya! ¿Lo dices en serio? —espetó Adelsky con una voz que delataba su decepción—. ¿Ni siquiera vamos a echar un vistazo rápido?

—La nueva directora es aún más estricta con el protocolo que yo. —Nora esbozó media sonrisa. La reputación del Instituto Arqueológico de Santa Fe estaba por los suelos después del escándalo que había salpicado a su anterior directora. Pero el instituto tenía el dinero y el poder necesarios para salir del agujero enseguida. Entretanto quedaba un mes para que se jubilara la actual jefa del departamento de Arqueología y Nora estaba en la lista de los candidatos para sustituirla. Conseguir el puesto de jefa de arqueología sería maravilloso; estaría al mando del «rebaño negro» del instituto, como se le denominaba de forma cariñosa, y supervisaría todas las excavaciones en las que la institución participaba activamente. Incluso había fantaseado con convertirse en la directora algún día. Esta excavación estaba siendo un éxito en el mismo grado en que la anterior había sido un desastre; iban por delante del calendario previsto, no habían surgido problemas ni controversias, contaban con el respaldo firme del ayuntamiento y habían obtenido buenos resultados. Además, no podían culparla de ninguno de los problemas que había ocasionado la excavación del campamento Donner, ya que su trabajo había sido casi impecable.

—Me parece interesante que enterraran a sus muertos en casa —observó Adelsky.

Nora le sonrió. Ese era otro factor a favor: Bruce había demostrado ser un estudiante de posgrado excelente, meticuloso y digno de confianza, completamente capaz de dirigir una excavación.

—A los antiguos indios pueblo les gustaba tener cerca a sus muertos —repuso Nora. Y, casi para sí misma, añadió—: Es interesante pero comprensible. —Echó un vistazo a su reloj—. Hagamos una pausa para comer.

Salieron agachándose para pasar por la entrada de escasa altura de la cueva. Nora se irguió y miró a su alrededor mientras se masajeaba la espalda. Aquella cueva era una de las muchas que se habían excavado en la toba volcánica en el norte de Nuevo México y formaba parte de un antiguo asentamiento llamado Tsankawi. Este colindaba con el monumento nacional de Bandelier, un complejo de cuevas, escaleras de mano, senderos y ruinas en una meseta. El paisaje desde la meseta era impresionante

—a los antiguos pueblo les encantaban sus vistas— y abarcaba todo el valle del Río Grande hasta las montañas de Sangre de Cristo, a más de treinta kilómetros de distancia, cubiertas por una capa de nieve reciente. Y todo esto, pensó Nora, solo estaba a unos pocos kilómetros del Laboratorio Nacional de Los Álamos, donde habían diseñado y construido la primera bomba atómica. El contraste entre las ruinas de un pueblo desaparecido y el nacimiento de la era nuclear produjo en Nora una sensación de disonancia cognitiva.

Mientras guardaba en la mochila las cosas que había utilizado durante la jornada, divisó a una mujer que se aproximaba por el sendero. Quizá fuera una turista intrépida —no sería la primera que visitaba las ruinas de Tsankawi—, pero, según se acercaba, la reconoció. Hizo algo más que reconocerla.

—Maldita sea —murmuró entre dientes.

—Oh, oh —dijo Adelsky mirando fijamente a la mujer—. Otra vez esa agente federal.

Nora se sacudió el polvo de los vaqueros con desazón, sin despegar los ojos de Corrie Swanson. Se preguntó qué querría ahora la agente. Por el amor de Dios, solo esperaba que no fuera a convertir esta excavación en un caos interminable como había hecho con la anterior. Nora descendió a regañadientes desde la entrada de la cueva para recibirla debajo del toldo extendido sobre el suelo del valle.

Corrie se acercó con la mano tendida.

—Hola, Nora —dijo la agente estrechándole la mano—. Espero no interrumpir nada.

—Bueno, eso depende —respondió la arqueóloga.

—Mi visita no tiene nada que ver con el campamento de la expedición Donner, si eso es lo que te preocupa.

Nora se sintió ofendida inmediata e instintivamente. «¿Parezco preocupada?». Sin embargo, se dijo que estaba siendo demasiado quisquillosa y arrinconó ese resquemor.

—Íbamos a comer —dijo—. Ven a la sombra y tómate un café.

—Encantada, gracias.

Nora la precedió. Cogió un gran termo y llenó una taza para Corrie y otra para ella.

—Siéntate. La leche y el azúcar están ahí.

Corrie se puso cómoda en una silla. Parecía dubitativa. Adelsky se sentó en una silla cercana y fingió que tomaba café, cuando era obvio que estaba esperando con las orejas tiesas a que la agente del FBI empezara a hablar. Nora pensó con cierta satisfacción que Corrie todavía desprendía un aroma a novata; aún no había desarrollado ese aire de autoridad y seguridad en sí misma que caracterizaba a los agentes de la ley. Y qué joven parecía. No debía de ser fácil para ella trabajar en una delegación del FBI llena de tíos más viejos. En ese sentido, Nora se identificaba con ella. Entonces ¿a qué venían esas prisas por deshacerse de la agente cuanto antes?

—¿Cómo está su brazo? —se interesó, esforzándose por ser amable.

—Curado del todo, gracias por preguntar.

Estaban sentadas en unas sillas de director alrededor de una mesa de trabajo de plástico. El bocadillo de Nora estaba en la nevera cercana, pero imaginó que sería de mala educación comer delante de Corrie. Adelsky no tenía esos reparos y sacó un bocadillo relleno a rebosar de mortadela que se puso a devorar.

Nora respiró hondo.

—¿Qué te trae aquí si no es el caso Donner?

—No tenía previsto presentarme así. Habría llamado antes, pero, bueno, aquí no tenéis cobertura y… me corre un poco de prisa.

Nora asintió.

—Iré al grano —continuó Corrie—. Hemos encontrado un cadáver en un pueblo fantasma de las montañas Azul. Necesito a alguien que lo desentierre correctamente.

—Alguien. ¿Te refieres a mí?

—Sí.

De repente Nora comprendió por qué la aparición de la agente la había puesto nerviosa. Era porque, de una manera inconsciente, había temido que le pidiera algo como eso.

—¿El FBI no tiene un equipo que se dedica a esa clase de cosas?

—Sí. Se llama unidad de búsqueda y recogida de pruebas.

—¿Y por qué no lo usa?

—El caso es que todavía no sabemos si el cadáver es resultado de un homicidio o de un simple accidente —respondió Corrie—. En otras palabras, aún no es un caso oficial. Es un trabajo pequeño. Puede hacerse en un par de horas. No se precisa una gran unidad forense ni armar mucho alboroto.

«En otras palabras, mi tiempo vale menos que el suyo». Nora dedicó a la propuesta más o menos otro segundo de sus pensamientos.

—Lo siento, pero estoy muy liada aquí. Nuestro permiso expira el 15 de octubre, cuando empieza a nevar en estas cotas. Tengo que acabar todo el trabajo antes de esa fecha.

—Lo comprendo —dijo Corrie—, pero no serán más que un par de horas de trabajo. Solo quiero asegurarme de que se hace correctamente y de que no se pone en peligro la prueba.

—Dudo que el instituto me dé siquiera un día libre.

—Todo lo contrario. Estoy segura de que no habrá ninguna objeción. Las instituciones locales suelen poner sus recursos a disposición de las fuerzas del orden. Se considera una cortesía.

—Una cortesía. —Nora se sentía una pizca irritada por el modo en que Corrie había planteado el asunto, dando a entender que si rechazaba su propuesta estaría siendo descortés. Novata o no, la agente especial Swanson demostraba una vez más que podía ser un grano en el culo.

—Además —añadió Corrie—, sería una buena publicidad para el instituto, lo cual… sin duda le vendría muy bien en estos momentos.

«¿Y quién tiene la culpa de eso?», estuvo a punto de espetarle la arqueóloga, pero se mordió la lengua. Esta maldita agente del FBI era como un perro con un hueso. De que este proyecto concluyera sin contratiempos dependían muchas cosas..., para Nora personalmente. Respiró hondo antes de hablar.

—Lo siento. Su argumento es bueno, Corrie, en serio. Pero le he dicho la verdad. Estamos desbordados por el trabajo y el plazo que tenemos es muy corto. Además vamos retrasados —mintió. Dirigió una larga sonrisa amistosa de rechazo a la joven. Tal vez si compartía con ella el bocadillo, se iría.

—¿Ha estado alguna vez en el pueblo fantasma de High Lonesome? —preguntó Corrie tras un breve silencio.

—Nunca he oído hablar de él.

—Está en una meseta con vistas al desierto de la Jornada del Muerto. Fue un asentamiento de mineros que extraían oro. El estado de conservación de los edificios es asombroso. Hay un hotel, un bar, una iglesia, cuadras... Y Gerónimo y Cochise solían merodear por aquellas montañas. Es un sitio espectacular en todos los sentidos.

Nora negó con la cabeza. No iba a morder el anzuelo.

—El cadáver que he mencionado lo encontró un buscador de reliquias en el sótano de un edificio bastante misterioso que se levanta aislado de los demás en el borde de la meseta. Da la impresión de que el muerto se refugió allí, o que fue el lugar donde se deshicieron de su cuerpo, hace unos sesenta o setenta años.

—¿Algún indicio de que pudiera tratarse de un asesinato?

—Es difícil saberlo. El buscador de reliquias solo tuvo tiempo de desenterrar el cráneo y parte del brazo derecho antes de que lo detuvieran. El cuerpo está momificado y enterrado en la arena que el viento ha arrastrado hasta allí. Yo no soy arqueóloga, pero parece que el hombre estaba acurrucado contra la pared.

—¿Momificado? —Nora descubrió que estaba intrigada..., pero solo un poco. La agente estaba poniendo toda la carne en el asador, pero lo cierto era que ni siquiera podía considerarlo. Y sería mejor que no oyera más. Negó con la cabeza de forma terminante, o eso esperaba—. Su habilidad como vendedora es admirable, Corrie, pero me pilla en un mal momento. Estoy contra la espada y la pared.

Corrie se quedó mirando el suelo con aire casi vacilante. Luego volvió a levantar la cabeza y miró primero a Adelsky y luego a Nora.

—Yo también. Verás, necesito que me hagas este favor. En el trabajo estoy hundida en un charco de mierda. —Otra vacilación—. En realidad estoy ahogándome en él, si soy sincera. ¿Oíste lo del tiroteo en las Sandías?

—Sí.

—Fui una de las agentes involucradas. Digamos que la cagué. Así que me han endilgado este caso. Supongo que es una especie de penitencia. O más probablemente la primera parada en alguna pirueta para sentarme en un escritorio a investigar delitos de guante blanco.

Nora frunció el ceño.

—¿Qué quieres decir con que la cagaste? Por lo que he oído, lo que ocurrió en las Sandías fue un éxito. Sacaron… Sacaste a la niña de allí sin apenas un rasguño.

Corrie se estremeció y luego sacudió una mano como para desprenderse de algo doloroso.

—No puedo contarte los detalles. —Miró otra vez de soslayo a Adelsky—. Pero espero que con lo que he dicho te haya quedado claro lo importante que esto es para mí.

Nora no podía añadir nada más, así que permaneció callada.

—Pensaba que —continuó la agente tras un silencio—, ya sabes, después de lo que pasó en Sierra Nevada, cuando yo, esto… —Hizo una pausa—. Bueno, detesto tener que sacarlo, pero… Hablando claro, te salvé la vida.

La descarada combinación de sinceridad y falta de tacto por un momento dejó sin palabras a Nora, pero entonces su irritación se desvaneció de un plumazo y no le quedó otra cosa que hacer que echarse a reír.

—¡Eres implacable! —exclamó Nora sacudiendo la cabeza—. Vaya, debes de estar hundida en la mierda hasta la cabeza. De acuerdo. Gracias, otra vez, por salvarme la vida en Sierra Nevada. Y, por cierto, de nada por evitar que murieras de hipotermia.

Fue el turno de Corrie de quedarse muda.

Nora abrió las manos con las palmas hacia arriba. Era difícil rechazar una petición como esa. Además, pensó, tal vez una colaboración desinteresada con el FBI contribuiría a mejorar la reputación del instituto y le daría un empujoncito adicional para lograr su ascenso.

—Tal como lo planteas, ¿cómo podría negarme? Qué demonios... Te ayudaré. ¿Cuándo? Tendré que hacer malabarismos, pero tal vez pueda sacar un día libre la semana que viene.

—El caso es que nos preocupa que se corra la voz y aparezcan otros buscadores de reliquias —dijo Corrie—. Al parecer son una especie endémica de esta región..., pero eso no hace falta que yo te lo recuerde.

Eso era verdad. Nora había visto más yacimientos prehistóricos saqueados o profanados de los que le gustaría.

—¿Estás diciéndome que corre prisa?

—Eh..., ¿qué tal te vendría mañana?

«¿Mañana?».

Corrie se ruborizó.

—Cuanto antes mejor —agregó.

—Ya, pero acabo de explicarte que...

—¿De qué servirá que hayas aceptado ayudarme si cuando vayamos lo han saqueado todo? A propósito... —Se volvió hacia Adelsky—. Todo lo que acaba de oír es información privilegiada, de manera que si la revela se arriesga, en fin, a ser acusado de un delito grave.

—¿Revelar el qué? —Adelsky les dio la espalda y se concentró en terminarse el bocadillo.

La agente miró de nuevo a Nora y, por primera vez desde que había llegado a la meseta, sonrió.

—¿Por qué retrasarlo? ¿Qué te parece si te recojo mañana por la mañana a las, no sé, siete y media? El viaje es un poco largo.

Nora tuvo que reconocer que a ella también le convenía no retrasarlo.

8

Corrie se había presentado en el apartamento de Nora al amanecer. Conducía un enorme Navigator negro con los vidrios tintados, la quintaesencia del vehículo del FBI. La parte de atrás del coche estaba abarrotada de cajas de plástico para pruebas, bolsas y contenedores. El viaje «un poco largo» resultó durar más de cuatro horas: dos desde Santa Fe hasta Socorro seguidas por —Corrie se lo advirtió, aunque con retraso— otras dos a través de las montañas por unos impracticables caminos de tierra. El resentimiento de Nora con Corrie por no haberla avisado con antelación se diluyó cuando se dio cuenta de que el viaje sería mucho más largo para la agente, que había ido a recogerla y la llevaría de vuelta a su apartamento, ya que Albuquerque estaba a una hora en coche de Santa Fe.

Dejaron atrás Socorro y giraron hacia el este para internarse en las montañas. Corrie consultaba en todo momento el GPS y unas notas garabateadas mientras daban bandazos y eran zarandeadas camino rural tras camino rural, el siguiente siempre peor que el anterior. Corrie detuvo el coche en una bifurcación.

—Mierda. El GPS no tiene señal.

—¿Nos hemos perdido? —preguntó Nora, cada vez de peor humor.

—¡No, no! Solo es que no estoy segura de… cuál es el camino correcto.

Nora esperó mientras Corrie toqueteaba el GPS.

—Maldita sea, creía que estas cosas funcionaban con las señales de los satélites. El mapa se ha quedado en blanco.

—Y así es —dijo Nora—, pero hay que descargar los mapas con antelación si vas a entrar en una zona sin cobertura. Es un truco que todos los arqueólogos hemos aprendido por las malas.

—Mierda —masculló de nuevo Corrie.

Nora abrió la puerta para bajar del coche.

—¿Qué haces? —preguntó Corrie.

—Voy a decirte en qué dirección debes ir.

La arqueóloga rodeó el vehículo y examinó los caminos que se separaban en la bifurcación; uno seguía en línea recta y el otro hacia la derecha. Luego dio media vuelta y subió otra vez al coche.

—Coge el de la derecha —dijo.

Corrie se la quedó mirando.

—¿Cómo lo has sabido?

Nora no pudo reprimir una sonrisa.

—Por las roderas. Pasaste por aquí hace un par de días, ¿no? Así que he buscado surcos recientes en la tierra. O sea, no creo que nadie más haya pasado por este lugar dejado de la mano de Dios. Sigue conduciendo y detente en todos los desvíos. Yo te indicaré por dónde debes seguir.

Corrie asintió con cara de pocos amigos, y Nora no sabía si era porque había tenido que reconocer que se había perdido o porque no se le había ocurrido a ella la fácil solución.

Continuaron el viaje y en cada bifurcación Nora bajaba del coche y buscaba en los caminos una zona de tierra húmeda donde se conservaran las marcas de los neumáticos. Por fin, a eso de las once y media, rodearon una cresta y de repente aparecieron ante ellas las casas de High Lonesome.

Cuando salió del vehículo, la arqueóloga se quedó anonadada. Había visto no pocos pueblos fantasma, pero ninguno como aquel. De pronto sintió que el viaje había valido la pena.

—No me puedo creer que un lugar como este haya sobrevivido hasta entrado el siglo XXI —dijo paseando la mirada en derredor.

—Sabía que dirías eso.

Nora se adentró en la calle principal y se detuvo para admirar los edificios que se erguían a ambos lados, algunos con los deteriorados letreros intactos. Había un hotel de dos plantas —Hotel High Lonesome, Bar, Habitaciones—, una cuadra, una casa de baños y, al final de la calle, una iglesia. La planta baja de la iglesia era de piedra y adobe, y la torre, de madera erosionada y se mantenía en pie, aunque torcida, como la torre de Pisa.

Todo el pueblo se alzaba sobre una meseta con vistas a un desierto tan vasto que parecía la representación del infinito. Nora llegaba a divisar a lo lejos la interminable llanura de la Jornada del Muerto, un desierto inclemente de color canela, rojo, negro y gris que se extendía pegado a las montañas. Hacía un día fresco de otoño, el cielo tenía el color azul de los huevos del petirrojo y el aire era frío y refrescante. Nora de repente se alegró de que Corrie la hubiera convencido y lo que quedaba de su enfado desapareció.

—No está mal, ¿eh? —dijo la agente apartándose los mechones cortos de cabello castaño de la cara y mirando a su alrededor.

—Nada mal —respondió Nora. Y, tras una pausa, añadió—: Por cosas así me encanta Nuevo México. Está lleno de lugares alucinantes como este. Has tenido suerte de ir a parar a la delegación de Albuquerque.

—¿Eso cree? A mí Albuquerque me parece un vertedero.

—Tiene sus encantos, solo hay que encontrarlos. Y mira el lado positivo: teniendo en cuenta la altísima tasa de delitos, los pocos recursos de los departamentos de policía y la incompetencia de la fiscalía, nunca te aburrirás.

—¿Es imaginación mía o detecto una nota de desprecio en tu voz?

Nora se echó a reír.

—No te estoy diciendo nada que no sepa ya toda la gente de Nuevo México.

Volvieron al Navigator y recorrieron despacio la calle principal. Giraron a la derecha al llegar a la iglesia. Como si fuera una señal, una conjura de cuervos, importunados por su llegada, echó a volar desde el campanario expresando su enfado con graznidos. Pasaron junto a la destartalada escuela, invadida por unos arbustos de flores amarillas y cercada por una valla de madera. Al llegar al final del pueblo, se dirigieron hacia un edificio aislado que estaba parcialmente derrumbado, cuyos erosionados muros de adobe semejaban dientes podridos. Corrie detuvo el coche y se apearon de él.

—¿Por qué esta casa tan grande estaba aislada de las demás? —preguntó Nora.

—Apuesto a que era la casa de putas.

—¿Sabes? Creo que tienes razón —repuso Nora.

Nora cogió del asiento trasero del coche la mochila con sus herramientas de excavación, el agua y el almuerzo. Se la colgó de los hombros y aspiró profundamente el aire fresco. High Lonesome. Si había un lugar en el mundo que hacía honor a su nombre era este. A pesar de todo el trabajo que la esperaba en Tsankawi, iba a ser un día interesante…, quizá demasiado.

Pensó que era improbable que el cuerpo fuera la víctima de un homicidio; seguramente se trataba de una muerte accidental: un hombre que se perdió y murió de sed o por el calor. Se tomó un momento para examinar el edificio en ruinas. Una parte del tejado se había derrumbado y en el suelo yacían las vigas secas y partidas. Una trampilla semienterrada en la arena daba paso al sótano, y se veían huellas recientes que entraban en él.

—Está en el sótano —dijo Corrie—. Apoyado contra la pared, con una parte del cuerpo desenterrada.

Nora asintió con la cabeza.

—De acuerdo. Iré a echar un vistazo.

—¿Te importa si bajo también y miro mientras trabajas? Prometo no molestar.

Nora dudó. Detestaba especialmente tener otras personas echándole el aliento en la nuca mientras trabajaba.

—Parece que el espacio es muy reducido ahí abajo —objetó la arqueóloga.

—En realidad es mi obligación, como agente responsable del caso. Si es posible.

Corrie volvía a ser ella misma, forzando los límites.

—De acuerdo —dijo Nora tras pensarlo un momento—. Ten cuidado de no hacer ruido.

Nora se descolgó la mochila y la tiró por el hueco de la vieja puerta, luego se puso de rodillas con las manos apoyadas en el suelo y gateó para pasar por el agujero y descender por la pendiente de arena. Una vez abajo, la altura era la justa para estar de pie sin golpearse la cabeza. Aquí y allá había pequeños hoyos: calicatas o, lo más probable, agujeros excavados a ciegas por el buscador de reliquias aficionado. Cuando sus ojos se adaptaron a la penumbra, Nora vio junto a la pared del fondo una zona en la que se había retirado la arena acumulada. Fue hacia allí y encontró el cráneo y el antebrazo desenterrados.

—¿Qué opinas? —preguntó Corrie a su espalda.

Nora no respondió de inmediato. Un sentimiento de consternación se apoderó de ella.

—Bueno, va a ser un trabajo arduo. Para realizar una excavación como es debido tendré que retirar todo lo que se ha acumulado alrededor del cuerpo hasta el suelo del sótano. Eso es mucha arena. —Dudó antes de añadir—: No creo que sea un trabajo que pueda terminarse en una tarde.

—¿No puedes simplemente desenterrar el cuerpo?

Nora suspiró. La gente parecía no comprender cómo había que hacer las cosas en la arqueología. Había visto demasiadas películas de Indiana Jones.

—No. No podemos simplemente desenterrar las cosas. Creía que ya lo sabías.

Corrie parecía desconcertada.

—Hay que excavar hasta llegar a lo que denominamos el «horizonte»; en este caso, el suelo del sótano. Podría haber objetos y efectos personales alrededor del cuerpo. Hay que ir estrato a estrato, y si la arena está suelta como aquí, debe hacerse con brochas.

—Vale, tú eres la experta.

Corrie parecía un poco tensa y Nora se preguntó el motivo. Quizá estaba saliendo otra vez la novata que llevaba dentro para intentar disimular su falta de confianza en sí misma.

Las explicaciones de esa clase —qué hacía y por qué— eran una de las razones por las que a Nora no le gustaba tener mirones durante una excavación. Ahora, una vez que sus ojos se habían adaptado del todo a la oscuridad, se dio cuenta de que había suficiente luz indirecta y no necesitaría la linterna frontal. Colocó la mochila a un lado, a cierta distancia del cuerpo, abrió la cremallera y sacó sus herramientas de trabajo: cuerda de color fosforito, estacas, una regla, una paleta, brochas, rodilleras, una mascarilla, una red para el pelo y guantes de nitrilo. Siempre llevaba guantes de más y, mientras se ponía los suyos, sacudió la cabeza en dirección a la agente.

—Tú también.

—Sí, claro.

Con brío y manos expertas, la arqueóloga tomó unas medidas, trazó un recuadro que marcó con estacas y unió estas con cuerda para dividir el espacio en cuatro cuadrículas de un metro cuadrado. Sacó algunas fotos y dibujó unos bocetos en su cuaderno de notas. A continuación introdujo los datos en un iPad, en el Proficio, el programa para arqueólogos que usaba para pequeñas excavaciones como esa. El programa no solo registraría cada estrato y objeto *in situ* en tres dimensiones, sino que también lo archivaría en una base de datos en la que podían realizarse búsquedas.

Después cogió una brocha de tamaño medio, se arrodilló y comenzó a retirar la arena del cráneo. Limpió la zona que rodeaba el pelo suelto y empezó a asomar la cara. Conservaba una gran cantidad de carne disecada y, mientras trabajaba, Nora se dio cuenta de que estaba delante de una verdadera momia, que se había conservado gracias al aire del desierto…, y una muy frágil. Algunos trozos de carne a duras penas se mantenían adheridos a los huesos, de manera que había que proceder con sumo cuidado. La consternación volvió a apoderarse de ella. No era un trabajo sencillo. Trabajaba muy despacio para que no se desprendiera ninguna parte del conjunto y de vez en cuando hacía una pausa para tomar fotografías.

Centímetro a centímetro fue desvelando el rostro.

—Mierda —musitó Corrie por encima de su hombro—. Mira esa cara. Debió de ser una muerte muy dolorosa.

Nora también estaba sorprendida. En la expresión del rostro estaba claramente grabado el instante de la muerte: la boca abierta como si gritara, la lengua fuera, parduzca y moteada como una colmenilla seca, los marchitos labios dilatados, dejando a la vista los dientes marrones, en un rictus de dolor y terror.

Nora siguió trabajando en los restos durante una hora. Luego se sentó en cuclillas y echó un vistazo a su reloj. Eran casi las dos. A pesar de lo truculento del trabajo, estaba hambrienta y sedienta.

—¿Comemos? —sugirió.

—Vale —dijo Corrie.

La arqueóloga se puso en pie y le crujieron los huesos. Cogió la mochila y salió del sótano a la brillante luz del sol. Se sentó en una viga y sacó un enorme bocadillo de rosbif que le había preparado su hermano Skip, con quien compartía casa en Santa Fe. Skip se encargaba de casi todas las comidas a cambio de un periodo de carencia en el alquiler.

Nora le dio un mordisco y miró de soslayo a Corrie, que se había quedado de pie y miraba hacia otro lado.

—¿No comes?

—No, no —respondió Corrie—. Estoy, esto…, a dieta.

Se quedó mirando su delgada figura.

—Quieres decir que has olvidado traer el almuerzo, ¿verdad?

—Bueno, sí, pero no te preocupes, no pasa nada. Es que he estado un poco distraída últimamente. El trabajo, ya sabes.

Nora partió en dos el bocadillo, que rebosaba mayonesa y salsa de rábano, y le ofreció una mitad.

—Ten. Yo no puedo comérmelo entero.

La agente vaciló un momento, pero al final lo aceptó y se sentó. Comieron en silencio unos momentos, hasta que Nora soltó la gran noticia.

—Siento decírtelo, pero este no es un trabajo de un día. Ni por asomo.

—¿No puedes acelerarlo un poco?

—No —contestó Nora, de nuevo irritada—, no puedo. Tú misma dijiste que querías que se hiciera correctamente. Y estoy segura de que te has dado cuenta de que esos restos son más frágiles que el papel.

—Pero... no es una tumba prehistórica. Solo necesito saber si se trata de un homicidio o no.

Nora se la quedó mirando.

—Os estoy haciendo un favor a ti y al FBI. Si quieres que siga, haré mi trabajo como es debido... de la manera que yo sé hacerlo. ¿De acuerdo?

—¿Cuánto tiempo crees que tardarás?

La verdad era que Nora no disponía del tiempo requerido. Tenía que zanjar ese asunto de la forma más suave posible.

—Al ritmo que va mi excavación, calculo que dos semanas.

—¿Cómo? Es broma, ¿no? Mi jefe va a subirse por las paredes.

—¡Me dan igual tu jefe y sus paredes! Tienes un problema más grave.

—¿Cuál?

—Yo. Debo cumplir con el plazo para acabar mi proyecto, ¿lo recuerdas? Te he hecho un favor reorganizando mi agenda para poder venir hoy aquí.

—Eso ya lo sé, y te lo agradezco, pero... —Corrie sacudió con frustración la mano en dirección al sótano derrumbado—. Tú misma puedes ver que esto es importante.

La arqueóloga suspiró.

—Es posible. Pero también está a cuatro horas y media en coche de Santa Fe... El viaje de ida y vuelta son nueve horas. Y ya son las dos. Como muy tarde podemos marcharnos de aquí dentro de una hora, y aun así no llegaré a casa hasta las ocho. Son muchas horas de carretera solo para trabajar tres horas.

Silencio.

—Te propongo una cosa —continuó Nora—. Volveré para ayudarte cuando acabe mi proyecto de Tsankawi. La excavación está casi terminada y enseguida nos pondremos a documentar y estabilizar el yacimiento. Debería tenerlo todo listo en dos o tres semanas.

—Gracias —dijo la agente tras reflexionar un momento—, pero sabes tan bien como yo que dentro de dos semanas no quedará nada, aparte de marcas de palas y huellas de botas.

Nora bebió un trago de agua. No había tenido en cuenta eso, pero Corrie seguramente tenía razón. Podía ocurrir que se corriera la voz o que alguien se topara con este sitio por casualidad. Miró alrededor y contempló el extraordinariamente bien conservado pueblo fantasma y las magníficas vistas del desierto.

—Aceptaste ayudarme —insistió Corrie—. Por favor, acaba lo que has empezado. No puedes dejarme en la estacada sin más.

Aunque Nora negaba con la cabeza, el argumento de Corrie le llegó al corazón. Y tenía que reconocer que el cadáver y la expresión de su cara la intrigaban. Se maldijo mentalmente por no haber hecho caso a su instinto desde el principio y rechazado la propuesta.

—Hay una opción —dijo lentamente.

Corrie se giró hacia ella.

—Volveré mañana, con equipo de acampada. Así podré trabajar doce o catorce horas en vez de tres… y terminar el trabajo en dos días. —Nora se dijo que Adelsky estaba preparado para tomar las riendas en Tsankawi; él podría ocuparse de documentar el yacimiento: sacar las fotografías, redactar las descripciones de los objetos y encargarse de la base de datos. Serían unas buenas prácticas para su estudiante.

—¿Acampada? —preguntó Corrie—. Mi supervisor nunca me dará autorización para eso.

—Bueno, tú no tienes que quedarte. De todas maneras, tampoco es que puedas ayudarme con el trabajo.

—¡No puedes acampar aquí sola!

—Traeré a mi hermano. Le encantará este lugar. Además tiene una Remington del calibre 12 que maneja bastante bien.

—¿Y tu perro? No puedo permitir que entre aquí.

—Mitty es de Skip, pero está pasando una temporada con nuestra tía, que acaba de perder a su marido y necesitaba compañía. Mira, no prometo nada. Todavía necesito el permiso de la nueva directora del instituto, pero creo que si solo son dos días no pondrá ninguna objeción.

—Pero… yo tengo que permanecer aquí contigo. Son las normas del FBI. También necesitaré un permiso.

—Bueno, pues date prisa en conseguirlo, porque es lo mejor que puedo ofrecerte. —Mientras hablaba, los ojos de Nora se desviaron hacia el sótano y el misterio que yacía en su interior.

9

Cuando Nora llamó a la mañana siguiente al despacho de la directora para pedirle dos días libres para colaborar con el FBI, su secretaria le respondió efusivamente: «¡Vaya coincidencia! Estaba a punto de llamarla. La doctora Weingrau quiere verla en su despacho a las diez».

Según se acercaba a la puerta tallada a mano del antedespacho de la directora, la arqueóloga se inquietó sin saber por qué. La doctora Marcelle Weingrau había aceptado el nombramiento después de una larga búsqueda de la junta del instituto tras la escandalosa caída en desgracia y el encarcelamiento de la directora anterior. Se había incorporado al instituto solo un mes antes y todavía no se había presentado a los empleados, salvo por una reunión informal. Tenía el presentimiento de que sería una líder distante y fría.

Weingrau venía de ser decana y profesora de antropología en la Universidad de Boston, y Nora achacaba su formalidad a su trayectoria académica en Nueva Inglaterra. Cuando llevara un tiempo en el Oeste tal vez se relajaría un poco. Su currículum había circulado en el momento de su contratación, y a Nora le llamó la atención que su doctorado versara sobre la antropología de los mayas de las sierras de Guatemala, donde había vivido varios años, y que hablara con fluidez español y quiché. Nora había buscado algunas de sus publicaciones y le parecieron decentes, aunque abusaba de jerga, y tenía curiosidad por conocerla mejor.

—Entre y tome asiento —dijo la secretaria de la doctora Weingrau.

La puerta del despacho de la directora estaba cerrada, pero Nora oía su voz mientras conversaba con un hombre con voz grave.

Nora se sentó y unos minutos después Weingrau abrió la puerta.

—Ah, Nora, qué alegría verla. Adelante.

Nora entró en el bonito despacho antiguo. Lo había visitado a menudo cuando lo ocupaba la directora anterior. Entonces estaba decorado con macetas de los indios pueblo y alfombras de los navajos pertenecientes a la colección del instituto. Sin embargo, Weingrau había retirado todas esas piezas para hacer sitio a sus diplomas, que ocupaban toda una pared al lado de fotos de ella entre los mayas de Guatemala, intercaladas con reproducciones de Chagall y de Miró. Si bien a Nora le gustaban esos artistas, le parecía que esas imágenes estaban fuera de lugar en el despacho del Colonialismo Español.

Un hombre joven se levantó de una silla que había junto al escritorio.

—Quería que conociera al doctor Connor Digby, nuestra última incorporación en el cuerpo de conservadores.

Digby dio un paso hacia Nora. Tenía la mandíbula ancha y la clásica buena apariencia de las universidades de la Ivy League, con su americana azul, los pantalones caqui y la corbata de reps a juego. Le tendió una mano con una sonrisa radiante en la cara.

—Nora Kelly —se presentó ella estrechándole la mano—. Encantada de conocerlo, Connor. —Nora mantuvo la sonrisa. No estaba al tanto de que se había reservado una partida de los presupuestos para el sueldo de otro conservador, aunque bien sabía Dios que el instituto no iba sobrado de mano de obra.

—Connor es una autoridad en la cultura mogollón, y ha realizado su trabajo de campo en México, en la zona arqueológica de Casas Grandes —explicó Weingrau—. Nora es nuestra experta en la antigua cultura pueblo del Suroeste. También tiene una dilatada experiencia en arqueología histórica, tanto en California como en Nueva York. Estoy convencida de que descubrirán que tienen muchos intereses en común.

—Seguro que sí —dijo Digby.

—Connor acaba de terminar su vínculo laboral con el INAH de México —añadió Weingrau—. Se unirá al instituto como conservador jefe.

«¿Conservador jefe?». De repente las piezas encajaron. Ese era su cargo actual. Si conseguía el ascenso, dejaría una vacante; así que Digby sería su sustituto. ¿Significaba eso que iban a ascenderla? Nora intentó contralar su expresión facial, mantener la calma y la compostura y no anticiparse demasiado a los acontecimientos.

—Por favor, siéntense.

Se sentaron en las sillas de piel a ambos lados del escritorio de Weingrau.

La directora continuó describiendo el trabajo de Nora con el instituto y luego explicó a esta con más detalle la experiencia y la trayectoria de Digby, las que serían sus funciones y por qué resultaría tan útil en un momento crítico en la historia del instituto.

Nora escuchaba a la directora mientras esperaba a que se hablara de su ascenso y se preguntaba cómo se tomarían los demás conservadores que Digby llegara de fuera para ocupar uno de los puestos de mando. Sin embargo, mientras Weingrau continuaba describiendo de qué modo colaborarían los dos, ella comenzó a darse cuenta de que, después de todo, quizá su ascenso no estaba en el orden del día de la reunión.

Ahora Weingrau estaba explicando que Digby ocuparía el despacho que estaba al lado del suyo, que llevaba vacío algún tiempo. Sabía que Nora estaría encantada de enseñarle las instalaciones del instituto, presentarle a los otros miembros del rebaño negro y ayudarle a encontrar un hueco en el laboratorio.

—Ustedes dos colaborarán estrechamente —declaró para concluir la directora—. No en los mismos proyectos, por supuesto, pero imagino que hallarán espacios de sinergia.

Nora asintió con una sonrisa esculpida en la cara, esmerándose para aparentar interés. Pero acababa de asaltarle un pensamiento desagradable: ¿significaba eso que en vez de un sustituto para su puesto actual ahora tenía un rival para el ascenso a jefa de arqueología? No, eso era imposible; incluso en el clima político imperante, en los ascensos se tenían en cuenta principalmente el mérito y la antigüedad. Ella acumulaba muchísima más experiencia que Digby, había publicado muchos más artículos y era por lo menos cinco años mayor que él —tendría que echar un vistazo a su currículum—. Además no se podían pasar por alto todos sus años al servicio del instituto. Solo estaba siendo paranoica; en los tiempos que corrían, eso no tenía por qué ser malo.

Por fin concluyó la reunión. Digby se puso en pie, volvió a estrecharle la mano y se marchó para hacer una visita a las salas del almacén. Cuando Nora también se levantó para irse, Weingrau le preguntó:

—¿Y por qué motivo deseaba verme?

Dios mío, Nora, casi le había olvidado.

—En realidad no era nada importante —respondió—. Fui al lugar que le comenté ayer, ese en el que el FBI quería realizar una excavación. Está perdido en las montañas Azul. Es un sitio de difícil acceso y requiere otros dos días de trabajo. ¿Le parece bien que lo termine? Bruce Adelsky puede llevar perfectamente la excavación de Tsankawi. Skip me acompañará, si puede prescindir de él en el instituto.

—Por supuesto —dijo Weingrau—. Tómese esos dos días... y todos los que necesite. Esta clase de cosas son justo las que deberíamos estar haciendo para contribuir a rehabilitar nuestra imagen ante la comunidad. —Y añadió—: Gracias a Dios que ahora tenemos a Connor para cubrir el hueco.

Nora salió del despacho con esa última frase resonando en su cabeza.

10

Corrie se había llevado una sorpresa cuando Morwood estuvo
de acuerdo con su propuesta... hasta que se le ocurrió que quizá
se lo había tomado como una oportunidad para no verla por la
oficina durante un par de días. Si era así, qué le iba a hacer. Ella
trataría ese caso como si fuera el más importante del mundo. Nora
lo había dejado todo atado con su ayudante, Adelsky, y se había
asegurado de dejarle una lista de tareas que lo mantendrían ocupado dirigiendo la excavación durante al menos dos días.

Habían regresado al pueblo fantasma dos noches antes, con
todo el equipo y los víveres necesarios. Nora había trabajado
desde el amanecer hasta el anochecer el primer día, y a la mañana siguiente se había puesto manos a la obra a las seis. Al atardecer había desenterrado por completo el cuerpo y el suelo del sótano en torno a él. Ya eran las diez de la noche y estaban sentados
alrededor de un agradable fuego después de cenar unos mereci-
dos filetes. Nora era una campista experimentada y su hermano
Skip la había acompañado como encargado de la cocina, el campamento y el entretenimiento musical. A Corrie le parecía un
buen tío; era alto y desgarbado, con una rebelde mata de pelo
castaño cortado sin estilo. Además era un excelente cocinero, y
al montar las tiendas de campaña las había dejado tensas como
un tambor. A Corrie le gustaba cómo se preocupaba por los
detalles del campamento y se aseguraba de que todo estuviera
perfecto. Y, si bien su talento para rasgar la guitarra e interpretar

clásicos vaqueros probablemente no le conseguiría un contrato discográfico, Corrie se sentía a gusto bajo el cielo estrellado, junto a un fuego mortecino, escuchando las melodías desconocidas para ella que salían de una Gibson desafinada. En opinión de Nora, la cualidad más encantadora de Skip era su curiosidad insaciable, y cuando oyó la historia sobre los mineros que habían muerto atrapados en la galería, no descansó hasta que visitó el cementerio, examinó una a una las lápidas y la acribilló a preguntas, para la mayoría de las cuales ella no tenía respuesta.

Concluida la excavación, Corrie sentía que se había quitado un peso de encima. La exasperante lentitud con la que Nora había desenterrado el cadáver había estado a punto de sacarla de quicio. La arqueóloga le daba a la brocha durante horas, luego retiraba la arena con una pera de aire y volvía a coger la brocha. Sin embargo, Corrie era consciente del enorme favor que le hacía y de las horas de trabajo que estaba dedicando. Al final de ese día, Nora había desenterrado todo el cuerpo. Su aspecto era extraño y horrible, y solo acrecentaba el misterio de lo que estaría haciendo allí ese hombre y la causa de su muerte. Al día siguiente, después de que Nora terminara de documentar el yacimiento, sacarían el cuerpo y los objetos asociados a él, los meterían en contenedores de pruebas y regresarían a Albuquerque. Corrie se alegraba de haber disfrutado de unos días lejos de la oficina; era la primera vez desde el tiroteo que se había sentido como algo parecido a una persona normal. Aun así, en sus adentros albergaba la esperanza de que el caso no fuera a más y, una vez concluida su penitencia, Morwood le asignara algo de mayor relevancia.

—Bueno —dijo Skip, sentado en un tronco delante del fuego—, ya que se ha acabado la jornada laboral por hoy, ¿a alguien le apetece un traguito de sotol? —Sacó de la mochila una botella que destelló a la luz del fuego cuando la sostuvo en alto y le dio un ligero meneo.

—Uf —repuso Nora—. Ya sabes que no puedo con eso.

—¿Qué es el sotol? —preguntó Corrie.

Nora sacudió la cabeza.

—Confía en mí: ni te acerques a él. Mejor tómate una cerveza. —Nora abrió la nevera, sacó dos Corona del hielo y le ofreció una a Corrie.

La botella tenía un aspecto tentador, con virutas de hielo resbalando por su cuello helado. Corrie se planteó seriamente si su jornada de trabajo de verdad había terminado y decidió que sí. La cogió.

—Sabia elección —la felicitó Nora. Abrió su botella y le dio un trago—. Y tú, Skip, no te pases con eso.

—No lo haré, no lo haré.

Se instaló el silencio mientras miraban ensimismados el fuego.

—Me pregunto si los esqueletos de esos mineros estarán enterrados debajo de nosotros —dijo al cabo de un rato Skip—. La mina estaba más o menos aquí, ¿no? Pensadlo un momento: una muerte lenta de hambre y sed, o quizá por asfixia; encima, en la más completa oscuridad. —Añadió bajando la voz—. La gente que muere de una manera tan horrible no descansa. Son espíritus… inquietos.

Nora le tiró la chapa de la cerveza.

—No empieces a inventar una de tus malditas historias de fantasmas para que nos muramos de miedo.

—¿Y bien? —terció Corrie—. Ahora que has desenterrado el cuerpo, ¿qué opinas?

—Bueno, no da la impresión de que nos encontremos ante un caso de asesinato. O al menos no de uno obvio.

—Vale, no es un caso obvio de asesinato, pero ¿sigue siendo una posibilidad?

—Es difícil saberlo. La posición fetal del cadáver es muy extraña, como si hubiera muerto envenenado o por congelación. O quizá sufriendo alucinaciones… Si te fijas en el brazo, es casi como si estuviera empujando a alguien o algo.

—Y esa mueca —apuntó Skip, que también había ejercido de mirón desde la distancia—. Ni invirtiendo un millón de dólares en gráficos generados por ordenador se podría crear una cara tan terrorífica.

—Le realizaremos un examen médico exhaustivo en el laboratorio —dijo Corrie—. Toxicología, patología, todo. Si lo envenenaron, lo sabremos.

—Quizá lo mató el mal gusto —sugirió Skip—. ¿Os habéis fijado en la camisa que llevaba puesta?

Nora hizo oídos sordos al comentario de su hermano.

—Los objetos que he desenterrado junto al cuerpo sugieren varias líneas de investigación —dijo la arqueóloga.

—¿Por ejemplo? —preguntó Corrie.

—El martillo de geólogo y la pala plegable. Podría haber sido un prospector. También tengo curiosidad por saber lo que hay dentro de su morral. A lo mejor encontramos alguna clase de documento de identidad.

—Haremos un inventario detallado de sus pertenencias en el laboratorio.

Nora vaciló un momento.

—Se me ha ocurrido otra idea. Esa bolsa de lona que había junto a él… No es una mochila, sino una alforja para mulas.

Skip soltó un silbido grave.

—¿Estás pensando…?

—Sí.

La agente miró a Nora.

—¿De qué se trata?

—Todas las alforjas constan de dos bolsas, una para cada lado del animal. Eso significa que la otra bolsa podría andar cerca. Y con ella, el esqueleto de la mula.

Corrie se encogió de hombros.

—Mañana registraremos el poblado.

11

Se levantaron antes de que amaneciera, salvo Skip, que se había pasado con el sotol a pesar de las advertencias de su hermana. Cuando Corrie salió del saco de dormir y fue recibida por el aire frío, se alegró de que Nora se hubiera levantado antes que ella para encender el fuego y preparar el café. Mientras tomaban sorbos del amargo brebaje, el sol asomaba por las cumbres del este y arrojaba una solitaria luz amarilla sobre el pueblo fantasma. Las sombras alargadas y las ventanas oscuras hicieron pensar a Corrie en un cuadro de Edward Hopper.

—Vamos a ver si encontramos la mitad perdida de la alforja de nuestro amigo —dijo Nora dejando la taza vacía—. Y los huesos de su montura.

—De acuerdo.

Decidieron separarse. La agente se quedó con un lado del pueblo y la arqueóloga con el otro. Mientras Corrie recorría las ruinas, los cuervos volvieron a alzar el vuelo y sobrevolaron en círculo el poblado, graznando. Había un montón de postes de vallas y otros sitios donde atar un caballo o una mula; casi demasiados, la verdad.

Pero entonces Corrie tuvo una idea: ¿por qué molestarte en atar un caballo cuando puedes dejarlo en un corral?

Se dirigió hacia las cuadras y encontró, como había esperado, una serie de corrales detrás del edificio en ruinas. La mayoría de los postes yacían en el suelo, pero es posible que medio siglo antes los corrales aún estuvieran en condiciones de albergar un animal.

Entró y echó un vistazo. Los corrales se hallaban invadidos de maleza seca y las plantas rodadoras se amontonaban contra las vallas. El suelo estaba lleno de basura: botellas rotas descoloridas, tramos enrollados de alambre de espino, hebillas de arreos oxidadas y cintas de cuero secas.

Corrie se quedó quieta un momento. En la esquina más alejada del corral divisó algo blanco. Fue hasta allí y descubrió el cráneo de un animal grande semienterrado en la arena, rodeado por los restos de un ronzal de piel. Apartó con los pies un par de plantas rodadoras y quedaron a la vista más huesos. El caballo o la mula había muerto al lado de la valla. Cerca de allí, junto a lo que claramente era la puerta del corral, dio con un trozo de lona podrida de los mismos grosor y color que la bolsa hallada en el sótano. Así pues, había encontrado la bestia de carga desaparecida. En el suelo, caídas de los restos de la bolsa de lona, había algunas prendas de ropa podridas.

La agente siguió curioseando por la zona e hizo otro hallazgo: un rollo de cuerda de escalada y un aro de alambre con clavijas, fisureros y mosquetones. Tenía la experiencia suficiente para identificar de inmediato todo aquello como un equipo de escalada.

Llamó a Nora, que no andaba lejos.

—Pobre animal —dijo la arqueóloga mirando los huesos esparcidos por el suelo—. Qué manera más horrible de morir.

Corrie asintió y se arrodilló junto a los huesos.

—Creo que podemos empezar a reconstruir el último día del sujeto: soltó a la mula en el corral, colgó al lado de la puerta una de las bolsas de la alforja y la silla y se refugió con la otra bolsa en el sótano. Allí murió, evidentemente de forma dolorosa. Después de dejar al animal encerrado en el corral para que también muriera.

—O quizá no —repuso Nora mientras retiraba parte de la arena que cubría el cráneo.

—¿Qué quieres decir?

73

Nora señaló algo y Corrie lo comprendió de inmediato. La arqueóloga había desenterrado la parte frontal del cráneo y Corrie veía lo que era sin duda el orificio de una bala. Había entrado en la cabeza, pero no había agujero de salida.

Nora agitó con cuidado el cráneo y se oyó un ruido como de sonajero. Miró en su interior y vio la bala, deformada y aplastada.

—Esta mula murió de un disparo —declaró.

—¿Por qué dispararía a su propio animal?

—No sabemos que lo hiciera él. Tampoco sabemos por qué murió en esa posición tan extraña, hecho un ovillo. Hay muchas cosas aquí que no tienen ni pies ni cabeza.

Se quedaron en silencio un momento.

—¿Y qué opinas del equipo de escalada? —preguntó finalmente Corrie.

—Apuesto a que estaba buscando la mina de oro en la pared de la meseta.

La agente volvió a asentir con la cabeza.

—Metamos todo esto en las cajas para pruebas.

A las diez estaba todo recogido, guardado y precintado, salvo el cadáver. Skip por fin se había levantado y había preparado un desayuno opíparo a base de tortitas con arándanos, beicon y huevos.

—Mover el cadáver va a ser todo un reto —comentó Skip con la boca llena—. Es más frágil que el ala de una mariposa. —Se metió otra tira de beicon en la boca y masticó ruidosamente.

—Tendremos que hacerlo entre todos —repuso Nora.

Después de desayunar volvieron al sótano cargados con una bolsa para cadáveres y una enorme caja de pruebas que semejaba un ataúd. El hombre estaba acurrucado contra la pared del sótano, vestido con un guardapolvo impermeable encima de una camisa de cuadros y unos pantalones de lona sujetos por unos tirantes de cuero. La ropa se hallaba tan seca que tenía los bordes marrones y se desintegraba. En algunas zonas la piel se desprendía en largas tiras mustias. Cerca de la cabeza conservaba los restos de un viejo sombrero de vaquero. Con una mano se agarraba el pecho y tenía la otra extendida, como si alejara de sí una amenaza.

—Muy bien —dijo Nora—. Ahora explicaré cómo vamos a mover el cadáver. Primero estiraremos la bolsa en el suelo a su lado. Luego, los tres colocaremos las manos debajo del cuerpo y, a la de tres, lo levantaremos con cuidado y lo pondremos en la bolsa; todo en un único movimiento fluido. Después introduciremos la bolsa en la caja. ¿Entendido?

Corrie y Skip asintieron con la cabeza.

Deslizaron las manos enguantadas por debajo del cuerpo; Nora en los hombros, Corrie en las caderas y Skip en las rodillas.

—Una, dos y tres.

Levantaron el cuerpo —increíblemente ligero— y lo depositaron con suavidad en la bolsa abierta.

Un olor extraño y desagradable, como de queso rancio, impregnó el aire. Corrie intentó respirar por la boca.

—Perfecto —dijo Nora.

—¡Eh! —exclamó Skip—. Se ha desprendido algo de la ropa. —Señaló un objeto que se había caído junto al cadáver dentro de la bolsa. Tenía más o menos el tamaño de una mano y estaba envuelto en un trozo de piel y atado con una correa.

Corrie se agachó para mirarlo de cerca. El envoltorio de piel estaba rajado y vio un brillo en su interior.

—Abrámoslo —propuso la agente—. Nora, ¿estás de acuerdo?

—No veo por qué no.

Corrie fotografió el objeto y luego la arqueóloga lo cogió con las manos enguantadas.

—Vaya —dijo sopesándolo—, sí que pesa. —Deshizo el nudo de la correa con suma delicadeza y desplegó el envoltorio de piel.

Ante sus ojos apareció una espectacular cruz dorada con incrustaciones de lo que parecían piedras preciosas que brillaban débilmente en la penumbra del sótano.

—¡Virgen santa! —exclamó Skip.

—Qué bonita —musitó Corrie.

Nora sostuvo la cruz en una mano y con la otra sacó una lupa del bolsillo, se la acercó al ojo y examinó el objeto, girándolo hacia un lado y el otro.

—¿Es auténtica? —preguntó Skip.

—Pesa lo suyo —respondió su hermana unos segundos después— y no hay ningún rastro de deslustre. No cabe duda… Se trata de oro macizo. La factura es formidable… La granulación y las filigranas tan exquisitas que casi son microscópicas. Y estoy prácticamente segura de que todas estas piedras también son auténticas: rubíes, zafiros, esmeraldas, turquesas, lapislázuli.

—¿Cuál es su origen? —preguntó Corrie.

Nora dudó.

—Si tuviera que jugármela, diría que es un objeto de la época colonial española, del siglo XVII o XVIII. Es uno de los objetos de oro más extraordinarios que he visto en mi vida.

—¿Cuánto puede valer? —se interesó Skip tras otro breve silencio.

—Buena pregunta —dijo con tono burlón Nora—. Desde el punto de vista arqueológico, su valor es incalculable.

—Pero si tuvieras que venderlo, ¿cuánto podrías sacar por ella?

La arqueóloga dudó antes de responder:

—La verdad es que no tengo ni idea. ¿Cien mil? ¿Medio millón? No se parece a nada que haya visto en un museo.

Skip silbó.

—¿Qué hacía este tipo paseándose con una cosa así por el culo del mundo?

«Otra buena pregunta», pensó Corrie.

Skip de repente se animó.

—¡Eh, a lo mejor llevaba encima más tesoros! ¡Echemos una ojeada!

—¡Quieto ahí! —lo contuvo Nora cuando ya se abalanzaba sobre el cuerpo—. Nada de registrarlo.

—Examinaremos los restos en el laboratorio —dijo Corrie—, y si hay algo más que descubrir, lo veremos entonces. Ahora metamos esa cruz de oro en la caja con el cuerpo y volvamos disparados a Albuquerque. El hecho de tener una cosa así en nuestro poder está poniéndome muy pero que muy nerviosa.

12

—Bienvenida a mi laboratorio de patología —dijo Nigel Lathrop. Su engolado acento británico resonó en el laboratorio mientras le sujetaba la puerta abierta.

A Corrie no le hizo mucha gracia ese «mi» en su recibimiento, pero mantuvo la sonrisa mientras lo seguía al interior del laboratorio. Morwood le había dejado caer un par de consejos velados a la hora de tratar con Lathrop. En apariencia, el patólogo forense llevaba en la delegación de Albuquerque del FBI toda la vida y se había ganado una reputación de excéntrico inofensivo que caía bien a todo el mundo. Morwood le había insinuado que en realidad era un grano en el culo… y que una de las tareas de Corrie consistía en ganarse su confianza.

«Es aprendiz de todo y maestro de nada —le había advertido Morwood—. Pertenece a una generación de cuando la ciencia forense no estaba tan especializada. Domina lo básico: el análisis de fibras y pelos, huellas digitales, el estudio de las salpicaduras de sangre, grupos sanguíneos… Cosas que corren prisa y que no es necesario enviar a un laboratorio nacional». Su supervisor le había dado a entender que Lathrop no se entusiasmaría con sus amplios y actualizados conocimientos de antropología forense. «Y si no le cae bien, no le costará nada retrasar su investigación o, peor aún, se quedará perplejo con algo fácilmente identificable para cualquier otra persona».

Corrie se prometió que se llevaría bien con él a toda costa.

Como resultado de ello sintió al mismo tiempo curiosidad e inquietud cuando le estrechó la mano fría y seca como una barandilla de hierro. Lathrop era un hombre menudo, con una perilla cana, labios finos y andares saltarines. Se las daba de campechano, pero la expresión de su cara era cualquier cosa menos amistosa.

Se encontraban en un anodino laboratorio en el sótano de la delegación de Albuquerque, rodeados de un equipo que no estaba envejeciendo bien. Corrie siguió a Lathrop entre montones de cajas de embalaje —entregadas pero no abiertas— y entraron en el estrecho y profusamente iluminado teatro de operaciones. Dominaban el espacio tres mesas con ruedas y canalones, en las que se exhibían los recientes hallazgos realizados en High Lonesome. En una mesa estaba el cadáver momificado, todavía dentro de la bolsa blanca con la cremallera cerrada; en otra se encontraban las cajas de plástico que contenían el esqueleto de la mula; y en la tercera, diseminados, varios objetos putrefactos.

Lathrop se cambió la chaqueta de tweed por una bata blanca de laboratorio que colgaba de una percha. A continuación cogió unos guantes de nitrilo de un soporte que había en la pared y se los puso, se cubrió la boca con una mascarilla y se colocó un gorro. Corrie hizo lo mismo.

—Bueno, bueno, veamos qué tenemos aquí —dijo acercándose a la gran mesa de exámenes. Se inclinó sobre la bolsa del cadáver, abrió rápidamente la cremallera y ensanchó la abertura para observar con los labios fruncidos el cuerpo—. Ayúdeme a sacarlo.

Corrie lo ayudó con la bolsa. El cuerpo momificado seguía en posición fetal y envuelto en el guardapolvo, con un brazo levantado y el otro encogido. Cuando lo depositaron en la mesa, cayeron unos regueros de arena de las grietas y las fisuras en la carne seca y la ropa podrida que formaron unos montoncitos.

Lathrop se paseó alrededor del cuerpo con las manos enlazadas a la espalda y de vez en cuando soltaba algún «humm...» o «¡ah!».

Se acercó a las otras mesas y echó un vistazo a los huesos de la mula y las bolsas podridas. Se detuvo en la cruz, que estaba al lado de su envoltorio de piel. La cogió con delicadeza y la giró, luego la levantó hacia la luz.

—¡Impresionante! —exclamó. Volvió a dejar la cruz en la mesa y se giró hacia Corrie—. Parece ser que voy a estar muy ocupado. ¿Cuándo le gustaría recibir el informe?

Corrie se aclaró la garganta.

—En realidad esperaba poder trabajar con usted.

Las cejas de Lathrop salieron disparadas hacia arriba.

—¿Eh?

Corrie contuvo un arrebato.

—Tengo un grado en antropología forense, que es la razón por la que me asignaron este caso. ¿No ha hablado el agente especial Morwood con usted sobre esto?

—¡Ah, sí, sí! Le ruego que me disculpe. Morwood me mencionó su formación. Estoy acostumbrado a trabajar solo, pero siempre viene bien un poco de ayuda. Estoy encantado con la idea, encantado.

Lathrop parecía cualquier cosa menos encantado con la idea.

Corrie se recordó que, a pesar de ser una agente especial, en la jerarquía estaba por debajo de Lathrop. Él era un veterano de la delegación de Albuquerque y ella una novata…, y una que recientemente la había cagado. No conseguiría nada enzarzándose en una competición de gallitos con él para determinar quién estaba al mando, sobre todo después de las advertencias de Morwood.

—Bueno, nos enfrentamos a un problemita exquisito, ¿verdad? —Lathrop se frotó las manos y se pasó la lengua por los labios, como si estuviera a punto de ponerse a comer, mientras caminaba alrededor de la mesa donde estaba el cadáver. Corrie percibía que se encontraba fascinado con el cuerpo: no era un aburrido caso rutinario—. Pongámonos manos a la obra —dijo—. Yo comenzaré con el cuerpo mientras usted examina los objetos.

—Me especialicé en antropología biológica —repuso Corrie, intentando dar a su voz una pizca de autoridad sin sonar borde—. Tal vez lo más apropiado sería que yo trabajara con los restos humanos también.

Lathrop frunció el ceño.

—Supongo que sí.

—Pero antes —añadió Corrie—, ¿sugeriría usted que lo examináramos con rayos X?

—Naturalmente. —Lathrop encendió la pantalla plana, pulsó unas teclas en el teclado y activó los rayos X.

El silencio reinaba en la sala mientras examinaban las imágenes cuadrícula a cuadrícula, empezando por el cráneo. Corrie había querido realizar una tomografía computarizada al cuerpo, pero Morwood lo había vetado porque era muy caro y porque todavía no era oficialmente un caso.

—La dentadura no se la han tocado —apuntó Lathrop—. Por lo tanto, no habrá registros dentales que puedan ayudarnos con la identificación. Es una pena.

Corrie intentó concentrarse en las imágenes. Durante su formación como forense se había quedado consternada al descubrir lo fácil que era dejar pasar algo que más tarde, cuando se señalaba, era evidente. Estaba decidida a no pasar por alto nada que Lathrop pudiera ver, principalmente porque no quería que la mangonease.

—Mire eso —dijo la agente—. ¿No es una fractura casi imperceptible en el hueso frontal y otra en el esfenoides?

—Ya lo veo —repuso Lathrop manipulando las imágenes para ampliarlas e incrementar el contraste—. Sí, son casi imperceptibles, pero están ahí.

Bajaron por el cuerpo.

—Y aquí hay otra —dijo la agente señalando una costilla—. Otra fractura pequeña.

Lathrop miró con detenimiento y amplió la imagen.

—No veo signos de formación de callos óseos —observó Corrie—. Parecen haberse producido *perimortem*.

Lathrop expresó su conformidad con un gruñido.

—Mire, otra —dijo Corrie—. Y otra. En la cuarta, la quinta y la sexta delanteras. ¿Las ve?

Lathrop no emitió ningún sonido.

—Todas estas fracturas están en la parte delantera —continuó Corrie, sin poder disimular su entusiasmo—. Y *perimortem*. Da la impresión de que sufrió una caída justo antes de morir. ¿Qué opina?

—¿No cree que deberíamos esperar al examen físico antes de extraer conclusiones? —respondió Lathrop con los labios fruncidos. En su voz se detectaba un tono sarcásticamente quisquilloso.

Corrie tragó saliva y contuvo su irritación.

Cuando hubieron completado el examen mediante los rayos X en silencio, Lathrop se volvió hacia ella y dijo:

—Le enseñaré cómo se realiza la grabación de vídeo para el examen visual.

«Eso está mejor», pensó Corrie. Observó a Lathrop mientras encendía el sistema de vídeo y lo probaba, intentando memorizar todos los pasos.

—Ahora es cuando empezamos a trabajar —anunció Lathrop—. Los dos decimos en voz alta la fecha, la hora, el lugar, nuestros nombres y nuestros títulos. Después, mientras trabajamos, vamos describiendo lo que hacemos. ¿Le ha quedado claro, jovencita, o quiere que se lo repita?

—Me ha quedado claro. —Había practicado muchas veces las grabaciones de vídeo durante sus clases de patología en la escuela John Jay de Justicia Criminal. La única diferencia era que en la John Jay tenían un equipo mejor.

Se pusieron a trabajar en el cuerpo, cada uno en un lado. Lathrop comenzó a cortar el guardapolvo con la ayuda de Corrie. El forense cortó una manga y continuó por la parte delantera de la prenda con el fin de retirarla en pedazos sin alterar el quebradizo cuerpo. Luego doblaron el guardapolvo, lo guardaron en una caja de pruebas y la precintaron.

—Se advierte una mancha marrón en la pechera de la camisa —dijo Lathrop—. Hay más manchas alrededor de la nariz. Podría ser que el sujeto sangrara abundantemente por la nariz poco antes de morir.

Corrie quiso decir que esa prueba reforzaba la teoría de la caída, pero se reprimió y se reservó el comentario. Guardó silencio y dejó que Lathrop hiciera casi todos los comentarios para la grabación. Después de examinar y fotografiar las manchas de sangre, cortaron la camisa, la camiseta interior y los pantalones y los guardaron en cajas de pruebas que precintaron de inmediato. Las botas plantearon más dificultades, ya que habían encogido y se habían deformado, así que tuvieron que cortarlas con mucho cuidado. Aun así se desprendió un trozo de un pie que estaba adherido a la bota y tuvieron que despegarlo del cuero.

Corrie esperaba encontrar más tesoros ocultos en la ropa, una cartera o algún documento de identidad, pero no apareció nada más, salvo unas monedas en el bolsillo. Corrie las sacó y las ordenó sobre la mesa: dos de cuarto de dólar, cinco de cinco centavos y cuatro de un centavo.

—¿No deberíamos mirar las fechas de acuñación? —sugirió Corrie cuando Lathrop hizo el ademán de guardarlas en una caja de pruebas.

Lathrop se quedó inmóvil mientras Corrie revisaba las monedas y anotaba las fechas, que abarcaban desde 1922 hasta 1945. Esta última fecha era de un centavo que apenas había circulado, lo cual le llamó la atención.

—Parece un *terminus post quem* de 1945 —dijo Lathrop examinando el centavo con una lupa.

—Tuvo que morir en 1945 o después, pero no antes —repuso Corrie.

—Querida, eso es lo que significa *terminus post quem* —replicó Lathrop mirándola como un profesor decepcionado.

«Gilipollas», pensó Corrie sonriendo. ¿Había estado soñando despierta cuando dieron eso en sus clases de la John Jay?

Tendría que buscar ese maldito término en Google y memorizarlo para que no la pillara otra vez.

El cuerpo yacía ahora desnudo encima de la mesa. Cuando examinó de cerca la cavidad abdominal, reparó en que un roedor había construido un nido allí, con hierba y trozos de algodón.

—Un hogar acogedor —comentó Lathrop—. Muy *hygge*. —Retiró el nido con gran diligencia para no romperlo y lo metió entero en una caja de pruebas.

Corrie no tenía ni idea de lo que significaba *hygge*, pero no iba a preguntárselo.

—A la vista de la expresión de su cara y su postura —declaró—, que sugieren envenenamiento, sobre todo nos interesan los resultados de toxicología y patología. Recomendaría que retirásemos el estómago, el hígado y los riñones para un análisis.

—Tomo nota —repuso Lathrop, que comenzó a cortar la grasa que rodeaba el abdomen. Corrie se echó a un lado. Enseguida había retirado los órganos en cuestión, arrugados como manzanas secas, y los había colocado en contenedores separados.

—Y una muestra de cabello —solicitó Corrie.

Lathrop hizo unos cortes con las tijeras y el poco cabello que quedaba en la cabeza del cadáver acabó en un tubo de ensayo.

—¿Necesita el corazón, el cerebro o los pulmones? —preguntó Lathrop.

—A estas alturas, no. De hecho, me gustaría interrumpir la autopsia ahora, si no le importa, para que el cuerpo se conserve lo más intacto posible para una tomografía posterior… ante la posibilidad de que acabe convirtiéndose en un caso oficial.

—Muy bien. —Lathrop cubrió el cuerpo con una sábana de plástico y se puso a catalogar y etiquetar los contenedores de pruebas.

Mientras tanto, Corrie revisó los efectos personales del hombre, los clasificó y los expuso ante ella. Había más ropa, una olla con manchas de hollín, una sartén abollada, una parrilla, cerillas envueltas en un trozo de hule, una lata partida de leche condensada y algunas latas hinchadas de alubias, una lata de carne abierta, con restos secos de comida en su interior, una brújula rota, un abrelatas, una navaja, dos cantimploras de dos litros vacías y una botella con forma de petaca de Rich & Rare Canadian Whisky, también vacía. Sin embargo no había cuadernos, mapas, documentos de identidad... ni tesoros; nada que diera una pista de lo que hacía allí aquel hombre. Todo acabó en cajas de pruebas etiquetadas.

Corrie se centró entonces en el esqueleto de la mula, que estaba metido en una caja enorme. A diferencia del hombre, la mula no se había momificado, probablemente porque se hallaba a la intemperie. Sacó el cráneo y la bala que habían encontrado en la cavidad craneal y que había acabado con la vida del animal —una del calibre 22 guardada en un sobre precintado—, y los depositó encima de la mesa.

—¿Caballo o mula? —preguntó Lathrop, acercándose con las cejas arqueadas como si estuviera realizándole un examen.

—Desde el primer momento he supuesto que era una mula, pero la verdad es que no tengo ni idea —reconoció Corrie.

A Lathrop se le iluminó el rostro y su gesto ceñudo desapareció. Se inclinó para reconocer el cráneo y lo levantó para observarlo desde distintas perspectivas, primero cerrando un ojo y luego el otro.

—Tuvimos un caso hace unos treinta años —dijo—. Un hombre robó una mula y el propietario lo persiguió y lo mató. El animal también murió durante el enfrentamiento. Sucedió en un lugar perdido de las montañas Sandía y no se encontraron los cuerpos hasta veinte años después. No fue posible identificar el esqueleto del hombre, pero se sospechaba que podría ser el del ladrón de la mula. Por esa razón era importante determinar si la víctima montaba un caballo o una mula. Emprendí un pequeño proyecto de investigación: una comparación cuantitativa de los cráneos de un caballo y de una mula. Nunca se había hecho..., es decir, en el ámbito de la ciencia forense.

—¿Cómo lo hizo?

—Conseguí varias docenas de cráneos de caballos y de mulas

85

y tomé numerosas medidas, y a continuación confeccioné una lista de promedios para cada especie. Gracias a eso pudimos determinar que se trataba del cráneo de una mula…, lo cual fue decisivo para resolver el caso.

—Muy inteligente —repuso Corrie.

—Ahora observe cómo aplico esos datos a su cráneo, lamentablemente perforado, según veo, pero no por ello será menos útil.

Lathrop hurgó en un cajón, sacó un calibrador y se puso a tomar medidas de diversas partes del cráneo, que iba apuntando en un trozo de papel. Concluida la tarea, sacó un viejo cuaderno y comparó las medidas recién anotadas con las del cuaderno. Corrie se dio cuenta de que la recreación de ese triunfo largamente olvidado había contribuido en gran medida a diluir la acritud del forense.

—¡Ajá! —exclamó Lathrop, que interrumpió las divagaciones de Corrie—. Ya sé qué animal es. —Hizo una pausa teatral, con la punta de la perilla apuntando hacia delante.

—¿Qué es?

—No es una mula ni un caballo.

Corrie se quedó pensativa un momento.

—¿No? ¿Qué es entonces? ¿Un burro?

—Es un… burdégano.

—Un… ¿Qué es un burdégano?

—Bueno —dijo Lathrop, adoptando el tono de un profesor en un aula—, de hecho, una mula es el resultado de cruzar una yegua y un burro. Un burdégano es el hijo de un caballo y una burra. Los burdéganos son más pequeños que las mulas, más parecidos a un burro que a un caballo. No hay duda de que se trata de un burdégano.

A Corrie no se le ocurría una conclusión taxonómica más infundada, pero la barba de Lathrop casi vibraba con la emoción del triunfo y Corrie vio en ello una oportunidad que se apresuró a aprovechar.

—¡Es extraordinario! Nunca había oído hablar de esas criaturas. ¿Y no ha publicado su investigación?

—He estado trabajando en un pequeño ensayo para el *Forensic Examiner*. Ya sabe, solo un breve artículo…, nada importante. —El tono de su voz contradecía su modestia.

—Estoy segura de que les encantará leer los pormenores de sus descubrimientos.

—El artículo solo necesita una pequeña revisión. Otro par de ojos.

—Sería un honor para mí, esto… revisarlo…, si lo desea.

—¿En serio? ¡Eso sería maravilloso! Se lo pasaré. Y ahora prosigamos el examen del caballero y su burdégano.

13

Morwood estaba sentado en el borde de su escritorio, con los brazos cruzados, la corbata aflojada y el botón del cuello de la camisa desabrochado. Esa debía de ser su idea del viernes informal, pensó Corrie. La agente reparó en que su informe estaba encima de la mesa, al lado del supervisor.

—Siéntese, por favor.

Corrie se sentó. Esperaba que no se le notara demasiado su nerviosismo.

—He leído su informe y me ha parecido bastante interesante —afirmó Morwood—. Después de darle algunas vueltas y de consultarlo con el agente especial al mando, creo que vamos a seguir su recomendación y declararlo un caso oficial. —Sonrió.

—Gracias, señor. Gracias.

—Los agradecimientos están de más —repuso Morwood—. No estoy haciéndole un favor, aunque la ponga al mando del caso.

Corrie reprimió otro agradecimiento.

—Ignoramos si estamos ante un caso de homicidio o no. Lo único que sabemos es que esa cruz de oro es valiosa y, como señala en el informe, las probabilidades de que se trate de un objeto robado son altas.

—Sí, señor.

—Tengo entendido que ha desarrollado una relación de colaboración con el sheriff Watts.

—Sí, señor. Creo que será fácil trabajar con él.

—Bien, bien. Como le he repetido hasta la extenuación, llevarse bien con los cuerpos policiales locales es una de nuestras prioridades.

Corrie todavía estaba en el periodo de prueba de dos años de los nuevos agentes especiales, así que Morwood, su supervisor, guiaba en la sombra su desempeño en sus primeros casos. Este cambió al estilo socrático de su modo de mentor para preguntarle:

—¿Cómo cree que debería desarrollarse la investigación?

—Me gustaría ceder la cruz a la doctora Kelly, del Instituto Arqueológico de Santa Fe, para que efectúe un análisis exhaustivo. Si se denunció su robo, seguramente podrá identificarla.

Morwood asintió.

—Muy bien.

—Ahora que ya es un caso oficial, ¿cree que podríamos realizar una tomografía computarizada del cadáver? Como destaco en el informe, encontramos evidencias de heridas recibidas en el momento de la muerte: fracturas en el cráneo y en las costillas, la nariz ensangrentada. No parecen ser la causa de la muerte, pero una tomografía podría revelar más heridas.

—Tiene mi permiso para realizarla.

—Y necesitamos identificar el cuerpo. No portaba ningún documento de identidad y su dentadura estaba intacta. Podríamos pedir una prueba de ADN, aunque lo más probable es que no veamos nada en los archivos para un cadáver de hace más de setenta y cinco años. Tal vez consigamos coincidencias genealógicas, pero en el mejor de los casos es dar un palo de ciego, y podría suponer meses.

—Como bien sabe —repuso Morwood.

Corrie no respondió a la referencia velada a su último, y hasta la fecha único, caso importante.

—Las huellas dactilares son una posibilidad. En John Jay aprendí un par de técnicas, pero requieren la amputación de los dedos.

—Muy bien.

—Si todo lo demás falla, probaré con una recreación facial —añadió Corrie—. Era una de mis especialidades en la John Jay.

Morwood volvió a asentir con la cabeza.

—Y ahora, dígame, ¿qué piensa sobre el lugar donde encontró el cuerpo?

—¿Qué le pasa?

—¿No cree que debería inspeccionarlo más a fondo?

—¿Todo el pueblo fantasma?

Morwood esperó.

—Supongo que sí. —Corrie no sabría decir por qué, pero no le gustaba la idea.

—El hombre tenía consigo un valioso objeto de oro. Podría haber más tesoros escondidos en las inmediaciones. ¿Qué le parecería que pidiéramos un equipo de la ERT?

—Buena idea, señor.

—No hay más que hablar, entonces. Y… —Morwood bajó la voz—. ¿Cómo lo lleva? Me refiero a lo del tiroteo en Sandía.

Corrie se ruborizó.

—Bien, gracias.

—El primer tiroteo siempre es el más duro, aunque no seas quien haga el… disparo definitivo.

—En realidad, señor, fue mi segundo tiroteo. Y ese es el problema, que no hice el disparo definitivo; es decir, fallé el tiro.

Corrie se dio cuenta de que su supervisor la miraba con curiosidad.

—Sepa que no falló el tiro —dijo Morwood—. Desestabilizó al sujeto con un disparo en el hombro, lo que permitió a otros agentes intervenir y abatirlo. Él disparó a lo loco.

—Si le hubiera dado donde quería, no habría disparado a lo loco.

—Eso es verdad —concedió Morwood—. Pero eso puede arreglarlo si decide pasar más tiempo en el campo de tiro, y ya me he dado cuenta de que está haciéndolo. —Hizo una pausa—. ¿Y bien?

—¿Y bien qué, señor?

—¿No va a contradecirme?

Corrie frunció el ceño.

—Creo… que no lo entiendo.

—Siempre ha tenido una réplica rápida cada vez que he intentado aliviar su sentimiento de culpa, de lo que deduzco que ha estado pensando en ello… y mucho más de lo que debería. Voy a encomendarle una tarea, y tal vez la encuentre difícil. Seré breve: no le dé más vueltas. —Morwood la miró con severidad—. ¿Le ha quedado claro, agente Swanson?

—Como el agua, señor.

Morwood gruñó y se levantó de la mesa, dando a entender que la reunión había terminado, así que Corrie también se puso en pie.

—Me gustaría que presentara su caso a la oficina en nuestra reunión semanal. Tiene algunos aspectos fuera de lo común que podrían resultar interesantes para el resto de los agentes. —Hizo una pausa—. Y si la doctora Kelly descubre algo relevante, tráigala si quiere para hablar sobre esa cruz de oro.

14

El especialista Brad Huckey, jefe de la unidad de búsqueda y recogida de pruebas de la delegación de Albuquerque, se apeó de la furgoneta de la ERT y se bajó las gafas de sol desde la gorra de los Dallas Cowboys hasta el puente de la nariz para examinar la zona sin que lo cegara el sol. El fotógrafo de la ERT, Milt Alfieri, y un segundo investigador de la escena del crimen, Don Ketterman, bajaron con él de la furgoneta, se colocaron a su lado y pasearon la mirada en derredor.

—¡Vaya! —exclamó Alfieri—. Podría ser el decorado de una película.

La agente especial al mando del caso llegó en otro vehículo, un Jeep Cherokee perteneciente a la oficina del sheriff del condado de Socorro. El jeep se detuvo y la agente, solo podía ser la agente, bajó del lado del copiloto. El sheriff salió del coche por la puerta del conductor, con una gran estrella de plata en el pecho.

Huckey no podía creer lo que veían sus ojos. Nunca había visto una agente tan joven. ¿En qué estaba convirtiéndose el FBI al contratar mujeres como aquella, que seguramente no era capaz de hacer cinco flexiones? Seguro que se trataba de una de esas medidas a favor de las minorías y las mujeres; no podía haber otra explicación. Por lo menos tenía una cara bonita.

Se volvió hacia Alfieri y soltó un silbido.

—Mira esto.

La agente especial, de tez pálida y cabello castaño y corto, enfiló hacia ellos acompañada por el sheriff, que parecía tan joven como ella y llevaba una oreja vendada. También era todo un personaje, con un revólver en cada cadera.

La agente tendió una mano y Huckey se fijó en que le faltaba la yema a uno de los dedos.

—Corinne Swanson.

—Brad Huckey.

—Milt Alfieri.

—Don Ketterman.

—Homer Watts.

¿Homer? ¿Qué nombre era ese? Huckey casi esperaba descubrir una brizna de paja colgando del vendaje de la oreja. Al ver los revólveres, se preguntó si se habría enterado de que existía una cosa llamada internet. O, ya puestos, la electricidad.

Se estrecharon las manos bajo el sol mientras los cuervos los sobrevolaban en círculo graznando.

—Gracias por venir hasta aquí —dijo Swanson—. No es precisamente la mejor carretera del estado.

—Ya le digo —repuso Huckey—. Bueno, ¿dónde está la escena del crimen?

Corrie señaló la casa en ruinas que estaba en las afueras del pueblo.

—Se encontró el cuerpo en el sótano. Pero aún no sabemos con certeza si se trata de la escena de un crimen.

Los dos agentes que acompañaban a Huckey comenzaron a descargar su equipo.

—¿Alguna idea de cuál era el uso de la casa? —preguntó el jefe de la ERT.

—Estamos casi seguros de que era una casa de mala reputación —respondió Watts.

Huckey soltó una carcajada.

—Una casa de putas un poco cutre, si le interesa mi opinión. En fin, cuénteme la historia de este pueblo, Homer.

Watts se quitó el sombrero de vaquero, se limpió la frente con el antebrazo y volvió a ponérselo.

—Fue un lugar próspero durante algún tiempo, mientras la mina de oro resultó productiva. Pero cuando el oro ya escaseaba, se produjo un derrumbamiento con muchas víctimas y los supervivientes abandonaron el pueblo poco después.

—¿Ha dicho víctimas?

—Una docena de hombres atrapados en la mina.

Huckey asintió con la cabeza. Siempre había tenido un interés de aficionado por las minas de oro. Cuando esto terminara, quizá merecería la pena volver para echar un vistazo. Podría haber antigüedades o curiosidades valiosas esperando a que alguien se las llevara. Y, teniendo en cuenta su ocupación habitual, era un experto en encontrar esa clase de cosas. Aquel pozo, por ejemplo, a la sombra de lo que parecían los restos de un establo: la gente no tenía ni idea de la cantidad de objetos valiosos que se caían a un pozo. Ese, naturalmente, no debía haber visto un cubo en cien años.

Caminaron hasta la casa de putas en ruinas y se detuvieron junto a la entrada del sótano, bloqueada en parte por la arena. Huckey se puso en cuclillas y echó un vistazo al interior alumbrándose con una linterna.

—Oiga, Corinne —dijo—, hágame un resumen.

Swanson se agachó a su lado.

—El cuerpo estaba apoyado contra aquella pared —explicó—. Desde aquí se ve la zona excavada. Ya hemos retirado y tamizado la mayor parte de la arena.

Huckey se volvió.

—Don, vamos a tamizar toda la arena otra vez…, solo por si acaso. —Agarró una pala y bajó, seguido por Milt.

Ketterman les pasó más palas, una sierra, una almádena y un tamiz en un bastidor. Huckey desplegó el tamiz.

—Coged unas palas y tamizad toda esta mierda de cabo a rabo —ordenó Huckey. Después se puso una mascarilla y comenzó a arrojar paladas de arena sobre el tamiz. Se levantaron unas nubes de polvo. Se alegró de que fuera un fresco día de otoño; en verano, el sótano de la casa de putas habría sido un infierno. A medida que la fina arena pasaba por el tamiz, en la tela metálica rebotaban toda clase de cosas: botellas rotas, cubiertos baratos, botones, latas de tabaco, clavos... Pero nada de eso tenía valor alguno, pues no era contemporáneo del cadáver.

De repente, un hueso rebotó en el tamiz.

—¡Quietos ahí! —bramó Huckey. Se acercó al hueso, lo recogió y lo giró en la mano—. ¡Mire lo que tenemos aquí! ¡Un húmero! —Lanzó una mirada hacia la agente del FBI, que estaba observándolos desde la puerta del sótano—. ¡Parece ser que se dejó este! —gritó agitando el hueso hacia ella.

Swanson se deslizó por la arena para entrar en el sótano al mismo tiempo que se ponía unos guantes de nitrilo. Huckey le dio el hueso y la agente lo examinó un momento.

—Esto... creo que es una tibia de oveja.

Huckey se la quedó mirando. Esa agente del FBI era la hostia. Arqueó la espalda y soltó una carcajada.

—¿La tibia de una oveja? ¡No me joda! Llevo toda la vida identificando huesos y, créame, reconozco un hueso humano cuando lo veo. —Se volvió hacia sus compañeros—. Alfieri, métalo en una bolsa de pruebas. —Le arrojó el hueso a Alfieri, que lo cazó al vuelo, lo metió en una bolsa con cierre hermético y lo etiquetó con un rotulador permanente. Huckey miró de nuevo a la chica del FBI con una sonrisa de oreja a oreja—. La tibia de una oveja... Lo que hay que oír.

Dio la impresión de que la agente iba a replicar, pero se contuvo por su propio bien. Si había quedado como una idiota, toda la culpa era suya.

—Vale, continuemos —dijo Huckey—. Si no le importa, necesitamos un poco de espacio.

La agente salió del sótano y volvió a quedarse al otro lado de la puerta, observándolos mientras trabajaban.

Una hora después, más o menos, terminaron con la arena sin hallar nada más de interés. Huckey miró a su alrededor por si descubría algún sitio donde pudiera haber algo escondido. Buena parte de su trabajo en la ERT consistía en tirar abajo paredes, arrancar techos y destrozar muebles y coches en busca de droga o dinero. Pero fuera nuevo o viejo el escenario, tenía un sexto sentido para descubrir escondites… y nunca le había fallado.

—Echemos un vistazo ahí —dijo señalando una gran estufa de carbón que había en un rincón y que debió utilizarse para calentar la habitación. Intentó abrir la puerta metálica, pero estaba trabada por el óxido.

—Traed la almádena.

Ketterman se acercó arremangado y con la herramienta en las manos.

—Reviéntala.

A Ketterman le encantaba destrozar cosas y, con un par de golpes bien dados, machacó la parte superior de la estufa de hierro forjado. Huckey se arrodilló, retiró los trozos y hurgó en el interior, pero no encontró nada. Miró alrededor. ¿En qué otro lugar podría esconder alguien algo en 1945?

—Detrás de esa pared hay algo —dijo señalando una zona donde unos ladrillos de adobe tapaban un hueco.

Ketterman cambió la almádena por un pulaski y aporreó la pared con el pico de la herramienta. Con pocos golpes atravesó el tabique de adobe y dejó a la vista el espacio del otro lado. Huckey echó un vistazo con la linterna, pero no era más que una vieja bodega para raíces con algunos tarros de cristal rotos.

Desde arriba llegó una voz:

—Disculpen.

Huckey se volvió y vio la cara de Swanson asomada por la trampilla del sótano.

—¿Sí?

—¿Qué hacen?

—¿A usted qué le parece? Pues buscando.

—¿Es necesario destrozarlo todo?

Huckey se la quedó mirando con cara de pocos amigos.

—¿Qué quiere decir?

—Esto es un yacimiento histórico.

—Dios mío —exclamó Huckey—. Somos federales; estamos inspeccionando una escena del crimen, así es como se hace.

La cara desapareció. Huckey negó con la cabeza sin comprender por qué demonios le importaba tanto a la agente una casa de putas en ruinas. Alucinaba con los agentes que el FBI estaba reclutando últimamente.

A continuación hicieron añicos un armario y tampoco obtuvieron resultados.

—Subamos a la planta de arriba.

Salieron reptando del sótano y se agacharon para cruzar la puerta destrozada que daba a la planta baja. Una parte del techo se había derrumbado, pero aún quedaban muchas cosas donde buscar.

—Tened cuidado con el suelo podrido —advirtió Huckey.

Tuvo la impresión de que como casa de putas dejaba mucho que desear: un solo salón, un bar, algunas sillas y mesas hechas polvo, un montón de botellas de whisky y de vasos rotos y un viejo piano vertical. Una escalera subía al cielo, ya que la primera planta se había derrumbado por completo.

El piano era un escondite evidente y lo señaló con la cabeza.

—Oye, Don, ¿por qué no tocas algo?

Ketterman, todavía con el pulaski en las manos, se acercó al piano, apuntó y le propinó un golpe demoledor en el costado, justo en la ensambladura. El instrumento hizo un ruido de cencerro ensordecedor. Ketterman lo golpeó un par de veces más, hasta que la pieza lateral por fin se desprendió, y miró en su interior con una linterna.

—¡Alto ahí, joder! —gritó Watts, el sheriff, desde la puerta, con la niñata del FBI detrás—. ¿Qué demonios están haciendo?

—¿A usted qué le parece? —Huckey empezaba a hartarse de los mirones.

—No están en un laboratorio de metanfetaminas —dijo Watts—. Tengan un poco de respeto.

—Sí, podríamos ponernos a sacar tornillos y pasarnos una semana desmontando el piano, pero nosotros no trabajamos así.

Hacemos esto todos los días, y nadie va a tocar *Chopsticks* en esta mierda de piano nunca más.

—Este asentamiento es un pueblo fantasma en un estado de conservación extraordinario y no debería sufrir más daños de los necesarios. Da igual que sea territorio federal, eso no significa que los federales puedan hacer lo que les plazca.

—Permítame que le explique una cosa, Homer —dijo Huckey—. Usted tiene su jurisdicción. Yo tengo la mía. Estoy al mando de este equipo de la unidad de búsqueda y recogida de pruebas del FBI y así es como trabajamos. No es el primero que se queja, ¿de acuerdo? A nadie le gusta ver cómo destrozan sus cosas, pero así es como se hace. ¿Por qué no se va a jugar un rato con sus revólveres? —Y añadió burlándose—: Joder, en los cargadores dobles de mi Sig hay más balas que todas las que lleva usted encima.

—Si sabe disparar, solo necesita una bala —replicó el chaval de la placa.

Se miraron en silencio un momento.

—En vista de su preocupación —dijo Huckey con un repentino cambio de actitud—, seremos cuidadosos con el piano. ¿De acuerdo, Don? Trátalo bien. Lo que queda de él, en todo caso.

—De acuerdo.

Recorrieron las habitaciones levantando el suelo y reventando listones de madera y enlucido donde les parecía que podría haber algo escondido. Sin embargo, no encontraron nada. A Huckey no le gustaba la manera en que Swanson y Watts los seguían a todas partes sin quitarles el ojo de encima. Y para colmo, esa mañana había tenido que levantarse a las cuatro para ir allí, con una resaca de mil demonios.

—Echemos un vistazo al cagadero —sugirió Huckey.

El retrete estaba detrás de las ruinas, en un desvencijado cartucho rectangular que se recortaba contra el cielo azul. Ketterman entró con el pulaski y con un par de golpes se cargó los cimientos podridos. El cuarto se derrumbó como un árbol talado y quedó a la vista el agujero, parcialmente cubierto de arena.

—Vamos a tener que cavar.

Se pusieron a cavar con el tamiz al lado. Heces no quedaban, solo arena y tierra, pero según arrojaban paladas al tamiz, salieron a la luz algunas cosas interesantes, como monedas, un puñado de botellas de whisky rotas y unas gafas, hasta que de repente apareció el destello del oro.

—¡Eh, mirad esto! —Ketterman lo sostenía en alto mientras Alfieri lo fotografiaba. Era una moneda de oro acuñada con una cabeza de indio.

Swanson y Watts se acercaron.

—Es de 1908 —dijo Huckey cogiéndola—. Se le debió caer a alguien mientras cagaba.

—Deberíamos etiquetarla como prueba —sugirió Swanson—, aunque probablemente no tenga relación con el cadáver.

Huckey metió la moneda en una caja de pruebas y la precintó. Maldita sea, tendría que volver y poner patas arriba el pueblo. De hecho, tal vez fuera buena idea echar el freno en la inspección oficial y dejar algunos tesoros para más adelante. Ojalá no hubiera mirado en el cagadero con toda esa gente alrededor.

—Ahora miraremos en el resto del pueblo. Iremos rápido y, por respeto a sus deseos, seremos lo más considerados posible.

—Gracias —dijo el sheriff.

—Enséñennos dónde encontraron el esqueleto de la mula y la silla de montar.

Swanson los llevó hasta la cuadra. Huckey enseguida identificó el sitio donde habían desenterrado los huesos del animal. Prepararon el tamiz y Ketterman se puso a echar paladas de arena. Aparecieron más naderías junto con algunos huesos.

—¿Otra oveja? —preguntó Huckey sosteniendo un hueso en alto y sonriendo a Swanson.

—No, ese es de una mula.

Huckey tiró el hueso.

—Por lo menos con este ha acertado.

Recorrieron la ciudad de punta a punta, fotografiando todas las casas y buscando en los lugares más obvios, pero no hallaron nada digno de interés. Esta vez Huckey se aseguró de que no se esmeraran demasiado.

Terminaron de vuelta en la furgoneta. Huckey consultó la orden de registro. Tocaba la parte más interesante: inspeccionar la mina de oro que había en la pared de la meseta.

—Aquí dice —señaló Huckey leyendo el resumen para la ERT, que había escrito la propia Swanson— que el cuerpo fue encontrado con equipo de escalada y de rapel. ¿Cree que bajó a la mina o planeaba hacerlo? También pone… Un momento… ¿Tengo que bajar con Swanson?

—Eso es lo que pone —respondió la chica.

—¿Y quién lo ha decidido?

—Yo misma. Ha traído el equipo, ¿verdad?

Huckey le clavó una mirada feroz.

—Claro que he traído el equipo, pero pensaba que lo utilizaríamos Don y yo. ¿Sabe rapelar?

Swanson asintió.

Huckey intentó disimular su fastidio.

—No me diga. De acuerdo. Preparemos el equipo y bajemos.

15

La cruz de oro estaba en una bandeja de plástico forrada de terciopelo negro, debajo de un estereoscopio a mínima potencia, y Nora la examinaba moviendo la platina. Orlando Chavez entró en el laboratorio, con el cabello gris, que le caía casi hasta los hombros, repeinado hacia atrás y el rostro patricio despejado. La americana de tweed y el cordón trenzado con una turquesa, lo suficientemente pesada para hundir un cuerpo y que llevaba alrededor del cuello a modo de corbata, dejaban claro que era profesor y un hombre del Oeste. Chavez era el experto del Instituto en Historia del colonialismo español y, de lejos, la persona favorita de Nora en la institución. Se conocían desde que ella era estudiante de posgrado y trabajaba en su tesis.

—Vaya, vaya —dijo Chavez pasándose la lengua por los labios como si estuviera delante de un apetecible trozo de tarta—. ¿Cómo lo haces para estar siempre metida en todos los fregados? Echemos un vistazo.

Nora le cedió el sitio en los oculares. Las cejas de Chavez se movían cómicamente cuando el investigador miraba la cruz a través de las lentes. La arqueóloga esperó mientras él movía la pletina y examinaba el valioso objeto con suma atención.

—¿Puedo darle la vuelta? —preguntó Chavez.

—Si no te importa, lo haré yo. La agente del FBI me ha impuesto unos protocolos muy estrictos. —Nora se puso los guantes de nitrilo, giró la cruz, volvió a quitárselos y los dejó caer a la papelera. Detestaba llevarlos puestos.

Chavez revisó la cruz durante varios minutos más y finalmente apartó la cara de los oculares, pestañeando. Suspiró.

—¿Qué opinas?

—Bueno… —Se puso de nuevo las gruesas gafas con la montura negra y empujó hacia atrás la silla con ruedas—. Es extraordinaria.

Ella esperó. A Chavez le gustaba tomarse las cosas con calma.

—Teniendo en cuenta el estilo, la técnica, la factura, el diseño y demás, diría que se hizo en Ciudad de México y se llevó a Nuevo México por el Camino Real para usarla en la iglesia de una misión. Es posible que sea anterior a la rebelión de los indios pueblo de 1680.

—¿Has encontrado alguna evidencia de que se trate de un objeto robado? La agente del FBI quiere saberlo.

—Si un objeto del colonialismo español como este hubiera sido robado recientemente, yo lo sabría. Pero nunca lo había visto. Así que casi seguro que no.

—¿Cuánto vale? La agente del FBI también quiere saberlo.

—Es una pieza de una factura excepcional para su antigüedad. Desde el punto de vista histórico tiene un valor enorme. En el mercado libre diría que podrías sacar unos cien mil dólares por un objeto como este.

Nora silbó.

—¿Qué más puedes contarme sobre su historia?

Chavez se peinó hacia atrás con una mano nudosa.

—Seguro que ya te has dado cuenta de que está bastante desgastada.

—Sí.

—Y ya sabes que la mayoría de los objetos de las misiones no lo están. Esta cruz ha viajado mucho. Quizá pertenecía a un fraile itinerante que la guardaba como una reliquia sagrada. O tal vez sea otra la razón.

—¿Y las piedras preciosas? ¿Qué puedes decirme sobre ellas?

Chavez miró otra vez por el estereoscopio.

—Las piedras son bonitas pero el acabado es un poco tosco. Esa es una de las razones que me lleva a pensar que es anterior a la rebelión. Hay una esmeralda, algunas turquesas, un magnífico jade, jaspe y un rubí granate de una calidad pasmosa. Diría que son originarias del Nuevo Mundo.

—¿De dónde la sacaría nuestro hombre?

Chavez negó con la cabeza.

—Tal vez pertenecía a una antigua familia española. Un indio cristiano pudo esconderla durante la rebelión de los pueblo y fue pasando en secreto de generación en generación dentro de su familia. Hay documentados casos así. Bastantes indios siguieron practicando el cristianismo en secreto después de la rebelión. De hecho, muchos objetos religiosos anteriores a la rebelión todavía sobreviven entre los pueblo, que los guardan cerca de ellos en las kivas.

Nora sintió en ese momento una presencia detrás de ella y se dio la vuelta. Connor Digby estaba entrando en el laboratorio. Los saludó y se acercó.

—Me he enterado del asombroso hallazgo. ¿Le importa si echo un vistazo?

—Claro que no —respondió Nora levantándose de la silla para cedérsela a Digby, a quien parecía haberle faltado tiempo para deshacerse de la americana azul y de la corbata de reps. Ahora vestía una chaqueta informal y una camisa con el botón del cuello desabrochado. Desde su contratación se había mostrado reservado y discreto; había estado ordenando su despacho, trasladando a él sus libros y sus diarios, y en general había mantenido un perfil bajo. Con Nora había sido cordial y respetuoso, y le parecía un tipo majo y sin dobleces que quería encajar y llevarse bien con todo el mundo.

Digby miró por los oculares y soltó un silbido.

—¡Es magnífica! ¿Es muy antigua?

—De antes de la rebelión —respondió Chavez—. Calculo que tiene unos cuatrocientos años.

—Asombroso. —Digby se levantó de la silla—. Siento haberles interrumpido, pero necesitaba ver con mis propios ojos lo que había causado tanto revuelo. Ya no los molestaré más.

—No se preocupe —dijo Nora, que volvió a sentarse cuando Digby se marchó. Se volvió a Chavez—. ¿Se te ocurre alguna otra cosa que deba poner en mi informe para el FBI?

Este frunció los labios.

—¿Puedes conseguir que la donen al instituto cuando ya no la necesiten?

Nora frunció el ceño. Todavía no se había planteado la cuestión de la propiedad de la cruz.

—A menos que sea un objeto robado —respondió—, supongo que pertenece a los descendientes del fallecido.

—Ah, sí, por supuesto. Bueno, hay otra cosa que me gustaría enseñarte. Gírala otra vez, por favor.

Nora hizo lo que le pidió.

—¿Ves esos sellos?

Nora miró. Era verdad que había dos marcas redondas hechas con un cuño en el oro blando, una especie de símbolos, casi borrados.

—Probablemente sean marcas de ensayo del oro. Si me consiguieras una foto nítida de ellas, ampliadas, las investigaría. Serían muy útiles para datarla y determinar su origen. —Chavez enfatizó su observación arrugando el ceño y juntando sus espesas cejas.

16

Corrie observó a Huckey cuando soltó la mochila con el equipo de rapel junto al borde de la meseta, abrió la cremallera y empezó a sacar cosas: dos arneses, cuerda, mosquetones, aseguradores y descensores. Era un buen equipo, completamente nuevo en su mayor parte. En el pasado había un escarpado camino que descendía desde el borde hasta la pared del cañón, pero una serie de desprendimientos lo hicieron desaparecer hacía mucho tiempo y la única manera que había ahora de bajar era con una cuerda. Corrie veía, unos veinte metros por debajo de ella, un montón de relave que formaba una zona llana delante de la entrada de la mina.

Se colocó el arnés, enganchó los mosquetones y los descensores y se puso los guantes y el casco. Observó a Huckey mientras aseguraba la cuerda a un enorme arbusto de enebro en el borde del precipicio y luego comprobó que la cuerda estuviera correctamente sujeta. No se fiaba ni un pelo de él y revisaba dos veces todo lo que hacía.

El descenso sería por una pared vertical de dura roca magmática hasta el montón de relave, junto a un cobertizo desvencijado y unas vías que llegaban hasta el final de la plataforma.

—Vamos a rapelar hasta abajo y luego subiremos —explicó Huckey—. ¿Está segura de que sabe hacerlo?

—Sí —respondió Corrie. Había aprendido lo básico en un curso optativo en Quantico y luego realizó un par de cursos de escalada en Albuquerque, pues había imaginado que le resultaría útil. Ahora se alegraba de aquello, aunque no daba saltos de alegría precisamente por tener de compañero a Huckey.

El consejo de Morwood de que se llevara bien con todo el mundo resonaba en su cabeza, y trabajar con gilipollas era un examen que estaba decidida a aprobar.

Huckey la precedió en el descenso y Corrie vio, con alivio, que sabía lo que hacía. De hecho, demostró ser todo un experto, así que supuso que había estado en el ejército; por lo menos tenía la complexión de un soldado, eso saltaba a la vista. Tal vez, después de todo, aquello no estaría tan mal.

Cuando llegó abajo y se desenganchó de la cuerda, Huckey le hizo una señal y Corrie comenzó a descender. Unos minutos después los dos estaban delante de la entrada de la mina.

—¿Cree que el hombre exploró o planeaba explorar esta mina? —preguntó Huckey.

—Sí.

—Bueno, entremos a ver si encontró lo que buscaba. A lo mejor intentaba llegar a los cuerpos de los mineros.

Se pusieron unas linternas frontales y entraron en la mina, con Huckey delante. La galería consistía en un rudimentario túnel horizontal excavado en la roca con taladros y explosivos, sin maderas ni codales que lo entibaran. Por el centro discurrían unas vías para los carros que transportaban la mena.

—Imagínese —dijo Huckey—. Atrapados por un derrumbamiento. Sin comida, sin agua, sin aire. Me pregunto qué fue lo que los mató. —Sorbió por la nariz—. Por lo menos no apesta. Tenía miedo de que oliera a tiras de carne curada. —Rio entre dientes.

—Una docena de hombres perdieron la vida —espetó Corrie—. Muestre un poco de respeto.

Huckey masculló algo para sí, pero sus especulaciones sobre el final de los mineros cesaron.

La luz natural empezó a atenuarse cuando se habían adentrado unos quince metros. Huckey se detuvo y dirigió su linterna hacia el suelo, que estaba cubierto de arena arrastrada por el viento y polvo.

—No veo huellas. Parece que no ha entrado nadie aquí en mucho tiempo.

Corrie asintió y se detuvo para tomar algunas fotos con la cámara del FBI. Reanudaron la marcha. La agente se detenía de vez en cuando para tomar fotografías. Salvo por las vías, el túnel estaba vacío, pero, una vez se hubieron internado un centenar de metros, se toparon con un carro de madera y hierro descarrilado, lleno hasta la mitad de piedras. Corrie sacó otra serie de fotos y recogió dos muestras de roca para analizarlas. Detrás del carro había una máquina de hierro oxidada con un martillo cilíndrico, una hélice y una palanca.

—Apuesto a que nunca había visto una de esas —dijo Huckey.

—¿Qué es?

—Una trituradora de roca portátil. Se mete un trozo grande de roca, la hélice gira y la parte en pedazos que pueden levantarse y transportarse más fácilmente.

—Vale.

Continuaron adentrándose poco a poco en la mina. El aire era cada vez más frío y denso, y la única luz que los alumbraba era la de sus linternas frontales. Una curva gradual del túnel había dejado fuera de su vista la entrada. Se internaron otro centenar de metros hasta que llegaron a la zona del letal derrumbe.

Corrie vio aquí y allá los vestigios de lo que parecían intentos infructuosos, casi patéticos, de excavar túneles para atravesar los escombros. Observó los restos de madera y roca del techo derrumbado y recordó lo que había dicho Fountain, el abogado, en el cementerio de High Lonesome. Sabía que los cuerpos todavía estaban al otro lado de aquel montón de escombros. A pesar de todo lo que se habían adentrado en el pozo horizontal, un viento frío pareció agitarle el pelo, y se estremeció en la envolvente y acechante oscuridad.

—Supongo que la carne está detrás de esos escombros —dijo Huckey.

Vio que la observaba de soslayo, esperando su reacción. Respiró hondo y consiguió mantener la boca cerrada.

—¡Ah, vaya! —exclamó Huckey. Su linterna iluminaba una caja de madera que tenía estarcido en un lado ATLAS MINING CO., seguido por TNT—. Probablemente esa fue la causa del derrumbe —añadió—. Es de cajón que no lo usaron para rescatar a los mineros… Eso solo habría empeorado las cosas.

Se inclinó y dio un golpecito con el pie a la tapa de la caja, que se deslizó y dejó a la vista unos cartuchos encerados y varios ovillos de cable.

—Dios mío —dijo ella retrocediendo.

—Cuidado —le advirtió Huckey mirándola con el rabillo del ojo—. Podría explotar en cualquier momento. Espere a que la mueva.

—Espere… ¿Va a levantarla? No creo que sea buena idea…

Pero Huckey ya estaba levantando la caja de madera podrida. Pasó junto a Corrie con la caja entre los brazos… y entonces tropezó y la caja cayó a los pies de Corrie, se hizo añicos y los cartuchos de TNT volaron en todas direcciones.

Corrie lanzó un grito y dio un salto atrás. Estaba demasiado aterrorizada para huir y acabó con el culo en la arena y la espalda apretada contra los escombros. Huckey reía a carcajadas envuelto por la nube de polvo.

—¿Qué cojones ha sido eso? —gritó la agente.

Huckey estaba desternillándose de la risa y tardó un rato en poder coger aire para hablar.

—¡Tendría que haberse visto la cara cuando he dejado caer la caja! ¡Parecía una oveja alcanzada por un rayo! —exclamó jadeando y carcajeando, doblado por la mitad—. Supuse que no sabía nada sobre el TNT… y es evidente que he acertado. El TNT no es como la dinamita, no explota sin un detonador. Y con el tiempo pierde eficacia. ¿Seguro que no quiere pasar un par de años más en la academia antes de enfrentarse al mundo real, Corinne?

Esta se tranquilizó y se levantó del suelo. El martilleo desquiciado de su corazón se apaciguó rápidamente y su pánico fue sustituido de inmediato por una ira que ya era incapaz de contener. Se encaró con Huckey.

—Es usted un cabrón.

—Oiga, que solo estaba divirtiéndome un poco. Vamos, ¿es que porque sea del FBI no se le puede gastar una broma? Si quiere llevarse bien con los chicos, será mejor que se acostumbre a las bromas.

—¿Los chicos? —espetó Corrie—. ¿Se refiere a esos seres que tienen una polla entre las piernas? Porque estoy segura de que usted no responde a esa descripción. Solo a un bicho raro sin polla le parecería tan graciosa esa broma infantil en un sitio como este. Está cabreado porque he dicho que el hueso que encontró era de una oveja, porque lo es, y no soporta que una mujer lo ponga en evidencia. Es usted el que debería acostumbrarse, porque yo seré directora del FBI mientras su culo de troglodita seguirá rebuscando en la mierda y derribando paredes.

Mientras Corrie lo vapuleaba, la cara de Huckey fue poniéndose poco a poco pálida. Por fin se quedó sin insultos y sin aire y paró, jadeando. Huckey la miraba fijamente con los puños apretados, y ella temió por un momento que la noqueara de un puñetazo, pero no lo hizo.

—Ahora voy a terminar la inspección —aseveró Corrie moderando el tono de voz—. Hágame el puto favor de no volver a dirigirme la palabra.

Mientras ella completaba prudentemente el examen del derrumbe, Huckey salió del túnel y la esperó fuera. Cuando Corrie también abandonó la mina, entró en el desvencijado cobertizo de madera, con las paredes punteadas por la luz del sol, echó un vistazo y sacó algunas fotos. Un conjunto de grandes herramientas de hierro y otras máquinas extrañas acechaban en la oscuridad cubiertas de telarañas y polvo. Sin embargo, no halló indicio alguno de que el hombre muerto hubiera estado allí ni nada que le diera una idea de lo que podría haber estado buscando. Regresaron a la cuerda que colgaba de la pared. Corrie enganchó los dispositivos y comenzó a subir, seguida por Huckey, que permanecía callado y enfurruñado.

Arriba los esperaban los otros dos agentes. Watts había ido a dar una vuelta por el pueblo fantasma.

—¿Habéis encontrado algo? —le preguntaron a su jefe.

Huckey los apartó de un empujón sin responderles. Luego se quitó el arnés, recogió la cuerda de rapel, la enrolló y la metió junto con el resto del equipo en la bolsa. Se echó la mochila a la espalda.

—Larguémonos de aquí —dijo a sus compañeros sin mirarlos.

17

En la atmósfera tranquila del laboratorio de patología, donde apenas había espacio libre para trabajar, Corrie hizo una pausa y retrocedió para contemplar su obra. Era la primera vez que hacía una recreación facial, al margen de las clases, y estaba satisfecha de cómo estaba quedándole. Es más, se moría de curiosidad por ver el resultado final y mirar el rostro real de una víctima que, setenta y cinco años después, volvía a la vida. La capacidad de resucitar los rostros de personas muertas le provocaba un sentimiento extraño, casi religioso.

Todos los demás métodos para identificar el cuerpo habían fracasado. Había conseguido buenas muestras de las huellas digitales, pero no encontró correspondencias en la base de datos. El sujeto tampoco había ido nunca al dentista; al parecer era bastante escrupuloso con la higiene dental. El informe patógeno preliminar no mostraba signos de enfermedades, más allá de una leve cirrosis, y los análisis toxicológicos habían salido limpios. Los SNPS del ADN tampoco habían encontrado correspondencias ni cruzamientos con bases de datos comerciales de ADN. En cuanto a la raza, parecía ser un caucásico genérico, probablemente inglés/escocés/irlandés. Recrear el rostro era un último recurso. Aun así, Corrie tenía mucha confianza en que el resultado fuera un éxito.

En primer lugar, había sacado el molde del cráneo limpio en resina y lo había utilizado como base. A continuación había rellenado con plastilina las mermas, incluidas la cavidad nasal y las fisuras orbitarias, y le había puesto unos globos oculares de arcilla. El siguiente paso era la clave: fijar veintiuna varillas de varios colores en puntos precisos de la superficie del cráneo. Cada una de esas varillas indicaba la profundidad media del tejido de una persona de su raza (caucásica), sexo (varón), edad (alrededor de cincuenta y cinco) y constitución (delgada). Una vez hecho eso, había colocado, usando plastilina, los músculos faciales en orden: primero el temporal, luego el masetero, el buccinador y el occipitofrontal. Trabajaba con mucho esmero, asegurándose de que todo se hacía con la mayor precisión posible, pues la más leve desviación podía derivar en que la persona fuera irreconocible. Era increíble la capacidad del ojo humano para detectar hasta las más minúsculas variaciones en la anatomía del rostro… Sin duda, millones de años de evolución tenían algo que ver en ello.

—¿Qué son todas esas varillas de plástico? —preguntó alguien a su espalda.

Corrie se llevó un susto de muerte. Se dio la vuelta y vio que Lathrop estaba detrás de ella y miraba por encima de su hombro. El olor del Listerine rápidamente le colmó las fosas nasales.

—Me ha asustado.

—Estaba tan concentrada en el trabajo que no quise interrumpirla. Ahora dígame en qué anda metida, Corinne. —Señaló las varillas de colores que sobresalían como púas del cráneo—. ¿Son medidores de profundidad?

—Exactamente —respondió, esforzándose por adoptar un aire despreocupado—. Aún me queda mucho trabajo.

—¿Esto lo aprendió en la John Jay?

—Era mi especialidad. Por lo general se necesitan dos personas para hacerlo, un antropólogo forense y un artista, pero yo estudié las dos cosas para poder hacerlo sola de principio a fin.

—Impresionante —repuso Lathrop. Acercó una silla con ruedas y se sentó—. Si no le importa, me gustaría observarla. En mis tiempos no estudiábamos la recreación facial en el ámbito de la ciencia forense… Aún estaba dando sus primeros pasos.

Corrie no era una persona que disfrutara demasiado de que la miraran mientras trabajaba, pero dijo con el tono más animado que pudo:

—Si quiere observar, quédese.

—¿Utiliza alguna metodología en particular?

—Sigo el método descrito por Taylor y Angel en *La identificación craneofacial en la medicina forense*. Está un poco pasado de moda, pero creo que da los mejores resultados… Desde luego, mejores que los de la nueva identificación forense digital.

—¿En serio? ¿Y eso?

—Los algoritmos dejan mucho que desear, por lo menos de momento. No tiene nada que ver con la ciencia ficción forense que se ve en las series de televisión. El problema es que las caras generadas por ordenador parecen demasiado reales, demasiado concretas. Cuando se muestran, son tan reales que la gente no reconoce posibles variaciones. Sin embargo, con una escultura sí. El aspecto ligeramente artificial, genérico, de la escultura en realidad es una ventaja, y es más fácil que alguien la mire y diga: «¡Ah, se parece al tío Joe!». Se puede ir poniendo masilla y arcilla encima de los huesos con los dedos de una manera que los ordenadores no son capaces de hacerlo, al menos por ahora.

—Qué curioso.

—Hemos tenido suerte de que quedara algo de tejido blando en la cara y más en el cuerpo. He podido medir la grasa presente, lo cual es extremadamente importante en la apariencia facial.

—A mí me pareció que era bastante delgado.

—No tenía nada de grasa.

—Quizá pasaba hambre.

—Quizá. Pero tenía restos de una última comida en el estómago… Carne curada, whisky y alubias.

—Comida de campamento —observó Lathrop—, un desayuno de campeones. ¿Se ha encontrado algún veneno? Todavía no he visto el informe del laboratorio de toxicología.

—En la primera ronda ha salido todo negativo. Ahora están trabajando con toxinas más exóticas.

Corrie se dio cuenta de que había dado rienda suelta a su entusiasmo y se le había ido de las manos. Volvió a concentrarse en el modelo y terminó de colocar los músculos, con Lathrop echándole el aliento en la nuca. Añadió unas pizcas de arcilla para alcanzar la profundidad de tejido marcada con precisión en cada uno de los veintiún marcadores y la alisó poco a poco.

—Es asombroso ver nacer el rostro de un hombre —musitó Lathrop—. ¿Cómo se completa el proceso?

—Añadiré los párpados y modelaré la nariz, los labios y el tejido blando del cuello. Luego le pondré las orejas y lo envejeceré agregando las arrugas y los pliegues de piel caída que se esperan ver en un hombre de cincuenta y cinco años. En último lugar, lo pintaré. En ese momento es cuando de verdad cobra vida. Tenemos suerte de saber tantas cosas sobre este tipo, como que estaba quedándose calvo, que tenía el cabello castaño y entrecano, que tenía la piel morena y curtida de quien se ha pasado la vida al aire libre.

—¿Y confía en que conseguiremos un rostro parecido al real?

—Estoy segura de ello.

—Magnífico. —Lathrop echó un vistazo a su reloj. Empujó la silla con ruedas hacia atrás y se puso en pie—. He de irme corriendo a casa para preparar la cena, pero estoy impaciente por verlo terminado. ¿Lo tendrá mañana?

—Eso espero.

Lathrop sacó de repente una carpeta de algún lugar y la dejó encima de la mesa, al lado de Corrie.

—Mi ensayo del caballo contra la mula —dijo con un tono que daba a entender que acababa de acordarse de él. Se inclinó hacia Corrie, de nuevo hasta quedarse más cerca de ella de lo que le habría gustado.

Ella interrumpió lo que estaba haciendo, abrió la carpeta y vio unas hojas escritas a mano, llenas de errores, tachaduras y adiciones garabateadas.

—¿No escribe con un ordenador?

—Interfiere en el flujo creativo.

—Entiendo —repuso Corrie. «No puede decirse que las ideas no hayan fluido —pensó— como diarrea por las hojas…».

Lathrop le regaló una sonrisa obsequiosa.

—Aceptó arreglarlo un poco para darle forma, ¿verdad?

Ella tragó saliva.

—Esto… Será un placer editarlo, pero no puedo trabajar con un documento así. Primero hay que transcribirlo en el ordenador. Lo siento.

Corrie sintió un frío repentino.

—Le ruego que me disculpe —dijo Lathrop—. Creía que me ayudaría.

—Y lo ayudaré, pero no soy, bueno, una secretaria. ¿No puede pedir a alguien que lo pase al ordenador? Yo voy a estar casi toda la noche trabajando en esto.

Sin mediar palabra, Lathrop cogió la carpeta de la mesa, dio media vuelta y salió del laboratorio dejando unas vibraciones de profunda desaprobación.

18

El jeep daba bandazos por la carretera de tierra cuando cruzó la entrada del rancho, que consistía en dos troncos y un travesaño con el cráneo de una res de cuernos largos clavado en el centro, un poco torcido porque se había resbalado. La carretera de tierra llevaba a una casa de adobe rodeada de enormes álamos negros y una valla de listones de madera.

El sheriff Watts detuvo el coche en una zona de aparcamiento en sombra, junto a un viejo remolque para transportar ganado, y bajó de él. Corrie lo siguió. Una de las puertas traseras se abrió y Fountain, el abogado historiador, también salió del vehículo. Aunque no había sido capaz de identificar el rostro recreado por Corrie, Watts lo había invitado a acompañarlos por si sus vastos conocimientos de la historia local podían serles útiles.

—A ver si mi abuelo puede decirnos algo —dijo Watts dirigiéndose a Corrie—. Ha vivido aquí toda la vida, tiene ochenta años y una memoria prodigiosa.

—Ha sido muy amable ofreciendo a su propia familia para que nos ayude —dijo Corrie.

—Les gustará participar en esto.

Subió por la escalera de madera al amplio porche y abrió la puerta con la mosquitera para entrar en la cocina. Al verla, Corrie pensó que el tiempo se había detenido en algún momento de mediados de la década de 1950; estaba impecable y radiante, sin el menor signo de envejecimiento. El suelo de linóleo, con sus coloridos rectángulos flotantes, las cortinas con imágenes de vaqueros y caballos, la nevera con los cantos redondeados, la cocina cromada... Todos los objetos creaban la impresión de hallarse en un museo de diseño de los años cincuenta. E impregnando el aire, el olor del café y de galletas recién hechas.

—¡Abuela, abuelo, soy yo, Homer! —gritó el sheriff.

Una mujer rellenita, con un vestido de vichy, apareció en la puerta de la cocina, abrió los brazos y envolvió afectuosamente con ellos a Watts. El sheriff se revolvió, ruborizado, y la mujer lo soltó.

—¿Y ella quién es?

—Es la agente del FBI de la que os hablé, Corinne Swanson.

La sorpresa de la mujer fue evidente, pero la disimuló rápidamente.

—Encantada de conocerla, agente Swanson.

—Yo también estoy encantada de conocerla, señora Watts.

—¡Ah, y el señor Fountain! —exclamó la mujer cuando vio que el abogado entraba en la cocina—. Acompáñenme todos a la guarida, donde está descansando el señor Watts.

Corrie la siguió hasta una acogedora sala con una chimenea de piedra. Las paredes y la repisa de la chimenea estaban decoradas con placas y trofeos. En un sillón reclinable estaba sentado un anciano, vestido con una camisa de cuadros y tirantes. El hombre tiró de una palanca y el respaldo del sillón recuperó su posición vertical.

—Por favor, no se levante —dijo Corrie, pero el anciano ya se había puesto en pie y le estrechaba la mano.

—Edna, nuestros invitados necesitan unas galletas y café. ¿O prefiere leche?

—Estoy bien, gracias —dijo Corrie.

—Yo nunca digo que no a unas galletas caseras —terció Fountain con una sonrisa.

—Bien. Trae la cafetera, Edna, por favor. Y algunas galletas de más, por si acaso. —El abuelo del sheriff volvió a dejarse caer en el sillón con la ayuda de un bastón que tenía a mano—. Siéntese ahí, joven agente Swanson —dijo señalando un mullido sofá de dos plazas—. Y usted, señor Fountain, ocupe el sitio de honor.

—Gracias —repuso este. Sus ojos azules brillaban detrás de las lentes redondas—. Y ya se lo he dicho mil veces, cuando estoy fuera de la sala del tribunal puede llamarme Charles.

—Hablando de tribunales, no le he pagado nada por el tiempo que dedicó al maldito asunto de la expropiación forzosa.

Fountain hizo un gesto con la mano para quitarle importancia.

—Siempre podrá contar conmigo para ayudar a su familia.

Corrie se sentó y dejó a su lado la carpeta de acordeón que llevaba con ella. El sheriff se sentó en una silla en el otro lado de la sala. La señora Watts regresó cargada con una bandeja en la que traía una cafetera, leche, azúcar, tazas y galletas.

—Quizá tome una taza de café —dijo la agente. Llevaba toda la mañana muriéndose por un café y aquel despedía un aroma celestial, a intenso y negro café, no como la aguachirle que te servían en Albuquerque.

—Lo sabía —dijo el anciano ofreciéndole una taza—. Supe que era una bebedora de café en cuanto la vi.

La señora Watts también se sentó.

—¿Cómo tienes la oreja? —le preguntó a Homer.

—Bien. Me rozó lo suficiente para dejarme la cicatriz de una herida de batalla. Algún día podré fanfarronear de ella sentado en ese sillón.

—Sigo pensando que deberías haberle volado la cabeza a ese inútil de Rivers —terció el abuelo.

El sheriff se echó a reír.

—En la cárcel federal ya se ocuparán de él.

Hubo un momento de silencio.

—Su colección de trofeos es impresionante —dijo Corrie para dar conversación—. ¿Fue deportista de joven? ¿Qué deporte practicaba? ¿Fútbol americano?

Fountain rio para sí mientras el anciano se tronchaba de risa.

—No son míos —respondió—. Son trofeos de tiro, y todos los ha ganado Homer, aquí presente.

Corrie se volvió hacia el sheriff y vio, con sorpresa, que se había ruborizado un poco.

—¿No lo sabía? —preguntó el señor Watts—. Homer es un tirador de primera. ¡Caray! Él solito ha ganado tres premios de maestro en los campeonatos nacionales de la Asociación Nacional del Rifle.

—Déjalo ya, abuelo —farfulló su nieto.

El anciano volvió a reír.

—Todos estos trofeos y placas estaban desperdigados por la casa, debajo de la cama o en armarios, acumulando polvo. Si él no quiere exhibirlos, lo haré yo, ¡ya lo creo! —El señor Watts guiñó un ojo a su nieto—. Es lo menos que puede hacer a cambio de mi pareja de Colt.

Corrie lanzó una mirada a los revólveres que el sheriff llevaba en las caderas con un respeto que no le habían merecido antes.

Homer tomó un sorbo de café y se inclinó hacia delante, ansioso por cambiar de tema.

—La agente Swanson ha traído unas fotos que le gustaría enseñarte.

—Sí, ya lo sé. Tengo curiosidad por verlas. —El señor Watts miró a Homer—. ¿Están relacionadas con esa teoría tuya?

—¡Dios mío, no!

Corrie miró al abuelo y al nieto.

—¿Qué teoría?

Cuando Homer no respondió, habló el anciano.

—Bueno, ¿vas a contarle tú esas ideas descabelladas que se te han metido en la cabeza o tengo que hacerlo yo?

—No es nada —dijo Homer casi con timidez—. Ya sabe que por aquí siempre tenemos problemas con los saqueadores y los buscadores de reliquias…, como en cualquier parte del remoto Suroeste. Yo no les quito el ojo de encima a los sospechosos habituales, pero recientemente, aunque no se ha producido un aumento en los saqueos, sí que han crecido las operaciones de compraventa de antigüedades de procedencia desconocida.

—Podría ser un coleccionista privado que necesita dinero

—sugirió Fountain— y está vendiendo discretamente objetos de origen cuestionable.

Homer asintió.

—Podría ser.

—O podría ser que la cabeza de mi nieto ha pasado demasiado tiempo al sol —terció el anciano.

—No le pasa nada a mi cabeza —replicó el sheriff—. Tú lo llamas teoría, yo solo digo que me parece raro. En cualquier caso, la persona que intentamos identificar lleva muerta setenta años.

Corrie cogió la carpeta de acordeón.

—Antes de enseñarle las fotos, quiero explicarle que lo que va a ver solo es una recreación facial, basada en lo que sabemos a partir de la anatomía del cráneo del hombre. Casi con toda seguridad no guardará un parecido exacto con nadie, pero si le recuerda ligeramente a alguien, por favor, dígamelo. Tómese todo el tiempo que necesite.

El señor Watts asintió.

—¿Cuándo murió el tipo?

—Creemos que alrededor de 1945 o un poco después.

—¡En 1945 yo tenía cinco años! —exclamó el abuelo del sheriff.

—Sé que ha pasado mucho tiempo —repuso Corrie.

—Haré lo que pueda. Ahora enséñeme las fotos.

Corrie sacó la primera, una imagen frontal de toda la cara que había recreado con tanto esfuerzo. Se la entregó al señor Watts, que la miró detenidamente con el ceño fruncido, moviendo los labios, pero sin emitir ningún sonido.

—Tenga esta otra —dijo Corrie enseñándole un retrato en escorzo.

El abuelo de Homer sostuvo una fotografía en cada mano y las miró alternativamente durante un par de minutos, con el labio inferior encima del superior.

—¿Tiene más?

Corrie le dio una fotografía de perfil. El anciano la miró con atención y sorbió por la nariz.

—Lo siento, no lo reconozco.

—¿Estás seguro, abuelo? —preguntó Homer.

—Nunca lo he visto. Siento darle este disgusto, jovencita.

Corrie recogió las fotos.

—¿Se le ocurre alguien de la zona que pudiera conocerlo? —preguntó Fountain—. Es decir, gente mayor a la que todavía no se le haya ido la olla. Mayor que yo. Mayor que usted... si eso es posible.

El hombre rio a carcajada limpia.

—¡Eso es pedir demasiado! —Se quedó pensativo un momento. Luego arrancó un trozo de papel de un cuaderno que tenía al lado y escribió algo.

—Tenga. —Le entregó a Corrie el trozo de papel, en el que había escritos dos nombres con letra temblorosa—. Homer sabrá dónde encontrar a estas personas. Las dos tienen ochenta y cinco años o más.

Corrie apuró la taza de café con la esperanza de poder tomarse otra antes de marcharse, y en ese momento el abuelo del sheriff se la volvió a llenar sin preguntarle siquiera.

—Gracias.

—Coja otra galleta.

Eran galletas con pepitas de chocolate, sus favoritas, pero las rehusó cortésmente. El abogado, sin embargo, cogió unas cuantas cuando pasó junto al plato.

—Aunque mi abuelo no lo haya reconocido, la recreación que ha hecho es extraordinaria —comentó Homer mientras regresaban al jeep unos minutos después—. Incluso en la fotografía parece una persona de carne y hueso.

—Gracias. Me lo pasaba muy bien trabajando con arcilla en las clases de arte del instituto. Nunca imaginé que un agente de la ley podría sacarle partido.

El sheriff miró con el ceño fruncido el trozo de papel con los nombres que había escrito su abuelo con letras delgadas y temblorosas.

—Clark Stoudenmire y Marilou Foss.

—También deberíamos consultar la hemeroteca del periódico local —sugirió Corrie—. Podría haber fotografías en ejemplares antiguos.

—El edificio del *Register* de Socorro se quemó en 1962 y toda la hemeroteca ardió —dijo Fountain sacudiendo la cabeza con pesar.

Watts aún seguía mirando el trozo de papel.

—Foss está en la ciudad, pero Stoudenmire vive en un rincón perdido de las estribaciones. Sugiero que primero nos lo quitemos de encima a él.

—Es usted un hombre fuera de lo común, sheriff —dijo la agente.

Watts levantó la mirada del papel.

—¿Por qué lo dice?

—Todos esos premios… ¿Cómo es posible que no esté fanfarroneando todo el día? He oído que incluso dejó que el cabrón de Rivers desenfundara primero.

Pensó por un momento que Watts iba a ruborizarse otra vez, pero el sheriff dijo con tono burlón:

—¡Ay, demonios! La práctica y la paciencia son lo más importante. Y usted aún no es tan vieja…, todavía tiene tiempo. ¿Qué tal se le dan las prácticas de tiro en el campo del FBI?

—Fatal.

—Venga ya, seguro que exagera.

Ella desvió la mirada enseguida.

—¿Qué pasa, Corrie? —oyó que le preguntaba Watts en voz baja.

—No es por la puntería. Se trata de… otra cosa —respondió, sorprendida por su propia franqueza.

—¿Se refiere a la pequeña reyerta en la zona de acampada de Cedro Peak?

Volvió a mirarlo.

—¿Qué ha oído?

—Soy sheriff. —Watts se encogió de hombros como si eso lo explicara todo. Un momento después añadió, rompiendo el silencio—: ¿Cuántos años tenía la niña?

—¿Qué niña?

—La del camping.

Corrie se quedó pensativa.

—Siete.

—Usted también tuvo siete años. ¿Cómo era su padre?

—Un buen hombre. —Otra pausa—. El cabrón era mi tío, el hermano de mi madre.

Watts suspiró y negó con la cabeza.

—Corrie, soy demasiado joven para sermonearla.

—Ya.

—Pero le diré una cosa: apuntar con la pistola a alguien, con la intención de matarlo, en fin, puede hacer aflorar muchas cosas, cosas que ni siquiera sabíamos que recordábamos. Se puede disparar a cinco tipos malos, pero al sexto, ocurrirá algo… —Hizo una pausa—. A ningún policía le gusta reconocerlo, pero es la verdad. Y le diré otra cosa: si algún día deja de importarle, entonces es que se ha equivocado de juego.

Se instaló un silencio entre ellos. Fountain los miraba con curiosidad desde el jeep.

Corrie inspiró hondo.

—¿De acuerdo? —preguntó Watts.

—De acuerdo. —Corrie miró al sheriff con los ojos ligeramente entornados—. ¿Alguna vez hemos tenido esta conversación usted y yo?

—¡Qué va!

—Eso mismo pensaba yo.

19

Stoudenmire vivía en una casa modular doble instalada en la cima de una colina, rodeado de unas vistas espectaculares. No tenía teléfono, así que no pudieron avisarlo con antelación de la visita, pero cuando detuvieron el coche, él ya estaba en la puerta de su casa. Era un hombre enorme con una barriga como un tonel, de caderas estrechas, calvo y de rostro risueño. Cuando bajaron del coche, levantó las manos fingiendo estar aterrorizado.

—¡Me ha pillado, sheriff! —gritó—. ¡Soy culpable! ¡Espóseme! ¡Sea lo que sea lo que he hecho, el señor Fountain me librará de la cárcel! —Y soltó una carcajada mientras estrechaba las manos de los dos hombres.

Watts le presentó a Corrie, y Stoudenmire la miró con una expresión de sorpresa que ya no la pillaba de nuevas.

—¿FBI?

La agente le estrechó la mano, todavía con sus ojos clavados en ella.

—¿Qué trae al FBI hasta aquí?

—¿Podemos entrar? —le preguntó Watts señalando la puerta.

—Por supuesto, por supuesto.

Siguieron a Stoudenmire al interior penumbroso y anodino de la casa modular, que olía a beicon rancio, y se sentaron en un desvencijado salón lleno de muebles tapizados con telas escocesas.

—Señor Stoudenmire, ¿sabe algo sobre el cuerpo que se ha

encontrado en un pueblo fantasma allí arriba? —preguntó Watts cuando todos estuvieron sentados.

—Últimamente apenas tengo ocasión de leer los periódicos.

—Bueno, pues se ha encontrado un cadáver en High Lonesome y estamos investigándolo, el FBI y yo. Estamos intentando identificarlo, y la agente Swanson ha traído unas fotografías que le gustaría enseñarle. Tal vez recuerde al hombre. Murió sobre 1945.

Stoudenmire asintió y en sus ojos apareció un brillo de interés.

Corrie sacó la primera fotografía y se la pasó. Stoudenmire la cogió mientras ella le soltaba el rollo sobre que no esperara una reproducción perfecta del rostro de la persona. Tras un largo silencio, el hombre dio unos golpecitos con una uña larga y sucia a la imagen.

—Se parece un poco a un bobo que rondaba por aquí cuando era niño —dijo—. Estoy intentando recordar su nombre.

—Aquí tiene otra fotografía —dijo Corrie.

Stoudenmire la cogió, se la acercó a los ojos y la alejó bizqueando.

—Sí, es él.

Corrie sintió que se le aceleraba el corazón de la emoción ante la posibilidad de que su recreación diera sus frutos tan pronto.

—¿Cómo se llamaba? —preguntó.

—Jim…

La agente esperó.

—¿Jim qué? —inquirió Watts, también sentado en el borde de su silla.

Stoudenmire arrugó la cara.

—Maldita sea, no lo recuerdo. Era un tipo que aparecía por la ciudad de vez en cuando. Siempre estaba hablando de algunas ideas un poco vagas que le rondaban la cabeza, pero ninguna le salía bien. Compró un montón de cabras de Cachemira, pero se le murieron todas. Luego emprendió un negocio de compraventa de trastos viejos.

—Pero ¿no recuerda su apellido?

Stoudenmire negó con la cabeza.

—Todo el mundo lo llamaba Jim.

Corrie recordó de pronto el anillo de oro con las iniciales.

—El apellido empezaba por la letra «g» —le dijo.

—G… —repitió el hombre—. Jim G… Jim Gower. ¡Eso es, Jim Gower!

Corrie se inclinó hacia delante.

—¿Y está seguro de que es el hombre de la foto, señor Stoudenmire?

—Ya lo creo. El viejo Jim Gower. Es él —afirmó dando un golpe terminante con la uña en la imagen.

—¿Qué más sabe de ese tal Gower? —preguntó Fountain.

—Malvivía con lo que sacaba de un rancho perdido en la Jornada. Es una tierra dura. Cuando perdió el rancho se lo podía ver en la ciudad, a veces borracho o durmiendo en un banco del parque, o intentando vender monedas antiguas o puntas de flecha y otras reliquias que no servían para nada. Era un zoquete inofensivo. —Sacudió la cabeza—. Jim Gower. Me trae viejos recuerdos.

Watts levantó la cabeza.

—Hay un Gower en Magdalena, un tal Jesse. Es un hombre joven, escritor o algo así. ¿Sabe si están emparentados?

Stoudenmire negó con la cabeza.

—No conozco a ningún otro Gower por estos lares. No creo que tuviera parientes cercanos ni lejanos.

Durante el viaje de regreso a Socorro, el sol bañaba con una radiante luz dorada la llanura e incendiaba las colinas. Había que reconocer que en el crepúsculo el desierto era hermoso. El resto del tiempo, pensó Corrie, solo era un erial monótono.

—¿Qué sabe de ese tal Jesse Gower? —preguntó Corrie a Watts.

—No mucho. Es de por aquí y se marchó para estudiar en la

universidad. Vivió en la ciudad de Nueva York una temporada, luego volvió y se instaló en la vieja casa familiar para escribir una novela. Pero eso fue hace diez años, así que supongo que las cosas no le han salido como esperaba.

—Su suposición es correcta —terció Fountain—. El año pasado oí que le habían roto la nariz en un bar de San Antonio. Pasó la noche en el calabozo. Para mí que se ha dado a las drogas o a la bebida…, o a las dos cosas. Es posible que no le sea de mucha ayuda.

—Es posible —repuso Corrie—, pero si comparten apellido tenemos que hacerle una visita. Mañana por la mañana no puedo, debo presentar el caso en la reunión semanal, pero por la tarde sí, si les va bien.

—A mí sí —respondió Watts.

—Yo creo que paso —dijo Fountain—. Por lo que he oído, la visita a Gower no será agradable.

20

Nora se puso su mejor traje para la ocasión y, cuando entró en la sala de reuniones del FBI, inmediatamente se alegró de haberlo hecho. La sala estaba llena a rebosar de hombres y mujeres jóvenes y acicalados vestidos con unos impecables trajes azules y grises, lustrosos zapatos y rostros radiantes. Tenía poco que ver con la informalidad de los vaqueros y la camisa de trabajo del instituto. Hasta en Nuevo México el FBI iba de punta en blanco.

Weingrau se había pasado por su despacho esa misma mañana y la había elogiado por su estrecha colaboración con los cuerpos de seguridad, así que estaba especialmente contenta de encontrarse allí. «Lo que está haciendo —le había dicho— es una publicidad de un valor incalculable para el Instituto». Y lo mejor de todo era que el departamento de Prensa del instituto había publicado una nota de prensa sobre la colaboración desinteresada con el FBI y el *Albuquerque Journal* se había hecho eco de ella. Por supuesto se habían omitido muchos detalles, incluidos la cruz de oro, High Lonesome y el cadáver, pero aun así el artículo era favorable.

Nora estaba sentada en las últimas filas mientras un colega llamado Lathrop realizaba una presentación con PowerPoint sobre la recreación facial, utilizando fotografías de la cara del cadáver.

—Utilizamos el método descrito por Taylor y Angel en *La*

identificación craneofacial en la medicina forense —estaba diciendo Lathrop con un pretencioso acento británico, de pie junto a una imagen del rostro recreado del muerto—. Consideramos que proporciona mejores resultados que la identificación forense digital. ¿Está de acuerdo conmigo, agente Swanson?

Corrie inclinó brevemente la cabeza mientras Lathrop seguía pasando fotografías.

—Determinamos —continuó Lathrop— que nuestro sujeto era un hombre demacrado, en la cincuentena, calvo en la coronilla y con un poco de flequillo, con la piel curtida por el sol. Tuvimos en cuenta todo eso durante la laboriosa recreación de la cara y añadimos las arrugas, el cabello y la piel morena. Creemos que hemos conseguido una recreación excelente, y la prueba de ello es que ya tenemos una identificación provisional. —Paseó la mirada en derredor—. ¿Alguna pregunta?

Se levantaron muchas manos. Lathrop eligió una.

—Todo eso está muy bien, pero ¿fue asesinado?

Corrie articuló el comienzo de una respuesta, pero Lathrop la interrumpió.

—Todavía no hay nada definitivo en ningún sentido. Al menos desde el punto de vista forense.

—Pero ¿ya es un caso oficial? —preguntó un agente.

Esta vez Corrie sí respondió:

—Sí, es oficial y está aprobado por el agente especial al mando.

Hubo más preguntas interesándose en la reconstrucción de la cara realizada por Lathrop y en los procesos que había empleado, que el forense respondió con voz engolada y derrochando confianza en sí mismo mientras Corrie mantenía la boca cerrada a su lado.

—Gracias, doctor Lathrop —dijo por fin la agente con cierta brusquedad cuando las preguntas decayeron.

Lathrop asintió y volvió a sentarse en su sitio con una sonrisa de satisfacción en su rostro.

—Ayer —continuó Corrie, tomando la batuta—, el sheriff Watts y yo mostramos estas fotografías a algunas personas mayores de la zona de Socorro y hemos conseguido una identificación provisional de la víctima. Al parecer se llamaba James Doolin Gower. De momento, lo único que tenemos es el nombre, pero confirmaremos la identidad y seguidamente investigaremos los detalles de su vida. Ahora me gustaría presentarles a la doctora Kelly, que trabaja como conservadora jefa en el Instituto Arqueológico de Santa Fe. La doctora Kelly excavó los restos y ha estado estudiando el objeto encontrado junto al cuerpo. ¿Doctora Kelly?

Nora se puso en pie y subió al podio. Había preparado una pequeña presentación en PowerPoint que abrió con el mando a distancia que Corrie le entregó. Estaba habituada a dar conferencias en el instituto, así que todo el nerviosismo que pudiera haberla atenazado al hablar delante de una sala llena de agentes del gobierno se desvaneció rápidamente.

La primera imagen que apareció en la pantalla fue la de una fotografía de la cruz sobre un fondo de terciopelo negro. Brillaba bastante, y suscitó un leve murmullo entre los asistentes.

—El doctor Orlando Chavez y yo hemos examinado la cruz y hemos hecho algunos descubrimientos preliminares. Parece ser que data del periodo colonial español, previo a la rebelión de los indios pueblo; es decir, de entre los años 1598 y 1680. Probablemente se fabricó en el Nuevo Mundo, pues ese parece ser el lugar de origen del oro y de las piedras preciosas.

Pasó a la siguiente fotografía: un primer plano de las turquesas engastadas.

—Se han identificado las turquesas como procedentes de la antigua mina chalchíhuitl de las colinas de los Cerrillos, al sur de Santa Fe, que fue un yacimiento prehistórico e histórico de turquesas. Su pálido color verde y sus dibujos son característicos. En cuanto al resto de las piedras preciosas resulta más difícil determinar su origen, pero es probable que la nefrita proceda del centro de México. La factura de la cruz es de una delicadeza extraordinaria, y casi seguro fue realizada por un maestro orfebre de Ciudad de México. Cabe la posibilidad de que la introdujera en Nuevo México un religioso como un objeto sagrado personal.

Mostró la siguiente imagen.

—Hay lo que parecen ser unas marcas de ensayo poco habituales en la cruz, que mi colega del instituto está investigando en este momento.

La presentación llegó a su fin.

—Ya para acabar, puesto que todos ustedes son agentes de la ley, les interesará saber que no hay documentación relativa a la historia y al origen de esta cruz. No procede de ninguna colección pública ni privada que conozcamos, ni hay registrada ninguna denuncia por el robo de un objeto de estas características. Esto es todo lo que podemos decir sobre la cruz ahora mismo, pero cuando identifiquemos esas marcas de ensayo sabremos mucho más. Gracias.

Corrie se adelantó.

—Gracias a usted, doctora Kelly. ¿Alguna pregunta?

Una docena de manos se levantaron.

—¿Cuál es el valor de la cruz? —preguntó alguien.

—Desde un punto de vista histórico, es un objeto excepcional. En mi trayectoria profesional nunca me había encontrado con algo parecido.

—Pero ¿en el mercado libre? ¿Puede darnos un valor de mercado?

—Calculo que su precio rondaría las seis cifras.

—¿Qué es la rebelión de los indios pueblo que ha mencionado? —preguntó otra persona.

Nora se había interrogado previamente por los conocimientos históricos que podría necesitar el grupo. Ahora, al pasear la mirada por la sala, se daba cuenta de que la mayoría de aquellos agentes probablemente habían venido desde otras partes del país y no sabían casi nada sobre la historia local.

—Buena pregunta —dijo—. Permítanme que les proporcione brevemente un contexto histórico. Los primeros en establecerse en Nuevo México fueron los españoles, en 1598, liderados por el conquistador don Juan de Oñate y un grupo de colonos, entre los que había bastantes frailes. Estos religiosos se desplegaron por todos los asentamientos de los subyugados indios pueblo a lo largo del Río Grande, donde fundaron misiones y construyeron iglesias. Esas iglesias necesitaban objetos eclesiásticos: cruces, campanas, cálices, estatuas de la Virgen; esa clase de cosas. Así pues, en Ciudad de México muchos talleres comenzaron a producir en masa objetos sagrados para proveer a las iglesias situadas a lo largo de la frontera septentrional. Puesto que tenían un acceso casi ilimitado al oro, a la plata y las piedras preciosas que salían en abundancia de las minas, algunos de esos artículos religiosos eran bastante espectaculares. Se transportaban desde Ciudad de México y se distribuían a las iglesias de todo Nuevo México. Creemos que ese es el caso de esta cruz. Está muy gastada, de manera que suponemos que no se quedó permanentemente en una iglesia, sino que un religioso la llevaba consigo en sus viajes.

»En 1680, los indios se sublevaron, mataron a cuatrocientos colonos y a docenas de religiosos y expulsaron al resto de los españoles de Nuevo México. Es lo que se conoce como la rebelión de los indios pueblo. Los indios pueblo se propusieron borrar todo rastro de la ocupación española. Destruyeron casas, quemaron iglesias, destrozaron cruces y derribaron estatuas. Realizaron rituales para purificar a todo aquel que había sido bautizado y se disolvieron todos los matrimonios oficiados por un religioso. Por eso es tan raro encontrar un objeto que sobreviviera a la destrucción, sobre todo de oro.

—¿Por qué sobre todo de oro? —preguntó un agente.

—Los indios pueblo llegaron a pensar que el oro era un metal maldito que volvía locos a los españoles; lo consideraban el principal responsable de su esclavización para trabajar en las minas. Se dice que taparon y escondieron las minas para que los españoles no pudieran reabrirlas si regresaban. Y cuando regresaron en 1692, los españoles, hasta donde sabemos, jamás encontraron algunas de esas minas.

El entusiasmo y el interés de la sala habían crecido. «Oro —pensó Nora—. La palabra mágica».

—Entonces ¿por qué un tipo como ese llevaba encima una cruz así en 1945?

—No lo sabemos.

—Tuvo que sacarla de algún sitio.

—Pudo pasar de generación en generación dentro de su familia. Tal vez la encontró o la robó. Como he dicho, no hemos hallado pruebas documentales, salvo las marcas de ensayo que he mencionado. Es posible que nunca averigüemos su origen.

Se levantaron más manos y un murmullo de voces exaltadas colmó la sala. Morwood, el jefe de Corrie, se puso en pie y se volvió hacia el grupo de agentes con los brazos levantados. Se hizo el silencio y las manos bajaron una a una.

—Me gustaría recordarles que se trata de la investigación de un posible homicidio. Sé que la cruz de oro es intrigante, pero no nos desviemos del asunto que nos concierne. Todavía no tenemos ninguna razón para pensar que está relacionada con la muerte del hombre…, aunque muriera asesinado. En mi opinión, lo más importante son los signos de violencia: las fracturas en el cráneo, las costillas rotas, el disparo en la cabeza de la mula… Eso, y no la cruz, es lo que puede determinar si el hombre fue asesinado. —Miró a Corrie—. Según usted, ¿hasta qué punto eran graves las heridas sufridas por la víctima?

—No eran mortales, ni siquiera discapacitantes, si le soy sincera. Podría haberse caído de la mula.

Sus palabras provocaron un murmullo de risas.

—Yo no me precipitaría a la hora de sacar conclusiones —repuso Morwood—. Podría haber tenido una pelea, y también podría haber sufrido lesiones internas de consecuencias más graves. ¿Lo han investigado?

—Sí, señor. La cavidad peritoneal no muestra signos de hemorragia interna. Los órganos aún están en el laboratorio, pero por ahora no hemos encontrado nada que indique lesiones internas. Hay programada una tomografía computarizada para el cadáver, la cual nos dará una respuesta más definitiva.

—Bien. Y, doctor Lathrop, les felicito a usted y a la agente Swanson por la excelente recreación facial.

—Gracias, señor —dijo Lathrop—. ¡Muchísimas gracias!

Corrie bajó de la tarima. No podía creer que Lathrop hubiera acaparado todo el mérito de su recreación facial. Quizá debería haber expresado su objeción cuando Morwood le había sugerido, muy amablemente, que fuera el patólogo quien presentara los descubrimientos. Ella había aceptado y Lathrop lo había aprovechado para robarle el reconocimiento por su trabajo.

Vio que Nora se acercaba.

—Una presentación fantástica —felicitó a la arqueóloga—. Te lo agradezco mucho.

—Me alegra poder ayudarte. —Esta la miró detenidamente—. ¿Te encuentras bien?

—Estoy bien —musitó Corrie mientras recogía sus papeles y guardaba el ordenador.

Mientras la sala se vaciaba, Morwood se acercó y estrechó la mano de Nora.

—Quería darle las gracias por la charla de hoy, doctora Kelly.

—No hay de qué.

—Ya ha visto que la cruz ha despertado mucho interés.

—Oro, piedras preciosas, minas perdidas… Son cosas que atrapan la atención de la gente.

—A veces demasiado. —Morwood miró a Corrie—. Ha hecho un buen trabajo con la recreación.

—Debería saber, señor —comenzó a decir Corrie—, que el doctor Lathrop me ha robado todo el mérito de un trabajo que yo…

Morwood levantó una mano para interrumpirla.

—El doctor Lathrop es el mayor experto mundial en distinguir el cráneo de un caballo del de una mula. ¿Es eso lo que va a decirme? Porque no quiero oír ninguna queja.

Corrie se quedó callada, con la cara roja.

—Un pequeño consejo: deje que otros se lleven el mérito, aunque no se lo merezcan —añadió Morwood suavizando el tono—. Obrará maravillas en su carrera. —Se inclinó hacia la agente y agregó—: Ya sé que usted hizo la recreación, y soy yo el que tiene que saberlo.

—Sí, señor.

Morwood se volvió a Nora.

—Me gustaría hablar un momento en privado con Corrie, espero que no le importe.

—Por supuesto.

La arqueóloga dejó a los dos agentes en la sala de reuniones. Corrie advirtió el gesto severo que comenzaba a cobrar forma en la cara de su supervisor.

—Tengo que hablar con usted sobre Brad Huckey —dijo Morwood.

Corrie cruzó los brazos.

—¿Qué le pasa?

—Usted y yo hemos tenido varias conversaciones sobre lo importante que es llevarse bien con todo el mundo, incluso con las personas difíciles. En el FBI valoramos mucho el hecho de mantener buenas relaciones laborales. Es inherente a nuestro trabajo tratar con individuos indeseables, retrógrados, inmundos e incluso criminales.

Corrie clavó una mirada feroz en Morwood. Le hervía la sangre.

—Bueno, ¿y qué ha dicho exactamente Huckey?

—No se lo tome al pie de la letra, pero ha dicho que usted es una persona con la que es difícil trabajar, ofensiva y poco dispuesta a cooperar.

La agente contó hasta uno y preguntó:

—¿Algo más?

—Que erró en la identificación de un hueso que él encontró y que interfirió en su protocolo de inspección.

—¿Y usted lo cree?

No había pretendido utilizar un tono tan desafiante y la pregunta pareció desconcertar a Morwood.

—No, no lo creo, salvo en que representa un fracaso por su parte a la hora de llevarse bien con él.

Ella respiró hondo.

—Estoy más que dispuesta a llevarme bien con individuos indeseables, retrógrados, inmundos e incluso criminales como parte de mi trabajo.

—Me alegra oír eso, pero…

—Disculpe, señor —lo interrumpió Corrie—, pero lo que no estoy dispuesta a hacer es aguantar compañeros de trabajo así. Hay una diferencia. Desde el primer momento, Huckey fue desagradable, ofensivo, arrogante y machista. Me menospreció delante del sheriff Watts, trató el yacimiento con desprecio en vez de con respeto, y cuando entramos en la mina, en lugar de ser considerado con la tragedia que había ocurrido allí, pensó que sería divertido dejar caer una caja de TNT a mis pies. Su comportamiento fue poco profesional desde el principio hasta el final. —Respiró hondo otra vez—. ¿Está diciéndome que tengo que aguantar eso?

Morwood frunció el ceño.

—Bueno, en principio…

—Entonces, lo siento, pero se lo diré claro: no pienso aguantarlo. No de compañeros de trabajo, y mucho menos de alguien que, en teoría, es mi subordinado. Socava mi autoridad como agente especial. ¿No está de acuerdo, señor?

Un silencio prolongado se instaló en la sala. Morwood miraba fijamente a Corrie.

—¿De verdad fue tan horrible? —preguntó por fin el supervisor.

—Peor. Y también podría señalar que yo estaba dispuesta a dejarlo pasar. Ha sido Huckey quien se ha quejado, no yo.

—Ha informado de que lo llamó, entre otras cosas, «bicho raro sin polla». Eso no es lo que diríamos profesional por su parte.

—Tal vez. Pero sigo manteniendo que si hubiera tratado a un tío como me trató a mí, se habría llevado una buena paliza.

Morwood asintió lentamente, con el ceño fruncido.

—De acuerdo, tomo nota. No quiero que mis agentes tengan que soportar esa clase de comportamiento.

—Gracias, señor. —Corrie estuvo a punto de preguntarle qué pensaba hacer al respecto, pero se dio cuenta de que podría haber dado la impresión de que intentaba influir para que Huckey se llevara una reprimenda. Sinceramente, le importaba una mierda lo que le pasara a Huckey, siempre y cuando no tuviera que volver a trabajar con él. Los tipos como Huckey nunca cambiaban.

Morwood asintió y enfiló hacia la puerta. Ella se quedó recogiendo sus cosas, con el corazón martilleándole el pecho. ¿Acababa de joder su carrera o había salido fortalecida de la conversación? No tenía ni idea de si había hecho una cosa o la otra y estaba muy confusa. Lo único que sabía era que nunca más volvería a aguantar a matones como Huckey. Se parecía demasiado a sus miserables años de instituto.

Salió de la sala de reuniones y se encontró con Nora, que la esperaba en el pasillo.

—Lo siento, se ha alargado un poco —se disculpó Corrie.

—No te preocupes.

—¿Tienes algo que hacer ahora?

—Pensaba volver a Santa Fe. ¿Y tú?

—Tengo que ir al sur, a un lugar dejado de la mano de Dios, para entrevistar a alguien que podría ser pariente de Gower —dijo Corrie. Y añadió, casi sin pensarlo—: ¿Quieres venir?

—¿Yo? —exclamó sorprendida Nora—. ¿Por qué?

—Porque es un viaje en coche largo y aburrido… Y, bueno, me vendría bien un poco de compañía.

Nora se lo pensó durante lo que pareció una eternidad antes de asentir con la cabeza.

—Claro.

21

Jesse Gower vivía en una cabaña de troncos con el tejado de chapa, rodeado de pinos reales y con vistas a las montañas Magdalena. Al otro lado del patio de tierra que se extendía junto a la cabaña había un gallinero destartalado —todavía habitado, a juzgar por el cacareo que se oía de vez en cuando—, y, pegado a él, lo que parecía un cobertizo para herramientas con las contraventanas cerradas. Habría sido un sitio bonito, pensó Nora, si en el patio no hubiera un montón de coches viejos, un par de frigoríficos, una lavadora, rollos de alambre de espino, una barrera canadiense rota y demás trastos inservibles. Como al llamarlo por teléfono no habían recibido señal, Watts propuso que se presentaran allí con la esperanza de encontrarlo en casa.

Nora se llevó una sorpresa al ver al sheriff Watts. No tenía nada que ver con lo que se había esperado: era alto, delgado, ridículamente joven, de trato fácil y algo tímido. Sin embargo, lo que más le llamó la atención fue su sombrero de vaquero. Era una pieza magnífica, un Resistol Silver Belly de piel de castor que, calculó, debía costar más de mil dólares. Watts cuidaba con mimo su sombrero, le retiraba la más pequeña mota de polvo y lo mantenía impecable… Y no le extrañaba, porque cuando se lo ponía era la viva imagen de Gary Cooper de joven. Nora no pudo evitar preguntarse si habría algo entre él y Corrie, a pesar —o tal vez por eso mismo— de la afectada formalidad con la que se trataban —los constantes «agente Swanson» y «sheriff Watts» y esa clase de cosas.

Watts se había sorprendido cuando Corrie sugirió que Nora los acompañara, pero no puso ninguna objeción. Habían ido todos en el coche del sheriff y ahora este detuvo el vehículo a cierta distancia de la casa.

—Creo que será mejor que esperamos un poco —sugirió—. No me parece buena idea aparecer por sorpresa.

De manera que esperaron y esperaron, pero no pasó nada, excepto un graznido y un poco de actividad en el gallinero.

Al cabo de unos minutos, Watts se revolvió en el asiento.

—¿Por qué no aguardan en el coche mientras yo me acerco y llamo a la puerta?

—¿Por qué no voy yo y usted se queda aquí? —replicó Corrie—. Yo tengo un aspecto menos amenazador. Usted es fuerte y alto y lleva uniforme.

—Bueno, verá… —Watts no terminó la frase, pero quedaba claro que no le entusiasmaba la idea.

—Voy armada y estoy entrenada —apuntó Corrie.

—Me preocupa lo que podría pensar la gente de por aquí si yo me quedo en el coche y a usted le disparan —dijo riendo Watts.

—Todos los reivindicadores de derechos de la zona le pondrán una medalla por reconocer la igualdad de los sexos —espetó la agente, y bajó del coche.

Nora esperó con Watts mientras Corrie caminaba sin prisa hasta el porche y se detenía al pie de la escalera.

—¿Jesse Gower? —gritó—. ¿Está en casa?

Ninguna respuesta.

La arqueóloga observó a Corrie desde el coche cuando subió la escalera y llamó a la puerta.

—¿Jesse?, ¿está en casa? Mi nombre es Corrie Swanson.

La puerta se abrió lentamente, casi como si un fantasma tirara de ella, y apareció un hombre que semejaba un espantapájaros. Vestía ropa clara, tenía el rostro chupado y el cabello lacio y rubio recogido en una desarreglada coleta que le caía casi hasta la cintura. Su nariz parecía mal curada después de que se la hubieran partido. Una barba de varios días completaba el aspecto de lo que parecían los despojos de un hombre. «Un adicto, sin duda —pensó Nora—. A las metanfetaminas o a la heroína, o a las dos».

—¿Quién es? —dijo finalmente el hombre.

—Esto… Corrie Swanson. FBI.

Nora vio que Corrie le enseñaba la credencial y luego la bajaba y le tendía la mano. El hombre se quedó mirando la mano pasmado.

—No puede entrar —dijo Gower, y comenzó a retroceder.

—No importa, no se preocupe, no es necesario que entremos. Solo tenemos algunas preguntas…

Pero la puerta se cerró y se oyó un ruido de cerrojos.

«¿Y ahora qué?», se preguntó Nora.

El sheriff Watts hizo el ademán de bajar del coche, pero Corrie le dirigió un gesto para que se quedara dentro.

—¿Señor Gower? —gritó a través de la puerta—. Hemos encontrado el cadáver de un hombre llamado James Gower. Hemos venido para hacerle algunas preguntas.

Nada.

—Lo encontramos con un objeto valioso.

Siguió sin obtener respuesta.

—¿Es usted descendiente suyo? Estamos buscando al heredero legítimo.

En ese instante la puerta volvió a abrirse lentamente y el espectro apareció en el hueco.

—¿Qué objeto?

—Si nos permite a mis compañeros y a mí que nos sentemos en su porche, le hablaré de él.

Gower hizo un gesto hacia el coche para que las personas que estaban dentro se acercaran.

Watts bajó del jeep y se encasquetó su maravilloso sombrero. Nora también bajó y los dos subieron la escalera del porche, donde había un sofá raído y varias sillas desvencijadas desperdigadas por él. Todos tomaron asiento y el vacilante Gower se sentó en un taburete. Sus rodillas huesudas sobresalían de los agujeros en los pantalones. Hacía frío en el porche y el aire estaba impregnado de la fragancia de las hojas de los pinos. Nora volvió a pensar que era un sitio bonito, siempre y cuando una no se fijara en la chatarra del patio.

La arqueóloga estudió con detenimiento a Gower. Tenía las pupilas dilatadas y parecía colocado, muy colocado. Se preguntó de dónde sacaría las drogas viviendo en un lugar tan apartado.

—Bueno, hábleme de ese objeto —dijo Gower.

—En primer lugar, ¿es usted pariente de James Doolin Gower?

—Quiero saber más sobre ese «objeto valioso».

—Y lo sabrá —repuso Corrie—, una vez que hayamos determinado su parentesco con James Doolin Gower, si es que lo tiene.

El tono oficial, o quizá la insinuación, pareció despejar a Gower, que se puso en pie.

—¡Que los jodan a todos! —espetó.

—Muy bien —dijo Corrie—. Vámonos. —Miró a Watts—. Es evidente que no tiene ninguna relación con Jim Gower ni con el objeto de oro.

Al oír eso, el hombre se quedó parado.

—¿Un objeto de oro?

Corrie lo miró fijamente.

—Señor Gower, necesito saber si va a colaborar.

—Sí, colaboraré. —Se dejó caer en el taburete de nuevo. Tras un largo silencio, añadió—: James Doolin Gower era mi bisabuelo.

Corrie sacó una fotografía.

—¿Es este hombre?

Gower la cogió con una mano temblorosa y la miró detenidamente.

—¿De dónde la ha sacado?

—Es una recreación facial realizada a partir del cráneo del

hombre que encontramos en un pueblo fantasma a varios kilómetros de aquí. Lo hemos identificado provisionalmente como James Gower.

—Se parece bastante. Es él.

—Quiero estar segura. Aquí tiene otra foto, y otra.

Gower las miró.

—Estoy seguro de que es él. Desapareció mucho antes de que yo naciera, pero he visto suficientes fotos suyas para no tener dudas.

Corrie recuperó las fotografías.

—Háblenos de él.

—No hay mucho que contar. Tenía un rancho en las áridas tierras de San Andrés. El gobierno se lo expropió, como hizo con el resto de los ranchos de la zona, cuando creó el Polígono de Misiles de White Sands.

—¿El gobierno se quedó su rancho?

—Ah, sí. Y después de que esos cabrones del gobierno le robaran el rancho, porque le pagaron una miseria por él, pasó los últimos y escasos años que vivió buscándose la vida. O eso me contó mi padre. Estaba seguro de que el gobierno le había quitado sus tierras porque querían algo que había en ellas, petróleo, tal vez, u oro. Mi bisabuela lo abandonó y al poco tiempo él desapareció. Nadie volvió a saber nada de él.

—¿Cuándo desapareció?

—Un par de años después de que le robaran el rancho. —Gower se quedó pensativo un momento—. Por lo que me contó mi padre, calculo que a mediados de los años cuarenta.

—¿Nadie lo buscó?

—La gente del gobierno y el sheriff organizaron sin demasiado interés una partida de búsqueda que duró un par de días, luego se cansaron. ¿Y dice que han encontrado su cuerpo en High Lonesome?

—¿Qué le hace pensar que ha sido en High Lonesome? —preguntó Corrie.

—Ha dicho que hallaron su cuerpo en un pueblo fantasma a

varios kilómetros de aquí. El único que me viene a la cabeza es High Lonesome.

—Pues es así. Un buscador de reliquias lo encontró.

—¿Qué hacía allí?

—Eso es lo que intentamos averiguar —respondió Corrie—. ¿Alguna idea?

Gower negó con la cabeza.

—No se me ocurre nada. ¿Cómo murió?

—Estamos investigándolo. Podría ser un homicidio o un accidente. ¿En su familia se ha transmitido algún rumor, alguna historia?

Gower miró con recelo a Corrie… o, pensó Nora, con una expresión paranoica.

—La verdad es que no. ¿Y dice que llevaba encima un objeto valioso? ¿Su reloj de oro?

—¿Reloj de oro? —inquirió Corrie.

—Sí, un reloj de bolsillo con las constelaciones grabadas en la tapa. Un cronógrafo *flyback*.

—¿Un qué? —exclamó Watts.

—Un cronógrafo *flyback* —repitió Gower—. Creo que cuando lo inventaron, sobre los años veinte del siglo pasado, lo llamaban «de vuelta automática».

—Parece saber mucho sobre el tema —observó Corrie.

Él se encogió de hombros.

—Mi padre sabía algo sobre la reparación de relojes. Ese reloj significaba mucho para mi bisabuelo. Valía una pasta.

Tras un breve silencio, Corrie retomó la palabra:

—Descubrimos un objeto de oro, pero no era un reloj, sino una cruz.

—¿Una cruz? —Dio la impresión de que Gower tenía dificultades para imaginarse a su antepasado con un objeto así—. ¿Cuánto vale?

—También estamos investigando eso.

—Soy el único descendiente, así que me pertenece. Soy el heredero legítimo, como usted misma ha dicho.

Nora se inclinó hacia él.

—Nos sería de gran ayuda que nos hiciera un esbozo de la historia de la familia y de sus miembros. Un árbol genealógico.

—Mi bisabuelo, el hombre muerto que han encontrado, tuvo un hijo. Se llamaba Murphy Gower. Su madre se lo llevó a la casa familiar, esta donde estamos, cuando abandonó a su marido. Murphy Gower era mi abuelo. Él heredó este sitio y se casó con Eliza Horner, mi abuela, y tuvieron un hijo, mi padre. También se llamaba Jesse. Mi padre pasó una temporada en Culver City, California, y luego volvió aquí y se casó con mi madre, Millicent. Intentaron sacar adelante un rancho en las inmediaciones de Magdalena. Allí pasé los primeros doce años de mi vida. Luego el rancho se fue a pique, mi madre se marchó y yo conseguí una beca para ir a Harvard. Mi padre murió… y yo dejé la universidad.

—¿Harvard? —exclamó Corrie.

—Sí, Harvard. Una beca completa. No ponga esa cara. Estuve en Harvard dos años y me iba bastante bien. —Por primera vez apareció algo de color en su rostro: el rubor de la vergüenza.

—Continúe —dijo Corrie.

—Así que me fui a Nueva York y escribí alguna cosa. No me sentía a gusto. Necesitaba paz y tranquilidad. De modo que regresé aquí para escribir mi novela. Aún estoy trabajando en ella.

Silencio.

—¿Cómo se titula su novela? —quiso saber Corrie.

—Lamentable.

A su respuesta siguió otro silencio.

—¿Y qué le pasó después? —preguntó la agente con un repentino tono de crispación en la voz.

La cara pálida de Gower se puso completamente roja.

—¿A qué se refiere? No me pasó nada. Vivo de los huevos de mis gallinas y escribo mi novela.

—¿Desde hace diez años?

Gower se revolvió en el taburete.

—James Joyce tardó diecisiete años en escribir *Finnegans Wake*.

Se inclinó hacia él.

—Me refiero a cuándo se enganchó a las drogas.

Gower se puso hecho una furia y se levantó de un salto.

—¡Fuera de mi propiedad!

Corrie se puso en pie. Los demás la imitaron.

—Y usted —espetó—, déjelo… o morirá.

—¿Qué pasa con la cruz? —preguntó Gower con la voz ronca.

—Cuando ya no la necesitemos como prueba podrá reclamarla, si de verdad es el único heredero… y no está muerto para entonces.

Gower los miraba fijamente desde el porche mientras regresaban al jeep.

—Dios mío —dijo Watts—, ha sido muy dura con él. —Colocó cuidadosamente el sombrero en un soporte de alambre para sombreros y se sentó tras el volante, mirando con curiosidad a Corrie. Nora también la miraba de la misma manera. Esos arrebatos no eran propios de ella.

—¿Harvard… y ahora esto? —dijo con rabia Corrie—. Es una puta tragedia. Y… —Dudó.

—Adelante —dijo Nora.

—Yo… —Corrie hizo otra pausa—. He visto la misma mierda en mi familia. Mi tolerancia es nula para estas cosas.

22

Corrie bajó por la escalera de hormigón al sótano del edificio de la delegación del FBI en Albuquerque. El lugar, con las ventanas oscuras y el aparcamiento vacío, parecía dormido, pero no debía sorprenderla porque eran las cinco de la mañana. La había despertado una pesadilla, una repetición del disparo fallido, y luego le resultó imposible volver a conciliar el sueño. Finalmente se había dado por vencida y se levantó de la cama. Después de una ducha y de comerse una barrita de granola con la ayuda de dos tazas de café, negro e intenso, se metió en el coche y condujo hasta el trabajo. El esqueleto de la mula se había convertido en un quebradero de cabeza para ella. Lathrop se mostraba especialmente posesivo con el examen de sus huesos y ella apenas había podido observarlo por encima del hombro mientras trabajaba. En su momento dejó que se saliese con la suya, pues pensaba que la mula era menos importante que el examen de Gower. Pero todavía tenía algunas preguntas sin respuesta —en particular, por qué habían disparado al animal—, y quería examinar los huesos con detenimiento sin el entrometido patólogo pegado a ella.

Entró en el laboratorio de patología con su tarjeta y encendió las luces. La entrada, siempre llena de cosas, estaba más atiborrada que de costumbre por las cajas de cartón sin abrir que se habían acumulado. Había averiguado que se trataba de un problema sin visos de solución, ya que la zona de carga y descarga estaba justo debajo del laboratorio, así que el pasillo y el vestíbulo de este se habían convertido en sitios de lo más prácticos para acumular los suministros que la gente, por pura pereza, no desempaquetaba y almacenaba rápidamente. El propio Lathrop parecía tener bastante culpa del problema, ya que Corrie vio que muchas cajas procedían de empresas de material médico y de laboratorio.

Sorteó los obstáculos para llegar al teatro de operaciones, que también se encontraba atestado de mesas de examen, camillas y equipo forense. En el fondo de la sala estaba la unidad de refrigeración con varios compartimentos; uno de ellos lo ocupaban actualmente los restos de James Gower, y el otro, los de su mula... o burdégano; maldita sea, nunca se aprendería esa estúpida palabra.

Se puso la bata, los guantes, la máscara y el gorro y emprendió el examen de los restos del animal. Empujó una mesa con ruedas vacía hasta el contenedor del burdégano y lo abrió. A diferencia de su dueño, del animal apenas quedaban huesos, ya que había estado todos esos años a la intemperie. Sacó la bandeja del compartimento y trasladó los restos a la mesa de exámenes. Antes de llevar de nuevo la camilla bajo las luces, Corrie también abrió el compartimento de Gower y sacó la bandeja con su cuerpo. Alentada por la ausencia de Lathrop, decidió examinar de nuevo los restos del hombre sin la presión de tener a otra persona echándole el aliento en la nuca. El cadáver momificado, al que ya habían extraído algunos órganos internos, seguía en posición fetal y con un brazo extendido. De nuevo le llamó la atención lo poco natural de la postura del cuerpo; no le cuadraba que una persona, incluso mientras estaba agonizando, adoptara esa postura. Y la piel que se le desprendía a tiras... ¿Realmente era la consecuencia de haber estado disecándose durante tres cuartos de siglo en un ambiente árido? También eso parecía muy raro.

Devolvió su atención a los huesos del animal y decidió comenzar el examen por las pezuñas y las patas. Quizá le habían disparado porque estaba herido o cojeaba. El silencio que reinaba en la sala parecía acentuarse mientras trabajaba. Estaba acostumbrada a las morgues y a los cadáveres que los habitaban, pero nunca había sido capaz de sacudirse la sensación —sobre todo en ocasiones como esa, cuando estaba sola en el laboratorio— de que en realidad no estaban muertos del todo, solo dormidos. Y a veces ni siquiera eso, sino despiertos y atentos.

Arrinconó esa idea absurda y prosiguió el examen a simple vista. No advirtió nada raro en las pezuñas o en las patas, ninguna fractura obvia. La pelvis también parecía normal. Sin embargo, cuando pasó a la caja torácica reparó en algo interesante. Las costillas tercera y cuarta posteriores del lado izquierdo tenían unas manchas que resaltaban… En realidad solo eran unas sombras. Las miró con detenimiento y luego fue al armario donde se guardaban las gafas lupa, cerca de la entrada del laboratorio. Naturalmente había algunas cajas bloqueando la puerta y las apartó refunfuñando para abrir el mueble. Sacó unas lupas binoculares Galileo 2.5× y se las colocó en la cabeza. Mientras ajustaba la correa para que no le apretara, oyó unos pitidos apagados a su espalda, débiles pero regulares. ¿Había un camión de UPS dando marcha atrás en la plataforma de carga y descarga? No, era demasiado temprano. Cerró el armario y volvió a poner las cajas delante de la puerta.

Al volver a observar las manchas, esta vez ampliadas, confirmó su sospecha. Lo que a simple vista parecían unas sombras en el hueso erosionado resultaban ser, con la ayuda de las lentes, dos fracturas que cruzaban de lado a lado las costillas, sin signos de que hubieran empezado a curarse. Otra lesión *perimortem*, y, curiosamente, similar a las fracturas que había visto en Gower. Era muy extraño. ¿La mula y el jinete habían sufrido una brutal caída? Esa parecía la explicación más plausible. No obstante, aquello no aclaraba el hecho de que hubieran disparado a la mula.

La agente se centró en el examen del orificio de entrada de la bala, situado justo entre los ojos. Con las lupas pudo distinguir unas marcas microscópicas alrededor del borde, lo que indicaba que el disparo se había realizado a bocajarro; probablemente con el cañón del arma apretado contra la cabeza del animal. La bala del calibre 22 no tenía la potencia suficiente para salir del cráneo, así que rebotó en su interior, mató al animal de manera instantánea y quedó alojada dentro.

Corrie se irguió despacio y se sacó las gafas de la cabeza. Todavía no había encontrado ningún indicio que explicara por qué habían matado al animal. Las patas parecían sanas, y un par de fisuras del grosor de un cabello en las costillas no habrían provocado una cojera. Cabía la posibilidad de que sufriera lesiones internas, pero lo dudaba.

Concluyó el examen con una sensación de frustración. Cubrió la mesa y la apartó para centrarse en el estudio de los restos de Gower.

Los pitidos apagados volvieron a entrometerse en sus pensamientos. Esta vez miró a su alrededor, cada vez más crispada. Sonaban demasiado cercanos para provenir de la plataforma de carga y descarga. De hecho, parecían llegar desde algún lugar del interior del laboratorio. ¿Se habría dejado alguien un teléfono con la alarma activada? Porque los pitidos tenían todas las características de una alarma: eran graves, regulares e insistentes.

Observó en derredor y su oído guio sus ojos hacia unas cajas entregadas recientemente y apiladas cerca del armario de las gafas. Los pitidos parecían proceder de esa zona.

Se acercó intrigada. La mesa de exámenes con los huesos del burdégano estaba en medio y Corrie la empujó. Los pitidos cesaron, pero ya había localizado su origen: una de las cajas de arriba de la pila.

Por un momento se le pasó por la cabeza la idea descabellada de que fuera una bomba, pero eso era una tontería, porque las bombas solo pitaban en las películas. Cogió la caja y la agitó, primero con cautela y después con un poco más de intensidad. Se la arrimó a una oreja.

Nada.

«¿Qué demonios...?».

Necesitaba más luz para leer la etiqueta, así que regresó con la caja adonde estaban las mesas de exámenes. En ese momento sonaron de nuevo los pitidos dentro de la caja.

Corrie se quedó paralizada al instante y luego, lentamente, dio un paso atrás para alejarse de las mesas.

Los pitidos volvieron a parar.

Levantó la caja con sumo cuidado hasta la altura de sus ojos. La había enviado un laboratorio privado de Míchigan y en la etiqueta se leía:

CUATRO-C CIENTÍFICO
12 DOSÍMETROS ELECTRÓNICOS RADEX
TASA DE DOSIS DE RADIACIÓN EN SV/H PARA RAYOS ß, Y, X

Casi sin pensarlo, Corrie abrió la caja y ante sus ojos aparecieron doce cajitas, cada una de las cuales contenía un dosímetro. Rompió una para sacar el aparato, un pequeño dispositivo de plástico con una diminuta pantalla led y un clip para engancharlo a la ropa. A continuación tiró la caja y se acercó con el brazo extendido y el aparatito en la mano temblorosa a la mesa con los restos del burdégano.

Los pitidos se intensificaron y sonaron cada vez más seguidos.

Corrie dio otro paso hacia la mesa, y luego otro, sosteniendo el dosímetro en dirección al cráneo. La intensidad de los pitidos aumentó tanto que se fundieron en un único zumbido estridente. La pantalla led despedía una brillante luz roja.

—Mierda —masculló Corrie retrocediendo. La intensidad de los pitidos decayó hasta que por fin cesaron.

Todavía con el brazo extendido y el dosímetro delante de ella, rodeó la mesa con los huesos del animal y se acercó al compartimento abierto que contenía los restos de Gower.

Los pitidos volvieron a pasar de un ruido molesto a un castañeo frenético y por último un zumbido continuo.

Durante un segundo, o quizá dos, Corrie permaneció paralizada por el terror. Luego retrocedió dos pasos, giró sobre los talones y salió corriendo del laboratorio.

23

Nora Kelly estaba encorvada sobre una mesa llena de fragmentos de cerámica cuando advirtió un débil ruido de sirenas. Dejó lo que estaba haciendo un momento para aguzar el oído. Por la calle a veces pasaban vehículos con las sirenas puestas, pero las que estaba oyendo se ralentizaron y sonaron más fuerte, así que tenían que haber entrado en el aparcamiento del instituto.

Un minuto después llamaron a la puerta con un golpe fuerte. La puerta se abrió antes de que Nora tuviera tiempo de poner la mano en el picaporte y aparecieron Corrie Swanson, el agente especial Morwood y la doctora Weingrau, esta con una expresión de preocupación en el rostro. Detrás de ellos había dos personas con trajes blancos de protección contra las radiaciones, máscaras y símbolos de radiación en la parte delantera. Una de ellas llevaba una pesada caja metálica.

—¿Qué es...? —comenzó Nora.

—Me temo que el FBI ha venido a buscar la cruz —dijo Weingrau. Mientras hablaba, Digby apareció detrás de ella para curiosear.

—Habríamos llamado para avisar con antelación —terció Corrie—, pero había, esto..., un protocolo de seguridad nacional que lo impedía.

—¿Un protocolo de seguridad nacional?

—Al parecer, la cruz de oro que está en la caja fuerte podría ser radiactiva.

—¿Radiactiva…? ¿Se trata de alguna clase de broma?

—Lo más probable es que el nivel de radiactividad sea muy bajo —se apresuró a añadir Corrie—, pero el suficiente para que tengamos que llevárnosla a nuestra sala de pruebas radiológicas. ¿Podemos entrar?

Nora se apartó. La agente entró seguida por todos los demás y el laboratorio se llenó de gente. Por lo menos Digby se quedó fuera.

—¿Dónde está? —preguntó Corrie.

Nora respiró hondo y miró de soslayo a Morwood, cuyo semblante era inescrutable.

—Miren, si no les importa, me gustaría que antes me dieran más explicaciones. ¿Cómo es posible que la cruz…?

—Se lo explicaremos en Albuquerque —la interrumpió Morwood—. Ahora mismo lo que tenemos que hacer es meter esa cruz en esta caja.

—Está en la caja fuerte que hay ahí. La abriré.

—No —aseveró Morwood—. Estos hombres se encargarán de eso. Todos los demás, por favor, apártense.

Los tipos con los trajes de protección fueron hasta la pequeña caja fuerte que había en la pared del fondo. La arqueóloga les dio la combinación y la abrieron, sacaron la cruz en su envoltorio de piel y la metieron con cuidado en la caja —evidentemente, revestida de plomo—, luego la cerraron con llave.

Entretanto, Corrie puso unos papeles encima del escritorio de Nora.

—Estos son los impresos de entrega y recepción. Solo tienes que firmar aquí para indicar que hemos recogido el objeto, por favor.

Nora firmó los documentos. Todo estaba sucediendo muy deprisa.

—¿Y ahora qué? —preguntó.

—Llevaremos la cruz a nuestra oficina. Si quieres acompañarnos, allí podremos explicarte con más detalle lo que pasa.

Esta lanzó una mirada a Weingrau, que asintió con la cabeza.

—Nora, por favor, acompáñelos y luego vuelva para informarme. Esto es, cuando menos, preocupante.

—De acuerdo —dijo escuetamente la arqueóloga.

Nora fue a Albuquerque en un vehículo del FBI. Corrie iba con la cruz en una furgoneta que precedía a su coche, así que no pudo conseguir respuestas. Una hora después habían llegado a las instalaciones del FBI en Luecking Park Avenue. Entraron por la parte de atrás, donde, al trote, los hombres vestidos con los trajes especiales introdujeron la caja en el edificio. Nora alcanzó a Corrie y a Morwood mientras seguían a los agentes.

—¿Entonces qué, va a salirme otra cabeza? —preguntó Nora hoscamente y solo medio en broma—. Esa cruz ha estado en mi caja fuerte, y fuera de ella, desde hace más de una semana, y de repente todo el mundo se ha puesto en alerta máxima.

—No te angusties por la radiactividad —la tranquilizó Corrie—. El nivel solo está un poco por encima de la radiactividad ambiental. Siento el numerito, pero es el protocolo y hay que cumplirlo. Créeme, yo también me quedé de piedra cuando lo descubrí, pero me han dicho que la dosis de radiación es la misma que si volásemos en un avión a diez mil metros de altitud durante un par de horas.

—Entonces ¿a qué viene todo este histerismo?

—El protocolo otra vez y el exceso de celo; aunque la radiactividad sea mínima, tenemos que seguir las normas. A fin de cuentas, no sabemos de dónde ha salido.

—¡Esas normas no evitaron que la llevara a Santa Fe y expusiera el instituto a la radiación! —espetó Nora con más vehemencia de la que pretendía. Respiró hondo—. Lo siento. Mi trabajo...; en fin, están produciéndose movimientos en los puestos de responsabilidad.

—No te preocupes por eso —repuso Corrie.

Continuaron caminando en silencio un momento.

—Es que no me explico cómo es posible —insistió Nora.

—Ya somos dos. Lo único que sé es que los huesos de la mula, las alforjas, todos los objetos relacionados con el cuerpo y el cuerpo mismo son radiactivos.

Siguieron a los hombres que transportaban la cruz por el sótano del edificio del FBI, recorriendo laberínticos pasillos con las paredes de bloques de hormigón, hasta que por fin se detuvieron delante de una puerta y Morwood introdujo un código. La puerta se abrió con un clic y ante ellos apareció un amplio almacén, con estanterías desde el suelo hasta el techo atestadas de contenedores y misteriosos objetos envueltos en plástico. Nora vio desde el parachoques de un coche antiguo con una sección del suelo del vehículo serrada hasta el marco de una ventana lleno de agujeros de bala. Junto al marco de la ventana había una ametralladora Tommy con la recámara de tambor.

—Es el depósito de pruebas —explicó Corrie.

—Parece un museo.

—Es que es un museo —repuso Morwood—. Y, como en un museo, nunca se tira nada.

Atravesaron el almacén y llegaron a una resplandeciente puerta de acero que estaba al fondo, con varios símbolos de advertencia de radiación.

—Tenemos que esperar aquí —dijo el supervisor.

La puerta se abrió con un silbido y unas luces cegadoras se encendieron automáticamente en el interior para iluminar una cámara amplia y despejada. Los dos hombres que transportaban la cruz entraron y la puerta se cerró a su espalda.

—Después del 11-S —explicó Morwood—, algunas delegaciones estratégicas del FBI añadieron un depósito para pruebas radiactivas como este. Nosotros fuimos una de ellas. —Se aclaró la garganta—. ¿Les parece bien que vayamos a mi despacho y hablemos sobre este… giro en los acontecimientos?

Unos minutos después estaban tomando asiento en el despacho. Morwood se sentó detrás de su escritorio, enlazó las manos y echó el cuerpo hacia delante.

—Bueno —dijo sonriendo tímidamente y mirando primero a una y luego a la otra—, supongo que la primera reacción de todos nosotros ante esta novedad podría resumirse con un sencillo «¿qué demonios pasa aquí?».

Silencio.

—¿Alguna de ustedes tiene la menor idea de cómo se expuso Gower a la radiación?

Más silencio.

—¿Los huesos, la ropa, el esqueleto de la mula…, todo es radiactivo? —preguntó Nora.

—Sí —respondió Corrie.

—Desapareció hace setenta y cinco años —señaló la arqueóloga—. ¿Cómo es posible que su cuerpo sea radiactivo? ¿Qué…? —Y de repente se interrumpió y miró a Morwood—. ¿Puedo preguntarle por qué la delegación de Albuquerque es una de las pocas que disponen de un depósito de pruebas radiactivas?

Morwood esbozó media sonrisa.

—Los laboratorios nacionales de Los Álamos y de Sandía, los principales del país dedicados a la investigación de armas nucleares, están en nuestra jurisdicción.

—Los Álamos —musitó Nora. La idea que había brotado en su cabeza floreció como una revelación, tan potente que casi le cortó la respiración. —Miró a Corrie—. ¿Cuál es la fecha exacta de la desaparición de Gower?

—Veamos… —Consultó su tableta—. Se denunció su desaparición en julio de 1945.

A Nora se le aceleró el corazón.

—En 1945 se detonó la primera bomba atómica aquí, en Nuevo México, la prueba Trinity… Fue en el desierto, al sur de High Lonesome. Corrie, busca la fecha en tu iPad.

Esta entró en la página de Wikipedia y leyó en voz alta:

—«Trinity fue el nombre en clave de la primera detonación

de un arma nuclear. El ejército de Estados Unidos la hizo estallar a las 5.29 hora local el 16 de julio de 1945». —La agente levantó la mirada de la pantalla—. El mismo mes en que se denunció la desaparición de Gower.

—Siga leyendo —pidió Morwood.

—«La prueba se realizó en el desierto de la Jornada del Muerto, a unos cincuenta y cinco kilómetros al sureste de Socorro, Nuevo México, en lo que era entonces el Campo de pruebas de las Fuerzas Aéreas del Ejército de Estados Unidos y que ahora forma parte del Proyecto de Misiles de White Sands».

Corrie bajó la tableta. Un silencio cargado de tensión se instaló en el despacho. Nora lo rompió.

—Eso quiere decir que la explosión atómica alcanzó a Gower.

—Lo alcanzó… y lo mató —repuso Corrie—. Eso explicaría los curiosos hallazgos forenses: las fracturas en las costillas y el cráneo, la piel que se desprende en tiras. Y el aspecto chamuscado de la ropa.

—Exacto —dijo Nora—, porque de hecho se quemó.

—¡Y las fracturas en las costillas de la mula! Debieron recibir el impacto de la onda expansiva de la explosión. Probablemente los lanzó por los aires.

—Correcto —afirmó Nora—. Gower no estaba en la zona cero de la explosión porque se habría volatilizado, pero sí lo bastante cerca para sufrir heridas y sobrevivir… brevemente con una dosis letal de radiación. Consiguió llegar a su campamento en High Lonesome antes de morir.

—Por eso la mula tenía una bala en la cabeza —señaló Corrie—. Gower puso así fin a su sufrimiento antes de que él mismo muriese.

Morwood se reclinó en la silla.

—Es extraordinario. El primer ensayo de una bomba atómica mató a un hombre y nadie lo ha sabido en todos estos años. —Tamborileó con un dedo en la mesa mientras pensaba—. Puesto que el suceso se produjo en una zona militar de acceso restringido durante el ensayo de un arma, es evidente que tenemos que informar al ejército. Sugiero que el siguiente paso que demos sea comunicar nuestro descubrimiento al mando militar del Polígono de Misiles de White Sands. —Lanzó una mirada a Nora—. Y, por ahora, esta información es confidencial. No la comparta con sus colegas del instituto.

Nora asintió. No sabía cómo se lo tomaría Weingrau cuando finalmente se enterara.

—Pero ¿por qué estaba allí? —preguntó la agente—. ¿Qué demonios estaba haciendo?

Morwood la miró.

—Esa, Corrie, es la pregunta que su investigación debe responder.

24

El centro de mando del ejército en el Polígono de Misiles de White Sands era como una ciudad, pensó Corrie cuando pasaron el control y entraron en la red de edificios de metal y estuco que se extendía, bañada de sol, por una vasta explanada arrancada a las arenas del desierto. Morwood, Nora y ella habían ido a la base en uno de los SUV de la, al parecer, inagotable flota del FBI. Los seguía el sheriff Homer Watts en su vehículo. Watts se había quedado estupefacto cuando le informaron del descubrimiento.

En la puerta estaban esperándolos un par de soldados en un jeep descubierto que los escoltaron entre manzanas de viviendas, un depósito de agua, un campo de golf y una hilera de radares blancos hasta su destino, un edificio bajo y ancho con el estucado de color canela. Se detuvieron en unas plazas de aparcamiento reservadas para la comandancia.

Corrie respiró hondo cuando se apeó del coche. Una ola de calor de principios de octubre golpeaba con fuerza y debían de estar a 38 ºC. El asfalto desprendía calor y un remolino de arena recorría el desierto más allá de la zona residencial y de los centros de operaciones de la base. Si bien las montañas que enmarcaban el horizonte eran altas e impresionantes, no era lo que se diría un lugar bonito.

En la puerta los recibió otro soldado junto con una bendita ráfaga del aire acondicionado. El soldado les indicó que pasaran por el control de seguridad y los condujo por un largo pasillo.

El comandante de la base se puso en pie cuando entraron en su despacho.

—General Mark McGurk —se presentó, rodeando el escritorio y tendiendo la mano.

La primera reacción de Corrie fue de sorpresa, pues no se correspondía en absoluto con la idea que ella tenía de un general. Para empezar, era un hombre de poca estatura, con la cara redonda. Además, en lugar de un uniforme de gala llevaba puesto un arrugado traje de camuflaje para el combate, y el único símbolo de su graduación era una estrellita negra prendida del bolsillo izquierdo de la camisa.

—Les presento a mi secretaria ejecutiva —añadió mientras les estrechaba las manos—, la teniente Woodbridge.

La teniente Woodbridge, por el contrario, era una mujer negra, delgada y elegante, y medía por lo menos quince centímetros más que el general.

Se sentaron todos en las sillas dispuestas delante del escritorio del general. El despacho era funcional. En la mesa había unas fotografías de, supuso Nora, la mujer y los hijos de McGurk. Las paredes estaban cubiertas de placas, distinciones y fotografías de misiles en las distintas fases de los ensayos: en tierra, ascendiendo por el cielo y explotando. Dos banderas, la de Estados Unidos y la amarilla de Nuevo México, con el emblemático símbolo del sol de los indios zía, flanqueaban el escritorio.

—Bueno —dijo el general McGurk recostándose en su sillón—, debo confesarles que recibí su aviso con enorme sorpresa. Imagínense… encontrar los restos de una persona que murió por la prueba Trinity. Ya he informado a mis superiores en la cadena de mando y el asunto ha despertado gran interés. Y preocupación, he de añadir. Aunque el hecho se produjo hace setenta y cinco años, es evidente que no por ello deja de ser una tragedia… y también es evidente que podría convertirse en publicidad negativa. Como bien sabemos todos, cualquier cosa relacionada con el armamento nuclear suscita controversia.

—Ese es exactamente nuestro temor —repuso Morwood—. Y una de las razones por las que lo mantenemos en secreto.

—Sabia decisión. También me gustaría añadir que en el ejército valoramos que el FBI nos haya informado de este asunto de inmediato.

—Por lo menos sabemos que no fue un homicidio —observó Morwood—. Pero todavía hay algunos detalles que nos gustaría esclarecer.

El general asintió.

—La agente especial Corrie Swanson está al mando de la investigación —añadió el supervisor mirando a Corrie—. Ella lo pondrá al corriente de todo.

Los ojos del general se desviaron hacia Corrie. Aunque la expresión de su cara no cambió, esta percibió su sorpresa. Sabía que lo que le chocaba era la combinación de juventud y sexo femenino.

—Gracias, señor —dijo escuetamente ella. Sacó una gruesa carpeta del maletín y la dejó encima del escritorio del general—. Le he traído una copia de todos los documentos e informes relevantes.

—Se lo agradezco, agente Swanson.

Corrie intentó hablar con aplomo y que su voz no trasluciera su nerviosismo mientras se dirigía a ese sujeto poderoso pero accesible.

—Solo le referiré los aspectos más destacados de la investigación hasta el momento, señor. Y después, si le parece bien, esperaba poder hacerle algunas preguntas.

—Por supuesto.

La agente inició su relato con una descripción somera del descubrimiento del buscador de reliquias, el tiroteo con el sheriff Watts y el hallazgo del cadáver.

—La doctora Nora Kelly realizó la exhumación —dijo—. Había muchos detalles forenses desconcertantes relacionados con el cuerpo, pero la exposición del hombre a la prueba Trinity ha aclarado la mayoría. —En ese momento mencionó las fracturas, la piel que se desprendía como las vendas de una momia y la ropa chamuscada. Según hablaba, iba mostrando las fotografías que había en la carpeta—. Lo que más nos sorprendió fue que llevaba encima un objeto de gran valor. —Buscó la página con las fotografías de la cruz y el general las miró con interés—. Parece datar de los inicios del periodo colonial español, anterior al año 1680. La doctora Kelly estuvo estudiándola en el Instituto Arqueológico de Santa Fe hasta que descubrimos su radiactividad.

—Una cruz antigua —dijo el general—. ¿Alguna idea de por qué la tenía el hombre que han encontrado?

—Ninguna —respondió ella—. Todavía. Al parecer, no se trata de un objeto robado.

El general asintió.

—Así pues, básicamente eso es todo —agregó para terminar Corrie. Miró de soslayo a Nora—. Doctora Kelly, ¿le gustaría añadir algo?

—Sí, gracias. Estamos intentando identificar unas marcas de ensayo poco comunes que hemos hallado en la cruz por si pudiesen darnos alguna pista de su origen. Es de oro macizo y de una factura excepcional. Estamos casi seguros de que se hizo en Ciudad de México a principios del siglo XVII y llegó a Nuevo México por el Camino Real.

El general sonrió.

—Bueno, le deseo suerte. Mientras tanto, ¿han identificado el cadáver? Y, lo que casi es más importante, al menos para nosotros: ¿saben quién era y qué hacía en el desierto la madrugada del 16 de julio de 1945?

—El hombre se llamaba James Doolin Gower —respondió Corrie—. Su familia poseía un rancho en el que creció en las estribaciones de las montañas de San Andrés. Los desahuciaron cuando el gobierno expropió sus tierras en 1942. Si bien no sabemos qué hacía allí exactamente, cuando la bomba estalló no se encontraba muy lejos de la zona donde había estado el rancho familiar.

En la cara del general apareció una expresión que daba a entender que sabía de qué hablaba Corrie.

—¿Gower? ¿Está diciendo que ese tipo pertenecía a la familia propietaria del rancho que había cerca del lugar donde se realizó la prueba Trinity? Lo llamamos el Rancho Gower.

—Así es —terció Morwood.

El general sacudió la cabeza.

—Maldita sea. Ese lugar tiene historia, ¿saben? Los investigadores que trabajaban en el Proyecto Manhattan lo utilizaron como taller en los días previos a la Trinity. De hecho, el propio doctor Oppenheimer y otras personas durmieron allí la víspera del ensayo. —Hizo una pausa y se quedó pensativo—. Conozco bastante bien la historia de la prueba Trinity, y no se menciona nada de que tuvieran que expulsar a intrusos que se hubieran colado en la zona restringida. Por supuesto, es un territorio muy extenso en el que no hay nada. ¿Creen que Gower regresaba al rancho familiar cuando se detonó la bomba?

—Buena pregunta. Sabemos que estaba disgustado con el gobierno porque le había arrebatado sus tierras.

—No se le puede culpar de ello —dijo McGurk—. Casi ninguno de los rancheros expropiados se marchó contento. Y, si les soy sincero, el gobierno no fue justo con las indemnizaciones. Al final se enmendó la injusticia, pero no fue hasta pasado mucho tiempo.

—General, ¿en los archivos del Polígono de Misiles de White Sands hay información sobre la expropiación del Rancho Gower?

—No sabría decírselo con certeza, pero el gobierno conservó muchos documentos. Le conseguiré todo lo que tenemos sobre el caso lo antes posible.

—Ha dicho que no hubo intrusos en la zona restringida durante el tiempo que duró el ensayo. ¿La explosión no alcanzó a nadie más?

El general negó con la cabeza.

—Hubo muchas denuncias de gente que vivía justo en la frontera de la zona restringida que después desarrolló algún cáncer, pero eso fue hace ya muchos años. Aparte de eso, nada que llame la atención.

—¿Algún miembro de la familia Gower estuvo involucrado en alguna de esas denuncias?

—Puedo comprobarlo, por supuesto. —McGurk se volvió hacia Woodbridge, que había estado tomando notas—. Por favor, dé máxima prioridad a estas solicitudes.

—Sí, señor.

—Me gustaría hacerle una última petición —intervino Corrie—. ¿Podría organizarse una visita al Rancho Gower?

Morwood le clavó una mirada fulminante. La agente no había puesto sobre aviso a su jefe de que iba a hacer esa petición a propósito, por temor a que se la echara abajo, pero el general asintió sin darle mayor importancia.

—No veo por qué no. Por lo que sé, se conserva más o menos intacto… con los mismos muebles y demás. No por ningún motivo en particular; supongo que entonces se consideró que trasladar los enseres era una molestia innecesaria. Actualmente, ninguna de nuestras unidades tiene motivos para entrar en esa sección de la base. Se ha cambiado el tejado un par de veces, creo, pero por lo demás el lugar sigue estando tal cual.

—¿Cuándo sería posible realizar la visita? —insistió Corrie.

—¿Por qué no ahora? —propuso el general—. Teniente, pida dos jeeps y conductores al parque móvil. —Miró de soslayo a Corrie y añadió—: El viaje es un poco largo, son unos cincuenta kilómetros de ida y otros tantos de vuelta, pero atravesaremos buena parte del polígono, incluidas las bonitas montañas de San Andrés. Es un sitio que no mucha gente tiene la oportunidad de visitar.

25

Partieron en dos jeeps. Corrie iba sentada delante del que conducía el general, con Watts y Nora sentados detrás, mientras que Woodbridge y Morwood los seguían en el otro.

Viajaron hacia el norte por un camino de grava en buen estado que bordeaba la base de las montañas, a través de un paisaje que no solo era espectacular, también prístino.

—¿Dónde están los cráteres de las bombas? —preguntó la agente.

Las carcajadas del general resonaron en las rachas de aire.

—Estamos en la instalación militar más grande de Estados Unidos, del tamaño de Rhode Island y Delaware juntos. Las zonas utilizadas para los ensayos ocupan menos de una décima parte del uno por ciento. En el fondo, este es uno de los espacios naturales mejor conservados en todo el Suroeste.

—¿Cómo es eso posible?

—Cuando ocupamos el polígono en 1942, los pastos para el ganado desaparecieron y la tierra recuperó su estado original. Por lo tanto, está viajando atrás en el tiempo para ver cómo era Nuevo México antes de que llegara el ganado. Si se acerca a la valla que delimita el Polígono de Misiles de White Sands, verá el contraste. A un lado, la hierba llega hasta la cintura; al otro lado solo se ven cactus, hierbas rodadoras y arbustos de gobernadora. Dos siglos de pastos han pasado factura a la tierra.

Corrie negó con la cabeza.

—Parece África.

—Es que es como África —repuso el general—. No encontrará una pradera mejor conservada en todo el Oeste. Si está atenta, es posible que incluso vea algún órix.

—¿Un órix?

—Un antílope grande con largos cuernos rectos. Escaparon de un rancho dedicado a la caza de animales en los años treinta y han prosperado aquí porque no necesitan agua.

Corrie enseguida se desinhibió ante el carácter abierto y la locuacidad del general, a lo que se sumaba el hecho de que fuera él quien condujera.

—Disculpe mi ignorancia, pero… ¿qué hacen aquí exactamente?

—Es una pregunta que puede parecer engañosamente sencilla. ¿Por dónde empiezo? Aquí es donde desarrollamos nuestros misiles de corto y medio alcance, desde los V-2 que capturamos a los alemanes justo después de la Segunda Guerra Mundial y los cohetes Viking, hasta los sistemas de defensa aérea Nike y Patriot. Por supuesto, hoy en día hacemos muchos ensayos con drones en colaboración con la base Holloman de las fuerzas aéreas, contigua a nuestras instalaciones. También albergamos el Aeropuerto Espacial de White Sands, con dos gigantescas pistas de aterrizaje para los transbordadores espaciales y espacio suficiente para el aterrizaje de emergencia de orbitadores. Entre otras cosas, entrenamos astronautas. —Hizo una pausa—. Y luego, claro, están los perros buscamisiles.

—¿Los perros buscamisiles? —preguntó Watts.

El general sonrió.

—Los misiles no siempre se comportan como deberían, sobre todo durante las pruebas. En ocasiones explotan en el aire o se desintegran, y el radar pierde las piezas que caen del cielo. Puede ser una odisea encontrarlas, por no mencionar que la velocidad del impacto a veces las entierra en la arena. Así que rociamos las piezas más importantes con un aceite de hígado de tiburón. En el caso de que no localicemos el fragmento de algún misil, transportamos a los perros y a sus adiestradores en helicóptero a la zona del siniestro y lo encuentran antes de que te des cuenta.

—Asombroso —repuso Corrie. «Aceite de hígado de tiburón. Quién lo habría dicho». El general era una fuente inagotable de información y resultaba evidente que le encantaba hablar sobre el polígono que tenía a su cargo. Corrie también se enteró de que había habido más de un roce entre el FBI y el ejército. Percibía que el general quería que se sintiera cómoda y mantenía un tono desenfadado.

Las montañas se alzaban ahora por encima de ellos, teñidas de morado por la luz otoñal, y la carretera giraba para entrar en un largo desfiladero.

—Ahora estamos atravesando San Andrés —anunció el general—. Al otro lado está el desierto de la Jornada del Muerto, donde hicieron el ensayo de la bomba. Las estribaciones de las montañas son hermosas, pero lo que se extiende más allá es un desierto infernal.

La carretera ascendía ligeramente y llegaron a un paso con vistas infinitas antes de volver a descender y atravesar una serie de colinas herbosas. Giraron hacia el norte.

—Ahí, a la derecha, está la cuenca de Hembrillo —continuó el general señalando una cadena de colinas cercana—. En 1880 fue el escenario de la más importante batalla de caballería durante la guerra contra los apaches liderados por el gran jefe Victorio. En nuestro bando estaban los célebres soldados Búfalo, hombres negros que pertenecían al Noveno de Caballería. Toda esta zona era el corazón de la patria de los apaches, pero la batalla obligó a Victorio a abandonar su fortaleza y huir a México, donde lo mataron.

—Sabe mucho sobre la historia local —observó Nora.

—Qué clase de comandante sería si no. Pero es verdad, soy aficionado a la historia, por lo menos a la historia del Oeste. Y, reconozcámoslo, este es un lugar de investigación y ensayos, no un puesto avanzado. Entre una crisis esporádica y la siguiente saco tiempo para leer un poco. —Mientras hablaba, paseó la mirada por el escenario de la batalla que acababa de describir. Luego sacudió la cabeza—. La historia me ha enseñado algunas verdades duras. Los apaches solo luchaban para conservar su hogar... No es muy distinto de lo que hicieron nuestros antepasados en la revolución. Obramos mal con los apaches y es una deshonra que tenemos... ¡Ah, miren allí! ¡Una manada de órix!

Corrie miró hacia el este a través de las praderas. Una manada de antílopes, con sus cuernos perforando el cielo, los observaba con atención.

—Es igual que África —musitó.

—Ya se lo había dicho. Este es nuestro desvío.

El general giró a la izquierda para internarse por un abrupto camino de tierra y redujo considerablemente la velocidad. La impracticable carretera serpenteaba entre colinas bajas y desembocaba en una pequeña cuenca herbosa. En el centro se alzaba la vivienda de un rancho, cercada por un muro de adobe erosionado, y próximo a ella había un establo de piedra con el tejado derrumbado y unos cuantos corrales con aspecto venerable.

—El Rancho Gower —anunció el general.

Se detuvieron cerca de la vivienda y Corrie bajó del coche. Hacía más frío allí, pues estaban a más altitud. El semicírculo de colinas que se extendía a un lado y el gran solevantamiento de las montañas de San Andrés del otro lado formaban un escudo natural contra el viento y los elementos. Un pequeño riachuelo descendía borboteando por una ladera y atravesaba la cuenca antes de internarse entre las colinas para dirigirse al lejano Río Grande.

Watts se unió a ellos, con Morwood, Nora y Woodbridge.

—Válgame Dios —masculló Watts quitándose el sombrero y paseando la mirada en derredor—. ¡Este sitio es precioso!

—Tenían de todo, la verdad —dijo el general—. Incluso aguas termales propias —añadió señalando un grupo de álamos negros en la ladera de una colina cercana.

—Ahora entiendo por qué Gower estaba tan disgustado con la expropiación —terció Nora.

—Ya le digo. —Watts sacudió la cabeza—. Este lugar es el paraíso.

Siguieron al general al patio por una puerta rota y se detuvieron delante de la puerta principal de la vivienda. McGurk sacó una llave, abrió la cerradura y entraron en fila india, con la teniente Woodbridge cerrando el grupo.

Dentro hacía frío y olía a polvo y a ropa vieja. Las cortinas estaban corridas, pero el sol las había convertido en andrajos que colgaban de las barras y los rayos se colaban por los agujeros. Era un lugar en cierto modo dignificado por su simplicidad. Recorrieron el vestíbulo y entraron en un diminuto salón con un sofá mordisqueado por las ratas, dos sillas de madera y una mesa rota. En la cocina había una vieja cocina de leña pintada de blanco y con los bordes cromados, otra mesa y otra silla. Los únicos objetos decorativos eran un puñado de portadas de revista y de fotografías de periódico enmarcadas que colgaban de las paredes.

—Es como una cápsula del tiempo —dijo Nora mirando a su alrededor.

—Fíjense en eso. —Watts señalaba un estante que había en el salón. En él había un sombrero de vaquero apolillado puesto del revés junto a un viejo tablero de parchís. En otro estante más bajo había media docena de ejemplares de la revista *Life* y uno de la *National Geographic*, de esos antiguos sin fotos en la portada.

—¿Dónde estalló la bomba, por cierto? —preguntó Nora.

—La detonación de Trinity tuvo lugar a unos doce kilómetros al norte de aquí —respondió McGurk—. Como ya les dije, el doctor Oppenheimer durmió aquí la noche anterior. Quizá en el catre que hay en el dormitorio del fondo.

—¿Y dónde está la placa conmemorativa? —preguntó Watts, y todos se rieron animosamente.

Se instaló un silencio que se prolongó mientras contemplaban el interior de la vieja vivienda, con las motas de polvo flotando en los haces de luz. Corrie observaba a su alrededor preguntándose si habría alguna pista de lo que estaba haciendo Gower aquel fatídico día. Sin embargo, la casa no contaba ninguna historia más allá de la de una existencia miserable y el abandono final.

—Miren este sitio —dijo pensando en voz alta—. ¿Qué hacía un tipo como Gower, que es obvio que no tenía donde caerse muerto, con una cruz tan valiosa?

—A lo mejor encontró el tesoro de Victorio Peak —sugirió Watts.

El general y los demás rieron entre dientes.

—Un momento —exclamó Corrie, sobresaltada—, ¿qué tesoro?

—Es una vieja leyenda —respondió la teniente Woodbridge—. Una de tantas y tantas viejas leyendas. Algunos dicen que hay mil millones de dólares en oro enterrados en Victorio Peak. Otros, que el doble. Hemos pasado por allí de camino aquí.

—¿Por qué no me lo ha contado nadie antes? —espetó Corrie mirando a cuantos la circundaba.

Watts negó con la cabeza.

—Solo estaba bromeando. Es una historia que se inventó un tipo llamado Doc Noss en los años treinta, que afirmaba que había encontrado un enorme tesoro en las entrañas de la montaña. Se pasó el resto de su vida recaudando dinero y agujereando la montaña con explosivos, pero nunca recuperó ni un centavo.

El general asintió.

—Noss era un estafador de la vieja escuela. No era más que uno de sus ardides para sacar dinero a la gente; la convencía para que contribuyeran a su supuesta búsqueda del tesoro. Aunque he de reconocer que fue uno de sus mejores timos. Lo acabó matando una de sus víctimas. De hecho, le pegó un tiro en la misma ladera de la montaña.

—Pero ¿cómo saben que no existe el oro? —insistió.

Morwood tomó la palabra.

—Agente Swanson, Nuevo México está lleno de leyendas del tesoro escondido. Y, en la práctica, todas son falsas.

—¿Y qué dicen esas leyendas? —Corrie se sentía ligeramente ofendida porque nadie se había molestado en mencionarle ese supuesto tesoro.

—Se supone que durante la rebelión de los indios pueblo —comenzó a contar Watts—, los religiosos españoles habían reunido todos los objetos valiosos de sus iglesias y los transportaban a México cuando fueron atacados por los apaches. Los españoles se salieron del camino y escondieron el tesoro en una antigua mina de esta área. Luego taparon la entrada. En 1930, ese artista de la estafa, Doc Noss, afirmó que había encontrado el tesoro en un pozo en Victorio Peak, pero al intentar abrir un túnel más amplio con explosivos provocó de manera accidental su derrumbe.

—La palabra clave es «afirmó» —terció el general—. ¿Alguno de ustedes sabe cuánto pesan dos mil millones de dólares en oro?

—Sesenta toneladas —respondió Woodbridge.

El general McGurk rio entre dientes.

—La teniente me ha oído despotricar sobre este asunto otras veces. —Le lanzó una mirada risueña—. Usted ya no puede responder.

Woodbridge se envaró.

—Señor.

El general devolvió la atención a los demás.

—Pero tiene razón. Sesenta toneladas. Si se distribuyera todo ese peso en mulas, cincuenta kilos en cada animal, ¡se necesitarían mil doscientas mulas! Aunque hubiera todas esas mulas en Nuevo México en 1680, no hay pruebas de que los españoles extrajeran una cantidad de oro ni remotamente cercana a esa en todo el Suroeste. Pero lo más importante es que en Victorio Peak no hay ninguna mina ni pozo de oro. A pesar de que la geología dice que no hay oro que encontrar allí, ¡lo ha buscado tanta gente en estos años que si la leyenda tuviera una pizca de verdad ya se habría encontrado algo! —Paseó la mirada por el grupo, que se había quedado mudo—. Lo siento si les parezco demasiado vehemente. A mí también me fascinó la leyenda cuando llegué aquí.

Fascina a todo el mundo. Pero aprendí muy pronto que el «tesoro» de Victorio Peak ha sido un incordio para el polígono desde el principio. Noss y sus buscadores de oro se pasaron una década agujereando la montaña con explosivos y nunca consiguieron nada. Desde 1942, cuando se prohibió el acceso a la zona, hemos tenido buscadores de tesoros haciendo campaña para que los dejáramos entrar y excavar. Cuatro o cinco veces el ejército intentó apaciguar los ánimos y permitió que las compañías de búsqueda de tesoros inspeccionaran la montaña y sus alrededores. Hicieron voladuras, excavaciones y prospecciones con las herramientas más modernas… y no encontraron nada. Han destrozado literalmente esa pobre montaña. Deberían ver el aspecto que tiene desde el aire.

Corrie miró a Nora.

—¿Sabes algo sobre ese tesoro?

Nora sonrió.

—En Nuevo México todo el mundo conoce la historia, Corrie.

—Ah —dijo esta, decepcionada—. Pues es una pena, porque podría haber resuelto fácilmente el misterio de la cruz de oro.

—Mantengamos la investigación en el mundo real, ¿de acuerdo? —aseveró con cierta brusquedad Morwood, y la agente notó que se ruborizaba.

Salieron de la vivienda y los recibió el sol de la tarde.

—La teniente Woodbridge y yo vamos a asegurarnos de que todo queda bien cerrado —dijo McGurk—. ¿Por qué no se adelantan?

Corrie, Morwood, Nora y Watts volvieron a los jeeps.

—La agente Swanson no parece satisfecha —comentó Morwood mientras dejaban atrás la cabaña—. Empiezo a reconocer esa cara.

—Solo es la casa abandonada de un rancho —dijo Watts—. Me ha gustado visitarla, pero no esperaba encontrar ninguna sorpresa tres cuartos de siglo después.

—A mí también me ha gustado la visita —repuso Nora—. Es

un trozo de historia. Y el general lo ha dejado todo para acompañarnos y hacernos de guía y de historiador. Teniendo en cuenta que seguro que tiene cosas mejores que hacer, creo que ha sido un buen anfitrión.

—Quizá demasiado bueno —terció Corrie.

—¡Ajá! ¡Ahí está la explicación de esa cara de insatisfacción! —exclamó Morwood—. Nunca había conocido a un agente novato más escéptico que Corrie. Es una buena cualidad… hasta cierto punto.

—Gracias, señor —dijo Corrie, intentando, a pesar de su irritación, mantener el tono jocoso de la conversación.

Subieron a uno de los jeeps, el conductor arrancó y dejaron atrás aquel paraíso.

El general McGurk volvió a entrar en la casa seguido por la teniente Woodbridge. Se detuvo junto a una ventana con los brazos cruzados y miró a través de las cortinas harapientas las montañas azules. Contempló durante un minuto el hermoso paisaje y a continuación se volvió hacia la teniente.

—Tenemos que ocuparnos de este problema —aseveró—. Y hay que hacerlo de inmediato.

26

Esta vez Corinne corrió más que caminó por el abarrotado pasillo de la tercera planta del hospital Presbyterian, haciendo caso omiso de los obstáculos con los que se cruzaba. Aminoró el paso cuando ya llegaba al final, donde estaba la habitación de Rivers. De alguna manera, Morwood se le había adelantado y lo vio en el pasillo rodeado por un corrillo formado por un médico, una enfermera y dos agentes forestales del BLM, uno de los cuales era el que Corrie había visto con un periódico y una taza de café en su primera visita. La puerta de Rivers estaba entreabierta.

—¿Qué ha ocurrido? —preguntó nada más llegar, jadeando. Solo una fracción de segundo después se dio cuenta de que había interrumpido una conversación intensa.

—Nuestro detenido ha muerto —respondió Morwood.

Sus temores se confirmaban. La noticia de que Rivers, el capullo que había disparado a Watts, había sufrido un paro cardiaco era lo que la había hecho salir disparada hacia el hospital.

—¿Alguna idea de la causa de la muerte? —preguntó al médico—. Es obvio que no lo ha matado la herida en la pierna.

El médico, con el rostro demacrado y cansado y la barba de un día, parpadeó lentamente antes de contestar:

—Hubo complicaciones, por eso continuaba ingresado. Pero parece tratarse de una muerte súbita cardiaca.

Corrie miró una a una a las personas del corrillo con la esperanza de que alguien le diera una respuesta más satisfactoria.

—¿Muerte súbita cardiaca? Eso es absurdo.

—Bueno —repuso el médico con voz cansada—, la MSC es la primera causa de muerte natural en el país.

—Pero ¿qué complicaciones hubo? ¿Han sido las responsables de la muerte súbita?

—Infección. Y es posible. Pero la MSC puede producirse de forma espontánea —respondió el médico—. No estaba conectado a un electrocardiógrafo, así que no podemos estar seguros de que la muerte la causara una fibrilación ventricular u otra arritmia latente. Tenía el colesterol inusualmente alto, tal vez por causas genéticas, así que una miocardiopatía también es plausible. Lo que sí podemos afirmar con certeza es que su muerte se debió a un fallo cardiaco.

—Corrie —terció Morwood—, hemos ordenado que se realice una autopsia, así que todas esas preguntas tendrán respuesta.

Ella se volvió hacia los agentes con el uniforme de la BLM.

—¿Alguno de ustedes estaba de servicio cuando pasó?

—Yo —respondió con desánimo uno de ellos, el que Corrie no había visto nunca. Llevaba el nombre bordado en el uniforme: Akime.

—¿A qué hora sucedió?

—Eran alrededor de las cinco de la mañana. La enfermera entró en la habitación, porque en el puesto de enfermería habían recibido unos datos de los aparatos de monitorización que no eran normales, y un minuto después salió corriendo. —Sus ojos se desviaron hacia la enfermera que estaba al lado del médico.

—Paro cardiaco —dijo la enfermera—. El paciente había entrado en coma.

—Naturalmente se tomaron medidas —añadió el médico—. Reanimación cardiopulmonar, estimulación eléctrica… Pero supongo que el paro cardiaco provocó también un IM…, lo que acabó de matarlo.

—¿Un IM? —preguntó Corrie.

—Un ataque al corazón. Y una vez que la sangre deja de llegar al cerebro, bueno… —El médico negó con la cabeza.

Hubo un breve silencio.

—Estaba en un hospital —insistió la agente. Miró de nuevo al agente forestal—. Usted tenía la obligación de vigilarlo.

El hombre cambió la pierna de apoyo y volvió a mirar a la enfermera como un náufrago miraría un chaleco salvavidas.

—Esto no es una UCI cardiaca —dijo la enfermera—. Ni siquiera es una unidad de cuidados intermedios. El paciente estaba recuperándose de una herida de bala en la pierna, en un ala de convalecencia del hospital elegida concretamente porque dispone de una habitación de seguridad. Era una infección leve.

—Qué conveniente todo —observó Corrie.

Notó la mano de Morwood en el hombro.

—Agente Swanson, vayamos a dar un paseo.

Cuando Morwood ya le daba la vuelta para llevársela de allí, esta se resistió un momento y miró al agente.

—¿Puedo ver el registro de las visitas?

El agente se agachó para coger el sujetapapeles que estaba apoyado contra la pata de la silla y se lo entregó. Corrie se dejó llevar por Morwood por el pasillo del hospital y lanzó una mirada al interior de la habitación de Rivers cuando pasaron junto a la puerta. Las sábanas estaban revueltas en la cama vacía.

Se refugiaron en el hueco de una escalera, un remanso de relativa paz en el ajetreo del pasillo.

—¿Sabe qué acaba de hacer mal? —inquirió Morwood en un tono de ligero reproche.

Corrie respiró hondo.

—¿Qué, señor? —Estaba bastante segura de que lo sabía, pero le pareció prudente dejar que fuera su supervisor quien lo dijera.

—Ha perdido la calma. Ha permitido que la impaciencia la dominara. Ha cuestionado los conocimientos del médico y la competencia de los agentes de la BLM. Esa no es la manera de conseguir su colaboración y su apoyo. Recuerde que no es un lobo solitario. Mientras lleve esa placa representa al FBI. Aunque parezca tan obvia la causa de la muerte, le practicaremos una autopsia. —Hizo una pausa—. Sé que está enfadada porque no pudo sacarle nada a ese tipo… Yo también estoy un poco enfadado con usted por el mismo motivo. Y ahora está cabreada porque ya no tendrá otra oportunidad. Pero no conseguirá nada desquitándose con los demás.

Corrie miró al suelo y respiró hondo.

—Tiene razón —repuso—. Lo siento. —¿De verdad estaba cabreada consigo misma? Tal vez, pero ya tendría tiempo para analizarlo después—. Sé que el médico y la enfermera hicieron todo lo que pudieron. Pero ¿los agentes forestales? Ya no me dieron buena impresión cuando visité a Rivers. No me sorprendería que se hubiera quedado dormido cuando…

—¿Cuando qué? ¿Cuando alguien se coló en la habitación y por arte de magia provocó que el corazón de ese desgraciado se parara? Es un milagro que haya vivido tanto. Además, ya oyó a la enfermera, Rivers estaba en una habitación de seguridad cerrada con llave. Esos vigilantes estaban allí para asegurarse de que solo entraran personas autorizadas. —Señaló el sujetapapeles con el registro de las visitas que Corrie tenía en la mano. Esta le echó una ojeada—. Tal vez esos agentes de la BLM no sean unos genios, pero no tiene ninguna razón para poner en duda su profesionalidad…

—¡Eh, fíjese en esto! —exclamó Corrie. Mientras Morwood hablaba, había estado mirando por encima la primera hoja del sujetapapeles. Lo giró para mostrársela a su jefe.

Morwood revisó la hoja con detenimiento.

—«Sheriff Watts, agente que lo detuvo. Laforge, BLM, traslado federal y trámites. Swanson, FBI, interrogatorio…». Sobre esta última visitante lo sabemos todo, ¿eh?

Corrie le acercó un poco más el sujetapapeles.

—Lea la última entrada.

Morwood frunció el ceño.

—Bellingame, policía militar, FORSCOM, interrogatorio.

—¿Qué es FORSCOM?

—Es una unidad del ejército de Estados Unidos.

—Entonces lo enviaron de White Sands. ¿Por qué iba a interrogar un policía militar a Rivers?

—No lo enviaron de White Sands. La instalación de FORSCOM más cercana es Fort Bliss, que está pegada al Polígono de Misiles.

—Eso no cambia nada. Si están pegados, son partes integrantes de lo mismo, ¿no? ¿Qué interés podrían tener en él?

—Bliss y el polígono son como la noche y el día. En Fort Bliss hay divisiones acorazadas, brigadas y una unidad de defensa aérea. Ah, y un centro de inteligencia para operaciones tácticas. Fort Bliss va en serio… y ellos no ofrecen visitas turísticas.

—Razón de más para que sea tan raro que interrogaran a Rivers.

Morwood cogió el sujetapapeles que sostenía Corrie.

—Estamos perdiendo el tiempo con estas especulaciones. El policía militar podría haber venido de Fort Bliss, de Fort Bragg o de Fort Knox. —Morwood salió del hueco de la escalera y regresó con paso ligero a la habitación de seguridad del hospital, con Corrie pisándole los talones.

El médico y la enfermera aún estaban delante de la puerta, pero ya habían dado media vuelta para marcharse. Cuando vieron que Morwood se acercaba se quedaron parados, pero este pasó de largo y se dirigió al agente forestal.

—¿Akime?

El agente se cuadró.

—¿Señor?

Morwood le enseñó el sujetapapeles.

—El último nombre de la lista, el policía militar Bellingame. Aquí pone que visitó al detenido anoche a las once y cuarto.

El agente forestal miró la hoja como si fuera la cabeza de una gorgona.

—¿Estaba de servicio a esa hora?

—Sí.

—Entonces vio a este hombre.

—Sí, señor.

—Y usted lo dejó entrar.

—Dijo que tenía que hacerle algunas preguntas al detenido, señor.

—¿Le dijo de qué base venía o quién lo había enviado?

—Me enseñó su credencial, que parecía auténtica. Yo… no le pregunté por la base.

—¿No le pidió que le enseñara sus órdenes?

—Eso no está en el protocolo, señor.

Morwood se quedó pensativo un momento.

—¿Y cuánto tiempo se quedó?

Akime pensó unos segundos.

—Unos diez minutos.

—¿Había alguien más en la habitación durante la visita?

—No, señor.

—¿Oyó algo fuera de lo normal mientras el policía estaba dentro, como que alguien alzara la voz?

—No, nada.

—¿Oyó por lo menos que estaba interrogando al detenido?

Un largo silencio.

—No, señor.

—¿Las once de la noche no le parece una hora extraña para interrogar a un detenido?

—Mi trabajo no es cuestionar esas cosas, señor.

—¿Y entró a ver al detenido cuando el policía militar se marchó?

—Sí. —El agente forestal cambió la pierna de apoyo—. Unos quince minutos después, más o menos.

—¿Y qué hacía?

—Estaba dormido. Como antes de que llegara el policía militar.

—No se mueva de aquí —espetó Morwood, y enfiló hacia el puesto de enfermería.

—¿Qué va a hacer, señor? —preguntó Corrie a su lado.

—¿Yo? Voy a asegurarme de que no borren el vídeo de las cámaras de seguridad de la visita del policía militar Bellingame. —Señaló la cámara situada en un rincón del pasillo—. Y de que realicen a Rivers una autopsia aún más exhaustiva que la que se había programado. Y no, no es por las razones que ha expuesto usted. La solicitud tendría que haberse realizado por los canales oficiales y quiero saber por qué no se hizo así. También me gustaría conocer las preguntas que le planteó nuestro policía militar. —Vaciló un segundo y luego añadió con un tono bastante formal—: La felicito por haber pensado en examinar el registro de visitas, Corrie.

Desde antes de recibir el aviso sobre Rivers, Corrie se había devanado los sesos buscando la mejor forma de pedir una cosa a Morwood; algo que, temía, él podría no aprobar. Tras ese inesperado elogio, imaginó que era un momento tan bueno como cualquier otro para hacerlo.

—Hay algo más, señor.

Morwood ya había sacado el móvil.

—¿De qué se trata?

La agente respiró hondo.

—El registro de la vivienda del Rancho Gower.

—Creía que estuvo conmigo allí ayer —repuso su supervisor marcando un número.

—No, señor —dijo Corrie—. Me refiero a que me gustaría dirigir un registro de la casa. Un registro formal.

Morwood dejó de marcar el número y bajó lentamente el móvil.

—A ver, explíqueme, ¿por qué demonios querría hacer una cosa así?

—Porque creo que es el lugar donde hay más probabilidades de encontrar pistas nuevas relacionadas con el cadáver, señor. Nuestro cadáver radiactivo.

—Ya la vio. Se ha alojado mucha gente en esa casa desde que se obligó a los Gower a marcharse, incluido, debo añadir, el mismísimo J. Robert Oppenheimer. Y ya oyó lo que dijo el general McGurk sobre el tejado. Lo han cambiado un par veces. ¿Cree que lo hicieron cuando apareció la primera gotera? Esa vieja cabaña ha sufrido la ira de la naturaleza y los desmanes del ejército durante tres cuartos de siglo.

Corrie sabía que su jefe no había terminado, así que se quedó callada y lo dejó continuar.

—Pero eso no es lo que me preocupa —añadió Morwood—. Lo que me preocupa es que, como requerimiento formal, el FBI necesita una orden judicial para registrar cualquier propiedad del ejército.

Corrie ya se había informado de ello y esa era la razón principal de las dudas que le había planteado su petición.

—Ya lo habíamos hablado antes, Swanson; sin ir más lejos, en el jeep, hace apenas doce horas. El general tuvo la amabilidad de llevarnos personalmente, como sus invitados, a ver el rancho abandonado. ¿Cómo cree que le sentará que le devolvamos la cortesía presentándonos con una orden de registro?

—Señor, creo que, teniendo en cuenta la muerte repentina del detenido y que todavía desconocemos la naturaleza de la última visita que recibió, comprenderá la necesidad de la actuación.

—Dígame, ¿qué es exactamente lo que está buscando?

—Gower debía tener una razón de peso para colarse en una base militar y volver a su antigua casa familiar. Esa razón podría continuar allí: cartas, documentos, cosas guardadas en un cajón...

Morwood se quedó pensativo un instante y luego soltó un suspiro de exasperación.

—Ahora tengo que hacer unas llamadas. Mientras tanto, reflexionaré sobre su solicitud. Solo estoy diciéndole que reflexionaré sobre ella.

—Gracias, señor.

—No me lo agradezca aún. Y aunque le permita solicitar esa orden judicial y se la concedan, el general podría sentirse ofendido, y con razón. Quiero que haga lo imposible para mostrarle su gratitud, y la mejor manera de hacerlo es no tocarle las narices. El Polígono de Misiles de White Sands tiene una presencia relevante por aquí.

—Entiendo.

—Ahora vaya a hacer un poco de papeleo para tranquilizarse. A mí siempre me relaja. Ya hablaremos. —Morwood le dio la espalda y volvió a centrarse en el móvil.

Corrie sabía que no le convenía alargar la conversación. Lanzó una mirada fugaz a la habitación que había ocupado Rivers, ahora muerto, y enfiló hacia el ascensor que la bajaría al vestíbulo del hospital.

27

Corrie estaba sentada junto al conductor del jeep y el viento le agitaba el pelo mientras atravesaban a toda velocidad las praderas. Era la tarde del día siguiente y todo iba mejor de lo esperado. Morwood había aprobado su petición de una orden de registro —era posible que, a pesar de su bravata, pensara hacerlo desde el principio— y, al parecer, el general McGurk no había puesto ninguna objeción, ya que en el puesto principal de la entrada le habían permitido pasar sin apenas echar un vistazo al documento oficial. Corrie había esperado mostrarle su gratitud al general, pero no le había visto el pelo en el breve tiempo que permaneció en la zona del cuartel general. Solo unos minutos después de su llegada, un jeep, conducido por un soldado de primera, se había detenido en el área de espera de los visitantes —el vehículo y el conductor eran prácticamente clones de los de su visita anterior—, y ahora, casi una hora después, aminoraban la marcha según se acercaban a la cuenca donde estaba la vivienda del rancho.

Las vistas la impresionaron tanto como la vez anterior, con las faldas de las montañas de San Andrés alzándose detrás de la casa. Hacía un poco más de frío y el aire tenía ese matiz cortante propio del otoño. El conductor detuvo el vehículo delante de la casa y echó el freno de mano. Corrie le dio las gracias y se apeó del coche.

—Seguramente tardaré un rato —dijo.

—No hay problema, señora —respondió el soldado—. Esperaré en el porche. —Subió los escalones de madera, que crujieron bajo sus pies, se sentó en una vieja mecedora polvorienta, abrió una revista que llevaba tan enrollada que parecía un bastón de mando y se instaló para la larga espera. Al parecer, hacerle de chófer era su cometido del día. Corrie se fijó en que la revista era un ejemplar de *Boating*, una extraña elección teniendo en cuenta el paisaje árido que los rodeaba.

La agente cogió de la parte de atrás del jeep la pesada mochila con el instrumental para la recogida de pruebas, la mayoría probablemente innecesario, y se la colgó de los hombros. Luego dio una vuelta completa a la vivienda del Rancho Gower. Había realizado numerosas prácticas de registro en Hogan's Alley y en otros sitios de Quantico, además de un registro real —el yacimiento arqueológico donde conoció a Nora Kelly—, pero en esta ocasión la invadía una sensación diferente. Tal vez se debiera al aislamiento y la desolación del emplazamiento, pero le parecía más probable que fuera por la firme posibilidad de no encontrar nada, de que todo aquello fuera una pérdida de tiempo. A pesar de lo mucho que había luchado para poder estar allí, las objeciones de Morwood resonaban en su cabeza. Ochenta años de abandono eran demasiados. A Gower lo habían echado de allí tres años antes de su muerte. Y durante esos últimos ochenta años se había dado diversos usos a la vivienda, entre ellos, el de albergue para científicos célebres, hasta que terminó convertida en una casa abandonada de escaso interés histórico. Cualquier cosa relevante que albergara entre sus paredes se habría tirado a la basura hacía muchos años, o reducido a polvo.

No obstante, se mantenían sin resolver ciertos enigmas que contribuían a crear una sensación de sospecha, de conspiración. Gower debía de tener una razón poderosa para merodear por esa zona prohibida cuando la casualidad quiso que lo alcanzara la explosión del ensayo Trinity con una cruz de oro de un valor extraordinario en su poder. ¿De dónde la sacó? ¿Por qué la llevaba encima? El hombre que había encontrado su cuerpo acababa de morir en extrañas circunstancias. El FBI no había sido capaz de seguir el rastro del último visitante de Rivers. En Fort Bliss no había ningún policía militar llamado Bellingame, ni, al parecer, en todo el ejército. Las cámaras de seguridad del hospital mostraban a un hombre afroamericano en un elegante uniforme de la policía militar y con la cara tapada por la gorra blanca. Durante su entrada en el hospital y su salida se le veía girando la cabeza en una dirección o en otra con aire despreocupado, o mirando un sujetapapeles que llevaba en la mano, de tal manera que lo único que las cámaras habían captado de él era una imagen borrosa de la mitad inferior de su cara. Incluso a Morwood le había parecido llamativo y había presionado para que se realizara la autopsia lo antes posible… y con la lista completa de sustancias tóxicas.

Corrie volvió a centrarse en la distribución de la vivienda y en decidir el método que emplearía en su inspección. Comenzó por los corrales. Sin embargo, no halló nada allí, ni siquiera una caca de caballo con años de historia. A continuación se trasladó al ruinoso establo de piedra, sacó diligentemente la cámara proporcionada por el FBI y tomó una docena de fotografías del exterior. Dentro olía a polvo y a heno. En la pared del fondo todavía colgaban algunas herramientas oxidadas, había unos cuantos fardos descompuestos de alfalfa y un puñado de cuadras vacías. Removió con los pies la tierra del suelo aquí y allá, pero no encontró nada. Alguien había utilizado una de las paredes como diana para jugar a los dardos y aún seguían clavados un par de dardos oxidados, tan antiguos que tenían plumas de verdad. Por lo demás, no encontró nada de interés.

Había llegado el momento de entrar en la casa.

Se dirigió allí y subió al porche, saludó con la cabeza al soldado —que en ese instante estaba comiéndose con los ojos una barca Boston Whaler de siete metros de eslora—, abrió la puerta y entró. Cuando cruzó el vestíbulo y accedió al salón, con la austera cocina al fondo, la embargó una aplastante sensación de familiaridad... y no solo porque había estado allí dos días antes. El lugar le recordaba la vieja casa prefabricada en la que había vivido con su madre en Medicine Creek. Flotaba la misma atmósfera de soledad, de esperanzas perdidas y sueños rotos, de oportunidades desaprovechadas que se deslizaban como la arena entre los dedos. Al posar la mirada en la cocina afloró un recuerdo en particular: entrar en casa sigilosamente una noche de madrugada y pasar junto al dormitorio de su madre borracha con la esperanza de que no la oyera..., en vano.

«¿Crees que puedes vivir aquí a cambio de nada, comer gratis y entrar y salir a tu antojo?... Eres una inútil, no vales para nada... ¡No te vayas mientras te estoy hablando...!».

Su madre ya no formaba parte de su vida, casi seguro para bien. Por lo menos había recuperado el contacto con su padre, Jack, que vivía cerca del parque Delaware Water Gap y tenía un trabajo estable. Aún estaban reconstruyendo su relación, ladrillo a ladrillo, pero los cimientos parecían sólidos.

Arrinconó esos recuerdos y examinó la vieja vivienda del rancho. ¿Gower intentó regresar para coger algo? ¿Lo disuadió el hecho de que se hubiera convertido en el albergue de las personas que trabajaban en el ensayo Trinity?

Decidió comenzar por las estancias del fondo e ir avanzando hacia la puerta principal. Accedió a la cocina y se paseó por ella abriendo armarios y cajones. La mayoría estaban vacíos, salvo por algunos cubiertos baratos, un paquete de sal y varias trampas para ratones oxidadas. Dentro de la cocina de leña pintada de blanco no descubrió nada, y en el suelo debajo de ella había una gruesa capa de polvo. Abrió el frigorífico, a pesar de que no había luz, y en su interior encontró una botella de leche con los restos convertidos en una película escamada. Con un gran esfuerzo, empujó el frigorífico para separarlo de la pared y solo dio con más polvo. El suelo era de linóleo, con unos dibujos horribles, y estaba descolorido y con los bordes levantados.

Continuó con la inspección minuciosa de la casa y examinó el cuarto de baño y después la pequeña habitación destinada al dormitorio. Esta contenía una cómoda enorme y Corrie se hizo la ilusión de que fuera una mina de oro, pero solo se topó con un paquete arrugado de cigarrillos de los que se entregaban con la ración a los soldados y, en el fondo de un cajón, un *Farmer's Almanac* de 1938.

Cogió el almanaque. Tenía las manchas del tiempo. Mientras lo hojeaba encontró varias marcas hechas a lápiz ya casi borradas. Había varias fechas subrayadas y junto a algunas aparecían dibujadas unas señales de verificación. También vio unas cuantas notas al margen escritas con una letra apretada, casi ilegible.

Corrie reflexionó un momento. «1938». Gower todavía era el propietario legal del rancho. Aunque las anotaciones fueran de otra persona, podría haber información importante oculta en sus páginas. Sacó una bolsa para pruebas de la mochila, metió en ella el almanaque, la precintó y la etiquetó. Acto seguido echó un último vistazo al dormitorio para asegurarse de que no quedaba nada por revisar y salió para regresar al salón.

Se detuvo en el hueco de la puerta y respiró hondo. Era el último sitio que quedaba. A través de las cortinas harapientas entrevió al primer soldado, que seguía sentado, con la mecedora inclinada en un peligroso ángulo, y pasaba las hojas de la revista. Se tomó un momento para poner en orden sus pensamientos, luego paseó la mirada por la habitación e intentó imaginar cómo había sido ochenta años antes, cuando era un hogar y no unas ruinas. Dejó que sus ojos se detuvieran el tiempo que consideraran necesario en cada elemento del salón: el sofá raído, la mesa con las dos sillas, las fotos enmarcadas que colgaban de las paredes, los estantes con diversos objetos.

Se acercó a los estantes y examinó de uno en uno los objetos: varios volúmenes viejos de la colección de *Reader's Digest* y otros libros; algunas botellas de vino vacías que a alguien podrían haberle parecido atractivas; una pila de revistas; el sombrero de vaquero y el tablero de parchís que Watts les había señalado.

Corrie deslizó un dedo por el lomo de los libros y abrió un surco en el polvo que los cubría. Había algunos títulos de Zane

Grey, una biblia de los Gedeones Internacionales por cortesía del motel Sage Brush y un ejemplar manoseado de *Primeras leyendas de la frontera del Oeste*, de un tal Hyman S. Zim. Cogió este último y lo hojeó. Aunque estaba muy usado y se notaba que lo habían leído y releído, no advirtió que hubiera, a diferencia del almanaque, alguna nota manuscrita. No obstante, era bastante probable que el libro hubiera pertenecido a Gower, así que podría contener alguna referencia a algo que resultara útil. Lo metió en otra bolsa para pruebas y se dirigió al sofá, pero entonces recordó que podía haber una plaga de ratas y decidió sentarse a la desvencijada mesa. El tablero de la mesa parecía un cuadro de Keith Haring, lleno de dibujos y de mensajes grabados en la madera, seguramente por soldados aburridos durante las largas horas de espera de unas maniobras, una prueba o algo por el estilo. Había un par de fechas: Julio 1945, Sept. '44. Las debieron de escribir los participantes en la prueba Trinity. Algunos de los dibujos grabados en la mesa eran unas ordinarias representaciones de la anatomía humana, y los mensajes, del tipo Kilroy estuvo aquí. En cualquier caso, Corrie fotografió todos con diligencia. A continuación guardó la cámara, se recostó en la silla —con cautela por si se rompía— y suspiró.

Solo para no flagelarse después por haberse saltado el paso que podría haber arrojado luz al caso había valido la pena insistir en conseguir la orden de registro. Aun así, lo más probable era que Gower se hubiera llevado todos los objetos de valor cuando le confiscaron sus tierras, sobre todo si tenían relación con la búsqueda de un tesoro.

Pero de repente le surgió una pregunta: si Gower se lo había llevado todo, ¿qué hacía atravesando el desierto en las inmediaciones del rancho el 16 de julio de 1945?

Se había documentado un poco sobre White Sands y la prueba Trinity desde su primera visita a la base. A pesar de lo que había dicho su bisnieto, cuando Gower se marchó de su casa el gobierno pagaba un alquiler por las tierras para el Campo de

Pruebas de White Sands. Fue más tarde cuando confiscó los ranchos de manera permanente, y hubo que esperar hasta la década de 1970 para que todas esas tierras ya fueran partes integrantes del Polígono de Misiles. En 1942, cuando los Gower fueron desahuciados, Jim Gower tenía razones para pensar que antes o después volvería a su rancho —nadie sabía que pronto se detonaría una bomba atómica en la zona—, y tal vez escondió algo mientras aguardaba para regresar.

Quizá. Tal vez. A lo mejor. Acaso. Había llegado el momento de reconocer que no había encontrado nada. Se levantó de la silla. Era hora de irse.

En ese instante, sus ojos se posaron en dos portadas de revista enmarcadas que colgaban de la pared de enfrente. Los marcos eran un poco toscos, como los que hizo su padre para decorar la caravana en la que vivían. Las portadas se habían protegido con una capa de barniz que ahora estaba marrón y agrietada.

Se acercó a ellas y su memoria volvió a desenterrar recuerdos del remolque de su madre en Medicine Creek. Ella también había colgado adornos ramplones en las paredes, pero nada tan ramplón como esas portadas de revista. Una de ellas era de un número antiguo de *Arizona Highways*, seguramente la publicación periódica más aburrida conocida por el ser humano, con una fotografía en blanco y negro de Sunset Crater. Reconoció la formación volcánica porque la había visto en las fotos de una excursión al Gran Cañón que había hecho su clase en octavo curso. Pero ella no había ido. A su madre, naturalmente, le había parecido demasiado cara. Dios la librara de quedarse sin dinero para comprar alcohol y Kools...

El otro marco contenía una portada de un *Saturday Evening Post* de 1936. Debajo del nombre de la revista ponía que era un semanario con ilustraciones fundado por Benjamin Franklin y que costaba cinco centavos. La ilustración que ocupaba la portada podía ser una escena de una historia del Oeste: en una pradera montañosa, un hombre a caballo aparecía por el recodo de un camino y veía una serpiente de cascabel tigre en actitud amenazadora, encima de un cartucho de fusil Sharps calibre 50-90 para cazar búfalos que estaba tirado en el suelo.

Por lo menos esa ilustración prometía un poco de acción. Sintió curiosidad por el marco y descolgó el cuadro de la pared para mirarlo de cerca. Entonces sus dedos tocaron algo pegado a la parte de atrás. Lo giró. Había un papel sujeto al marco con una cinta adhesiva que tenía unas manchas de antigüedad muy parecidas a las del barniz.

Corrie lo despegó con cuidado, pero la cinta se desmenuzó y el papel se desprendió de su escondite. Lo cazó al vuelo y le dio la vuelta intentando tocarlo solo por los bordes. Era una vieja fotografía de un paisaje desértico de valles, desfiladeros y arroyos, tomada desde una altura considerable.

Con una prisa que no había tenido antes, fue hasta la mochila, sacó una bolsa para pruebas con cierre hermético y metió la fotografía. A continuación tomó varias fotos del cuadro enmarcado, por delante y por detrás, así como de la mancha rectangular en la pared que indicaba dónde había estado colgado durante décadas. Después volvió a colgar el cuadro del clavo y echó otro vistazo alrededor. El instinto le dijo que la habitación ya no le reservaba más secretos, así que cogió la mochila, se la colgó a la espalda y se dirigió a la puerta principal para emprender el viaje de regreso.

28

En su espacioso despacho del edificio histórico del Instituto Arqueológico de Santa Fe, Nora Kelly se puso unos guantes de nitrilo y extrajo con sumo cuidado la fotografía de la bolsa para pruebas.

—¿Es la original? —preguntó lanzando una mirada inquisitiva a Corrie.

La agente del FBI, que se movía con nerviosismo sentada en un taburete a su lado, asintió con la cabeza.

—Quería que vieras la original porque temía que en una reproducción se perdiera algún detalle.

Nora Kelly giró la foto en las manos un par de veces, la escudriñó desde distintos ángulos, se la acercó a la nariz y la olió.

—Papel fotográfico de los de antes. Incluso conserva el olor.

—Según nuestro laboratorio, es de hace unos setenta u ochenta años —repuso Corrie—. Podrán darme una fecha más precisa cuando se la devuelva.

«Por eso te corre tanta prisa», pensó Nora. Esta vez no había podido interrumpir el análisis del yacimiento de Tsankawi para salir corriendo hacia Albuquerque cuando Corrie la había llamado, así que le había llevado ella la prueba a Santa Fe.

—¿Y esto qué es? —preguntó señalando un pequeño trozo de cinta adhesiva que colgaba del borde superior.

—Cinta adhesiva de celulosa fabricada por la Minnesota Mining and Manufacturing Company, aproximadamente en 1940.

Nora asintió y continuó el examen.

—Sí que es bueno su laboratorio si ha podido datar una cosa como esta.

—El mejor.

Nora sonrió.

—¿Sabes por qué 3M le puso el nombre de «escocesa» a su cinta adhesiva?

—Ni idea.

—Porque mientras la desarrollaban no ponían adhesivo en toda la cinta, solo en el borde, y alguien dijo en broma que esa parquedad era típicamente escocesa. En la época, el estereotipo de un escocés era el de una persona, digamos, demasiado frugal.

—¡Oye, que yo soy escocesa! ¡Estás ofendiéndome! —exclamó riendo Corrie.

—En la década de 1950, Studebaker incluso sacó un modelo de coche llamado Scotsman, por su bajo precio y la ausencia de adornos.

—No me imagino a una empresa haciendo algo así hoy en día —repuso Corrie—. ¿Cómo sabes todas esas trivialidades?

—Los Kelly venimos de Dublín, y... —Nora añadió con acento irlandés— a mi abuela le encantaba meterse con los que vivían al otro lado del canal. —Volvió a centrarse en la fotografía—. Qué pena que no haya ninguna información ni leyenda en el dorso que dé algún dato de su procedencia.

—El técnico de nuestro laboratorio de Phoenix se llevó una gran decepción cuando no encontró nada escrito a mano. No solo son capaces de datar la formulación de la tinta, también cuándo se escribió con ella en un papel. —Tras una pausa, añadió—: Otra cosa interesante es que no hay ninguna huella dactilar.

—Eso sí que es raro, ¿no? —Nora escudriñó la imagen—. Pero ¿crees que fue James Gower quien la pegó donde la encontró?

—Sí. Él u otro miembro de la familia. Me baso en la antigüedad de la cinta adhesiva y en la fecha en la portada de la revista. Quizá la escondió ahí porque esperaba regresar algún día.

—Pobre Gower. —Nora miró de soslayo a la agente—. Bueno,

no la has traído para un examen forense... Esperas que te dé una ubicación.

—Está un poco borrosa, pero tú conoces los paisajes de Nuevo México como la palma de tu mano, así que tenía la esperanza de que reconocieras el sitio de la foto.

—Me siento muy halagada, pero tienes razón, está borrosa; demasiado para poder utilizarla en un reconocimiento aéreo. Quizá el avión, o lo que fuera, encontró turbulencias justo cuando la cámara disparó. De todas maneras, mirémosla con detenimiento. —Despejó un espacio en la mesa, puso la bolsa para pruebas encima y después colocó con sumo cuidado la foto sobre ella, con el borde con los restos de cinta adhesiva en el lado más alejado de ella—. Parece el típico paisaje de Nuevo México, es cierto... Veo desfiladeros, arroyos, y pinos piñoneros y enebros diseminados por el terreno. Se ha tomado a una altitud considerable, ¿unos mil metros?

Nora observó la foto largamente con el ceño fruncido. Luego cogió de entre las cosas que tenía encima de la mesa una lupa con luz y la sostuvo sobre la imagen. Recorrió la foto de arriba abajo y de izquierda a derecha, con la lupa tan pegada a la cara que su aliento empañaba la lente.

—¿Qué pasa? —oyó que preguntaba Corrie por encima de su hombro.

—No lo sé. Hay algo raro.

—¿Raro? Sé que está borrosa, pero...

—No, no es eso. Tengo la sensación de que debería reconocer este lugar, pero... —De repente se echó hacia atrás y bajó la lupa riendo—. ¡Qué tonta soy!

—¿Perdón?

—Esta foto... Gower la pegó al revés al marco. —Nora giró la imagen ciento ochenta grados y volvió a inclinarse sobre ella —. Así está mejor... Ahora el norte está arriba y todo me resulta más familiar. Ese grupo de mesetas bajas de ahí y ese desfiladero que se tuerce como... —De pronto se puso recta y esbozó una sonrisa triunfal—. Es Anzuelo Canyon, y esas montañas de ahí son las Navajo.

—¿Dónde está eso?

—Te diré dónde no está. No está cerca de White Sands ni de High Lonesome. Debe de estar unos ciento cincuenta kilómetros al noroeste. —Volvió a mirar la foto y le hizo un gesto a Corrie para que se acercara—. Lo he reconocido por este barranco de ranura de aquí.

—¿Barranco de ranura?

—¿Ves esta estrecha línea curva con este ángulo cerrado al final? Eso es un barranco de ranura. Es un canal de arenisca extremadamente angosto, de varias decenas de metros de profundidad, pero solo unos doce de ancho. Hay unos cuantos en el Suroeste. —Dio unos golpecitos suaves con un dedo enguantado en un semicírculo oscuro—. La gente del lugar conoce este tramo del barranco con el nombre del Anzuelo por razones obvias. Y la cadena de montañas que hay al este es una parte de las Navajo.

—Me preguntó por qué Gower escondería una foto aérea borrosa detrás de un cuadro.

—Ni idea.

—¿Ves alguna cosa más que te llame la atención? ¿Un detalle histórico o geológico? ¿Algo?

Nora negó con la cabeza.

—Anzuelo Canyon es lo único interesante de la foto. Encima del barranco están las ruinas de un asentamiento de tamaño mediano de los indios tewa. ¿Cómo se llamaba…? Tziguma.

Las dos mujeres permanecieron sentadas en silencio un rato, mirando la vieja fotografía.

—Una cosa es segura —declaró al fin Corrie—. Si fue Gower quien la escondió, y es el principal sospechoso de haberlo hecho, tuvo que ser por una razón.

—Coincido contigo —repuso Nora—. A ver si la averiguamos.

—De acuerdo —dijo Nora estirándose y masajeándose la zona lumbar. Había pasado una hora y se encontraban en la biblioteca del instituto, no muy grande pero decorada con un gusto exquisito, con un montón de mapas de reconocimiento, atlas y libros antiguos sobre la mesa que las separaba—. Al parecer, los misioneros españoles construyeron una iglesia en ese poblado tewa del que te hablé, Tziguma.

—Muy cerca del barranco de ranura —apuntó Corrie—, de Anzuelo Canyon.

Nora asintió.

—Los tewa se sumaron a la rebelión pueblo y mataron al sacerdote, pero cuando los españoles volvieron en 1692, los tewa opusieron resistencia y el pueblo fue destruido y abandonado. Hasta donde yo sé, nunca se han excavado sus ruinas.

—Nunca se han excavado sus ruinas —repitió Corrie—. Y sin embargo se rumorea que hay un tesoro enterrado.

—El mismo rumor circula sobre la mitad de las iglesias en ruinas del Suroeste y todos los pueblos indios abandonados.

—Tal vez. Pero en este caso no se menciona el rumor en un libro ni en dos, sino en tres…, incluido este que probablemente perteneció a Gower —dijo Corrie golpeando con el dedo el ejemplar de *Primeras leyendas de la frontera del Oeste* que había cogido de la cabaña.

—Cierto. —Nora cerró los libros y alisó los mapas—. ¿Cuál es el siguiente paso? ¿Vas a ir con esto a tu jefe?

—¿A Morwood? —Corrie negó con la cabeza—. Dirá que es demasiado especulativo. Estos últimos días he tentado a la suerte con él demasiadas veces. Primero tendré que corroborar todo esto por mi cuenta. Si hay visos de que sea algo importante, te informaré.

—Me parece bien —repuso Nora—. Pero eso te deja con un problema. ¿Cómo vas a llegar al Anzuelo? No lo encontrarías ni en un millón de años. Ni siquiera tu nuevo amigo, Watts… —De repente se quedó callada—. ¡Oh, no!

—Has dado en el clavo —dijo Corrie, y se echó a reír—. Bueno, gracias, será un placer que me lleve allí, doctora Kelly.

Aunque no había casi nadie en la biblioteca, todas las cabezas se volvieron al oír la colérica respuesta de Nora.

29

Aparcaron el coche al final del camino y se bajaron de él. La larga carretera de tierra que serpenteaba a través del desierto terminaba con un ensanchamiento para realizar un cambio de sentido junto al borde del barranco. El aire era frío y estaba impregnado del olor de la artemisa y de la chamiza; las nubes blancas y algodonosas se deslizaban por el cielo y sus sombras se desplazaban lentamente por el paisaje. A Nora le pareció que hacía un día perfecto para una excursión. Desde las montañas se veía Anzuelo Canyon, una grieta en la llanura de arenisca de la que aquí y allá se alzaban torres y columnas de arenisca blanca que semejaban informes hombres de las nieves.

Habían ido al barranco en el coche de Nora porque, al ser domingo y no tratarse de un asunto oficial, Corrie no estaba autorizada a utilizar su vehículo del FBI.

—No está mal —comentó la agente contemplando el paisaje que la rodeaba.

Nora sacó el móvil y abrió la aplicación del GPS.

—Parece que las ruinas están a unos tres kilómetros.

Se colgaron las mochilas a la espalda y echaron a andar por un impreciso sendero que bajaba como una montaña rusa al fondo del barranco y continuaba por el sinuoso cauce seco de un río. El barranco se estrechaba a medida que lo recorrían y las paredes eran cada vez más altas e imponentes.

—Es la primera vez que veo un barranco de ranura —comentó Corrie.

—Son espectaculares, pero también pueden ser peligrosos. Una vez me sorprendió una riada en uno, hace unos años, en Utah. Creo que fue una de las experiencias más aterradoras de mi vida.

—¿Qué ocurrió?

—Yo dirigía una expedición arqueológica a un asentamiento prehistórico al cobijo de un desfiladero. Solo se podía acceder a él por un barranco de ranura. Se produjo una riada estrepitosa y violenta como una docena de trenes de mercancías… —Se interrumpió y se preguntó por qué, de toda la gente que había en el mundo, de repente se había puesto a contarle esa historia a una agente del FBI—. En fin —se apresuró a añadir—, hoy las probabilidades de que llueva son nulas; lo he consultado. Y las ruinas a las que vamos no están en el barranco, sino arriba.

El espacio entre las paredes del barranco se había estrechado considerablemente y proyectaban su sombra fría sobre ellas. El aire olía a arenisca y la luz indirecta se filtraba hasta el fondo de la grieta y las envolvía con un cálido resplandor. Nora se sintió como si entrara en una cueva.

—¿Qué sabes sobre este lugar? —preguntó Corrie.

—Como te dije, los españoles fundaron una misión en un pueblo tewa llamado Tziguma. Los tewas se sumaron a la rebelión pueblo y destruyeron la iglesia. Al final, el pueblo fue abandonado y nadie le ha prestado mucha atención desde entonces…, excepto los cazadores de tesoros, tal vez. No se considera un yacimiento arqueológico importante.

Ya estaban en el corazón del barranco. Las escarpadas paredes de piedra, alisadas por incontables riadas, se retorcían, y el suelo era un lecho limpio de arena.

Corrie estiró los brazos.

—Se pueden tocar paredes de los dos lados a la vez. Es increíble.

—Este es el tramo llamado el Anzuelo —explicó Nora—.

Cuando salgamos por el otro lado hay un sendero que sube a la meseta, donde están las ruinas.

Menos de medio kilómetro después, el barranco volvía a ensancharse y la luz penetraba de nuevo la penumbra. Las paredes desaparecieron y Corrie y Nora se encontraron rodeadas por una serie de mesetas bajas.

—No puedo evitar pensar que quizá Gower descubrió la cruz mientras buscaba el tesoro —dijo Corrie—. Tal vez en las ruinas de la iglesia de esa misión.

—Lo dudo. Estamos lejísimos de High Lonesome.

El sendero cruzaba el cauce seco y ascendía serpenteando por una ladera hasta la cima de la meseta. La subida era breve y escarpada, y después de pasar por un despeñadero alcanzaron la parte de arriba.

—Hemos llegado —dijo la arqueóloga—. Las ruinas están ahí, a la derecha.

—No veo nada.

—¿Ves donde cambia la vegetación, donde los cactus y los arbustos crecen sobre esos grandes montones de piedra y tierra? Es allí.

—Pero ¿dónde está la iglesia? —Corrie se descolgó la mochila y sacó una copia de la foto.

Nora lanzó una mirada por encima del hombro, en dirección a un montón de tierra.

—Aquello es la iglesia, se ve por el contorno.

La agente guardó la foto y se adentraron en las ruinas. Por todas partes había fragmentos de cerámica y esquirlas de sílex, mezclados con piedras de construcción partidas, hierbajos y hormigueros.

—¡Mira esto! —Corrie recogió del suelo un fragmento de cerámica pintado.

—Muy bonito, pero me temo que tendrás que dejarlo donde estaba —dijo Nora—. No podemos tocar nada.

—Uy, lo siento. —Corrie volvió a depositarlo en el suelo.

Se dirigieron al montículo más grande. Al mirarlo de cerca,

Nora advirtió que era una gran pared de adobe derrumbada y erosionada e invadida por los arbustos. Al fondo se alzaba un pilar de adobe, la única parte de la pared que se mantenía en pie. Al subir al montículo espantaron a una bandada de cuervos, que echaron a volar chillando y graznando y se posaron en un pino cercano.

Desde esa atalaya contemplaron la que había sido la nave de la iglesia.

—Eh, aquí han excavado —señaló Corrie—. Y algunos de esos hoyos parecen recientes.

—No me sorprende —repuso Nora—. Muchos yacimientos arqueológicos de Nuevo México han sido saqueados. La mayoría se encuentran en lugares demasiado remotos para protegerlos.

—¿Crees que buscaban el tesoro? ¿Podría haber sido aquí donde Gower encontró la cruz?

—Supongo que es posible que excavara aquí hace muchos años. Si tenía la foto escondida en su casa sería por algo.

Un estruendo resonó entre las ruinas y Nora vio que se levantaba un géiser de polvo justo a su derecha.

—¡Abajo! —gritó Corrie, pero Nora ya se había lanzado desde el montículo hacia las ruinas de la pared de adobe.

Las dos se estrellaron contra el suelo, entre los arbustos. Se oyeron más ruidos y una bala impactó en el pilar y provocó una lluvia de adobe. Otras balas esquilaron un arbusto que tenían a su izquierda.

—¡Por aquí! —La agente levantó a Nora, corrieron hasta el pilar de adobe y se tiraron al suelo detrás de él.

Nora vio que Corrie había sacado su pistola. Respiraban con agitación mientras pasaban los segundos.

—Los disparos vienen de aquella cresta de allí —dijo Corrie.

—¡Santo cielo! No puede ser que nos estén disparando.

—Pues lo están haciendo.

La estupefacción de Nora se transformó en terror y pánico.

—Pero ¿por qué?

Corrie no dijo nada y gateó hasta el borde del pilar para echar un vistazo a través de los arbustos.

Se oyó otro disparo y Corrie retrocedió.

—¡Mierda! ¡Estamos atrapadas! —Revisó la cámara de su pistola para asegurarse de que contenía una bala.

—¿Qué vamos a hacer?

Corrie negó con la cabeza.

—Si el que nos dispara quiere bajar, tendrá que arriesgarse. No tiene nada con que cubrirse.

—¿Vas a dispararle?

—Espero no tener que hacerlo, te lo aseguro. Si disparo mi arma reglamentaria tengo que informar de ello, y no te imaginas la de papeleo que hay que hacer. —No mencionó que era una pésima tiradora y que la persona que les disparaba, con un rifle, sin duda, estaba demasiado lejos de todas maneras.

—¿Qué hacemos entonces?

—Dame un momento.

Nora se sentó con la espalda pegada al adobe e intentó dominar su respiración. Miró de reojo a Corrie, que estaba acercándose al borde del pilar para echar otro vistazo. La agente lanzó una ojeada a través de los arbustos sin levantar la cabeza. Pasaron varios minutos.

—Creo que se ha ido —dijo finalmente Corrie.

—¿Cómo lo sabes?

—He visto lo que parecía la estela de polvo de un vehículo en la cresta. Parecía alejarse.

—Eso no me convence.

Corrie se descolgó la mochila y sacó una chaqueta. Luego arrancó una rama de un arbusto, la envolvió con la prenda y le puso encima su gorra de béisbol. A continuación sacó lentamente la rama de detrás del pilar, cada vez un poco más.

Nada.

—El que nos disparaba tendría que haberlo visto —dijo Corrie—. Creo que se ha marchado. —Un instante después añadió—: Te diré lo que haremos. Tú atraviesa esa zona de terreno descubierto corriendo como una loca y baja a la quebrada.

—¡Ya lo creo que lo haré!

—Yo te cubriré y le dispararé si vuelve a abrir fuego. Luego te seguiré. Cuando lleguemos a la quebrada, estaremos a cubierto y podremos dar un rodeo y bajar por el borde del barranco sin ponernos a tiro de quien sea. Pero estoy segura de que se ha ido.

Nora se imaginó cruzando el terreno descubierto. La propuesta de la agente tenía sentido… si era verdad que el que les disparaba se había ido.

Corrie se tumbó bocabajo detrás de los arbustos, con el arma preparada para disparar.

—¿Estás lista?

Nora asintió. Se le iba a salir el corazón del pecho.

—A la de tres. Una, dos y tres. ¡Vamos!

La arqueóloga se armó de valor, cruzó a la carrera los pocos metros de terreno descubierto y saltó a la quebrada. No sonaron disparos. Un momento después, Corrie echó a correr y se unió a ella. Las dos se agacharon, una al lado de la otra, jadeantes.

—Por ahora todo va bien —dijo Corrie—. Será mejor que nos movamos deprisa por si acaso nos sigue.

Avanzaron por la quebrada en silencio, agachadas y pegadas a las paredes, hasta que llegaron al borde del barranco. Descendieron por unos montones de piedras y de pedregal y bajaron de la meseta deprisa. Sin perder un segundo, pero con cautela, corrieron para cobijarse detrás de una cadena de pequeñas lomas y las rodearon hasta que llegaron al Anzuelo. Siguieron corriendo por el barranco, alcanzaron el otro extremo y quince minutos después estaban en el coche. Nora se sentó detrás del volante y Corrie saltó al asiento contiguo y cerró la puerta. El coche arrancó, giró bruscamente y salió disparado por la carretera.

Corrie enfundó la pistola.

—La fotografía aérea nos llevó a ese sitio… donde había alguien esperándonos. Creo que nos han tendido una emboscada.

—¿Insinúas que esa foto la pusieron allí a propósito, para que la encontraras? —Nora reflexionó un momento—. Solo el ejército puede entrar en el Rancho Gower. Es más, ¿cómo sabían que vendríamos hoy? ¿O que íbamos a venir siquiera? A nadie se le ocurriría apostar allí un francotirador de manera permanente.

—Me parece que el ejército puso allí la foto. No me gustó el general McGurk desde el momento en que lo conocí. Lo creo capaz de haber ordenado que nos siguieran.

—¿Que nos siguieran… y que nos dispararan?

—Es posible.

—Pero ¿por qué?

—No lo sé.

La arqueóloga tenía dudas. Le parecía tan inverosímil que casi rayaba la paranoia; Corrie tenía mucha imaginación y por alguna razón le caía mal el general.

—No tiene sentido —dijo—. ¿Por qué iba a hacer una cosa así? Matar a un agente federal es algo gordo. Atraería mucha atención. ¿Y colocar la foto para que la encuentres? ¿Cómo sabía que mirarías detrás del cuadro, que darías con ella, que identificarías el lugar que muestra y que vendrías a echar un vistazo? ¿Cómo supo cuándo vendrías? Yo no he notado que nos siguiera nadie. Y en último lugar, si el que nos ha disparado hubiera sido un francotirador del ejército, ahora estaríamos muertas; solo estaba a cien o ciento cincuenta metros de distancia, pero sus disparos impactaron al menos a tres metros de nosotras. Por lo que sabemos, podría haber sido un cazador miope. O quizá la persona que estaba excavando esos hoyos quería asustarnos para que dejáramos en paz su «tesoro». O simplemente un tarado. Hay muchos así, tú lo sabes, que se esconden en su pequeño rincón de la naturaleza.

Corrie la escuchó en silencio.

—Todas esas son posibilidades razonables —repuso—. El general no me gusta, supongo que solo es eso. Parece…, no sé, un poco demasiado amable.

—¿Preferirías que fuera un capullo?

La agente negó con la cabeza.

—¿Vas a informar de lo ocurrido al FBI?

—Dios mío, no —respondió Corrie—. Sería como abrir la caja de Pandora… y me metería en un lío por haber venido aquí en mi día libre, sin autorización y con un civil.

—Entonces ¿qué piensas hacer?

Corrie frunció los labios.

—Volveré y le pediré al sheriff Watts que me acompañe. Es un rastreador experto, o eso dice. Quizá él averigüe algo. Hasta ahora ha sido de gran ayuda.

Nora sonrió.

—Y también es muy mono.

—Ah, calla —espetó Corrie, y añadió sarcástica—: Tú también puedes venir… como mi carabina.

30

En la antesala de la oficina parecía que no había nadie y la puerta del despacho estaba entrecerrada. Corrie se acercó a ella y llamó.

—¡Adelante! —respondió Watts con su vozarrón.

Corrie abrió la puerta del todo y entró. La verdad era que nunca había estado en el despacho de Watts y se llevó una sorpresa. Por fuera, el edificio era bonito, aunque un poco aséptico, pero el despacho del sheriff parecía una cabaña en las montañas, con las paredes de pino nudoso, de las que colgaban un par de alfombras de los navajos y la cabeza de un alce macho encima de una chimenea de ladrillo. El escritorio estaba ordenado y limpio como una patena, y los armarios archivadores ocupaban toda una pared.

—Vaya, qué sorpresa más agradable —exclamó Watts poniéndose en pie—, la agente especial Swanson y la doctora Kelly nada menos que una bonita mañana de lunes. Llegan justo a tiempo. Estaba a punto de salir a comer. ¿Qué puedo hacer por ustedes? —Se pasó una mano por el pelo ensortijado—. Oh, lo siento —añadió—. No las he invitado a sentarse.

—Gracias —dijo Corrie.

Watts esperó a que se sentaran para hacerlo él.

—¿Algún progreso? —se interesó el sheriff.

—Sí —respondió Corrie—. Pero, bueno, lo que hablemos a partir de ahora es confidencial, ¿de acuerdo?

Watts asintió. Entrelazó las manos y se inclinó hacia delante con una expresión de interés y de concentración en la cara.

—¿Conoce Anzuelo Canyon?

—He oído hablar de él. ¿Está cerca de Pie Town?

—Sí —dijo Nora—. Hay unas ruinas de un asentamiento de los indios pueblo encima del barranco llamado Tziguma.

—Nunca he estado allí.

Corrie vaciló un momento antes de sacar la foto del sobre marrón y colocarla delante de Watts.

—Esta es una foto aérea de la zona.

Este la cogió.

—Parece antigua.

—Calculamos que se tomó alrededor de 1940.

—¿Es Anzuelo Canyon?

—Sí —dijo la arqueóloga señalando la foto—. Y esta es la ubicación de la iglesia de los misioneros en Tziguma. Fue destruida durante la rebelión de los pueblo.

El sheriff asintió.

—¿De dónde la han sacado?

—Conseguí una orden de registro para la vivienda del Rancho Gower —explicó Corrie—. Estaba pegada en el dorso de un viejo cuadro.

—Interesante.

—Ayer por la tarde fuimos allí —continuó la agente.

—¿Y encontraron algo?

Corrie tragó saliva.

—No nos dio tiempo. Nos dispararon.

Watts estuvo a punto de levantarse de la silla de un salto.

—¿Les dispararon?

La agente le contó la historia. Antes de que terminara su relato, el sheriff se puso en pie y fue a coger el sombrero.

—Vamos.

—¿No iba a comer?

Watts hizo un gesto con la mano para que se olvidara de eso.

—Vieron desde dónde les dispararon, ¿verdad? Apuesto a

que dejaron huellas y tal vez otras pruebas. Tenemos que ir ahora que los indicios aún son recientes. —Se encasquetó el sombrero, descolgó el cinturón con los revólveres y se lo abrochó alrededor de la cintura—. Iremos en mi coche.

Llegaron al borde del barranco cuando el sol ya había superado su cénit y creaba unos pequeños charcos de sombra debajo de las formaciones rocosas.

Watts estudió un mapa digital en su móvil.

—Seguiremos una ruta indirecta, por encima del barranco. Es un poco más larga y a través de los arbustos, pero resulta más segura.

El sheriff echó a andar siguiendo el borde del barranco, seguido por Corrie y Nora, y dieron un rodeo a través de los pinos y los enebros diseminados por el terreno. Cuando habían recorrido algo menos de un kilómetro, se detuvo de repente e hizo un gesto con los brazos abiertos a sus compañeras para que se quedaran quietas.

Se arrodilló lentamente y examinó el suelo. Hizo una indicación a Corrie y a Nora para que se acercaran.

—¿Ven esto? —preguntó señalando unas marcas recientes en la arena—. Alguien ha pasado por aquí. Pies grandes, una talla cuarenta y cinco de zapatos quizá. Un varón. Corpulento. Estas huellas no tienen más de veinticuatro horas, quizá menos.

—¿Cree que son del hombre que nos disparó?

—Sigamos las huellas, a ver adónde nos llevan.

Watts reanudó la marcha caminando con las huellas a un lado. En la arena resultaba fácil distinguirlas, pero el sheriff era capaz de seguirlas por zonas pedregosas e incluso por las rocas.

Hasta Nora estaba impresionada.

—¿Cómo lo hace? —preguntó.

—Es arenilla, así que los zapatos dejan unas leves abrasiones al pisar. Mire aquí.

Corrie se puso en cuclillas y echó un vistazo. Nora miraba desde el otro lado.

—Yo no veo nada —confesó la agente.

Watts pasó un dedo por la superficie de arenilla, sin apenas rozarla.

—Aquí hay unos granos sueltos, y aquí no.

—Sigo sin ver nada.

—Es fácil cuando pasas la mitad de tu infancia buscando reses perdidas. —Se echó a reír—. Por eso me hice poli en vez de ranchero. No quiero volver a buscar el rastro de una vaca en mi vida.

El rastro del hombre continuaba hasta la cumbre del barranco, lo rodeaba y luego ascendía por la pared del lado opuesto de la meseta hasta una llanura rocosa.

—Es aquí —dijo Corrie—. Nos dispararon desde allí.

—Esperen aquí —pidió Watts—. Yo me adelantaré. Las avisaré cuando haya terminado.

Siguió las huellas agachado y desapareció detrás de un montón de piedras. Cinco o diez minutos después gritó:

—¡Vengan!

Las dos rodearon el montón de piedras y vieron a Watts erguido y sacando fotos con el móvil.

—Acérquense, quiero enseñarles una cosa.

Las mujeres hicieron lo que les pidió.

—Vale, mi reconstrucción de los hechos es la siguiente: un hombre llegó aquí por el camino que hemos seguido… Están sus huellas. Tenía un rifle, se puede ver la marca que dejó la culata en la arena cuando lo apoyó contra esa roca. Estuvo aquí un rato, esperando, según parece. Luego cogió el rifle, fue a ese otro sitio de ahí, se puso de rodillas e hizo siete disparos.

—Siete disparos… —Corrie hizo memoria—. Es correcto. ¿Cómo lo ha sabido?

—Siete casquillos. ¿Los ve tirados en la arena?

—Sí, claro —repuso Corrie, avergonzada por no haberlos visto antes de que se los señalara.

Watts fue hasta allí y se agachó para recoger un cartucho con la punta de un lápiz. Sacó una bolsa con cierre hermético del bolsillo y lo dejó caer dentro.

—Buscaremos huellas —dijo mientras recogía los demás.

—¿No son muy grandes? —observó Nora.

—¡Ya lo creo! Son cartuchos de percusión anular calibre .56-.56 de un viejo fusil de repetición Spencer.

—¿Esa no era un arma de la guerra civil? —preguntó Nora.

—Exacto. Era un fusil de gran calibre y escaso alcance que disparaba una bala a poca velocidad. Si quieres matar a alguien que está lejos, no hay peor arma. —Watts guardó la bolsa con los casquillos—. Veamos. Después de disparar se levantó del suelo y se marchó por ahí. Creo que no volvió por el mismo camino por el que había venido porque solo he visto huellas en un sentido.

—¿Por qué un chalado nos dispararía con una antigualla? —dijo Nora.

Watts negó con la cabeza.

—Creo que lo más probable es que solo fuera un idiota disparando a lo primero que se le ocurría en el monte, sin tomar demasiadas precauciones. No creo que las viera.

La agente le clavó una mirada feroz.

—¿Está de broma? ¡Las balas impactaron a nuestro alrededor!

Watts esbozó una sonrisa irónica.

—¿A tres metros? Acérquese un momento.

Corrie se acercó.

—Él estaba arrodillado aquí cuando disparó —explicó el sheriff—. Póngase de rodillas. —Watts puso las manos calientes en la espalda de Corrie para ayudarla a mantener el equilibrio mientras se arrodillaba—. Ahora levante los brazos como si estuviera disparando con un rifle a las ruinas de abajo. —Watts la rodeó por detrás con los brazos para hacer más fiel la recreación—. Así. Ahora dígame qué ve.

Corrie miró hacia las ruinas.

—No mucho más que ese pilar de adobe.

—Eso es. El hombre disparaba al pilar, que es un blanco grande. Dio la casualidad de que ustedes estaban detrás, fuera de su vista.

—Tonterías. Nos disparaba a nosotras.

Watts se volvió hacia Nora.

—¿Usted qué opina?

Esta dudó un momento.

—No sabría qué decir.

Corrie se dio cuenta de que la arqueóloga no quería mostrar abiertamente su desacuerdo con ella, pero también era evidente que Watts la había convencido.

—Ese rifle Spencer —añadió el sheriff— tiene siete cartuchos en el tubo de la recámara. Disparó siete veces. Todo parece indicar que vino para probar el arma, disparó los siete cartuchos y se marchó. Cada uno de esos cartuchos antiguos cuesta treinta y cinco dólares. Ya no los fabrican. El tipo era un coleccionista de armas serio, no un francotirador.

—¿Los coleccionistas de armas suelen disparar sus armas?

—Ya lo creo. Un verdadero coleccionista compra armas que funcionan y las dispara al menos una vez para disfrutar de la experiencia. Es una parte del romanticismo de coleccionar una buena arma antigua. A lo mejor tengo suerte con las huellas. A menos que quiera llevárselas al laboratorio del FBI.

—¡Dios mío, no! —exclamó Corrie—. No quiero que en la oficina se enteren de que he estado aquí. Y mucho menos que me ha disparado un imbécil que estaba probando un arma… —Negó con la cabeza.

Watts sonrió.

—¿Entonces empieza a ver las cosas como yo?

—Supongo que sí —respondió ella a regañadientes—. Pero, si era un coleccionista tan serio, ¿por qué no se llevó los casquillos?

—No valen nada.

—Pero lo normal habría sido que los hubiera recogido, ¿no?, aunque solo fuera para guardarlos como recuerdo. A menos que quisiera que los encontráramos.

Watts sacudió la cabeza.

—Está dándole demasiadas vueltas, agente Swanson. Si no le importa que se lo diga.

Le importaba, pero no dijo nada. En ese momento sonó su teléfono.

—Es increíble que haya cobertura aquí —dijo sacando el móvil. Vio que la llamaba Morwood.

—¿Corrie? —Su supervisor parecía preocupado e instantáneamente se puso en alerta.

—¿Sí, señor?

—Acabamos de recibir un aviso. Han encontrado el cuerpo de Huckey en High Lonesome, en el fondo de un pozo. Parece un accidente, pero hemos enviado un equipo de la ERT.

—¿Qué hacía allí? —preguntó con incredulidad Corrie.

—Al parecer estaba, eh…, saqueando el pueblo. —Morwood hizo una pausa—. Salgo para allí ahora mismo. Reúnase conmigo lo antes posible.

31

El viaje desde Anzuelo Canyon hasta High Lonesome fue largo e incómodo, así que Corrie se alegró cuando por fin pudo salir del coche. Ya era bastante tarde, el sol se había hundido en unos nubarrones lejanos a los que había convertido en torres de sangre y bañaba el paisaje de una extraña luz rojiza. La entrada al pueblo fantasma estaba bloqueada con cinta perimetral y había varios coches y furgonetas aparcados delante de ella.

Al otro lado de la cinta, el pueblo era un hervidero de actividad. Corrie divisó a su supervisor junto al pozo, hablando con el equipo de la unidad de búsqueda y recogida de pruebas. Según iba hacia allí, oyó la voz de su jefe, inusitadamente fuerte. Cuando Morwood la vio, se separó del grupo y acudió a su encuentro.

—¿Qué es esto? —preguntó airado Morwood, sin dejar de mirar a Nora y al sheriff Watts—. ¡Esperaba que este incidente se mantuviera en secreto!

La vehemencia de su jefe sorprendió a Corrie.

—Señor, cuando recibí su llamada investigaba un aspecto sin relación del caso. Para venir sola tendría que haber dado un largo rodeo que me habría retrasado demasiado.

Morwood no dijo nada, pero la explicación pareció apaciguarlo un poco.

—Esto es estrictamente confidencial —aseveró dirigiéndose a Nora y a Watts.

—Entendido —repuso la arqueóloga.

—Acompáñeme —le dijo Morwood a Corrie. Lanzó una mirada a los otros dos—. Ustedes también pueden venir si quieren.

Este los precedió hasta el pozo, sobre el que todavía colgaba una camilla ensangrentada unida a un cabrestante. La tapa de madera del pozo, vieja y carcomida, estaba partida por la mitad. Al lado del pozo, dentro de una bolsa con la cremallera abierta, reposaba el cadáver de Huckey. Tenía la cabeza tapada con una hoja de plástico doblada.

—¿Lo huele? —preguntó Morwood señalando el cuerpo.

Corrie dudó. ¿Si olía el qué? ¿El cadáver? Era una pregunta rara.

—Aproxímese un poco más.

Al hacerlo, un repentino soplo de aire le introdujo el fuerte olor a alcohol en las fosas nasales.

—¿Estaba borracho?

—Apesta a alcohol, ¿no? —dijo Morwood. Señaló a su espalda sin darse la vuelta—. Había acampado allí. Está lleno de botellitas de Southern Comfort, y hay más en su mochila. Le hemos extraído sangre para determinar cuánto alcohol se había metido.

—¿Cómo lo han encontrado? —preguntó Nora.

—No se presentó en el trabajo esta mañana. Su mujer estaba desquiciada. Huckey tenía que haber regresado a casa el domingo por la noche. Usamos la triangulación para localizar su móvil. No vea qué trabajo… Este sitio está tan lejos de la civilización que la señal de los móviles se interrumpe constantemente. Tuvimos suerte de conseguirlo. —Se volvió hacia uno de los técnicos de la ERT—. Tom, ¿dónde está aquello que encontró en el cuerpo?

—En la caja de las pruebas, señor.

—Quiero que le eche un vistazo —dijo Morwood acercándose a la caja de las pruebas. En su interior, dividido en compartimentos, había varias bolsas con pruebas—. Hemos encontrado todo esto en sus bolsillos. —Sacó algunas bolsas—. Una moneda de oro, un anillo y unas llaves antiguas. Las cosas más grandes están en la zona donde acampó. El tipo cogía todo lo que caía en sus manos. Tenía un detector de metales y cavó hoyos por todas partes.

Watts sacudió la cabeza con incredulidad.

—¿Por qué el FBI mantiene en nómina a un individuo así? Desde que lo conocí me dio mala espina. Se puso a derribar paredes sin mostrar ningún respeto por el lugar.

Morwood se giró hacia él.

—Resérvese sus opiniones, señor Watts —espetó con acritud.

El sheriff se quitó el sombrero sin inmutarse, se pasó la mano por el pelo y volvió a ponérselo.

—Ese no es mi estilo, agente Morwood.

Este se volvió bruscamente hacia Corrie.

—Venga conmigo —dijo, y echó a andar con pasos rápidos.

Corrie lo siguió con Nora y Watts pegados a ella. Esperaba que el sheriff no hiciera más observaciones provocativas. Nunca había visto a su supervisor en ese estado.

La pared del cobertizo estaba recién derribada y Huckey había excavado varios hoyos debajo de los cimientos de adobe de la pequeña iglesia. Corrie comprobó que, si bien había causado algunos daños, por suerte no había tenido tiempo para hacer grandes destrozos antes de caerse al pozo. Dejaron atrás la iglesia y llegaron a una zona en las afueras del pueblo llena de agujeros.

La arqueóloga se arrodilló junto a los hoyos, que no eran muy profundos.

—A juzgar por todos estos fragmentos de cerámica y de botellas, aquí debía de estar el vertedero del pueblo.

—Preguntémosle a Alfieri, a ver qué novedades tiene. —Morwood cruzó con paso resuelto la vieja calle principal del pueblo para dirigirse adonde Alfieri estaba quitándose el mono de polietileno, con la cara roja y sudorosa.

—Pónganos al corriente, Milt.

—Es bastante sencillo —dijo Alfieri—. Hay indicios claros de que Huckey vino solo. Traía un detector de metales y se paseó con él por todo el pueblo. Cada vez que se topaba con un objeto, lo desenterraba. Al parecer, mientras tanto iba echando un trago. Hemos encontrado botellitas vacías por todas partes. En un momento dado, con los sentidos mermados por el alcohol, pasó por encima del pozo, la tapa podrida se partió y él se precipitó en una caída mortal de treinta metros. Creemos que ocurrió de noche, porque hemos hallado la linterna rota a su lado en el fondo del pozo.

—¿El pozo está seco? —preguntó Corrie.

—Sí —respondió Alfieri—, seco como la yesca. Huckey, ejem, se estrelló de cabeza contra el fondo.

«No me extraña que le hayan tapado la cabeza», pensó Corrie.

—¿Dónde había acampado?

—Sígame —dijo Morwood.

Huckey había montado la tienda de campaña pegada al muro de la vieja iglesia. Había un pequeño círculo de piedras en el que encendió el fuego, un cazo, una lata vacía de estofado de ternera, más botellitas de Southern Comfort, colillas de cigarrillos y demás basura. Encima de un tablón de madera estaban expuestos los otros objetos que había reunido: el bocado del freno de un caballo con un grabado de plata, un estribo de latón español, botellas antiguas, un plato de porcelana, algunos cubiertos, cerraduras y otras piezas fijas arrancadas de puertas, teclas de piano de marfil y más monedas.

Nora, que se había quedado rezagada, alcanzó al resto cuando ya estaban inspeccionando el campamento. Se arrodilló para examinar los objetos.

—¿Me podrían dar unos guantes de nitrilo?

Alfieri le dio los guantes y se los puso. Cogió una de las botellas antiguas.

—«Rich & Rare» —leyó en voz alta.

—Es la misma marca de las botellas que Gower tenía en las alforjas —observó Corrie.

Nora examinó otros objetos y cogió una moneda con un búfalo acuñado.

—Es de 1936 —dijo—. Esto también podría haberlo dejado Gower. Son pistas importantes.

—¿En qué sentido? —inquirió Corrie.

La arqueóloga se levantó.

—Podrían indicar que Huckey encontró el campamento de Gower. Me gustaría echar un vistazo a los hoyos que cavó, si no les importa.

—Me parece buena idea —se apresuró a decir Corrie. Miró de soslayo a su jefe.

—El señor Alfieri les mostrará dónde están los hoyos —dijo Morwood—. ¿Milt?

—Será un placer. —El técnico sacó un mapa que había dibujado del pueblo en el que aparecían marcados todos los agujeros excavados por Huckey.

Corrie y Watts salieron detrás de Nora y de Alfieri. Comenzaron en el final del pueblo y avanzaron hasta la cinta perimetral siguiendo el rudimentario mapa.

Nora se agachaba y examinaba minuciosamente cada agujero antes de pasar al siguiente.

—Era un ardillón incansable —murmuró.

Antes de llegar a los corrales se detuvo en una zona excavada más extensa que las demás.

—Esto promete.

Era un terreno llano no muy lejos del viejo corral donde habían encontrado los restos de la mula. Nora se arrodilló y recogió los fragmentos de una botella rota.

—Otra botella de Rich & Rare. Y aquí está el círculo de piedras donde encendía el fuego. —Apartó una planta rodadora incrustada en las piedras—. ¡Miren esto! —exclamó, separando una lata de tabaco de mascar del detritus cercado por el círculo de piedras. Estaba oxidada, pero aún era visible la leyenda PAT. PENDING 1940 estampada a lo largo del borde.

Nora se puso en pie.

—Estoy casi segura de que Gower acampó aquí. ¿Ven esos trozos de lona podrida de allí? Apuesto a que son restos de su tienda. —Miró a Corrie y luego a Morwood—. Habría que excavar aquí. Podríamos encontrar pistas importantes. Además… —Dudó antes de continuar—: Si Gower descubrió más objetos valiosos, el sitio más probable donde los enterraría es este.

Morwood miró a Corrie.

—¿Qué opina?

—Estoy de acuerdo.

Morwood asintió.

—Yo también. —Miró a Nora—. Ahora me alegro de que haya venido. Y le ruego que me disculpe por mi frío recibimiento. Hay que excavar lo antes posible. ¿Cuándo puede empezar?

Corrie contuvo el aliento y observó a Nora mientras consideraba la oferta. Sabía que la arqueóloga estaba soportando una presión enorme en el trabajo y, sinceramente, no tenía la menor idea de cuál sería su respuesta.

Nora por fin habló:

—Necesito un día para preparar el equipo y revisar lo que ha estado haciendo mi ayudante en Bandelier. Eso significa que puedo empezar pasado mañana. Parece un trabajo de dos días, así que pasaré la noche aquí. Si no tiene ninguna objeción, me traeré a mi hermano, Skip.

Morwood frunció ligeramente el ceño, pero, para sorpresa de Corrie, no puso ningún impedimento.

32

El sargento primero Antonio Roman estaba sentado detrás del
volante de su vehículo M1079 y contemplaba a través del para-
brisas polvoriento el paisaje desértico que lo rodeaba, que conseguía ser al mismo tiempo monótono y accidentado; polvo y
arena, rastrojos de prado, con unas cimas bajas a poca distancia.
En torno a su furgoneta había otros vehículos formando un
pequeño círculo: dos M1113 de transporte de refugios, dos camionetas M1123 de transporte de mercancías y tropas, y un
camión de plataforma M1079A2. Delante de los vehículos se
había instalado un refugio temporal, en cuyo interior había media docena de miembros de su sección completando la misión
que les habían encomendado sin previo aviso. Junto a ellos había un remolque con una catapulta neumática, en ese momento
vacía.

Salió un graznido de la radio de su furgoneta.

—Tango Uno, Tango Uno, aquí Víctor Nueve Nueve, cambio.

Ese tenía que ser el especialista de tercera clase Hudson, que
pilotaba de modo remoto el Nightwarden. Aunque estaban en
el Polígono de Misiles, sin enemigos en miles de kilómetros a la
redonda, a Hudson le gustaba jugar a las guerras. Roman cogió
la radio.

—Aquí Tango Uno, cambio.

—Última pasada negativa. Solicito permiso para regresar.

—¿Todos los datos se han recibido en el orden correcto?

—Todos los datos se han recibido correctamente, señor.

—Muy bien. Víctor Nueve Nueve, permiso concedido. Aterrice. Tango Uno, corto.

—Recibido. Tango Uno, permiso concedido. Cambio y corto.

La radio se quedó en silencio.

Roman escribió algunas notas en su tableta y luego volvió a observar el paisaje. Eran más de las cuatro y el sol estaba bajo sobre las montañas lejanas. Aunque nunca se lo reconocería a su equipo, estaba loco por que terminara aquella chorrada de maniobra y regresar a la base. El último episodio de la temporada de *Westworld* se emitía esa noche y no pensaba perdérselo.

Se preguntó por enésima vez por qué el viejo de repente se había convertido en un tocapelotas. Como cualquier otra base del ejército, White Sands realizaba maniobras y ensayos, programados y no programados, pero desde hacía unos días era como si estuvieran movilizándose para la playa de Omaha. Los habían enviado en misiones de exploración para dificultar bombardeos; habían realizado una actualización desde el aire de mapas de reconocimiento estratégico en ultra alta resolución e incluso búsquedas manuales de bombas de radiación directa incrementada. Roman sabía que durante muchos años en White Sands se habían efectuado numerosas pruebas de armas, pero se había llevado a cabo una recogida exhaustiva de los restos, así que en pleno siglo XXI le parecía que la búsqueda de munición que no había explotado era un trabajo absurdo e innecesario. Sin embargo, lo más sorprendente de todo era la misión de ese día: su equipo había recibido la orden de buscar un misil defectuoso que había impactado en la zona de Victorio Peak con un dron RQ-7 de reconocimiento táctico y vigilancia. Y no se trataba de un tipo de dron RQ-7 cualquiera, sino de un Nightwarden, el más moderno, equipado con un radar de apertura sintética, un sonar de baja frecuencia y un enlace de comunicaciones satelitales para el control más allá de la línea visual del piloto. Era el único de su clase que había en la base, y Roman estaba bastante seguro de que no estaba destinado a realizar tareas mundanas como aquella. En el remolque enganchado a uno de los Humvees había otro dron, un Shadow más común y corriente, solo por si acaso.

Roman soltó la tableta y echó un vistazo al horizonte, donde el tamaño del puntito que era el Nightwarden de regreso aumentaba poco a poco a la luz menguante. Tal vez estaba cociéndose algo en las altas esferas. Quizá en todas las bases se estuviera realizando un número inusualmente alto de maniobras y ensayos. Al menos eso se había dicho Roman hasta ese día... No le interesaba demasiado el politiqueo del mundo exterior. Sin embargo, esta búsqueda de un MIM-23 perdido... Lo habían disparado hacía unos cuantos meses y en su momento se llegó a la conclusión de que se había autodestruido intencionadamente en pleno vuelo. Además, para empezar, estaba bastante seguro de que el Hawk no se había lanzado en esa dirección.

El Nightwarden ya estaba cerca —ese cabrón era veloz— y Roman vio al especialista Hudson en el refugio, con las dos manos en los controles mientras hacía maniobrar el aparato para el aterrizaje. Dejó a un lado las especulaciones mientras supervisaba la operación desde su Humvee. El general parecía un buen tipo para ser un comandante. Roman nunca había oído hablar de ninguno que no tuviera una u otra peculiaridad. Quizá fuera un requisito para ser comandante. McGurk no era un tirano mezquino ni se pavoneaba como un Hitler de pacotilla. Roman nunca lo había visto decir una palabra más alta que otra. Si su excentricidad era la pasión por la historia de las armas nucleares, no había nada malo en eso. De hecho, ese interés explicaría los rumores que afirmaban que McGurk había solicitado expresamente el puesto de comandante de la base hacía unos dieciocho meses, cuando no era lo que se diría un paso inteligente en una carrera militar, ya que solía asignarse a un coronel. Pero Roman prefería tener a alguien que...

Un movimiento reflejado en el espejo retrovisor interrumpió

sus divagaciones. Era un pequeño convoy, dos jeeps al parecer, que venían de la dirección en la que estaba el puesto principal. «¿Qué demonios...?». Su curiosidad despreocupada se transformó en otra cosa completamente diferente cuando vio la estrella estampada en la puerta del jeep que iba delante.

Bajó de un salto del M1079 cuando los dos jeeps frenaron en seco a su lado y provocaron un remolino de polvo. El Nightwarden ya había aterrizado y el equipo de Roman, que estaba preparando el remolque del dron, dejó lo que hacía para mirar con sorpresa el vehículo del general McGurk.

Roman reparó en que en el segundo jeep viajaban dos policías militares. Detrás del volante del coche del general estaba su secretaria ejecutiva, la teniente Woodbridge. Esta se apeó del jeep con una solemnidad casi regia y giró su cuerpo alto y esbelto hasta que se puso de cara a Roman. Con sus pómulos altos, la perfecta piel cobriza, los ojos ambarinos y los gruesos labios que nunca parecían sonreír, a Roman le recordó a una reina egipcia. Y, como era propio de una reina, su mera presencia inspiraba miedo; era el yin del yang de McGurk. Woodbridge se quedó quieta como una estatua bañada por la luz mortecina. Los dos policías militares no bajaron del jeep, que tenía el motor al ralentí.

La única persona que se movía con brío era el general McGurk, que había salido del jeep y caminaba con paso resuelto en dirección a Roman, con una expresión en la cara que el sargento primero no recordaba haberle visto nunca. Roman rápidamente se cuadró y lo saludó, pero McGurk pasó de largo y se detuvo delante del especialista Hudson.

—Informe —le ordenó.

Hudson, que no estaba acostumbrado a que el general se dirigiera directamente a él, se puso en pie un poco aturdido.

—¿Señor?

—¡Informe!

Hudson tragó saliva.

—Señor, reconocimiento finalizado sin resultados positivos, señor.

—Enséñeme el mapa con las cuadrículas. —McGurk cogió la tableta que el especialista tenía en la mano y escudriñó la imagen. Tocó un par de veces la pantalla—. Solo ha cubierto las secciones que van de C-12 a F-14.

—Sí, señor. Esas eran las órdenes.

—Eso es menos de la mitad de estas formaciones —dijo el general agitando la mano en dirección a Victorio Peak.

—Señor, en balística determinaron que si el MIM-23 se había estrellado, solo podría haberlo hecho en esta vertiente de…

—No me interesa lo que diga balística —replicó el general. No había alzado la voz, pero la cara se le había ido poniendo roja gradualmente desde la barbilla hasta el nacimiento del pelo—. ¿Un ordenador puede predecir la trayectoria de un misil averiado?

—No, señor.

—¿Puede usted asegurarme que el misil no se estrelló en la otra vertiente de esas montañas?

—No, señor.

—¡Entonces inspeccione la otra vertiente, maldita sea! Y aumente el radio en tres kilómetros. Quiero que me envíe a mí directamente los resultados.

—Señor… —comenzó Hudson, pero McGurk ya se había dado la vuelta para regresar a su jeep. Cuando pasó junto a Roman, lo miró fugazmente con una expresión asesina.

Todo había sucedido de una manera tan repentina, inesperada y rápida que Roman no tuvo tiempo de intervenir. El general subió al jeep, luego lo hizo Woodbridge y los dos vehículos dieron media vuelta y salieron a toda velocidad en dirección al cuartel general. Roman observó cómo se alejaban los coches como si todo fuera un sueño. No era nada normal que el general se hubiera presentado hecho una furia para dirigir una misión rutinaria. Roman notó una presencia a su espalda.

—¿Señor? —Era Hudson—. Hemos completado los parámetros del reconocimiento tal como indicaba…

—Ya ha oído al general —lo interrumpió Roman—. Los parámetros han cambiado. Volveremos aquí mañana a las seis en punto de la mañana y ampliaremos el radio de búsqueda, de acuerdo con las nuevas órdenes.

33

Esta vez, cuando Corrie Swanson llegó con su coche a la cabaña con el tejado de chapa, Jesse Gower estaba esperándola en el porche. Se bajó del vehículo, atravesó el patio lleno de basura y se detuvo al pie de la escalera.

Gower —que, según parecía, llevaba puesta la misma ropa que la última vez que se habían visto— la miró desde una de las viejas sillas del porche. Tal vez fuera su imaginación, pero Corrie tuvo la impresión de que se había lavado y peinado la larga melena rubia. Lo que sí podía afirmar con rotundidad era que se había afeitado.

—Recibí sus mensajes —dijo ella—. Los dos.

Jesse Gower le había dejado dos mensajes de voz en el teléfono de la oficina. En ambos le preguntaba por el progreso de la investigación… y por la cruz de oro. Gower no dijo nada.

—¿Puedo subir?

Gower le hizo un gesto con la mano para que subiera al porche y Corrie se sentó en un taburete.

Estuvieron sentados en silencio unos momentos, mirándose. Corrie recordó las duras palabras que le había dicho al despedirse la vez anterior. Habían surgido de manera inesperada de un lugar recóndito de su alma, tal vez porque en Gower reconocía algunas cosas de su madre: la adicción, el ensimismamiento, la rabia contra el mundo. Pero más perturbador era que podía verse reflejada en él o, mejor dicho, ver reflejada la Corrie en la que podría haberse convertido.

—Escuche —dijo finalmente esta—, no he venido para interrogarlo ni para registrar su casa o detenerlo. He venido como alguien que está investigando lo que le sucedió a su bisabuelo. Los dos perseguimos lo mismo. No hay necesidad de que nos veamos como adversarios. Y... —Hizo una pausa—. Siento lo que le dije cuando nos despedimos.

Jesse la escuchó sin cambiar la expresión de la cara.

—¿Y la cruz?

—La cruz todavía es una prueba. Se encontró con su cuerpo en un lugar público. No hay nada que yo ni nadie pueda hacer al respecto por ahora. Cuando la investigación concluya, estudiaremos la posibilidad de entregársela. Pero es complicado..., hay leyes que regulan esas cosas. —Dudó si contarle que la cruz era radiactiva, pero esa información era estrictamente confidencial—. Le prometo que haré lo que pueda.

Gower tampoco se inmutó al oír aquello. Corrie tenía la impresión de que entre la primera y la segunda llamada había tenido tiempo para reflexionar.

—Y yo no quería comportarme como un capullo —dijo él—. Es solo que... —Hizo un gesto vago con la mano hacia el patio, las herramientas oxidadas, la sensación opresiva y asfixiante de sueños rotos. Corrie lo comprendió de inmediato. Al ingresar en una universidad de la Ivy League desde una infancia tan difícil debió parecerle que ascendía a un mundo mejor, pero ese mundo se había desmoronado y ahora estaba otra vez allí, peor que nunca.

—Yo crecí en Kansas —dijo Corrie—. En un pueblo no mucho más grande y solo un poco menos feo que este sitio. —Se contuvo—. No quería decir que...

—No, tiene razón. Es feo. —Jesse hizo una pausa—. Cambridge fue toda una revelación para mí. No tenía ni idea de que el mundo pudiera ser tan verde.

—El verde no siempre es maravilloso —repuso Corrie—. Yo

crecí rodeada de campos de maíz. De niña pensaba que había uno a continuación de otro y que no se acababan nunca. Era un infierno verde.

Se quedaron callados un instante. Luego Gower se revolvió.

—¿Quiere un poco de agua o algo? Lo siento, en realidad no tengo…

—Estoy bien. Gracias de todos modos.

Hubo otro breve silencio mientras contemplaban la desolación del patio. Entonces Corrie respiró hondo tras haber tomado una decisión.

—Su bisabuelo murió en la prueba Trinity. Creemos que estaba buscando algo, reliquias tal vez, en el desierto de la Jornada del Muerto. Lo alcanzó la explosión. Consiguió llegar a su campamento en High Lonesome, pero murió poco después.

—Dios mío. —El rostro de Gower se había transformado en una máscara de asombro e incredulidad mientras escuchaba a Corrie—. ¿Y ha permanecido enterrado allí todos estos años desde el ensayo de la bomba?

—Sí. Creemos que hemos encontrado su campamento. Estamos examinándolo.

—¿Han averiguado algo más sobre la cruz?

Corrie dudó. No quería avivar el interés de Jesse Gower, ya que todavía estaba por ver si podría reclamar el valioso objeto.

—La cruz también recibió la radiación, ya que su bisabuelo la llevaba encima cuando la bomba estalló. No tenemos mucha más información sobre ella, salvo que es antigua y valiosa. Podría haber pertenecido a un fraile español que la llevó de misión en misión por todo el Suroeste.

—¿Es muy radiactiva?

—Casi nada ya. Más o menos emite la radiación que se recibe al volar a diez mil metros de altitud.

Jesse se recostó y suspiró.

—Entonces ¿no ha encontrado su reloj de bolsillo?

—No. ¿Por qué lo pregunta?

—Me parece raro que llevara encima la cruz de oro y no su

reloj. Era una de las dos únicas cosas que poseía que le importaban de verdad. Era una especie de reliquia de la familia Gower que pasaba de generación en generación. Pero desapareció con él, eso dicen. —Hizo una pausa y se quedó pensativo—. Una cruz de oro española. Están todos los ingredientes de un tesoro. ¿Cree que podría haber encontrado el tesoro de Victorio Peak antes de morir?

Corrie no respondió. Jesse estaba encajando las piezas del rompecabezas muy rápido, tal vez demasiado. Se preguntó para qué había ido allí. En parte lo había hecho como respuesta a sus llamadas, pero también porque tenía el presentimiento de que Gower sabía más de lo que les había contado.

Desde el gallinero llegó un cacareo que rompió el silencio.

—¡Pertelote! —exclamó Gower—. ¡Bien hecho! —Se volvió hacia Corrie—. Ya tengo cena.

—¿Pertelote?

—Sí. Reconozco a todas mis gallinas por su cacareo. Son unos animalitos un poco excéntricos.

—Pero ¿de dónde demonios ha sacado ese nombre?

Gower se quedó en silencio un momento.

—Son los efectos secundarios de mi educación. Sentado en este porche he bautizado muchas de las cosas que hay en este viejo rancho con nombres extraídos de la literatura inglesa. No hay mucho más que hacer. Chaunticleer y Pertelote eran un gallo y una gallina de los *Cuentos de Canterbury*, de Chaucer. Pertelote era la favorita de mi gallo... hasta que él desapareció. Creo que se lo llevó un mapache. También les he puesto nombre a las otras gallinas. Y el gallinero es Canterbury. Y ese árbol viejo y marchito de allí es Childe Roland, por el poema de Byron... Yo veo en él a un caballero al que no le ha ido muy bien. Y todo ese espacio entre la carretera y la valla es la Tierra Baldía. —Se quedó callado un segundo—. Supongo que no hace falta leer a Eliot para saber por qué.

Corrie escuchó aquel repentino torrente de palabras con sorpresa. Era evidente que Jesse Gower era un hombre inteligente. De pronto sintió el impulso de preguntarle por su novela, pero ese tema que no había acabado muy bien la última vez. Así que señaló despreocupadamente el cobertizo para las herramientas, con la ventana tapada con tablas clavadas a la madera.

—¿Y qué nombre le ha dado a aquello?

—Ninguno —respondió bruscamente Gower.

Zanjó el tema de una manera tan contundente que Corrie sintió que sin querer había dicho algo que no debía. Por lo tanto, cambió de tema.

—¿Puede contarme algo más sobre ese reloj que ha mencionado?

—Es un cronógrafo *flyback* de oro.

—¿Y qué es eso?

—Es lo que en horología se conoce como una «complicación», algo que un reloj es capaz de hacer además de indicar la hora y los minutos. Entre otras cosas, un cronógrafo puede medir los segundos con mucha precisión. En lo esencial, un cronógrafo *flyback* es un cronómetro en el que la segunda manilla se reinicia automáticamente, sin necesidad de apretar un botón.

—¿Horología? Suena a lo que estudiaría alguien para ser proxeneta.

Jesse sonrió por primera vez.

—Ya le dije que mi padre sabía algo sobre relojes y su reparación. Solía traer a casa Timex cutres para arreglar, pero una vez le encargaron que limpiara y ajustara un Patek Philippe antiguo. Recuerdo que me dejó ver su interior. Había todo un mundo allí dentro: palancas, resortes, rotores, incluso piedras preciosas. Nunca había visto a mi padre tan emocionado. Fue la única vez que pudo trabajar en uno de la Santísima Trinidad.

—¿La qué?

—Las tres marcas suizas de relojes más antiguas y prestigiosas: Patek Philippe, Vacheron Constantin y Audemars Piguet. Cada uno de sus relojes contiene centenares de piezas fabricadas meticulosamente. Y todas están escondidas dentro del reloj, trabajando en silencio y en perfecta armonía. —A Jesse le brillaban los ojos mientras hablaba.

—¿Y los Rolex? —preguntó Corrie—. Creía que eran los mejores.

—Rolex tiene algunos diseños emblemáticos, pero en lo fundamental son buenas máquinas. No están fabricados con el mismo esmero fanático, ni tienen cosas como el calendario perpetuo o... —Se interrumpió al percatarse de la forma como Corrie lo miraba.

—Continúe —le apremió la agente.

Jesse se encogió de hombros.

—¿Para qué? No podré permitirme un reloj de esos ni en un millón de años. Aunque vendiera... —Volvió a quedarse callado.

Corrie decidió acompañarlo en su silencio unos instantes. Se encontraba frente a un hombre que pasaba todo su tiempo en soledad con sus pensamientos. No estaba acostumbrado a compartirlos con los demás.

—Ha dicho que a su bisabuelo solo le importaban dos cosas —dijo con tono despreocupado la agente al cabo de un rato—. ¿Cuál era la otra?

Jesse la miró fijamente unos momentos, como si intentara encontrar el equilibrio entre una desconfianza innata y el deseo de compañía.

—Un dibujo antiguo —respondió al fin.

—¿Por qué era tan importante para él?

—¿Quién sabe? Era otra de esas cosas que pasaba de padres a hijos en la familia, como un libro sagrado o algo así. Mi madre llevó un camafeo toda su vida, aunque al final resultó que era falso. La gente coge cariño a las cosas. —Dudó antes de añadir—: En cualquier caso, desapareció hace mucho tiempo.

Corrie notaba que Jesse se retraía, se cerraba. Al mismo tiempo, su cabeza echaba humo intentando ordenar toda la información que Gower acababa de darle. «Aunque al final resultó que era falso».

Miró alrededor y sus ojos se detuvieron en el cobertizo para las herramientas. Gower se había puesto a la defensiva cuando le había preguntado por él. Además, el candado parecía sospechosamente nuevo en comparación con todo lo demás en aquel lugar.

—¿Sería posible echar un vistazo al interior del cobertizo?

—¿Por qué? —preguntó Gower con una voz más aguda de lo habitual—. Es la segunda vez que menciona el cobertizo.

—Nada más que por curiosidad. Solo pensaba…

—«Solo pensaba». Solo pensaba que podría venir aquí, camelarme con promesas vagas sobre la cruz y luego hacer más preguntas. ¿Qué cree que hay dentro? ¿Un laboratorio de metanfetamina?

—No, yo…

—Todas esas insinuaciones baratas de que éramos almas gemelas, la historia de Kansas, el interés fingido por los relojes… ¡Lo único que busca es sacarme información! ¡Todos los polis son iguales! —Jesse se había levantado de la silla y gritaba con los ojos llorosos—. ¡Y pensar que casi caigo en la trampa! ¡Largo de aquí! ¡Largo de aquí y no vuelva nunca más, joder!

Corrie se dio cuenta de que no había nada que pudiera decir. Gower había tenido un repentino ataque de ira irracional, como un enfermo bipolar. Lo había visto en otras personas y sabía que solo se podía actuar de una forma. Así que, mientras él seguía increpándola, se puso en pie, bajó la escalera y regresó al coche a paso ligero.

34

Nora se puso en cuclillas y contempló la excavación ya concluida del campamento de Gower en High Lonesome. Había excavado seis metros cuadrados, el área que ocupaba el núcleo del campamento, y desenterrado el lugar donde encendía el fuego, su basura, una tienda de campaña podrida y un número escandaloso de botellas vacías de Rich & Rare. Había hecho un día extraño y desapacible; el cielo permaneció cubierto por un manto de nubes y las rachas de viento habían empujado de un lado a otro las plantas rodadoras y depositado una fina capa de polvo en todo, también en su cabello y en sus ojos.

La excavación, por el contrario, había transcurrido sin contratiempos y la completó antes de lo esperado. Y se alegraba de ello. Si bien Weingrau no puso ninguna objeción a que se ausentara unos días más del instituto, esta vez Nora tuvo la impresión de que le había hecho menos gracia. Adelsky había realizado un trabajo excelente en la excavación de Tsankawi, pero era inevitable que sin ella estuviera empezando a retrasarse. Además, Nora estaba inquieta por todo el tiempo y la atención de los que Connor Digby estaba disfrutando en el instituto, donde había asumido de manera temporal algunas de las tareas administrativas de Nora y, al parecer, estaba haciendo una labor bastante aceptable.

Sacudió la cabeza y desterró esos pensamientos. Ella llevaba diez años en el instituto; Digby, solo unas semanas. Él era cinco años más joven, y su número de investigaciones publicadas, aunque no era desdeñable, no admitía comparación con el de Nora. De ningún modo podrían ascenderlo por delante de ella. Estaba siendo estrecha de miras y un poco paranoica por preocuparse por eso.

Volvió a centrarse en la excavación. La mayoría de los objetos desenterrados ya habían sido fotografiados y guardados, incluido uno muy raro envuelto en piel que identificó como una bolsa de remedios de los nativos americanos. Entre ella y Skip lograron terminar en once horas un trabajo que en un principio había calculado que les llevaría dos días. Y encima, con resultados espectaculares. Lo que habían encontrado daría un vuelco a sus ideas previas; iba, pensó Nora con cierta satisfacción, a hacer saltar por los aires el caso.

Skip terminó de guardar las herramientas, puso la tapa de la caja del equipo y aseguró los cierres.

—¿Una cerveza helada para celebrarlo?

Nora no pudo evitar sonreír. Skip nunca dejaba pasar una oportunidad para abrir una cerveza, pero tenía que reconocer que esa noche se la merecían más que nunca.

—No te diré que no.

—¡Marchando!

—Pero primero tapemos esto —dijo Nora.

—Tú mandas.

Entre los dos levantaron y extendieron una enorme lona impermeable para cubrir la zona excavada y la fijaron al suelo con estacas. Luego se marcharon a su campamento, que habían montado a cincuenta metros. Nora se alegró de que el viento hubiera parado y pudieran disfrutar de la noche sin respirar polvo.

Skip hurgó en la nevera y regresó con dos botellas de Dragon's Milk recubiertas de escarcha, las abrió con una floritura, le pasó una a su hermana y se sentó a su lado con las piernas cruzadas. Levantó la cerveza a modo de brindis.

—Por una excavación alucinante.

Entrechocaron las botellas y bebieron.

—¿Y bien? —preguntó Skip—. ¿Cuál es tu teoría?

—Bueno —dijo la arqueóloga—, en primer lugar, está claro que Gower tenía un socio, ya que había dos sacos de dormir en la tienda. Y, a juzgar por la cantidad de carbón que había donde encendían el fuego y toda la basura que hemos encontrado, pasaron aquí una buena temporada…, quizá dos semanas.

Skip asintió.

—¿Y la bolsa de remedios?

Dentro de la vieja tienda podrida habían encontrado una bolsa de remedios, de ante y con flecos, muy deteriorada por el paso del tiempo y la lluvia. Nora la había abierto con sumo cuidado y sacado los objetos que contenía: una punta de flecha prehistórica, un pequeño amuleto de ágata con forma de lobo, una trenza de hierba de búfalo, un paquetito de plumas pequeñas y salvia, y cinco sacos diminutos con tierra seca.

—Creo que lo más probable es que perteneciera a su socio —dijo Nora—. En ese caso sería un nativo americano. Diría que apache.

—¿Cómo lo sabes?

—Es lo que se llama una «bolsa de suelo de las montañas». Cuatro de los saquitos contienen tierra recogida en la cima de las cuatro montañas sagradas, y el quinto, tierra de la zona donde nació la persona. Solo los apaches y los navajos hacen esta clase de bolsas. No me extrañaría que el socio de Gower hubiera sido mezcalero. Todas estas tierras eran su hogar.

—¿Y dónde está ese socio?

Nora se quedó pensativa un momento.

—Debió de huir precipitadamente. El hecho de que no se llevara la bolsa con la tierra de las montañas me hace pensar que algo lo aterrorizó. Y nunca volvió a buscarla. —Hizo una pausa para tomar un trago de cerveza—. Con lo que hemos descubierto hoy, creo que podemos reconstruir con más claridad el último día de vida de Gower.

Skip se frotó las manos de forma teatral.

—¡Qué bien!

El sol se había ocultado detrás de las montañas Azul y una neblina morada se extendía por el suelo del desierto a sus pies. Las oscuras nubes se deslizaban rápidamente y solo dejaban ver una delgada franja de cielo claro sobre las cumbres, que enseguida se oscureció también. Nora divisó rayos más allá de las montañas, aún demasiado lejos para oír los truenos. Era una de esas noches oscuras e inquietantes, como si se avecinara el fin del mundo. Tras la puesta del sol, la temperatura caía en picado.

—Encendamos un fuego y te contaré mis teorías.

—Trato hecho. —Skip cortó un poco de hierba y de artemisa con el cuchillo para prender el fuego y un momento después las llamas se agitaban y vertían un cálido charco de luz sobre la oscuridad creciente.

—La fecha es el 15 de julio de 1945 —comenzó Nora—. Gower y su socio…

—Espera. Tenemos que ponerle nombre al socio. ¿Qué clase de historia será si no?

—Vale, lo llamaremos X.

—No, no me gusta. Demasiado típico. —Skip pensó un momento—. Llamémoslo A, de apache.

Nora puso los ojos en blanco.

—Bueno, pues acamparon aquí durante un par de semanas. Estaban buscando algo en la Jornada del Muerto o en las estribaciones de San Andrés.

—¡Un tesoro! —exclamó su hermano abriendo otra cerveza.

—Tal vez. O una mina abandonada. O algo de valor que Gower había dejado en su rancho. En cualquier caso, acamparon aquí. Probablemente A contemplaba el mismo paisaje que nosotros vemos ahora mismo. Es posible que incluso vivieran una noche como esta, con nubarrones en el cielo y la amenaza de una tormenta inminente. He leído sobre la prueba Trinity y resulta que la detonación se retrasó porque hubo una tormenta eléctrica.

—Debía de preocuparles que cayera un rayo en la bomba y eso. —Los ojos de Skip brillaban con el reflejo del fuego.

—Sí. Así que Gower se adentró en el desierto, con su mula,

y A se quedó en el campamento esperando su regreso. Mientras tanto, sin ellos saberlo, el Proyecto Manhattan estaba a punto de culminar su investigación ultrasecreta con el ensayo de la primera bomba atómica.

»Caía la noche y pasaban las horas. Gower se acercaba por casualidad a la zona cero. La bomba estaba instalada encima de una torre metálica de treinta metros de altura y preparada para estallar. Los científicos permanecían en sus búnkeres, esperando a que pasara la tormenta. Por fin, un poco antes del amanecer, mejoró el tiempo. A las cinco y veintinueve minutos de la madrugada apretaron el botón y la bomba estalló. La prueba fue un éxito rotundo, salvo por el hecho de que la onda expansiva alcanzó a Gower. En el campamento, A tenía una butaca en primera fila para ver la explosión, con una visibilidad absoluta del lugar donde se produjo la detonación de Trinity, a treinta kilómetros de distancia. Justo desde aquí puede verse el sitio sin obstáculos de por medio.

Nora señaló el monótono paisaje que se extendía entre las montañas, moteado de sombras moradas. Un escalofrío le recorrió la espalda al contemplar el desierto vacío y poblado de demonios en el que se había producido uno de los acontecimientos más relevantes en la historia de la humanidad.

—Debió de morirse de miedo —apuntó Skip.

—Eso es quedarse corto. ¿Te imaginas lo que debió sentir A al ver una explosión de luz más brillante que el Sol? Y luego la monstruosa bola de fuego, del tamaño de una ciudad, ascendiendo por el cielo, y el calor abrasador. Un minuto después debieron de alcanzarlo la onda de choque y el estruendo de la detonación. Nunca antes en la historia del mundo se había visto una cosa así. Incluso los científicos que sabían qué esperar de la explosión se quedaron pasmados. Oppenheimer lo comparó con la radiación de «mil soles». —Hizo una pausa sin desviar la mirada del desierto—. Gower estaba herido de gravedad. Tuvo suerte de que no se le derritieran los ojos, como en Hiroshima le pasó a mucha de la gente que estaba mirando el cielo cuando la bomba explotó.

—¿Qué crees que hizo A después de ver la explosión?

—¿Qué podía hacer? Esperó a que su socio volviera. Piensa en las agallas que hay que tener para hacer eso. Gower debió de tardar más de diez horas en regresar arrastrándose a High Lonesome. ¿Y qué vio entonces A? A Gower desangrándose, con el cuerpo en carne viva y la piel cayéndosele a tiras, el pelo y la ropa quemados. Seguramente la mula también sangraba y tenía todo el pelaje quemado. Los dos habían recibido una dosis de radiación letal y estaban muriéndose. Algunos de los síntomas de envenenamiento por radiación son una severa confusión y una sed insaciable. Así que Gower debía de comportarse como si hubiera enloquecido. Es probable que A intentara ayudarlo, pero Gower no tardaría en morir, gritando de dolor.

—Dios mío.

—Soy incapaz de hacerme una idea de lo que el socio pensaría después de presenciar la explosión y ver a su socio transformado en una monstruosidad balbuceante y despellejada. Debió de parecerle que era obra del diablo.

—¿Cómo sabes que A no se largó en cuanto vio la explosión?

—Como te he dicho, nunca habría abandonado a su socio. Además era un hombre religioso; no cristiano, sino un creyente de la tradición apache, como demuestra esa bolsa de remedios. En la fe apache hay que enterrar a los muertos. Es una obligación sagrada. De manera que A no tenía elección; debía enterrar el cuerpo de su amigo y socio, cosa que hizo.

—Entonces ¿crees que el cuerpo de Gower fue enterrado por su socio?

—Sí, y no me perdono no haberme dado cuenta antes. A no registró el cadáver, así que no descubrió que Gower llevaba una cruz de oro o, si lo hizo, no le importó.

Skip arrojó un par de ramas al fuego y las llamas se avivaron e hicieron retroceder la envolvente oscuridad.

—Entonces lo enterró en el sótano.

—Sí, porque allí se había acumulado la arena que arrastraba el viento, así que era un terreno blando y fácil de cavar. Ahora entiendo por qué el cuerpo estaba en esa postura tan rara, casi en posición fetal. Es la manera tradicional de plegar el cuerpo en los entierros apaches. El brazo extendido se explica porque seguramente se estiró cuando A dejó caer el cuerpo al hoyo y se quedó así. Una vez enterrado Gower, A huyó. Había cumplido su obligación, pero eso no significa que no estuviera aterrorizado; tanto que lo dejó todo: los saquitos con la tierra de las montañas, la tienda, los sacos de dormir y el resto de los objetos que hemos desenterrado. Solo hizo una última cosa antes de irse... Disparó a la mula para ahorrarle el sufrimiento. Y ya nunca regresó. O murió antes de tener la ocasión de hacerlo. De lo contrario, esos saquitos con tierra no seguirían aquí.

—¿Y qué le pasó luego?

Nora pensó en silencio un momento.

—Han pasado setenta y cinco años, así que A debe estar muerto. No hace falta ponerse en su piel para saber que ese episodio le cambió la vida.

—Me pregunto si se lo contaría a alguien.

—Lo dudo. Habían entrado ilegalmente en una zona militar de acceso restringido. Y nunca se aclaró la desaparición de Gower. Estoy segura de que se llevó el secreto a la tumba.

—¡Ostras! —exclamó Skip apurando la cerveza—. ¿Sabes? Las historias macabras siempre me dan hambre. ¿Cenamos?

—Claro.

Una luna casi llena los observaba por una breve grieta en las nubes desde unas crestas que había a su izquierda, encima de las montañas.

—¿Otra cerveza? —preguntó Skip.

—No. Bueno, sí. Qué demonios.

Se sentaron junto al fuego en sillas plegables. Skip preparó las brasas y puso un par de filetes en la parrilla, algunos chiles poblanos y maíz. Observaron cómo chisporroteaba la comida unos minutos. Después Skip giró los filetes y los chiles con un tenedor. De repente se quedó inmóvil un momento y se irguió de frente a la luna.

—Acabo de ver una figura moviéndose en esa cresta de allí, recortada sobre la luna —dijo en voz baja.

Nora se puso en pie y miró hacia la cresta.

—¿Cómo era la figura?

—Parecía una persona.

—¿Estás seguro de que no era un animal?

Skip entrecerró los ojos de cara a la borrosa luna, que ya volvía a desaparecer detrás de las nubes que se deslizaban a toda velocidad por el cielo.

—Es posible, pero me ha parecido demasiado alta y delgada para ser un animal.

Nora escrutó las crestas, en ese instante sumidas en la oscuridad.

—Nadie en su sano juicio vendría aquí a estas horas de la noche.

—Bueno, si decide hacernos una visita, lo recibiré con mi Remington 870.

—No tengas demasiada prisa por apretar el gatillo —le advirtió Nora—, pero tenla cargada y dentro de la tienda.

—Dormiré abrazado a ella toda la noche —repuso él riendo.

Los filetes ya estaban listos y Skip sirvió la cena. Nora comió con entusiasmo. Su hermano lo había dejado todo en su punto, como siempre: los filetes estaban jugosos y rosados por dentro; los chiles, churruscados en su justa medida; y el maíz, asado en sus hojas, pelado y untado de mantequilla. La arqueóloga echaba de vez en cuando una mirada a las montañas que se alzaban por encima de ellos, pero no veía ninguna luz ni indicio de vida, nada más que oscuridad.

—Oye, Skip —dijo cuando hubieron terminado de cenar—. Trae la Gibson y canta algo. Vamos a quitarnos de encima esta sensación lúgubre. Hasta a mí me ha quedado mal cuerpo después de contar esa historia.

—¡Marchando *Old Chisholm Trail*! —exclamó Skip, y se agachó para entrar en su tienda.

35

Nora se despertó en mitad de la noche con el corazón a punto de estallar. Las nubes tapaban la luna y no se veía nada.

—Soy yo —musitó Skip al otro lado de la puerta de su tienda—. Habla con susurros.

Nora se incorporó.

—¿Qué pasa?

—Hay gente aquí fuera.

—¿Estás seguro?

—Oigo voces. Vístete.

Nora se puso corriendo los vaqueros y la camisa. Asomó la cabeza por la puerta de la tienda. Skip estaba agachado a su lado, escondido en las sombras, con su escopeta en las manos. El fuego se había apagado y la oscuridad era absoluta.

—¿Dónde están?

—Allí —respondió Skip señalando con el dedo—. Escucha.

Nora aguzó el oído, pero lo único que oía era el suave sonido del viento al rozar la tela de la tienda de campaña. Escudriñó la negrura y de repente vio un destello fugaz, como si alguien hubiera encendido una cerilla y la hubiera apagado inmediatamente.

—Mierda. ¿Has visto eso? —susurró Skip.

—Sí.

Esperaron. Nada. El corazón le aporreaba con tanta fuerza el pecho que Nora era incapaz de concentrarse en los sonidos procedentes de la oscuridad. Los segundos pasaban.

Se oyó el crujido débil de una rama seca.

Nora contuvo la respiración y trató por todos los medios de tranquilizar su corazón. Skip levantó el cañón de la escopeta y apuntó hacia el impenetrable océano de tinieblas que se extendía hasta las montañas.

—No nos ven —musitó—, a menos que lleven gafas de visión nocturna, cosa que dudo.

—¿Qué hacemos?

Su hermano se quedó callado, todavía apuntando con la escopeta. Nora oyó, o creyó oír, un susurro. Tocó a Skip y este asintió con la cabeza para decirle que también lo había oído.

—Voy a dar un pequeño rodeo para flanquearlos.

De la oscuridad llegó otro crujido o murmullo.

—No quieren que los oigamos acercarse —añadió Skip. Bajó el arma y se la acomodó contra el cuerpo antes de ponerse en marcha—. No queda otra que pasar a la ofensiva. No te muevas. No hagas ningún ruido. Recuerda que ellos están tan ciegos como nosotros.

Nora le respondió estrujándole el brazo y luego lo soltó.

Skip se escabulló sigilosamente en la oscuridad. Nora esperó mirando en la dirección de la que venían los ruidos. Oyó otra pisada débil. No podían estar a más de seis metros. Skip tenía razón: se esmeraban mucho en no hacer ruido.

Las instrucciones de su hermano eran sabias, pero Nora se dio cuenta de que no podía quedarse esperando, indefensa, convertida en un blanco fácil. Se dio la vuelta sin hacer ruido y se adentró en la tienda para buscar a tientas la navaja que guardaba en un bolsillo junto con la linterna. Encontró las dos cosas y las sacó poco a poco. Dejó la linterna al lado del pie derecho y abrió la navaja, una Zero Tolerance 0888 negra. La hoja alcanzó su posición de apertura máxima con un debilísimo clic. Si alguien la atacaba, se aseguraría de que se arrepintiera de hacerlo.

Oyó otro susurro, entrecortado, más cercano. Dios mío, qué oscuro estaba todo. Extendió el brazo aferrando el mango de titanio y se agachó, con los músculos en tensión, preparada para asestar un tajo. El equilibrio y el peso del arma, una navaja táctica de edición limitada que le habían enviado de manera anónima después de que ayudara a Corrie Swanson en el paso de Donner unos meses antes, la tranquilizaban.

¿Qué estaba haciendo Skip? No oía nada que pudiera identificar con los movimientos de su hermano, lo cual probablemente era bueno, pero al mismo tiempo le provocaba un sentimiento de abandono. La oscuridad era tan absoluta que los intrusos podrían estar a un par de centímetros de ella y no lo sabría. Cortó despacio con la navaja las tinieblas delante de ella. Nada.

Pasaron los segundos. ¿Y si encendía la linterna y la tiraba lejos, como elemento de distracción? No… En cuanto la encendiera revelaría su posición y se convertiría en un blanco. Por su cabeza pasaron otras opciones, pero ninguna parecía tener muchas probabilidades de éxito. Solo le quedaba confiar en Skip. Él era el que tenía la escopeta.

Un susurro en la oscuridad, tan cercano que Nora casi creyó sentir el cosquilleo del aliento de la persona. Volvió a extender el brazo con la navaja y la movió delante de ella… Nada.

Estaba tan tensa que incluso le costaba trabajo respirar.

Y entonces notó unos dedos ásperos en la cara.

Nora chilló y lanzó un navajazo. Asestó una serie de puñaladas y la hoja encontró resistencia y la venció. Sonó un alarido de dolor. Todavía agitando la navaja delante de ella, la arqueóloga retrocedió gateando, cayó en el interior de la tienda… y entonces oyó el disparo atronador de la escopeta de su hermano. La deflagración iluminó brevemente la escena y Nora vio a tres hombres, dos estaban justo delante de ella y el tercero detrás, todos armados con rifles. Skip estaba a un lado apuntándolos con su arma y volvió a disparar. Otro estruendo reverberó en las montañas y el eco se fundió con los gritos, los alaridos y el estrépito de los hombres que huían en desbandada.

Nora cogió la linterna y la encendió justo a tiempo para ver las dos últimas figuras que desaparecían en un desfiladero cercano. Skip corrió hasta su hermana y la rodeó con un brazo para ayudarla a mantener el equilibrio.

—¿Estás bien?

Nora asintió con la cabeza.

—Sí —jadeó—. ¿Los has visto? ¿Le has dado a alguno?

—Eran tres, pero todo ha ocurrido tan rápido que no he podido fijarme en ellos. He apuntado encima de sus cabezas, es decir, no quiero matar a nadie salvo que sea completamente necesario. Aún me quedan tres balas, por si acaso vuelven.

Nora consiguió dominar su hiperventilación.

—Has hecho lo correcto. —Levantó la navaja—. Creo que yo he herido a uno.

—Dios mío, ya lo creo que lo has hecho.

Nora lanzó una mirada a la navaja a la luz de la linterna. La hoja goteaba sangre.

—Malditos cabrones —dijo Skip—. Ya sabes que siempre te he dicho que estabas loca por pasearte con una ZT como esta como si fuera una vulgar navajita de bolsillo, pero te aseguro que me alegro de que esta noche la tuvieras contigo. —Hizo una pausa—. ¿Qué demonios pretendías conseguir al descubrirnos?

Nora tragó saliva.

—Ni idea. Larguémonos de aquí ahora mismo.

—Nada que objetar.

Recogieron las cosas apresuradamente. Nora lo metió todo en la parte de atrás del vehículo mientras Skip hacía guardia con la escopeta y la linterna. Su hermana bajó el ritmo cuando llegó el momento de guardar los objetos desenterrados y se tomó su tiempo para asegurarse de que dejaba todo correctamente en cajas de cartón duro, a pesar de que Skip le metía prisa. En cuanto terminó, salieron disparados del pueblo fantasma, con Nora al volante, y emprendieron el largo y tortuoso viaje de regreso a la civilización a través de la oscuridad.

36

—¿Y dices que heriste a uno? —preguntó Corrie incorporándose en la cama. Eran casi las cinco de la madrugada y los pitidos del móvil la habían despertado de un sueño profundo.

—Ya lo creo —respondió Nora Kelly desde el otro lado de la línea—. Y los cortes fueron profundos.

—¿Sabes dónde? ¿En la cara? ¿En el brazo?

—No.

—Bueno, quizá tengamos suerte con los hospitales y las clínicas de urgencias. —Corrie hizo una pausa—. ¿Y no sabes lo que hacían allí, si os buscaban a tu hermano y a ti?

—Estaban armados, pero me pregunto... Si hubieran venido a por nosotros, dudo que ahora estuviésemos hablando. Mi teoría es que fueron a High Lonesome a buscar algo y se sorprendieron al encontrarnos. Quizá solo querían asustarnos para que nos marcháramos. No estoy segura.

—Bueno, tu hermano y tú tenéis que venir para una declaración oficial.

—Ya me lo imaginaba. —Nora dudó antes de añadir—: Escucha, Corrie, hicimos algunos descubrimientos importantes durante la excavación.

—¿Por ejemplo?

La arqueóloga le explicó brevemente la existencia del socio de Gower en la búsqueda del tesoro, el motivo de la postura inusual del cadáver de Gower y el hallazgo de la bolsa de remedios.

—¿La qué?

—Una bolsa de remedios. Una bolsa con piedras afiladas, hierbas y otras cosas que poseen cualidades sobrenaturales o curativas. Debía pertenecer al socio de Gower. Es un objeto muy valioso y resulta extraño que no se la llevara.

—Tanto como que también dejara la cruz de oro. —Corrie se puso un poco más recta en la cama.

—Sí. En circunstancias normales, yo habría dejado la bolsa en el yacimiento, pero con esos tipos ocultos en la oscuridad no podía arriesgarme. —Hizo una pausa—. Corrie, creo que hay una posibilidad de identificar al socio de Gower.

—¿Cómo? ¿Después de tantos años? Seguramente estará muerto.

—Es probable, pero incluso averiguar lo que fue de él en los años siguientes será de ayuda. Mira, una bolsa con tierra de las montañas como la que he encontrado es un objeto excepcional. No hay dos exactamente iguales. Me ayudará a reducir la lista de candidatos y a saber si de verdad era socio de Gower... Y tal vez a descubrir qué estaban buscando.

—Pero esa bolsa es una prueba.

—Si encontramos al socio, y sigue vivo, podría contarnos lo que pasó en realidad. Llenará los huecos que quedan en la historia. Incluso podría llevarnos hasta el tesoro.

La agente abrió la boca para expresar su objeción; sin embargo, suspiró.

—De acuerdo. Ven con tu hermano a media mañana, sobre las once. Os tomaremos declaración. Intentaré conseguirte fotografías y una lista detallada del contenido de la bolsa.

—No, nada de fotos ni de listas. Necesito tener en mis manos la bolsa de remedios.

—Es broma, ¿no? No puedes llevarte la bolsa. Es un eslabón en una cadena de pruebas.

—Oye, fuiste tú la que viniste a buscarme a mi yacimiento y prácticamente me suplicaste que te ayudara. Eres tú la que has hecho que me interese en este asunto... en un momento crítico de mi carrera profesional. Ahora vamos a hacer lo correcto, es decir, desvelar la historia de lo que sucedió. Si no, lo dejo.

—Dios mío. —Corrie dejó caer la cabeza sobre la almohada—. Ya se me ocurrirá algo, ¿de acuerdo? Mientras tanto, descansa un poco. Y ten cuidado. Parece que a las dos nos esperan días duros. —Colgó.

Unos treinta kilómetros al sureste, en una pequeña habitación insonorizada llena de equipos electrónicos, el general Mark Mc-Gurk miraba a la teniente Woodbridge cuando esta apretó el botón del ratón para pausar el programa informático de sonido y grabación que estaban ejecutando en el ordenador. Acto seguido, la teniente guardó el archivo y se volvió hacia el general.

—¿Alto y claro? —preguntó McGurk.

La teniente hizo retroceder la grabación —la aguja se movió rápidamente por las ondas digitales que mostraba la pantalla— y volvió a reproducir un fragmento al azar. La voz de Nora Kelly salió por los altavoces: «... podría contarnos lo que pasó en realidad. Llenará los huecos que quedan en la historia. Incluso podría llevarnos hasta el tesoro».

—Excelente, teniente —la felicitó el general—. Excelente.

—¿Y si averiguan la ubicación, señor?

—Si la averiguan —dijo McGurk bajando paulatinamente la voz—, conozco la manera más eficaz de hacer que se guarden esa información.

37

—Así que Gower tenía un colaborador —dijo Morwood—. Un socio.

—Sí, señor —confirmó Corrie.

Era poco después de la hora de comer. Nora y Skip Kelly habían ido a verla tal como habían acordado y les había tomado declaración; los hermanos también le habían proporcionado una descripción parcial de sus atacantes. Después se habían marchado.

Ahora Morwood, con los bordes de los párpados enrojecidos, estaba hojeando el informe inicial de Corrie y las fotos que lo acompañaban.

—Un socio que no estaba con Gower aquel día, pero que, cuando lo vio regresar moribundo al campamento, se largó de allí pitando.

—Eso es lo que cree la doctora Kelly.

—Y sin embargo tuvo tiempo para enterrar a Gower, disparar a la mula… y dejar la cruz de oro.

Corrie inspiró hondo. Era verdad, para ella no tenía sentido, así que para Morwood seguramente mucho menos.

—Pero estos descubrimientos…, estas conjeturas de la doctora Kelly no parecen tener una relación directa con el ataque que sufrió anoche.

—No se ha encontrado un vínculo directo, señor.

—Eso aún está por verse. —Morwood se quedó paralizado

al mirar una de las fotografías—. Santo cielo, ¿esto es una navaja Zero Tolerance?

—Sí, señor.

—¿Y la arqueóloga la llevaba entre sus cosas?

—Sí, señor.

—Parece una edición limitada. Tendría que estar expuesta en una vitrina, no en un bolsillo.

—Bueno, la usó para hacerle un bonito corte a uno de sus atacantes. Hemos recogido muestras de sangre y de tejido de la hoja y le hemos hecho un montón de fotos. —Corrie no mencionó que después de eso Nora se había negado a entregar la navaja como prueba.

—En fin, si es rápida con un cuchillo, va bien que tenga uno de estos a mano. No deberíamos tener ningún problema en seguir la pista de la sangre. —Morwood dejó a un lado el informe de Corrie y cogió otro—. Enviaré un equipo para que vigile toda la zona.

—¿A qué zona se refiere? ¿A High Lonesome?

Morwood asintió con sequedad.

Corrie estuvo a punto de lanzar otra pregunta, pero se contuvo. Sin embargo, Morwood ya parecía saber lo que iba a preguntarle.

—Sí, voy a hacerme cargo del caso.

En el silencio de turbación que siguió, Morwood abrió el segundo informe.

—Ha llegado el informe completo de la autopsia de Rivers, y un análisis bioquímico de su sangre y otros indicadores determinan de manera bastante convincente que la causa de la muerte fue… —Morwood consultó el informe— el síndrome de Brugada.

—¿Síndrome de Brugada? —consiguió decir Corrie con la voz quebrada.

—Yo tampoco lo había oído nunca. «Síndrome de Brugada causado por una inyección de carbamazepina». Por lo que he sacado en claro, personas con una salud precaria, o con riesgo de padecer problemas cardiacos, y nuestro amigo Rivers pertenecía a los dos grupos, pueden sufrir una arritmia maligna inducida por la inyección de antiepilépticos que bloquean los canales de sodio; de los cuales, la carbamazepina es uno. Hay muchas más palabras por el estilo en el informe: taquicardia ventricular polimorfa, canales de sodio regulados por voltaje del miocardio, miocardiopatía dilatada… Siéntase libre de leerlo usted misma si lo desea. —Lanzó el informe encima de la mesa y aterrizó sobre el de Corrie—. Lo que quiere decir que estamos ante un homicidio. Rivers fue asesinado, probablemente por alguien que lo conocía bien, o que tenía buenos contactos, para saber su estado de salud general. Rivers también estuvo involucrado en varias actividades indeseables, entre ellas el fraude y la venta de antigüedades adquiridas de forma ilícita. Estamos bastante seguros de que la persona del vídeo del hospital es el asesino. Una vez confirmado que la muerte de Rivers fue un homicidio, el lienzo, es decir, Gower, Rivers y Trinity, de repente crece y se complica. Por eso voy a implicarme en el caso.

—¿Está quitándome el caso? —En cuanto la soltó, la agente se dio cuenta de lo patética y quejica que sonaba la pregunta y se arrepintió de haberla hecho.

—No se lo tome como algo personal, Corrie. El procedimiento estándar en cualquier caso llevado por un agente durante su periodo de prueba es que su supervisor tome las riendas si se dan ciertas condiciones. En este caso, de esas condiciones hay para dar y tomar. —Dio una palmada a los papeles que había en su mesa para enfatizar sus palabras—. Debería estar orgullosa de su trabajo. Casi todo el trabajo pesado inicial, sobre todo en lo referente a Gower, lo ha hecho usted. Y su instinto, especialmente en el hospital, ha acertado más de una vez. Pero el hecho es que todavía no estamos seguros de que los dos hombres muertos estén relacionados… Y para averiguarlo tenemos que dar un impulso a la investigación. ¿Lo comprende?

—Sí, señor —se oyó decir Corrie. Le pareció que su voz llegaba de muy lejos.

Morwood sonrió y sacudió la cabeza.

—Seguro que sí, pero eso no evita que esté cabreada; yo también lo estaría. Intente ver el lado positivo: va a participar en una investigación mucho más importante que lo que habría soñado al ir el primer día a High Lonesome. Y seguirá al mando de varias vías de investigación fundamentales, como los estudios forenses, el cadáver radiactivo, el origen de la cruz de oro… Todas esas vías, como usted misma se ha encargado de recordarme muchas veces, son su especialidad. Va a estar muy ocupada.

«El lado positivo», pensó Corrie. Pero asintió y dijo:

—Gracias, señor.

—No me dé las gracias aún. Tenemos un largo camino por delante.

—Pero… —comenzó Corrie. A pesar de la conmoción que le había causado la noticia, aún tenía algunas cosas que decir: la posibilidad de que Rivers trabajara para alguien; cómo encajaban White Sands y el general McGurk en todo esto; si le daba permiso para cederle temporalmente la bolsa de remedios a Nora Kelly. Pero cuando Morwood se la quedó mirando con gesto impaciente, Corrie hizo caso a la alarma que sonó dentro de su cabeza y se limitó a asentir, dar media vuelta y salir del despacho.

La bolsa de remedios y todo lo demás tendrían que esperar.

38

Corrie Swanson aparcó al final de la calle donde estaba el bar Aeropuerto Espacial de Alamogordo. Bajó del coche y paseó la mirada en derredor. Alamogordo se extendía a los pies de las montañas Sacramento y resultaba ser un sitio mucho más grande de lo que había imaginado. Rezumaba un aroma a ciudad gubernamental, carente de encanto y funcional.

Le habían dicho que el bar Aeropuerto Espacial era uno de los favoritos de los soldados del Polígono de Misiles de White Sands y del personal de las fuerzas aéreas de la base Holloman. Parada en mitad de la calle, con la postrera luz del día agonizando en el cielo despejado, Corrie estuvo a punto de volver a subir al coche. Se dijo que se trataba de una idea estúpida, que era un comportamiento que ya había dejado atrás. Pero por otro lado, Morwood no le había prohibido investigar desde la perspectiva del Polígono, siempre y cuando fuera discreta. No tenía ninguna pista nueva que seguir después de que el almanaque fuera examinado detenidamente y se llegara a la conclusión de que carecía de valor para la investigación. Además, no había nada ilegal ni poco ético en que una mujer joven entrara en un bar y se tomara un trago, fuera o no agente del FBI. Si alguien comentaba algo y ella lo oía por casualidad… pues mucho mejor.

Puesto que no había visto a Morwood abierto a continuar la conversación sobre el tema, ¿por qué no podía ir de pesca por su cuenta? De pesca en mitad del desierto.

Respiró hondo, se alisó la falda, se atusó el pelo y enfiló hacia el letrero parpadeante de neón del bar: un transbordador espacial en el momento del despegue. Se quedó parada nada más cruzar la puerta y miró a su alrededor mientras decidía qué hacer a continuación. Eran las ocho y el bar estaba concurrido para ser un jueves por la noche. Había muchos soldados de uniforme y se alegró al ver a un número sorprendente de mujeres. La decoración no resultaba muy acogedora, una combinación desafortunada de cromo y polipiel, pero era un garito bastante decente, con una atmósfera animada pero respetuosa.

Se adentró en el local y fue directa a la barra. Un soldado inmediatamente se levantó del taburete.

—¿Quieres sentarte?

Corrie le regaló una sonrisa alentadora.

—Sí, claro. Gracias.

—Me llamo Billy. —Le tendió una mano como si fuera un niño y Corrie se la estrechó sonriente; porque era un niño de verdad, apenas habría cumplido los veintiuno. Llevaba el típico corte de pelo rapado en los lados y un poco más largo arriba. Se recordó que ella no era mucho mayor.

—Corrie.

—Encantado de conocerte, Corrie. ¿Quieres tomar algo?

—Bueno, ¿por qué no? —Lanzó una mirada a los surtidores de cerveza—. Tomaré una Alamogordo Pilsner.

El soldado pidió la cerveza, dejó un billete de veinte en la barra y pidió otra para él. Saltaba a la vista que ya llevaba unas cuantas.

—¿Vives por aquí? —preguntó Billy mirándola y arrimándose un pelín más de la cuenta a la agente.

—En Albuquerque.

—Albuquerque. Estás muy lejos de casa. ¿Qué haces aquí?

—He venido por trabajo.

El soldado asintió, vació su vaso de cerveza y pidió otra.

Corrie apenas había bebido unos sorbos de la suya. Rápidamente cambió de tema.

—¿Estás en el Polígono de Misiles?

—Ya lo creo. Soy técnico de DAE.

—¿DAE?

—Desactivación de Artefactos Explosivos. Desmantelamos y destruimos bombas y artefactos explosivos caseros con trajes antiexplosivos y robots. Estoy preparándome en el polígono y luego me enviarán a otro destino.

—Suena fascinante.

Billy había pedido otra cerveza y sumergió la boca en ella. Corrie nunca había visto a nadie beber tan deprisa.

—Lo es, lo es. —Billy se inclinó hacia ella—. ¿Te hospedas por aquí?

«Tienes prisa», pensó Corrie.

—Me quedo en casa de mi padre.

—Ah, entonces tienes familia aquí. —Billy resopló en el vaso.

—Sí. —Corrie se dijo que debía impedir que la conversación se desviara, y pronto—. Así que DAE. ¿Qué tal es trabajar en el polígono? ¿Alguna vez tratas con el comandante, el general Mc-Gurk?

—¿El general McGurk? —El soldado pareció desconcertado un momento—. Ah, no, no tenemos ningún trato con él. —Levantó una mano y agitó los dedos en el aire—. Él está aquí arriba, es un pez gordo, ¿entiendes lo que quiero decir?

—Creía que circulaban muchos rumores sobre él.

—Que yo sepa, nadie habla de él. Pero, escucha, Corrie. —Billy volvió a inclinarse hacia ella y le arrojó su aliento con olor a cerveza—. Escucha, podemos hablar de McGurk o de cualquier otra cosa que quieras, pero podríamos hacerlo en otro sitio, ya sabes, más tranquilo. —Billy se tambaleó hacia ella mientras hablaba.

—Estoy bien aquí.

—Vamos, tengo el coche justo…

Corrie se terminó la cerveza, dejó el vaso en la barra y se puso en pie.

—No, gracias.

—Vamos, guapa... ¡Oye, espera, no te vayas!

Billy volvió a tambalearse y cayó de bruces. Corrie se apartó a tiempo para que no acabara encima de ella. Se produjo un pequeño alboroto y un hombre con uniforme de oficial se adelantó rápidamente y se interpuso entre ella y Billy, que tenía dificultades para levantarse del suelo.

—Lo siento —dijo el oficial dirigiéndose a Corrie. Le puso una mano en la zona lumbar y se la llevó de allí—. Alejémonos de él.

Los amigos rodeaban a Billy y le sacudían el uniforme mientras el camarero les gritaba desde la barra que se largaran.

El oficial condujo con pericia a Corrie hasta una mesa.

—¿Quieres sentarte a tomar algo?

—Sí, claro.

Corrie tomó asiento y el oficial se sentó al otro lado de la mesa. Tenía una barra plateada en cada solapa del cuello de la camisa, que era de color caqui, no de camuflaje, y un poco diferente de la mayoría de los uniformes que llevaba la gente que había en el bar. Sus ojos eran de un intenso color azul y debía estar a punto de cumplir los treinta. Era guapo, estaba en forma y exhibía el porte envarado de los militares.

—Me llamo Ben. Ben Morse.

—Corrie Swanson.

El oficial sacudió la cabeza.

—Ese tipo es una vergüenza para el ejército. Debería denunciarlo.

—No lo hagas, por favor. Es inofensivo. —Era lo último que necesitaba, verse arrastrada a alguna clase de proceso disciplinario.

Morse la miró y las comisuras de sus ojos se arrugaron cuando sonrió.

—De acuerdo. Solo porque tú me lo pides.

La camarera se acercó a la mesa y Corrie pidió otra cerveza mientras que Morse optó por un gin-tonic. Corrie se dio cuenta de que esa debería ser la última cerveza que se tomara si quería conducir hasta casa, así que decidió ir al grano. Regaló a Morse la más bonita de sus sonrisas.

—Soy bastante ignorante con las cosas del ejército, pero esas barras… ¿de qué grado son?

—Alférez. Alférez Morse, a tu servicio. —Hizo un saludo militar bromeando.

—Ah, entonces eres oficial.

—Sí. Todavía solo cadete, pero me van a ascender a alférez. De hecho, pasado mañana me voy a San Diego.

«Alférez…».

—Un momento, entonces estás en la marina, ¿no?

La sonrisa de Morse se ensanchó.

—Naturalmente, ¿dónde si no?

—No lo sé. Yo… —Corrie se interrumpió—. Bueno, esta es una base del ejército de tierra y de las fuerzas aéreas. Y estamos en el desierto. El barco de la marina más cercano debe de estar a cientos de kilómetros de aquí.

—Hacemos otras cosas además de surcar los mares —dijo Morse—. Por ejemplo, yo trabajo en la emisora de VFL.

—¿La qué?

—Es la emisora de radio de la marina. Las instalaciones están en la parte más al norte del polígono, unos diez kilómetros al noreste de donde se realizó la prueba Trinity. Al oeste de Abajo Peak.

Les trajeron las bebidas. Morse levantó su copa y la chocó con el vaso de Corrie.

—¿Una emisora de radio? ¿Qué ponéis?, ¿clásicos?, ¿los cuarenta principales?

Morse rio entre dientes.

—Solo tenemos un tipo de oyente: los submarinos.

—Estás tomándome el pelo.

Morse negó con la cabeza.

—Las ondas de frecuencia muy baja pueden atravesar el suelo y el agua. Así podemos enviar órdenes a los submarinos. Aquí las condiciones son casi perfectas… Por eso tenemos alquiladas unas instalaciones en una base del ejército de tierra. —Hizo una pausa—. Lo siento, pero no debería decir nada más sobre el tema.

—No te preocupes, lo comprendo. —Corrie también comprendía otra cosa: Morse no había podido disimular del todo el resquemor con el que había dicho «tenemos alquiladas unas instalaciones»—. Supongo que debe ser un poco duro —añadió—. Es decir, solo son conjeturas mías, pero estar lejos del mar, en un trozo de tierra rodeado de soldados que os ven como intrusos…

—No está tan mal —dijo Morse, pero en su voz volvió a percibirse un tono de resentimiento.

—¿Alguna vez, esto…, te has encontrado con el general Mc-Gurk? —preguntó de manera que él creyera que intentaba cambiar de tema para hacerle un favor.

La copa de Morse se quedó suspendida en el aire antes de llegar a sus labios.

—¿Lo conoces?

—No, qué va. —Corrie pensó rápido al advertir una nota de suspicacia en el tono de su voz—. Es que tenía un amigo, un oficial, que no hablaba muy bien de él.

Morse asintió.

—No me sorprende.

—¿Por qué?

—No me gusta hablar mal de nadie, pero…

Corrie esperó con el corazón acelerado. De repente tenía la impresión de que esa estúpida y alocada misión suya podría dar resultado.

—Los comandantes del polígono van y vienen. La mayoría muestra respeto por cómo se hacen las cosas, comprende que la rutina tiene una razón de ser, pero parece que McGurk piensa que como su padre estuvo destinado en el polígono como teniente en los años sesenta, eso le da legitimidad para hacer lo que le venga en gana.

Eso sí que era una sorpresa. ¿El padre de McGurk también había estado en el polígono? Se apresuró a encubrir su reacción.

—Eso explica lo que contaba mi amigo. ¿Como qué, por ejemplo?

El alférez bebió un sorbo rápido.

—Solo lleva aquí algo más de un año, pero ha modificado todos los calendarios de pruebas y maniobras. También ha cambiado los objetivos de algunas bombas. Solo para decir «aquí estoy yo».

—¿Por qué querría hacer eso?

Morse la miró con los ojos de repente entrecerrados.

—¿A qué viene tanto interés?

Al mirarlo, Corrie se dio cuenta de que había forzado demasiado los límites. Rápidamente tomó una decisión. Buena o mala, era una decisión. Metió la mano en el bolsillo de la chaqueta, sacó la placa del FBI con su foto y la puso encima de la mesa. Morse se quedó mirando la placa un largo rato y luego levantó los ojos hacia Corrie.

—¿Es auténtica?

—Agente especial Corrie Swanson.

El alférez la miró con una expresión de estupefacción, luego se ruborizó y trató de disimular su asombro.

—Lo siento, me ha dejado sin palabras. Usted no… —Se quedó callado.

—¿No parezco una agente del FBI? No se preocupe, me lo dicen siempre. —Mientras hablaba, Corrie intentaba decidir cómo podría sacar provecho de la situación que se había creado—. De hecho, este es uno de mis primeros casos —añadió bajando la voz para darle un tono conspirativo—. Si pudiera ayudarme, se lo agradecería enormemente.

Morse respiró hondo.

—¿De qué se trata?

—¿Puedo preguntarle si acepta mantener nuestra conversación en la más estricta confidencialidad?

—No hasta que sepa cuál es el asunto de la conversación.

«Vale, ha llegado el momento de abordarlo de otra manera». Corrie dio a su voz el tono más seco y oficial. Había estado practicando las técnicas para presentaciones e interrogatorios, pero era difícil encontrar el punto de equilibrio correcto entre la seriedad y la mala leche.

—Estamos investigando una muerte que tiene una conexión con el Polígono de Misiles de White Sands. Me gustaría poder decirle más, pero le aseguro que el general McGurk no es sospechoso de haber hecho nada malo, tampoco nadie del polígono. Solo estoy intentando reunir algo de información sobre el general. Si aceptara responder a algunas preguntas, de manera estrictamente confidencial, sería una gran ayuda para mí, para nosotros.

Morse reflexionó un momento.

—A ver si soy capaz de explicarle una cosa antes, solo para que no malinterprete lo que le diga después. Como bien ha adivinado, hay ciertas fricciones entre mi unidad y el ejército de tierra... McGurk nos trata como si fuéramos unos ocupas. El contingente de las fuerzas aéreas de Holloman tampoco está muy contento con él. McGurk les ha dejado claro su desprecio más de una vez. Y Woodbridge, esa teniente que ha elegido para que sea su perro de presa, es fría como el témpano, lista y ambiciosa, y agradable como una serpiente de cascabel. Junte todo eso y se hará una idea de todos los rumores que circulan sobre McGurk... ciertos o no, a veces es difícil saberlo.

—Gracias por explicarme la situación. Ahora, dígame, ¿qué sabe sobre el padre del general McGurk?

El alférez Morse echó un vistazo alrededor y se inclinó hacia Corrie.

—No sé nada, la verdad. Solo he oído rumores que probablemente no debería repetir.

—Puede hablar con libertad. Esto es extraoficial, la información solo es para mí. Ni siquiera tomaré notas.

El teniente pareció un poco más aliviado.

—Algunos rumores son un poco absurdos.

—Esos son los que me gustaría oír.

Morse vaciló otra vez.

—¿De qué delegación viene? ¿Albuquerque?

—Sí.

—¿Lleva mucho tiempo en la zona?

—No, la verdad es que no.

—Bueno, ¿ha oído hablar de la leyenda del oro de Victorio…, el tesoro español escondido en la montaña?

Corrie sintió una descarga eléctrica en la espalda.

—Algo.

—Cuando Lyndon Johnson era presidente, eso se cuenta, se enteró de la existencia del tesoro de Victorio Peak. Él y el secretario del ejército se aliaron con el gobernador de Texas y organizaron un proyecto secreto en el Polígono de Misiles de White Sands para inspeccionar la montaña con la tecnología más moderna y encontrar el tesoro…, si es que estaba allí. Reunieron un selecto grupo de oficiales del ejército procedentes del polígono y de Holloman para que trabajaran en el proyecto. Ese rumor, por cierto, circula desde hace décadas y nunca se ha demostrado su veracidad ni su falsedad.

—¿Y el padre de McGurk? ¿Era uno de esos oficiales?

—Eso parece.

—Y… ¿encontraron algo?

—Hay quien afirma que sí, pero la mayoría dice que no encontraron nada. Sondaron la montaña, hicieron prospecciones, excavaron túneles y la hicieron volar por los aires con explosivos. La destrozaron. Y la razón por la que no encontraron nada es que allí no hay nada. —Vació su copa—. El tesoro no existe. La leyenda es una patraña.

—¿Y el general McGurk?

El alférez se encogió de hombros.

—Dicen que se agenció el puesto en el polígono para buscar el tesoro que su padre nunca descubrió. Por eso ha estado alterando las pruebas de las bombas y eso. Según radio macuto, utiliza los ensayos de las bombas como tapadera para la búsqueda del tesoro. Verá, cuando los equipos de la DAE localizan una de esas bombas sin estallar, van al lugar y la detonan. Se rumorea que McGurk da la lata a algunos de la DAE para que creen bombas defectuosas, y luego las utiliza como tapadera para provocar explosiones sísmicas con el fin de localizar la cueva subterránea donde se supone que está el oro.

—Dios mío —murmuró Corrie. De repente no parecía tanta coincidencia que el padre del general McGurk también hubiera estado destinado en la base.

—Exacto. Ya le dije que las historias eran absurdas. Y eso es todo lo que sé... o lo que reconoceré que sé, incluso a una agente del FBI. —Dio unos golpecitos con los dedos al vaso de cerveza de Corrie—. Bueno, ¿le apetece otra? Me da tiempo a tomar la última antes de irme.

39

—Me temo que sería mejor que fuera sola —dijo Watts sentado detrás de su escritorio viejo y lleno de arañazos—. Si aparece allí con un poli como yo, entrará con mal pie.

—Usted conoce a gente en Mescalero —repuso Nora Kelly—. ¿No podría proporcionarme un contacto? No puedo presentarme allí sin más.

El sheriff asintió.

—Claro, le daré un nombre. —Se encorvó sobre la mesa y rebuscó en las tarjetas de una anticuada agenda de teléfonos rotatoria. Copió un nombre y una dirección y le entregó el papel a Nora—. Emmeline Eskaminzin. Está en el consejo de la tribu. Además es abogada y se ha implicado en casos de mujeres indígenas desaparecidas. La he ayudado a seguir pistas por el condado de Socorro.

—Gracias.

—Da la casualidad de que también es la tataranieta de Gerónimo.

—Guau.

—Pero no lo mencione a no ser que ella saque el tema. —Watts enlazó las manos detrás de la cabeza y se recostó en la vieja silla de madera, que protestó con un crujido—. Lo que hay en esa bolsa son cosas sagradas, ¿sabe? Podría costarle conseguir que alguien hable de ello.

Cuando Nora no dijo nada, él continuó:

—Si quiere mi consejo, me da en la nariz que será una pérdida de tiempo. Va a ser un milagro que averigüe a quién pertenecía la bolsa. Y aunque lo haga, ¿qué? El hombre lleva mucho tiempo muerto.

La arqueóloga recogió las fotos y volvió a guardarlas en el sobre marrón.

—Al menos podré salir de aquí.

La sonrisa de Watts se transformó en un gesto de preocupación.

—¿Todavía no se sabe nada sobre los tipos que les tendieron la emboscada en High Lonesome?

—No que yo sepa. Por lo que me cuenta Corrie, se comportaron como profesionales y no se encontraron rastros.

—He oído que le dejó un recuerdo a uno, uno que quizá lo acompañe toda la vida. —Watts hizo una pausa—. Está implicándose mucho en este caso, ¿no? O sea, no es un asunto exactamente relacionado con la arqueología.

«¿Y cree que no lo sé?». Nora logró tragarse el comentario en vez de soltarlo. Se agotaba el permiso que tenía para ausentarse del yacimiento de Tsankawi; Adelsky, su estudiante de posgrado, había terminado todo el trabajo que podía realizar sin su supervisión; y últimamente había pasado mucho menos tiempo en el instituto del que cabría esperar de una conservadora jefa.

—Me lo tomaré como un ejemplo de lo que no hay que hacer, sheriff. Cuando Corrie Swanson le pida ayuda, tenga mucho cuidado con lo que le promete. Todo esto empezó como una visita de una tarde a High Lonesome. Ahora estoy hundida hasta la cintura en el caso. —Y, tras una pausa, añadió—: Y también estoy intrigada.

Watts recuperó la sonrisa.

—Bueno, pues buena suerte.

La ciudad de Mescalero se encontraba en las montañas al este del Polígono de Misiles de White Sands, en un bonito valle fluvial rodeado de colinas cubiertas de pinos. Podría haber estado en

Wyoming o en Canadá, pensó Nora mientras reducía la velocidad al acercarse a la población. Costaba creer que el despiadado desierto solo estaba a treinta kilómetros.

Salió de la calle principal para ir al aparcamiento de una modesta edificación y centro comunitario tribal. Cogió la mochila y entró en el edificio. La recibió una recepcionista en un pequeño vestíbulo con una sala de espera.

—Vengo a ver a Emmeline Eskaminzin —dijo Nora.

—La tercera puerta de la derecha.

Nora intentó aplacar los nervios mientras recorría el pasillo. La puerta estaba abierta y una mujer, sentada detrás de un escritorio en un pequeño despacho, se levantó para recibirla. Su gran estatura y su complexión atlética sorprendieron a Nora. Llevaba puesto un traje chaqueta y una blusa de seda que parecían salidos del departamento legal de una gran empresa. El único guiño a la cultura apache era su cabello, recogido en dos trenzas atadas con una cinta trenzada de colores. En cuanto a la edad, debía rondar la treintena.

—La doctora Kelly, ¿verdad? Por favor, siéntese.

Nora se sentó en una silla delante del escritorio.

—¿Qué puedo hacer por usted? —La mujer juntó las manos y sonrió—. Por teléfono fue un poco misteriosa.

Hablaba con voz queda y grave. Dentro de su cabeza, Nora había ensayado varios rodeos para abordar su delicada petición, pero ahora, delante de esa mujer que parecía sensata, decidió ser lo más franca y directa posible.

—Soy arqueóloga —dijo— y colaboro como consultora con el FBI. Estoy intentando identificar al propietario de una bolsa de remedios que encontramos durante una excavación reciente. Creo que perteneció a un apache.

—¿Una bolsa de remedios? —inquirió Eskaminzin—. ¿Cómo sabe que es apache?

—No estoy segura, pero los objetos que contiene parecen apaches. Y la tribu mezcalero es la que está más cerca del lugar donde se halló.

—¿La trae consigo?

—Sí. —Nora sacó de la mochila la caja que contenía la bolsa y la depositó cuidadosamente en la mesa. Pensó que esa mujer nunca sabría de todas las amenazas, las coacciones y las adulaciones que había necesitado para convencer a Corrie Swanson para que le cediera la prueba.

Eskaminzin miró la caja, pero no la tocó.

—¿Puedo preguntarle dónde la encontró?

—En un pueblo fantasma llamado High Lonesome, en las estribaciones de las montañas Azul, en el extremo septentrional de la Jornada del Muerto. ¿Conoce el lugar?

—He oído hablar de él. Ha mencionado al FBI. ¿Se trata de una investigación criminal?

—No —respondió Nora—, al menos de momento. El propietario de la bolsa no está involucrado en absoluto en un delito. Además tiene por lo menos setenta años de antigüedad.

Eskaminzin frunció los labios con la mirada fija en la caja y un silencio se instaló en el despacho. Nora tenía la sensación de que era una de esas personas que no hablaban hasta haber ordenado y meditado de modo escrupuloso sus pensamientos.

—En la cultura apache —dijo lentamente—, la bolsa de remedios se considera un objeto privado. No se enseña a nadie. Es muy raro encontrar una abandonada.

Nora asintió.

—Comprendo.

—Tal vez podría decirme por qué es importante identificar a su propietario.

—Hay una historia muy rara relacionada con la bolsa, que debe mantenerse en la más estricta confidencialidad.

—Entendido —dijo Eskaminzin.

—En julio de 1945, el propietario de la bolsa y un hombre llamado James Gower estaban acampados en High Lonesome mientras buscaban algo en la Jornada. Ese es el misterio. No sabemos qué buscaban. En la madrugada del 16 de julio, Gower estaba atravesando el desierto en su mula cuando lo alcanzó la explosión atómica de la prueba Trinity. ¿Sabe algo sobre la prueba?

—Sé muchas cosas sobre la prueba Trinity —respondió Eskaminzin—. La bomba se detonó en las tierras de nuestros antepasados y la contaminación radiactiva alcanzó una gran extensión. Por favor, continúe.

—Gower consiguió regresar a High Lonesome, pero había recibido una dosis letal de radiación y murió enseguida. Su socio lo enterró a la manera tradicional apache, con el cuerpo flexionado, y luego huyó sin su bolsa de remedios.

—Para hacer eso debía de estar muy asustado.

—Vio la explosión —apuntó Nora.

—¿La vio?

—La zona cero era plenamente visible desde su área de acampada.

—Eso es terrible.

—Hace unas semanas se encontró el cuerpo de Gower en High Lonesome, donde había permanecido desde el día de la prueba. Puesto que es un territorio federal, el FBI se hizo cargo de la investigación. Me pidieron que exhumara el cadáver y después que excavara el viejo campamento. Allí es donde descubrí la bolsa de remedios.

Eskaminzin guardó silencio y su rostro no reveló nada en el largo rato que estuvo callada. Finalmente dijo:

—Por favor, abra la caja.

Nora la abrió y sacó la bolsa que había dentro. Eskaminzin cogió con cautela la arrugada bolsa de ante con las dos manos, la abrió con cuidado y sacó de uno en uno los elementos que contenía y los situó en fila encima de su mesa. Una vez estuvieron todos fuera de la bolsa, cogía uno, lo examinaba girándolo en la mano y volvía a depositarlo en la mesa para coger el siguiente. Cuando dejó el último objeto, miró a Nora.

—Nantan Taza.

—¿Perdón?

—Esta bolsa de remedios pertenecía a Nantan Taza.

—¿Cómo lo sabe?

—Lo siento, pero no puedo decirle nada más allá de que cada bolsa de remedios es única y contiene objetos que indican el clan y la familia de un individuo. Nantan Taza era el hermano de mi abuelo. Puede parecer una extraña coincidencia, pero somos una tribu pequeña.

Nora no podía creerse la suerte que había tenido.

—¿Qué más puede contarme sobre Nantan Taza?

Eskaminzin volvió a juntar las manos.

—Lo que acaba de contarme sobre que presenció la explosión atómica explica muchas cosas. Durante mucho tiempo nos preguntamos por qué era como era.

—¿Cómo es eso?

—Todo el mundo decía que Nantan había sido un muchacho soñador, un ser despreocupado con montones de planes. Pero entonces sucedió algo… y se volvió un hombre extraño, oscuro y taciturno.

—¿Y ese cambio se produjo más o menos por las fechas de la prueba atómica?

—Sí. Nunca se casó, no tuvo familia. Vivía modestamente de una concesión de pastoreo en la que criaba ganado y era un buen cazador. Destacaba del resto no solo por su carácter solitario, también por lo que algunos consideraban unos poderes de videncia. O eso decían. A veces, la gente desesperada acudía a él para comprender el futuro, o para pedirle una visión o un consejo espiritual. Aun así era una persona huraña. La risa y la alegría son una parte importante de la cultura apache, pero yo nunca lo vi sonreír siquiera. Jamás. Era como si hubiera visto al diablo cara a cara. Y, por lo que me ha contado, supongo que es lo que pasó.

—¿Qué fue de él?

—Se marchó hace unos diez años.

—¿Quiere decir que murió?

—No, se marchó.

—¿Y adónde fue?

—No lo sabemos.

—¿Se fue sin más? ¿Cuántos años tenía?

—Tenía ochenta y cinco. Permítame que se lo explique. Durante mucho tiempo, como acabo de decirle, se le vio con cierto temor reverencial. Pero en los últimos años, la gente joven empezó a volverse escéptica con la idea de que tuviera poderes especiales; lo veían como un viejo gruñón y cascarrabias. Algunos se burlaban de él. Llegó un momento en que la gente dejó de consultarle. Creo que quizá sintió que ya no era útil. Así que un día llenó una bolsa con sus cosas, cogió su rifle y munición, se montó en su caballo y partió hacia las montañas.

Nora se quedó pensativa un momento.

—¿Por qué haría una cosa así?

—En los tiempos en los que éramos un pueblo nómada, los ancianos a veces preferían autoexiliarse que convertirse en una carga. Esto fue especialmente así cuando luchábamos contra los mexicanos y los estadounidenses y teníamos que movernos como el viento. Lo que hizo era anacrónico, tal vez, pero no inusual.

—Entonces se marchó y… ¿luego qué pasó? ¿Murió?

—Es posible. O quizá simplemente decidió vivir aislado. Nuestra reserva abarca casi doscientas mil hectáreas. Hay caza abundante y mucha agua. Podría vivir en un cañón y nadie se enteraría nunca.

—Ahora debe ser un nonagenario —observó Nora—. Solo en las montañas durante una década… Cuesta creer que pueda seguir vivo.

Eskaminzin esbozó una sonrisa indulgente.

—Somos el pueblo de Gerónimo, de Cochise, de Victorio. Somos supervivientes.

—Si aún vive, ¿hay…, bueno, alguna manera de saber dónde podría estar?

El silencio de Eskaminzin se alargó hasta que finalmente dijo:

—Durante los últimos años que pasó aquí había un chico que solía ir a su cabaña a llevarle víveres, cortarle leña y ayudarlo con el ganado. Creo que a cambio Nantan le contaba historias. Cuando Nantan se marchó, ese chico fue el único que no pareció sorprendido... ni triste.

—¿Podría hablar con él?

—Ya es un hombre y lo encontrará en Albuquerque, donde trabaja en un banco. —Apuntó algo en un trozo de papel y se lo dio a Nora—. Se llama Nick Espejo.

Nora se levantó.

—Ha sido usted de muchísima ayuda. Gracias.

La arqueóloga recogió los objetos que había encima de la mesa y volvió a guardarlos en la bolsa de remedios. Cuando ya se daba la vuelta para irse, Eskaminzin dijo:

—Sea muy respetuosa con esa bolsa de remedios, por favor.

40

—¡No cuelgue! —gritó la voz en cuanto contestó a la llamada—. ¡Por favor…, no me cuelgue!

Corrie reconoció la voz, por supuesto. Lo normal habría sido que le colgara, pero no antes de darle a Jesse Gower una explicación detallada de cómo en su historial de encuentros con perdedores, adictos, rateros, canallas, gilipollas y pervertidos en un espacio de tiempo notablemente corto, él se llevaba la palma. Sin embargo, se recordó que estaba inmersa en un caso abierto y él era una persona implicada, así que, cuando menos, tendría que registrar que se había puesto en contacto con ella.

Por lo tanto, en vez de colgarle se quedó callada.

—Escuche, ya le he pedido disculpas. Pedírselas otra vez no cambiará nada. Usted sabe… el lío que tengo. No es una excusa, solo una explicación. Para mí es muy difícil confiar en alguien con autoridad. Lo he heredado de mi padre, que lo heredó del suyo. Cada vez que un poli me dice algo tengo que analizar si es una trampa. Verá, la conversación que tuvimos seguramente es la más larga que he tenido con nadie en quizá media docena de años. Eso demuestra lo patética que ha sido mi existencia. Y, bueno, las preguntas que me hizo, el interés que mostró, supongo que no estoy acostumbrado. Me entra la paranoia. Cuando alguien me pregunta algo suele ser: «¿Dónde está mi puto dinero?». —Gower rio amargamente.

Corrie continuó callada. Como disculpa era bastante buena,

al menos sonaba sincera. Pero ella también había pensado un poco desde que la echara del rancho. Durante su conversación le había revelado unas cuantas cosas sin querer. Era evidente que por lo menos había estado empeñando objetos, y el comentario inocente sobre el camafeo daba a entender que había aprendido un par de cosas sobre cómo calcular aproximadamente el precio de un objeto. A Corrie no le habría sorprendido que también vendiera reliquias, y, teniendo en cuenta lo susceptible que estaba con el cobertizo para las herramientas, debía de ser allí donde las guardaba. Y luego estaba la otra frase que había empezado y que no terminó... que la conducía directamente a otra sospecha.

Se dio cuenta de que Jesse Gower se había quedado callado.

—¿Sí?

—Le he preguntado si aceptaría una ofrenda de paz.

—¿Como qué? ¿Una bolsita de metanfetaminas? No es mi rollo.

—No está siendo justa. —Gower parecía dolido de verdad.

Corrie suspiró.

—¿Qué clase de ofrenda de paz tenía en mente?

—No puedo decírselo por teléfono. Estropearía la sorpresa.

—Escuche, Jesse, he ido a su casa dos veces solo para que me eche de allí. Tendrá que esforzarse un poco más.

—De acuerdo. —Tras un breve silencio, Gower añadió—: No le he contado exactamente la verdad sobre la otra posesión preciada de mi bisabuelo. Me refiero a cuando le dije que había desaparecido hacía mucho tiempo. —Cuando Corrie no respondió, Jesse preguntó—: ¿Y bien?

—¿Y bien qué?

—¿No va a darme las gracias? Es decir, es una pista.

—¿Una pista de qué? De todas maneras, ya lo sabía.

—¡Ya lo sabía! —Una pausa—. ¿Ahora a los agentes del FBI les enseñan a leer la mente?

—No, solo nos entrenan para fijarnos en ciertas cosas: declaraciones que no tienen sentido, o que son contradictorias, o que se interrumpen en mitad de una frase.

—Soy novelista. Siempre pongo mucho cuidado en acabar las frases. Salvo cuando suelto palabrotas, pero incluso entonces intento que la gramática sea correcta.

—Es posible, pero dejó una frase a medias en nuestra última conversación.

—¿Sí? ¿Qué frase?

La frase había sido «Aunque vendiera...», pero Corrie no iba a decírselo.

—Digamos que cuando junté lo que dijo con que su abuelo tenía un objeto de valor aparte del reloj de oro, tuve la sensación de que quizá estaba planteándose empeñar algo. Pero no lo ha hecho. Lo cual quiere decir que aún está en su poder. Y lo más probable es que no sea un «dibujo antiguo», sino algo realmente valioso.

Entonces Jesse hizo algo inesperado. En vez de soltar un grito ahogado impresionado por sus dotes deductivas, se echó a reír a carcajada limpia. Corrie, extrañada, no lo interrumpió. Por fin las risas se atenuaron y se transformaron en unos infrecuentes eructos de regocijo.

—Lo siento —dijo—. No me río de usted. O sea, lo ha estado haciendo muy bien durante un minuto.

—Ah, ¿sí?

—Sí. Verá, ha usado la palabra «valioso» cuando en realidad el adjetivo que he utilizado yo es «preciado». ¿No se ha dado cuenta? —Más risas—. El reloj desapareció con él, pero dejó lo otro. Nadie averiguó nunca por qué lo consideraba tan importante, pero lo trataba como si fuera un objeto sagrado. No dejaba que nadie lo tocara. Así que pasó de generación en generación. Perdido el reloj, al principio fue una especie de curiosidad, pero después de tantos años se ha convertido en una reliquia de la familia. —Hizo una pausa—. Bueno, ¿qué piensa?

—No sé qué pensar —respondió Corrie esforzándose por seguir el hilo de sus desvaríos.

—Pero estaba en el camino correcto —continuó Jesse—. En tiempos de mi bisabuelo, la mayoría de la gente habría pensado que su preciado objeto solo valía para adornar un gallinero, aunque con el paso del tiempo su valor ha aumentado. Quizá muchísimo. A pesar de que Pertelote sigue siendo la única que puede disfrutar de él.

—Y aun así se ha abstenido de vender esa preciada cosa, incluso cuando vendía todas las reliquias que hay en ese cobertizo.

—¿Intenta volverme loco? Estoy brindándole una ofrenda de paz. Una importante, por cierto.

—Pues dígame qué es eso tan importante.

—Mi bisabuelo, con una fabulosa cruz de oro encima, muriendo por las radiaciones de la prueba Trinity… Este otro tesoro era importante para él, así que seguro que también lo será para usted.

Corrie intentó contener su irritación ante las burlas y las evasivas de Gower. ¿Solo era otra invitación en la que ella conducía hasta allí y descubría que el doctor Jekyll volvía a convertirse en Hyde?

—¿Está diciendo que ese objeto podría ayudar en la investigación?

—No creo que la entorpezca.

Corrie suspiró.

—¿Por qué no se deja de tonterías y me dice de una vez qué es, Jesse?

—Tiene que verlo con sus propios ojos. De verdad. No puedo explicárselo.

La agente reflexionó un momento. El viaje valía la pena.

—De acuerdo. Tengo un poco de papeleo que acabar aquí. Intentaré salir dentro de una hora.

—Le prepararé unos huevos fritos. Si quiere tomar algo que no sea agua o licor de malta, tendrá que traerlo usted misma.

41

Al final Corrie estuvo peleándose con el papeleo de su caso dos horas en vez de una. Producía un extraño placer trabajar con documentos relacionados con un caso propio, a pesar de que Morwood estaba haciendo las gestiones para ponerse al mando de él. Por fin se levantó del escritorio, bajó al trote las escaleras, subió a su coche y salió de la ciudad. Se preguntaba si ese «preciado objeto» no sería otra tontería.

El viaje era tan largo como lo recordaba, pero se sintió aliviada cuando descubrió que encontraba el camino sin perderse, a pesar de que ya se había puesto el sol y las carreteras no estaban iluminadas. En uno de los últimos tramos de tierra se cruzó con una enorme camioneta Ford F-250 que pasó a gran velocidad, lo cual la cabreó bastante. Intentó ver la matrícula por el retrovisor, pero el vehículo estaba tan sucio de polvo y barro seco que no se distinguían los números de la matrícula. Los hombres y sus camionetas… eran como niños jugando con cochecitos. La camioneta levantó una gran polvareda y Corrie tocó el claxon con rabia, pero el voluminoso vehículo iba tan rápido que desapareció antes de poder oírlo. La agente escupió polvo, cerró las ventanas y encendió el aire acondicionado en el modo de recirculación. Una cosa a la que nunca se acostumbraría era al maldito polvo. El sur de Nuevo México hacía que Kansas pareciera un oasis tropical.

Aminoró la marcha según se acercaba a la desvencijada granja Gower y rodeó el deteriorado buzón instalado sobre un palo torcido. Más allá de la nutrida colección expuesta en el inhóspito patio, la casa parecía estar a oscuras. No podía ser que Jesse quisiera agasajarla con una cena con velas para dos.

Se bajó del coche y miró despacio a su alrededor. No se oía nada.

—¿Gower? —gritó.

Nada.

—¿Jesse? ¿Está en casa?

Cuando no recibió respuesta, abrió la puerta del coche y cogió una linterna, revisó el arma para asegurarse de que había una bala en la recámara y enfiló con cautela hacia la vivienda.

—¿Jesse? —gritó de nuevo.

¿Dónde demonios estaba? La propiedad era lo suficientemente pequeña para que pudiera oírla desde cualquier rincón. Tampoco le parecía la clase de persona aficionada a gastar bromas. ¿Estaría dentro de la casa, colocado, con los auriculares puestos y la música a todo volumen, la conversación que habían tenido unas horas antes completamente olvidada? Corrie olfateó el aire, pero no olía a amoniaco ni a marihuana… solo percibió un leve hedor a excrementos de ave procedente del gallinero.

Cuando volvió a llamarlo sin recibir respuesta, se quedó callada.

Los viejos escalones crujieron cuando subió al porche. Paseó la luz de la linterna por él, pero no notó nada diferente. La mosquitera había desaparecido hacía mucho tiempo y la puerta colgaba de los goznes entreabierta. La empujó con el pie, entró y se quedó inmóvil, escrutando el salón mientras lo recorría con el haz de luz de la linterna.

La habitación parecía arrasada por un tornado. Los viejos sofás estaban volcados, con el relleno arrancado; las estanterías y lo que había en ellas estaban tirados en el suelo, y Corrie distinguió aquí y allá algunas notas, probablemente de Jesse, que habían salido volando de los libros. En un rincón había una cómoda ladeada y sus cajones vacíos sonreían a la luz de la linterna, con su contenido desparramado en el suelo. Por todas partes había hojas manuscritas que parecían guirnaldas de banderitas. Habían arrancado los cuadros de las paredes y las lámparas de pie estaban tiradas en el suelo. El televisor estaba reventado y volcado.

Corrie se adentró con cautela por el caos de la destrucción dirigiendo la linterna hacia un lado y otro. Pensó en encender una luz para comprobar si había electricidad, pero descartó la idea.

Nunca había estado dentro de la vivienda y no sabía cómo vivía Jesse, pero una cosa tenía clara: así no.

Al llegar al final del salón revisó la cocina. También había sido pasto de la devastación. Una cosa le llamó la atención: cuatro huevos rotos en el suelo, delante de la vieja cocina.

«Le prepararé unos huevos fritos. Si quiere tomar algo que no sea agua o licor de malta, tendrá que traerlo usted misma».

Se dio la vuelta y regresó al porche. El instinto le decía que Jesse no estaba en la casa. ¿Qué había pasado allí? ¿Algo relacionado con las drogas? A lo mejor le debía dinero a alguien y había venido a buscarlo. Daba la impresión de que había habido una pelea feroz, seguida por un registro violento y exhaustivo de la casa. Quizá Jesse había conseguido escapar y había huido a través de la oscuridad… o, Dios no lo quisiera, a lo mejor lo habían secuestrado.

Recordó la camioneta con la que se había cruzado en la carretera.

Desde el porche paseó la luz de la linterna por el exterior. El gallinero parecía intacto, pero, pese a la distancia, vio que habían roto el candado del cobertizo.

Desenfundó la pistola. Salvo por el resplandor de la linterna y sus pisadas en el suelo polvoriento, la oscuridad y el silencio eran absolutos. Corrie se quedó con la ubicación del cobertizo, después apagó la luz y permaneció parada hasta que su visión se adaptó a la oscuridad. Cuando fue capaz de distinguir el contorno de la caseta para las herramientas, se encaminó hacia allí muy poco a poco, hasta que llegó al candado roto.

El corazón le golpeaba el pecho como un martillo. Reinaba el silencio. Se preparó y, con un movimiento rápido, abrió la puerta del cobertizo de una patada, se agachó para adoptar una posición defensiva y recorrió el interior de la caseta con la Glock, con la mano derecha apoyada en la linterna según la técnica de «picahielos» que le habían enseñado en la academia.

—¡FBI, no se mueva! —bramó.

No se oyó nada salvo el eco de su voz y el débil chirrido de la puerta.

Corrie se irguió lentamente y su codo rozó sin querer un interruptor, una de esas antiguallas con una palanquita que se subía y se bajaba. Si todavía no había provocado una reacción, era probable que ya no lo hiciera.

Bajó la linterna, pero mantuvo la pistola levantada y accionó el interruptor.

Una bombilla desnuda se encendió en el techo y mostró la misma escena de destrucción que había visto en la cabaña principal. Jesse Gower estaba sentado en una silla cerca de la pared del fondo. Estaba atado de pies y manos, con los tobillos y las muñecas ligados detrás del respaldo de la silla. Su cabeza colgaba hacia atrás en un ángulo que no era natural y tenía el rostro cubierto de sangre. Su camisa y sus agujereados pantalones cortos también estaban empapados en sangre, y había más salpicaduras de sangre en el suelo delante de la silla, además de un par de dientes. Era evidente que había recibido una paliza metódica y brutal.

—¿Jesse? —dijo con voz queda Corrie. Luego se acercó a la silla, pero ya sabía lo que iba a encontrar. Gower tenía los ojos abiertos y vidriosos y no respiraba. Le tocó el cuello y no encontró pulso. Su cuerpo estaba frío.

Corrie retrocedió con una leve sensación de náuseas y echó un vistazo al cobertizo. La mitad de la caseta había estado ocupada por unas toscas estanterías de madera. En el otro lado se apilaban herramientas viejas, piezas de coche, latas oxidadas, señales de tráfico y demás chatarra que al parecer habían estado cubiertas con lonas impermeables. No obstante, todo eso solo era una reconstrucción mental, porque el interior del cobertizo se mostraba ahora como un caótico vertedero que hacía imposible estar seguro de nada. Excepto de lo obvio: era el resultado de un registro salvaje.

Y de otra cosa: visto el grado de destrucción, si los autores no habían encontrado lo que buscaban, ella tampoco lo haría.

42

Una hora después, a las diez, el rancho de Gower se había convertido en una escena del crimen llena de gente y con una actividad frenética. Los focos portátiles bañaban de una luz intensa la casa y el cobertizo, y los miembros del equipo de la unidad de búsqueda y recogida de pruebas iban de un lado a otro con sus uniformes y sus trajes protectores portando cámaras, bolsas para pruebas y toda clase de instrumental forense.

Corrie Swanson estaba apoyada en la furgoneta de la ERT, al margen del ajetreo. A un lado tenía a su supervisor y al otro al sheriff Watts, que había llegado hacía unos minutos, mientras Morwood la interrogaba sobre lo que había visto.

Watts se quitó el sombrero, sacudió unas invisibles motas de polvo de él y volvió a ponérselo.

—¿Y qué quería enseñarle exactamente?

—Se refería a ello como la «otra posesión preciada» de su bisabuelo. Me dijo que nadie sabía por qué lo guardaba como si fuera un tesoro, pero que con el tiempo acabó convirtiéndose en una especie de reliquia familiar.

—¿Estaba tomándole el pelo?

—No me lo pareció.

—De acuerdo. —Morwood buscó con la mirada al médico forense, cuya figura envuelta en un traje de protección irradiaba un resplandor sobrenatural a la brillante luz de los focos, y le gritó—: ¿Ha descubierto algo?

El médico asintió con la cabeza.

—Solo es una conclusión preliminar, pero la víctima probablemente murió por una fractura cervical traumática causada por una hiperextensión extrema.

—¿Le rompieron el cuello? —dijo Morwood—. Parece que se ensañaron con él.

—Sabremos algo más después de la *post mortem* —repuso el médico—. Es posible que la lesión definitiva fuera otra, pero apostaría mi dinero a que la fractura cervical es la causa de la muerte.

—Muy bien. Gracias. —Morwood se volvió de nuevo hacia Corrie—. Me gustaría felicitarla, agente Swanson. Ha gestionado una escena del crimen inesperada y difícil con prudencia y precisión.

—Gracias, señor.

—Me gustaría tener un informe completo mañana. Me interesan especialmente las conversaciones que mantuvieron usted y Jesse Gower y el motivo por el que vino aquí esta noche.

—Sí, señor.

—Me pregunto si los asesinos buscaban lo mismo y trataron de obligarle a decirles dónde estaba a golpes —terció Watts.

—La paliza que le dieron tiene toda la pinta de ser un intento de sonsacarle algo —convino Morwood—, pero no tenemos ni idea de lo que es. Quizá vendía antigüedades para financiarse su drogadicción. Todavía no hemos realizado un inventario completo de lo que hay en el cobertizo, pero está lleno de objetos, la mayoría sin valor, y otros que parecen haber sido, esto… embellecidos para aparentar otra cosa.

—¿Imitaciones? —preguntó Watts.

—Eso parece. Lo importante es que podría haber muchas razones para que alguien quisiera obtener algo de Gower: dinero, drogas, información, cualquier cosa.

—Pero no sabemos que lo consiguieran —apuntó Corrie.

Morwood se volvió hacia ella.

—¿Cómo es eso?

—Es posible que la muerte de Gower fuera un accidente.

—¿Un accidente? —repitió Morwood—. ¿Quiere saber cuántas muelas he encontrado en el suelo de ese cobertizo?

—Lo que quiero decir, señor, es que es posible que no quisieran romperle el cuello. Si lo que querían era matarlo, un disparo habría sido una opción mucho más sensata. Es posible que se lo cargaran sin querer antes de que Gower cantara.

—Es posible. Ya veremos lo que dice el informe del forense sobre eso. —Morwood se volvió hacia el sheriff—. Bueno, sheriff Watts, parece que tenemos un homicidio entre manos... en su condado. El FBI asumirá la investigación, pero necesitaremos su ayuda. Jesse Gower, la tierra donde vivía y la gente con la que se relacionaba pertenecen a su jurisdicción. Y usted es el especialista en todo ello. Sé que ya ha colaborado con la agente Swanson y me ha dicho que siempre ha sido de gran ayuda. Ahora lo necesitaremos más que nunca. Usted y yo trabajaremos juntos en esto.

—Estoy encantado de ayudar. Ha sido un placer trabajar con la agente Swanson.

—Bien. Estoy impaciente por empezar. Supongo que querrá dar una vuelta por la escena del crimen. —El supervisor estrechó la mano del sheriff y llamó a un técnico de la ERT, que acompañó a Watts para que echara un vistazo al cobertizo. Corrie y Morwood se quedaron solos.

Corrie miró a Watts mientras este se alejaba, intentando asimilar esa nueva conmoción, furiosa porque Morwood no solo le había quitado el caso, sino que ahora también le robaba el sheriff.

—¿Eso quiere decir que el sheriff ya no va a trabajar conmigo? ¿Va a quedárselo así, sin más?

—Ha sido una noche dura para usted, Swanson —respondió Morwood—. Así que haré como que no he oído nada.

Corrie se sonrojó cuando se dio cuenta del tono que había empleado con su jefe.

—No me quejo de que meta a Watts en el caso, señor. Es solo que trabajábamos muy bien juntos y dependo de sus contactos con la gente del lugar y de sus conocimientos.

—Podrá seguir consultándole lo que necesite, a través de mí.

Corrie necesitó una ingente cantidad de autocontrol para mantener la boca cerrada al oír las palabras de su jefe. Finalmente consiguió decir con voz calmada:

—Tengo la sensación de que estoy perdiendo su confianza, agente Morwood.

Morwood cerró los ojos un momento, como si estuviera contando hasta diez. Volvió a abrirlos.

—El general McGurk me ha hecho saber que durante su registro del viejo rancho de los Gower se incautó de algunos objetos. Sin embargo, yo no he recibido ninguna información sobre eso ni hay nada registrado como prueba.

Corrie sintió que le subía la sangre a la cara.

—No quería registrar ninguna prueba hasta que estuviera segura de que tienen una conexión con el caso.

—¿Qué pruebas eran?

—Una fotografía aérea, un almanaque y un libro.

—¿Y por qué las consideró importantes?

—Bueno, la fotografía estaba escondida detrás de un cuadro, el almanaque tenía algunas anotaciones y el libro se titulaba *Primeras leyendas de la frontera del Oeste* y contenía historias sobre tesoros enterrados y cosas así. Pensé que podría haber pistas de lo que Gower estaba buscando.

—Entiendo.

—¿El general se ha puesto en contacto con usted? —preguntó Corrie.

—Hoy he recibido una llamada suya para preguntarme sobre el asunto y yo no sabía nada.

—¿No es un poco oportuno que lo haya llamado?

Morwood miró fijamente a Corrie.

—¿Qué quiere decir?

—Creo que el general está intentando minar mi trabajo.

—¿Por qué?

—¿Por qué tendría interés en las pruebas que me llevé?

—Es lógico que haga un seguimiento.

—No lo sé. Piénselo, señor. Tenemos entre manos lo que podría ser un escándalo de la prueba Trinity, que ya causó una desgracia; alguien que se hace pasar por policía militar asesina a uno de nuestros sospechosos; hemos estado expuestos a la radiactividad de unos restos humanos; y ahora alguien tortura y asesina a uno de nuestros informantes. Todo ello apunta a que el Polígono de Misiles de White Sands está involucrado de alguna manera, y McGurk es el tipo que está al mando.

Morwood negó con la cabeza.

—¿Insinúa que sospecha de McGurk? No puede hablar en serio.

—No estoy diciendo que él esté implicado —dijo Corrie— directamente, pero White Sands es una pieza grande del rompecabezas… —Se interrumpió. Había estado a punto de contarle su encuentro con el alférez, pero la expresión que veía en la cara de su jefe le dejaba claro que era mejor que mantuviera la boca cerrada.

Morwood sacudió la cabeza.

—¿Sabe una cosa, Swanson? Los agentes novatos suelen pensar demasiado en sus primeros casos. Suelo ser el último en descartar una teoría, pero esta… —Miró a Corrie como midiéndola—. Usted se lleva la tarta del premio, agente Swanson —añadió con un tono grave, neutro, del que Corrie no pudo sacar nada en claro—. Todavía está por ver si esa tarta es un manjar celestial o un pastel de boñiga. Sin embargo, una cosa es segura: si se filtra el más leve rumor de que el FBI sospecha del general McGurk, estaremos todos hundidos… a menos que consigamos blindarnos. Adelante, siga sus pistas, pero hágalo con la máxima discreción. Y quiero informes diarios… No, que sean semanales, hasta próximo aviso. ¿Lo ha entendido?

—Sí, señor.

—Bien. Ahora vuelva a casa y duerma un poco. Su informe escrito oficial sobre los sucesos de esta noche puede esperar hasta mañana.

Antes de que Corrie pudiera abrir la boca para replicar, Morwood dio media vuelta y enfiló hacia el hervidero de actividad que rodeaba el cobertizo del difunto Jesse Gower.

43

La arqueóloga encontró a Nick Espejo en un pequeño despacho de la sede del Banco de Albuquerque. El letrero de la puerta informaba de que era gestor de préstamos. Encarnaba exactamente la idea que ella tenía de un joven empleado de banca: traje azul, zapatos relucientes, cabello muy corto. Aparentaba veintipocos años. Nora llamó a la puerta y él le indicó con la mano que entrara, con una sonrisa de oreja a oreja.

—Tome asiento, por favor, doctora Kelly.

Nora se sentó. No le había dicho por teléfono lo que quería de él y ahora se daba cuenta de que había sido un error, ya que su caluroso recibimiento y su falsa sonrisa delataban que daba por supuesto que era una clienta.

—Dígame, ¿qué puedo hacer por usted? Los intereses están por los suelos...

—No he venido como clienta —lo interrumpió Nora—. Soy arqueóloga en el Instituto Arqueológico de Santa Fe.

El rostro radiante de Nick Espejo palideció ligeramente y apareció una expresión más cercana a la desconfianza.

—Ah, lo siento. Pensé que venía para solicitar un préstamo.

—Vengo por sugerencia de la señora Eskaminzin. Me dijo que quizá usted podría ayudarme.

Al oír eso, sus facciones se suavizaron.

—Claro, por supuesto. Por favor, continúe.

—Se trata de Nantan Taza.

Esta vez, la transformación de su cara fue radical. Sus ojos negros mostraron una expresión de sorpresa mezclada con tristeza.

—Oh. ¿Él ha...? ¿Qué ha pasado?

—Nada que yo sepa. ¿Le importa si se lo explico? Seré lo más breve posible.

Tras advertirle que era una información reservada, Nora le hizo un resumen del descubrimiento del cuerpo de Gower, la prueba Trinity, el viejo campamento y el hallazgo de la bolsa de remedios de Taza. El joven la escuchó con atención y su cara mostró sorpresa en más de una ocasión.

—Por lo tanto —dijo al concluir su relato—, esperaba que usted le hubiera oído contar historias sobre Gower o, bueno, cualquier otra cosa, la verdad, que pudiera arrojar un poco de luz a lo que sucedió aquel día.

Espejo agachó la cabeza.

—Solo pensar en ello ya es doloroso. Me contó un montón de historias, pero eran historias apaches, fábulas y leyendas de los mezcaleros. Era un buen hombre, pero tenía una visión pesimista de la vida. No quiero decir que fuera un cínico, sino un hombre... oscuro. Era como si sintiera que nuestra especie estaba condenada. Y ahora entiendo por qué. Dios mío, ¿y de verdad cree que vio la explosión de la bomba?

Nora asintió. Eskaminzin había empleado el mismo adjetivo para describir a Taza: oscuro.

Espejo se quedó pensativo un momento.

—Yo tenía once o doce años. Nantan vivía en las afueras de Mescalero, junto al arroyo de Graveyard, en una vieja cabaña de troncos. Era autosuficiente. Cazaba para conseguir carne, la curaba, tenía un pequeño huerto que regaba con el agua del arroyo. Un día me encontré con él por casualidad. Yo iba con mi caballo por el barranco y asusté a sus reses. En realidad eran medio salvajes, pero él se enfadó mucho. Para arreglarlo le corté un poco de leña, y por alguna razón se convirtió en una especie de costumbre. Al principio me daba miedo, porque era muy serio, nunca sonreía y apenas hablaba. Pero poco a poco me acostumbré a su forma de ser y él me hacía otros encargos. Me trataba como a un adulto, como a un igual.

—Ha dicho que le contaba leyendas y fábulas. ¿De qué más le hablaba?

—De las creencias tradicionales apaches. De cómo llevar una buena vida. Insistía en la importancia de tratar todas las cosas del mundo como si fueran sagradas. —Hizo una pausa—. A veces, cuando empecé a conocerlo mejor, me hablaba de irse, pero nunca me dijo por qué ni cuándo. Creía que solo hablaba por hablar. Pero un día me pasé por su cabaña y me lo encontré ensillando su caballo; ató una bolsa con sus cosas detrás del borrén y le colgó la funda con el rifle. Le pregunté adónde iba y me respondió que había llegado el momento de ir a las montañas. Me puse muy triste. Yo no lo entendía, y cuando le hice más preguntas él no quiso responderlas. Lloré, le supliqué, pero había tomado una decisión. Así que fui corriendo para ensillar mi caballo e irme con él, pero no me lo permitió y me obligó a prometerle que no lo seguiría. Luego se marchó.

—Lo siento —dijo Nora—. Debió de ser como perder a un padre.

—A un padre… y al mejor amigo. No me di cuenta de lo importante que había sido para mí hasta que se fue. Aún intento pensar que sigue aquí conmigo, de alguna manera, con sus enseñanzas, ya me entiende, pero es difícil.

Nora vaciló antes de preguntar:

—¿Sabe adónde fue?

—No me lo dijo.

—Pero… ¿tiene alguna sospecha?

En ese momento se produjo un cambio en la actitud de Espejo.

—¿Por qué quiere saberlo?

—Solo me preguntaba si aún podría estar vivo.

—Tendría noventa y cinco años.

Nora asintió.

—¿Cree que es posible sobrevivir solo en las montañas? —preguntó Espejo.

—¿Y usted?

Espejo no respondió de inmediato.

—Si ha fallecido —dijo al fin—, entonces ha regresado a la tierra de los espíritus. Le prometí que nunca iría a buscarlo.

—Pero si todavía vive, podría ayudarnos a resolver el misterio. O a conocer lo que pasó exactamente aquel día. O podría decirnos qué buscaban Gower y él.

Espejo guardó un largo silencio, hasta que al final se revolvió en la silla y dijo:

—Si le digo adónde creo que fue, ¿qué hará usted?

—Iré allí, si puedo.

Espejo suspiró y negó con la cabeza. Volvió a instalarse un silencio prolongado mientras el joven empleado de banca reflexionaba con los ojos clavados en su mesa.

—Mencionó un sitio..., solo lo hizo una vez. Una noche, durante una fuerte tormenta, me contó que cuando era adolescente había tenido que purgarse de la corrupción de alguna clase de mal. Me dijo que se aferraba a él, con unas uñas como las de la muerte, y que solo pudo librarse de ella mediante un viaje espiritual. Ahora sé que debía referirse a la bomba. En cualquier caso, me contó que se había adentrado en las montañas y que había deambulado sin rumbo hasta que se reveló su lugar de poder, Ojo Escondido, lo llamó, y pasó cinco días allí, ayunando. Me dijo que experimentó una poderosa visión. Pero no me la describió y me pidió que jamás volviera a sacarle el tema.

—¿No le explicó nada más sobre esa experiencia?

—No. Me dio a entender que le había proporcionado una comprensión única del mundo, pero que era demasiado potente, y tal vez peligrosa, para transmitírsela a un muchacho como yo.

—Pero cree que ese lugar de poder es adonde regresó cuando desapareció.

—Siempre he pensado que es allí donde fue.

—Ha dicho que lo llamaba Ojo Escondido. ¿Conoce algún lugar con ese nombre? —preguntó Nora.

Espejo volvió a negar con la cabeza.

—Recuerdo oír a algunos ancianos mencionarlo de pasada hace mucho tiempo. Se supone que es un lugar próximo a Sierra Blanca, en el extremo septentrional de la reserva. Pero por la forma como se referían a él, nunca supe con certeza si se trataba de un espacio real… o mítico.

—Ojo Escondido —repitió lentamente Nora, casi para sí.

—En español, «ojo» también significa manantial.

Nora respiró hondo.

—¿Puede llevarme allí? O al menos, al lugar donde cree que está.

Un largo silencio siguió a esa pregunta, lo suficientemente largo para que Nora se sintiera incómoda.

—Lo siento —se disculpó—, quizá estoy pidiéndole demasiado.

—Me gustaría ayudarla —dijo Espejo—, pero no puedo. Hice una promesa.

—Ni siquiera sabiendo lo que sabe ahora.

El hombre se miró las manos.

—Lo que sé ahora no cambia nada.

Nora permaneció inmóvil unos segundos. A continuación, cogió su mochila, abrió la cremallera, sacó la caja para pruebas y la depositó encima de la mesa.

—¿Qué es eso? —preguntó Espejo mirándola.

Nora abrió la caja y, cuando sacó la bolsa de remedios, Espejo dio una sacudida, como si hubiera recibido una descarga eléctrica.

—¿De dónde la ha sacado?

—Es la bolsa de remedios de Nantan.

Pero era evidente que Espejo ya lo había adivinado.

—¿De dónde la ha sacado? —repitió.

—La dejó en el campamento de High Lonesome.

Espejo suspiró lentamente.

—Aquella noche me contó una cosa extraña sobre su viaje de la visión. Me dijo que durante una época había sido un «huérfano de espíritu». Nunca supe lo que quería decir. Ni siquiera estaba seguro de haber entendido bien las palabras. —Espejo bajó la mirada a la bolsa de remedios—. Me pregunto por qué nunca volvió a buscarla.

—La explosión de la bomba atómica que presenció lo asustó mucho.

—Pero, por lo que me ha dicho, no estaba tan asustado para quedarse con su amigo agonizante. Ni para enterrarlo como era debido. —Hizo una pausa—. No fue el miedo. No lo entiendo. Nadie abandonaría su bolsa de remedios.

Espejo volvió a guardar un largo silencio.

—Una de las cosas que me enseñó Nantan —dijo al fin, hablando muy despacio— fue que todo tiene una razón de ser. Nada sucede por casualidad. Así que si usted está aquí, con esa bolsa de remedios…, es por una razón. —Se puso derecho en la silla—. Muy bien. La llevaré allí. O, mejor dicho, la llevaré lo más cerca que pueda del lugar sin romper mi promesa. Si lo encontramos, vivo o muerto, tendrá que hacer sola el último kilómetro y medio.

44

Corrie miraba el techo acostada en la cama. Aunque agotada, no podía dormirse. Estaba demasiado inquieta. Inquieta y frustrada.

Apenas había dormido desde que Morwood la enviara a casa la noche anterior. Había pasado el día desganada, incapaz de hacer nada. Y ahora, ahí estaba otra vez, mirando al techo. Era tan poco soporífero como lo había sido por la noche.

Cogió el móvil y puso de fondo la música que solía escuchar para que le diera sueño: *Deep Frieze*, de Sleep Research Facility. Si iba a pasar la noche en vela, aprovecharía para pensar.

Su inquietud no tenía misterio, era fruto de su última visita a la casa de Jesse Gower. ¿Se sentía culpable por haber sido tan brusca con él por teléfono? Quizá un poco, pero no podía negarse que él se había ganado que lo hubiera tratado así. ¿Se debía al carácter irreversible, macabro, atroz, gratuito de lo que había encontrado? No lo creía; lo que sentía no podía definirse como miedo ni trauma. Había visto muchas cosas espantosas en Quantico; además, nada podía compararse con la aterradora figura que había aparecido en la puerta del remolque de Medicine Creek, con aquella cara enorme y blanca como la luna, salpicada de sangre, con el único brazo utilizable tendido hacia ella…

Cerró la caja de ese recuerdo y volvió a empezar.

A Jesse lo habían torturado y asesinado por un motivo. Todo el mundo estaba de acuerdo en que alguien quería algo de él. Pero ¿qué era? ¿Dinero, drogas…?

Por enésima vez repasó la conversación telefónica de la tarde anterior. Prácticamente le suplicó que fuera a su rancho, y como cebo había utilizado esa otra misteriosa posesión preciada de su bisabuelo, la misma a la que en un primer momento Jesse se había referido de forma despectiva como un «dibujo antiguo». «Lo trataba como si fuera un objeto sagrado», había dicho Jesse.

¿Había sido una broma retorcida que se le ocurrió para convencerla de que hiciera el largo viaje en coche a su casa y así poder insultarla y echarla otra vez? No lo creía. Jesse no parecía de la clase de personas que se complican la vida con esos juegos. Además sabía que si hacía eso jamás volvería a verla… a menos que Corrie llevara unas esposas en una mano y una orden de detención en la otra.

¿Era posible que hubiera alguien fuera de la casa y oyera la conversación telefónica que habían mantenido? Pero no, eso habría sido demasiada coincidencia. Además, el propio Jesse había dicho que el objeto era más preciado que valioso. ¿Tenía el teléfono intervenido o jaqueado? Era posible, pero poco probable.

«Más preciado que valioso». ¿Qué quería decir con eso?

Tumbada en la oscuridad se esforzó en intentar recordar las palabras exactas que Jesse había dicho sobre ese objeto, lo que quiera que fuera, que su bisabuelo no se había llevado. «En tiempos de mi bisabuelo, la mayoría de la gente habría pensado que su preciado objeto solo valía para adornar una jaula, pero con el paso del tiempo su valor ha aumentado. Quizá muchísimo. A pesar de que Pertelote sigue siendo la única que puede disfrutar de él».

Eso era lo que recordaba. Jesse, aún le costaba asimilar que estaba muerto, había tenido la irritante manía de no decir casi nada de manera directa… Todo era una digresión irónica o una alusión farragosa a sus estudios universitarios de Literatura inglesa de los que tanto se enorgullecía …

Ahora se arrepentía de no haber prestado más atención a sus digresiones. ¿Decorar una jaula? ¿Y quién era Pertelote?

Pertelote. Ahí se encendió la luz. Jesse había dicho esa palabra en otra ocasión… la última vez que estuvo con él en el porche de su casa. Rememoró esa conversación anterior, que había terminado de manera brusca cuando la echó de su propiedad. Jesse le había hablado de relojes suizos caros y de otras cosas que no recordaría sin consultar sus notas. Pero no era eso lo que la atormentaba, sino algo que había dicho un poco antes, cuando se abrió por primera vez y se sinceró.

«Son los efectos secundarios de mi educación. Sentado en este porche he bautizado muchas de las cosas que hay en este viejo rancho con nombres extraídos de la literatura inglesa».

Pero ¿quién demonios era Pertelote?

Y entonces lo recordó. Mientras estaban sentados en el porche, una gallina cacareó y a Gower se le iluminó el rostro. «¡Pertelote! ¡Bien hecho! Ya tengo cena».

«Ya tengo cena».

«Reconozco a todas mis gallinas por su cacareo».

«He bautizado muchas de las cosas que hay en este viejo rancho con nombres extraídos de la literatura inglesa».

Un instante después Corrie se había levantado de la cama.

Diez minutos más tarde, estaba vestida y dentro de su coche.

A las dos de la madrugada detenía el vehículo en el rancho de Gower.

Apagó los faros y el motor y esperó sentada en el coche a que el polvo se asentara y sus ojos se acostumbraran a la oscuridad. Aparte de la cinta perimetral y de la puerta que faltaba en el cobertizo —el hueco que había dejado era grande, como si hubiera perdido un diente—, el lugar estaba casi igual que cuando Corrie había llegado la noche anterior y encontrado todas las luces apagadas.

Cuando estuvo segura de que tenía todo el escenario para ella, Corrie cogió la linterna, comprobó que hubiera una bala en la recámara de su pistola y salió del coche.

No encendió la linterna y se movió alumbrada por la luz de la luna. Se agachó para pasar por debajo de la cinta perimetral, dejó atrás la casa y luego el cobertizo —más cinta perimetral— y enfiló hacia el gallinero. El silencio era absoluto y nada se movía en la oscuridad. Se acercó un poco más y volvió a detenerse.

Nunca había estado tan cerca de un gallinero y solo tenía una idea vaga de cómo funcionaban, en buena parte de ver los dibujos animados del Gallo Claudio. Era como un establo en miniatura, hecho con tablas de madera y el tejado a dos aguas, con una diminuta ventana y una puerta con una rampa. Encendió la linterna y paseó la luz por la puerta cerrada con un pestillo de madera, el gallinero en sí y el corral. Lo que le llamó especialmente la atención fue el olor. Por primera vez en su vida comprendió por qué era tan ofensivo llamarle «gallina» a alguien.

«A pesar de que Pertelote sigue siendo la única que puede disfrutar de él».

Por lo tanto, tal vez el preciado objeto estaba escondido en el gallinero. Era la única conclusión posible. Por su aspecto daba la impresión de que ni la policía ni nadie le habían prestado atención. Era su única pista y tenía que comprobarla. Se lo debía a Jesse.

Respiró hondo, corrió el pestillo de la puerta y se asomó alumbrándose con la linterna. En las paredes del fondo había cajas para anidar, alrededor de la mitad de ellas ocupadas, y vio más gallinas durmiendo en lugares elevados. Seis o siete pares de ojos pequeños y redondos se volvieron hacia ella con expresión acusadora y hubo un conato de cacareo nervioso, malhumorado.

—A mí tampoco me gusta esto, damas —murmuró Corrie mientras escrutaba el interior del gallinero. ¿Cuál era Pertelote?

Una gallina, la más cercana a su derecha, parecía más grande y menos asustada que las demás, y su caja para anidar era la que tenía más marcas de uso. Corrie supuso que tenía una personalidad acorde con su tamaño y no le costó trabajo imaginársela como la favorita de Jesse. Metió la mano en la paja que había debajo del ave y recibió un chillido de indignación y un picotazo en la muñeca por la molestia.

—¡Oye! —No tenía ni idea de lo fuertes que podían ser los

picotazos de esos malditos animales. Sin embargo, había tenido tiempo para tocar la tela metálica que había debajo del lecho de paja y no había nada escondido ahí.

Se agachó para salir del gallinero y se miró la muñeca con la luz de la linterna. Parecía que le hubieran clavado un punzón. Por nada del mundo se dejaría picotear otra vez.

El gallinero se asentaba sobre unos pilares a escasa altura del suelo, rodeados por una celosía de madera, presumiblemente para mantener alejados a los depredadores. Corrie se arrodilló y apuntó la linterna hacia la celosía, lo que provocó otro coro de quejas de las inquietas aves. Debajo de cada caja para anidar había una bandeja de recogida de excrementos y, a juzgar por su contenido, alguien había sido negligente en su limpieza.

—Gracias, Jesse —musitó.

Respiró hondo y metió la mano estrujándola por un hueco de la celosía. Localizó la bandeja de Pertelote y, con cautela pero a conciencia, tamizó su contenido entre los dedos. El resultado fue repugnante y sin recompensas evidentes.

—¡Dios mío!

Giró la cara intentando no vomitar. ¿Era esta otra de sus deducciones cogidas con alfileres, una esperanza disparatada de que sus conversaciones con Gower y su muerte no hubieran sido en vano? Si Morwood la viera ahora… Al sacar la mano rebozada de excrementos de la bandeja, maldiciendo, esta se movió ligeramente en su soporte. Corrie se quedó inmóvil un momento. Luego agarró el borde más cercano de la bandeja y tiró de ella, la empujó y por último la levantó.

Fue al alzarla cuando se dio cuenta. El extremo de la bandeja se elevó apenas un par de centímetros y Corrie enseguida lo notó. Había algo fijado debajo, protegido por una segunda bandeja. Estaba demasiado oscuro para ver con claridad qué era, pero parecía un lienzo doblado. Calculó que no cabría por los huecos de la celosía, así que antes de arriesgarse a dañarlo levantó toda la sección de la estructura y lo sacó por debajo.

Dedicó los siguientes minutos a lavarse las manos en la arrasada cocina de Jesse. A continuación, con la linterna y el misterioso hallazgo en el regazo, se sentó en el porche de Jesse y sacó el móvil para para hacer una llamada.

Con los dedos ya en la pantalla, le surgieron unas dudas que duraron un rato, hasta que decidió guardar el teléfono en el bolsillo, luego se dirigió a su coche con pasos enérgicos, depositó cuidadosamente el bulto en el asiento del acompañante y arrancó para marcharse a través de la noche.

45

Habían subido dos caballos a un remolque al amanecer, en la casa de los padres de Nick Espejo, y luego habían atravesado en coche durante dos horas la reserva de los mezcaleros en dirección norte, por un laberinto de carreteras de tierra, cada vez más impracticables, hasta que la última carretera terminaba en un diminuto asentamiento llamado Muleshoe. Parecía abandonado. Mientras sacaban los caballos, Nora contempló las nevadas cumbres de Sierra Blanca, que se alzaban por encima de ellos hasta alcanzar una altura de unos tres mil seiscientos metros. Luego se montaron en los animales y se pusieron en marcha por un sendero que atravesaba serpenteando las estribaciones cubiertas de abetos.

Estar a lomos de un caballo le recordó a Nora la excavación que había dirigido en mayo en Sierra Nevada, California. Su equipo y ella habían descubierto y excavado el campamento del siglo XIX de la expedición Donner. Aunque en última instancia había sido una experiencia traumática, por no decir otra cosa, le encantaba montar a caballo, y volver a estar encima de uno era un placer. El paisaje que atravesaban, hileras de altísimos abetos junto a arroyos burbujeantes, era estimulante, y el aire olía a pino y a geranios silvestres. Espejo era un jinete silencioso y Nora lo agradecía. Había cabalgado con gente a la que le gustaba charlar, y a lomos de un caballo eso significaba girar el cuerpo en la silla y gritar constantemente, lo que en su opinión estropeaba la experiencia.

Pero cuando sus pensamientos volvieron a dirigirse hacia su quijotesco viaje, se preguntó qué demonios estaba haciendo. A pesar de que Adelsky cumplió su cometido lo mejor que pudo, el trabajo en Tsankawi se había retrasado y ella no había podido hacer nada para encubrirlo. Al final tuvo que solicitar a Weingrau otro día libre, y esta vez la directora no se mostró muy contenta. Le había preguntado sin andarse con rodeos qué hacía exactamente ahora para el FBI. Nora se vio obligada a responderle con evasivas y explicaciones vagas. Debía reconocer que el caso la tenía tan absorbida que había empezado a perder la perspectiva. Y lo peor de todo era que esa excursión estaba condenada al fracaso. Era un disparate pensar que Nantan siguiera vivo. No iban a encontrar más que los restos de su campamento, como mucho, y quizá sus huesos. Watts tenía razón cuando le había dicho que estaba implicándose emocionalmente en la investigación más de la cuenta. Corrie estaba un poco verde y podía ser un dolor de muelas, pero se encontraba perfectamente capacitada para valerse por sí misma sin la necesidad de la ayuda constante de Nora.

Al mediodía habían superado los tres mil metros de altitud. El sendero se difuminaba y el riachuelo se había convertido en un arroyuelo que atravesaba una serie de praderas alpinas llenas de flores silvestres otoñales. Las cumbres de Sierra Blanca estaban más cerca y se alzaban como muros delante de ellos. Por fin dejaron atrás los árboles y salieron a una hermosa cresta cubierta de hierba que les ofrecía unas vistas amplias del paraje natural de las White Mountains, montañas y más montañas hasta donde alcanzaba la vista. Nora dudaba que hubiera algún otro ser humano en treinta kilómetros a la redonda, a menos, claro, que Nantan aún viviera.

En ese lugar, Espejo se detuvo. Nora cabalgó hasta ponerse a su lado.

—¿Ve esas dos escarpadas paredes paralelas de allí? —Espejo señalaba con el dedo—. Se supone que Ojo Escondido está en el centro, tal vez a unos ocho kilómetros de la entrada.

—No parece que los caballos puedan pasar.

—Por lo poco que recuerdo de lo que Nantan me contó de ese sitio, no se puede ir a caballo. Cabalgaremos hasta que ya no sea posible.

Espejo espoleó su caballo y descendieron por el lado opuesto de la cresta. Los caballos escogían con cuidado dónde pisaban. El sendero humano había desaparecido hacía mucho tiempo, pero los animales seguían instintivamente la red de caminos abiertos por los alces y que bajaban a través de amplias praderas y se adentraban en el cañón. El terreno era cada vez más empinado y rocoso y el espacio entre las paredes se estrechaba.

—Será mejor que continuemos a pie —sugirió Espejo.

Se bajaron de los caballos y Espejo, en vez de atarlos a un sitio fijo, los maneó, les colgó un cencerro del cuello y los dejó libres para que pastaran en la pradera. Cuando hubo terminado, se volvió hacia Nora.

—Bueno, ahora está sola.

Aunque Espejo ya se lo había advertido, ella únicamente lo había creído a medias.

—¿De verdad no va a acompañarme?

—Yo me quedo aquí. Usted siga por el desfiladero. No debe haber más de dos o tres kilómetros hasta Ojo Escondido.

Nora se colgó la mochila de los hombros y enfiló por el barranco. Pronto las paredes de granito se juntaron un poco más y crearon una atmósfera lúgubre y claustrofóbica. No corría ningún riachuelo por el fondo; solo había un lecho seco de piedras con arbustos dispersos y algunos troncos de árboles derribados por riadas repentinas. Caía la tarde y Nora se preguntó si conseguirían regresar al remolque de los caballos antes de que anocheciera. Al menos, pensó, sería noche de luna llena.

El terreno se volvió aún más escabroso y en algunos tramos el cañón se estrechaba tanto que Nora casi rozaba las paredes con los brazos. Y entonces, de una manera bastante brusca, las paredes se abrían y daban paso a una espaciosa hondonada herbosa, sombreada por unos enormes álamos negros cuyas hojas a contraluz semejaban vidrios tintados a la luz oblicua del sol. Una pequeña charca, atestada de sauces y vegetación, delataban la existencia de un manantial en la base de la pared del barranco. Al otro lado del manantial, pegada contra la pared de enfrente, había una tosca cabaña de troncos, un pequeño cobertizo, un retrete y un corral para ovejas. Nora no veía signos de vida.

Se detuvo con el corazón en la garganta. ¿Era eso? No podría estar en un lugar más escondido y remoto, y parecía abandonado. Era asombroso que un hombre tan viejo como Nantan hubiera vivido lo suficiente para construir la cabaña y lo demás. De repente le entró miedo al pensar en lo que podría encontrar dentro en su interior. Sin embargo, ya no había vuelta atrás.

—¡Hola! —gritó. Su voz reverberó en las paredes del barranco.

Silencio.

—¿Nantan Taza?

Tampoco recibió respuesta.

Se acercó con cautela a la cabaña. La puerta estaba entreabierta. Nora se detuvo delante de ella y llamó.

Ninguna respuesta.

—¿Hola?

Silencio.

Empujó la puerta, que se movió con un crujido, y entró en la cabaña. Estaba oscuro y sus ojos precisaron unos segundos para adaptarse a la falta de luz. Era la cabaña de una sola estancia más sencilla que podría imaginarse, construida con troncos y con los resquicios rellenados con barro; el suelo era de tierra y había una chimenea de piedra, una mesa rudimentaria, una silla y unas piedras planas que hacían las veces de platos. En el rincón más alejado de la puerta había una tosca cama de madera. La arqueóloga tardó unos segundos en darse cuenta de que había un hombre tendido entre las sucias pieles de animales. Era imposible calcular su edad; tenía el pelo largo y blanco, en marcado contraste con su tez oscura. A Nora se le aceleró el corazón. ¿Estaba vivo o muerto?

—¿Señor Taza?

La cabeza se volvió lentamente hacia ella y una mano arrugada se levantó y le hizo un gesto para que se acercara. Nora caminó hacia allí y se detuvo junto a la cama. Se descolgó la mochila y la dejó en el suelo.

El anciano la miró.

—¿Quién…?

Nora trató de poner orden en sus pensamientos. El hombre estaba tan consumido, tenía tal aspecto de moribundo, que no podía creerse que estuviera vivo.

—Soy Nora Kelly.

—¿A qué ha venido?

—Soy arqueóloga. —Dudó un segundo antes de soltar sin ambages—: Se ha descubierto el cuerpo de James Gower. Yo lo exhumé.

La cara del hombre se transformó de un modo que Nora no alcanzó a identificar su nueva expresión.

—¿Cómo me ha encontrado?

—Su amigo Nick Espejo me ha traído. Él se ha quedado a unos kilómetros de aquí. No quería romper la promesa que le hizo. He venido sola.

—¿A qué ha venido? —repitió el anciano. Su voz era poco más que el suave susurro del viento.

—Esperaba que pudiera contarme su historia. Y… —Nora vaciló.

Se instaló el silencio en la cabaña.

El instinto le decía a Nora que Taza estaba esperando algo, pero no sabía exactamente qué. Sus ojos bajaron a la mochila que tenía a los pies y de repente lo comprendió.

Corrie se pondría hecha una furia, y era posible que incluso le imputaran un delito. Pero en ese instante, mientras Nora se debatía ante un dilema que hasta cierto punto había sabido que tendría que afrontar desde el comienzo del viaje, la importancia de todo eso parecía difuminarse bajo la mirada del anciano.

Mientras ella bregaba con la indecisión, Nantan Taza cerró los ojos.

—Sabía que este día llegaría.

Finalmente, antes de que pudiera cambiar de opinión, Nora abrió la mochila y sacó la caja, cogió la bolsa de remedios y se la ofreció al anciano.

Nantan Taza abrió primero un poco los ojos y luego del todo, extendió las dos manos y Nora depositó la bolsa en ellas. El anciano la sostuvo en el aire por un breve espacio de tiempo y después la colocó en la cama a su lado, pegada a él, casi como un niño se arrimaría su osito de peluche.

—Todos estos años he estado esperando un mensajero. Nunca pensé que... sería alguien como usted.

—¿Un mensajero?

—Sí. He sido castigado con una vida larga porque nunca conté la historia... Pero ahora está usted aquí y sé que ha llegado el momento.

Levantó una mano y señaló hacia el otro lado de la cabaña.

—Tráigame ese cofre de madera.

Ella fue a buscar la pequeña caja de madera hecha a mano y con una tapa que no ajustaba bien.

—Ábralo.

Hizo lo que le pidió. En su interior había dos objetos, uno envuelto en una piel de ante y un sobre semejante a un parfleche de piel sin curtir.

—Ábralos.

Nora desanudó las cintas de cuero, desenvolvió la piel de ante y apareció un pesado reloj de oro de bolsillo con las constelaciones grabadas en su deslucida tapa. Al abrir el parfleche encontró un antiguo pergamino en el que había un dibujo apache de cuatro caballos con sus correspondientes jinetes.

—Ahora son suyos —dijo Nantan Taza.

A Nora se le secó la boca mientras observaba los objetos.

—¿Qué son?

La cabaña se sumió en el silencio mientras el hombre cerraba los ojos de nuevo y respiraba hondo varias veces.

—Le contaré lo que ha venido a escuchar —dijo—. Y luego..., luego por fin podré irme.

46

Sentada a la mesa de la cocina mientras la tarde daba paso a la noche, Corrie Swanson extendió cuidadosamente el papel de aluminio que había preparado al volver a casa la noche anterior. Se puso unos guantes de nitrilo, abrió la caja para pruebas y sacó, una vez más, el pergamino y lo que había sido su envoltorio y los depositó uno al lado del otro en la mesa. Colocó una luz brillante encima de los objetos y cogió la lupa.

El envoltorio era un trozo viejo de hule, endurecido por el paso del tiempo. Corrie lo había extendido para buscar palabras escritas o dibujos. A pesar de que la tierra y las manchas del tiempo se lo habían puesto difícil, no había visto ninguna marca.

Se centró en el pergamino. Estaba rígido y era cuadrado —más o menos medía veinte centímetros por cada lado—, y una escritura antigua ocupaba toda su superficie. El tiempo le había dado un color oscuro de miel. Tres de los bordes estaban viejos y roídos, pero el cuarto parecía haber sido recortado en una fecha más reciente; a través de la lupa distinguió las marcas de un cuchillo que se había deslizado por el pergamino. Era evidente que al borroso texto antiguo lo habían recortado por ese lado y que se trataba de un documento dividido en dos.

Giró el pergamino y examinó el otro lado. Había un dibujo hecho con lo que parecían lápices de colores. Algunas partes estaban coloreadas con acuarelas. También estaba recortado. La mitad que tenía en su poder mostraba dos personas indígenas con polainas, al galope, uno a lomos de un caballo con manchas negras y blancas y la otra sobre un ruano. Los dos jinetes llevaban arcos y perseguían a un oficial de caballería que huía de ellos en otro caballo. El dibujo era de una simplicidad pueril y de una claridad extraordinaria —se habían añadido toda clase de detalles, incluso las pinturas en los rostros de los indios, las bridas y las riendas y el uniforme del soldado—, y la escena tenía mucha expresividad, era atractiva y, a pesar de su antigüedad, transmitía una frescura sorprendente.

El extraño texto del otro lado, por el contrario, que Corrie supuso que estaba en español, aunque no supo identificarlo, parecía mucho más antiguo y estaba tan borrado que era apenas legible. Los tachones y las manchas de tinta le hicieron pensar que se había escrito apresuradamente. La escritura le resultaba indescifrable; incluso tenía dificultades para separar las letras dentro de las palabras manuscritas con una profusión de adornos y gollerías.

Se recostó, especulando… como llevaba haciendo todo el día. Era evidente que tenía delante el objeto del que le había hablado Jesse. Todo lo demás no tenía sentido. ¿Su bisabuelo había guardado ese pergamino como un tesoro por el dibujo, por el texto en español, por las dos cosas? Con una rápida búsqueda en internet se enteró de que esa clase de dibujos, conocidos como «arte de libro mayor» porque a menudo se habían utilizado los viejos libros de contabilidad del ejército como cuadernos de dibujo, eran valiosos. Los autores de los dibujos solían ser guerreros que habían querido representar batallas importantes o escenas de cortejo. Los indios valoraban la dureza y la durabilidad del pergamino. Llamaba la atención que Jesse lo hubiera conservado a pesar de su necesidad de dinero para comprar drogas. Costaba imaginar que un drogadicto no lo vendiese. Tenía que haber sido importante para él. O tal vez no era consciente de su valor. Pero no, él mismo había dicho: «En tiempos de mi bisabuelo, la mayoría de la gente habría pensado que su preciado objeto solo valía para adornar un gallinero, pero con el paso del tiempo su valor ha aumentado. Quizá muchísimo».

Suspiró. Era obvio que se trataba de una prueba. Su obligación era llevarla a Albuquerque para que la registraran y examinaran en el laboratorio. Y el texto en español, o en el idioma que fuera, debía ser traducido por un experto. Sin embargo, estaba tan cabreada con su supervisor que, aunque había pasado un día entero, aún dudaba si informar de su hallazgo.

Quizá no lo haría nunca. Morwood probablemente no le daría ninguna importancia, como había hecho con sus sospechas del general, y la instruiría con una de sus lecciones paternalistas sobre lo importante que era no desviarse de lo esencial. Pero al final desterró esos pensamientos. La que pensaba así era la rebelde de antes, no la nueva Corrie agente del FBI. Tenía que cumplir las normas, y eso significaba informar a Morwood, aunque fueran las seis de la tarde de un domingo. Maldita sea, tendría que haberlo hecho antes.

Cogió el teléfono y llamó al móvil de Morwood.

Contestó al segundo tono.

—¿Qué pasa, Corrie?

Le contó la corazonada que había tenido, que había vuelto a casa de Gower, que había encontrado el pergamino. No mencionó en qué momento exacto lo había hecho y él no se lo preguntó. Sin embargo, un largo silencio siguió a su relato. Mientras esperaba, Corrie se preparó para una respuesta desdeñosa, tal vez incluso airada. En cambio, cuando Morwood volvió a hablar, su voz había adquirido un inesperado tono de interés.

—¿Puede enviarme algunas fotos? Sáquelas con el móvil, esperaré sin colgar.

—Sí, señor.

Corrie hizo unas fotos de los dos lados del pergamino, del envoltorio de hule y de la cuerda encerada que lo había mantenido todo atado y se las envió inmediatamente a Morwood.

—Vale, las he recibido.

Siguió otro silencio prolongado.

—¿Cuánto calcula que puede valer el dibujo?

—He mirado un poco en internet y me ha dado la sensación

de que se venden por un precio bastante alto. Unos diez mil dólares.

Otro silencio.

—¿Y el texto en español del otro lado?

—No tengo ni idea de lo que es.

—Podría ser una prueba importante, Corrie. ¿Ya la ha registrado?

—Todavía no. Pero he seguido todos los protocolos de recogida de pruebas y lo he documentado todo.

—Bien hecho. Hay que traducir el texto. Mañana a primera hora traiga el pergamino a la sala de pruebas y lo registraremos. Con luz ultravioleta o imagen multiespectral debería leerse mejor el texto. Luego póngase en contacto con la doctora Kelly a ver si un experto en español del instituto puede echarle un vistazo y traducirlo. También podríamos buscar un experto en arte de libro mayor para que examine el dibujo.

—Sí, señor.

Una vacilación.

—Buen trabajo, Corrie.

Corrie se sintió sorprendida y gratificada.

—Sí, señor. Gracias, señor.

Después de colgar, Corrie volvió a mirar el documento y su texto casi borrado. Llamó al móvil de Nora, pero directamente le saltó el buzón de voz. Esta había ido a la reserva de los mezcaleros a buscar al anciano apache; probablemente no había regresado aún. Tragó saliva al pensar en ello. El hecho de que la arqueóloga hubiera insistido en llevarse la bolsa de remedios que habían encontrado en High Lonesome, su convencimiento de que nada podría sustituirla y que si no la recuperaba condenaría al fracaso su investigación antes incluso de haber empezado, convertía el cumplido de Morwood casi en un mal presagio. Como Nora no se la devolviera pronto… De repente guardó a toda prisa los objetos en la caja de pruebas, la precintó con cuidado y apuntó la fecha y la hora en la tapa. Estaba decidida a asegurarse de que la cadena de pruebas del pergamino fuera sólida como una roca.

Rememoró la conversación en el bar con el alférez. Si era verdad que el general McGurk estaba buscando el tesoro de Victorio Peak, necesitaría alguna prueba de ello más allá de los rumores. Conocía lo suficiente a Morwood como para oír dentro de su cabeza el discurso que le echaría sobre el peligro de los rumores y las insinuaciones en una investigación. A pesar de ello, sentía que las piezas del rompecabezas empezaban a encajar. Gower y su socio estaban buscando un tesoro y Gower lo encontró; la cruz de oro era la prueba. El bisnieto de Gower había sido torturado y asesinado por unas personas que buscaban algo y habían puesto patas arriba su casa. ¿Sería el pergamino lo que buscaban? Jesse sabía que para su bisabuelo era valioso… y murió para guardar el secreto. ¿Estaba involucrado el general?

McGurk tenía unos cuarenta y cinco años, así que todavía no había nacido cuando su padre estaba en el Polígono de Misiles de White Sands, a principios de los años sesenta. Pero quizá creció oyendo las historias. ¿Cómo podría averiguar algo más sobre el padre de McGurk, nada de rumores, sino hechos? El FBI podía solicitar su historial militar sin ningún problema —era algo que se hacía constantemente—, pero la solicitud tendría que pasar por Morwood, y él se subiría por las paredes. Estaba ocupado investigando la muerte de Rivers y ya le había advertido que mantuviera su investigación en la máxima discreción.

Rivers… Él era otra pieza del rompecabezas, estaba segura. ¿Por qué si no lo habrían asesinado? ¿Estaba excavando en High Lonesome porque creía que había descubierto el tesoro de Victorio Peak? Daba la impresión de que todo el mundo iba detrás del mismo premio gordo.

Suspiró. Ya estaba bien de especulaciones. Al día siguiente registraría la prueba, se pondría en contacto con Nora y haría que tradujeran el pergamino, pero no antes de recuperar la bolsa de remedios y devolverla al depósito de pruebas, donde debía estar.

47

Charles Fountain tenía una bonita oficina en un edificio histórico de la ciudad, encima de la casa de comidas Sage. Pero todo el mundo sabía que era más fácil dar con él en la casa de comidas, sentado en el reservado del rincón del fondo, tomando café, recibiendo amigos y haciendo negocios, que en su magnífica oficina. Y fue allí donde Watts y Morwood lo encontraron, incluso un lunes por la tarde, con la única compañía de una gran cafetera y papeles esparcidos por toda la mesa.

Cuando los vio acercarse, el abogado esbozó una sonrisa de oreja a oreja y les tendió la mano.

—Hola, sheriff. Usted debe de ser el agente especial Morwood. Espero que no les importe que no me levante; me temo que llegado a la mediana edad he desarrollado una grave enfermedad llamada barriga hinchada. —El contorno apenas abultado de su cintura difícilmente podía recibir ese calificativo, pero Fountain se rio de su propia ocurrencia y los invitó a sentarse—. ¿Café?

—Sí, gracias.

Llamó a la camarera, que les llevó dos tazas vacías. Fountain las llenó él mismo y pidió que le rellenaran la cafetera.

—Perdonen el desorden —se disculpó mientras recogía los papeles y los guardaba de cualquier manera en una carpeta de acordeón que ya estaba a punto de reventar—. Un escritorio desordenado es signo de satisfacción. Lo leí en una galleta de la suerte, así que tiene que ser verdad.

Watts se dio cuenta de que aún tenía puesto el sombrero y se lo quitó, comprobó que la mesa estaba limpia y lo depositó con sumo cuidado encima de ella, del revés. Morwood le había pedido que llevara la voz cantante en la conversación, ya que él, como el resto de la gente de la ciudad, conocía a Fountain de toda la vida. El sheriff sacó un cuaderno de notas en el que había apuntado algunas preguntas.

—Gracias por reunirse con nosotros, señor Fountain.

—¿Cuántos años hace que nos conocemos? Llámeme Charles, por favor. Eso también va por usted, agente Morwood.

Watts asintió.

—Tenemos algunas preguntas relacionadas con el asesinato de Gower. Una inspección de su propiedad sugiere que probablemente traficaba con antigüedades, reliquias y cosas así. Es posible que las vendiera para financiar su consumo de drogas.

Fountain asintió.

—Como su bisabuelo. Pero él lo hacía para comprar alcohol en vez de metanfetaminas.

—Exacto. Muchas de esas reliquias, de hecho, parecen haber sido reunidas por el bisabuelo. En su rancho hay un cobertizo lleno de cachivaches que llevan allí toda la vida. El padre o el abuelo de Gower también pudieron aumentar la colección. El chico los vendía, poco a poco, para sufragar su adicción.

Fountain negó con la cabeza.

—Y pensar que el joven Gower fue a Harvard… Es una caída muy dura.

Hubo un breve silencio.

—Estoy seguro de que sabe que, a pesar de las escasas pruebas evidentes de saqueos recientes, se ha producido un aumento notable en el número de antigüedades de procedencia desconocida que se venden en el mercado negro —continuó Watts—. Esta situación está prolongándose lo suficiente para que empiece a preocuparme. Dada su procedencia desconocida, sería lógico pensar que están saqueándose yacimientos históricos y prehistóricos, pero en el caso que nos ocupa, de una manera concienzuda y selectiva; sofisticada. La mayoría de los saqueadores no tapan los hoyos que cavan, pero estos tipos los rellenan y dejan el emplazamiento como si no hubiera pasado nada.

—Interesante teoría. —Fountain bebió un sorbo de café—. Para que funcionara, el grupo tendría que estar bien organizado. Imagino que no se acercarían a Gower, porque eso sería demasiado arriesgado. Además, esas antigüedades del mercado negro que ha mencionado son valiosas. Supongo que la mayoría de los objetos que había en el cobertizo de Gower no merecen ese calificativo.

Watts esbozó media sonrisa.

—Nos preguntábamos si tendría alguna idea de a quién podría estar vendiéndole las cosas Gower.

Fountain se recostó en el asiento.

—¿Qué clase de antigüedades ha encontrado allí exactamente, sheriff?

—Balas y botones de la guerra civil, botellas, puntas de flecha, revistas y libros antiguos, un par de banyos estropeados... Esa clase de cosas.

—¿Ningún documento? ¿Recibos?

—No.

—Qué pena. —Fountain frunció los labios—. ¿No cree que Gower tuviera algo de verdadero valor? Su bisabuelo traficaba con baratijas, hablando claro.

—Lo que eran baratijas hace setenta y cinco años ahora podría valer mucho dinero.

—A propósito —intervino Morwood—, entre las cosas que hemos recuperado hay un dibujo de los nativos americanos del siglo XIX que estaba escondido en un gallinero.

Al oír eso, las cejas de Fountain, espesas como bigotes, salieron disparadas hacia arriba.

—¿Arte de libro mayor? Qué interesante.

—Eso me han dicho.

—Esa pieza, por lo menos, podría tener mucho valor —repuso Fountain—. ¿Él sabía que la tenía? No entiendo por qué no la vendió.

—Y otra cosa —añadió el agente—, que de momento no hemos hecho pública. Han asesinado a Rivers.

Por primera vez, la cara de Fountain perdió su habitual expresión de locuacidad jocosa y en su lugar apareció una de verdadera conmoción.

—¿Asesinado? ¿En el hospital?

—Sí. Alguien inyectó un medicamento mortal en su bolsa de infusión intravenosa. Un tipo vestido con un uniforme de policía militar. Tenemos grabaciones de vídeo de él.

—¿Lo han identificado?

—No —contestó Morwood—. Es afroamericano, alto, delgado. Probablemente conocía la ubicación de las cámaras y fue precavido para esconder el rostro. El hecho es que tanto Rivers como Gower parecían estar involucrados en el negocio de las reliquias… y a ambos los han asesinado. Nos preguntamos qué relación podrían tener.

Fountain bebió otro sorbo de café y dejó la taza en la mesa.

—¿Recuerda que hace unos meses se excavaron varias tumbas prehistóricas en Bonito Canyon?

Watts asintió.

—Sí.

—Creo que nadie se habría enterado de no ser porque un fotógrafo comparó dos fotografías que había tomado con un mes de diferencia y advirtió algunas discrepancias. Fue un trabajo profesional, sofisticado, como el que podría haber hecho el grupo organizado del que acaba de hablar. Como ya les he dicho, ¿de verdad creen que un grupo tan profesional se mezclaría con un drogadicto como Gower o un expresidiario como Rivers?

—Es una vía que estamos investigando —respondió el sheriff—. ¿Usted no ha oído ningún rumor que pudiera darnos alguna pista que seguir?

—Nada concreto. Pero estoy bastante seguro de que si esa banda existe, no está formada por gente de aquí.

—¿Por qué? —preguntó Morwood.

Fountain rio entre dientes.

—Siendo abogado he terminado conociendo a todos los personajes dudosos del condado de Socorro, tanto de los bajos fondos como no. ¡Qué demonios, a más de uno lo he salvado de ir a la cárcel! Si fuera una banda local, habría oído algo. —Fountain apuró su taza de café y se la volvió a llenar—. Sacaré la antena. Las metanfetaminas de Gower podrían haber llegado de fuera de Albuquerque, y un grupo de las características que dicen probablemente opera desde una gran ciudad. —Se quedó mirando un instante el café que acababa de servirse—. Se me ocurre una pista que quizá los ayude. Hay un bar en San Pasqual llamado la Taberna del Cascabel. Rivers solía ir por allí antes de dejar atrás la mala vida, y era un bocazas. Ha pasado mucho tiempo, pero quizá alguien haya oído algo.

—Gracias.

—Pero tengan cuidado. El Cascabel es un local con fama de ser una guarida de convencidos del apocalipsis y tipos contrarios al gobierno.

—Gracias por su tiempo y su consejo. —Morwood asintió y se puso en pie—. Añadiremos el Cascabel a nuestra lista. Junto con High Lonesome.

—¿High Lonesome? —preguntó Fountain.

—Sea lo que sea lo que está pasando, High Lonesome parece ser el centro de todo. Puesto que estamos empezando a acumular más cadáveres que pruebas, el FBI ha decidido volver a enviar un equipo reforzado de la ERT para efectuar una búsqueda exhaustiva. Vamos a registrar hasta el último centímetro de ese sitio. Es posible que hasta desmontemos el pueblo si es necesario.

—Sería una pena —se lamentó Fountain.

Watts miró horrorizado a Morwood.

—Sí, lo sé. Esperemos que no tengamos que llegar a ese extremo —añadió el agente especial, y se dio la vuelta para marcharse—. Gracias, señor Fountain.

—Otra vez con el «señor». Buena suerte. También se la deseo a usted, sheriff.

Watts no dijo nada mientras seguía a Morwood hacia la puerta y pensaba en qué podría hacer él para impedir que los federales destruyeran High Lonesome.

48

Eran las once de la mañana del lunes en el instituto. Orlando Chaves estaba sentado en una silla con ruedas en su laboratorio, con Nora sentada a su lado. Llevaban allí desde que esta había despertado a Chaves a la seis de la mañana y lo había convencido para que fuera temprano al instituto. Los dos miraban la gran pantalla del ordenador, que mostraba una imagen del texto escrito en el pergamino que Nantan le había dado.

—Por fin se puede leer con claridad —dijo Chavez. Habían estado horas fotografiando el pergamino bajo luz ultravioleta y corrigiendo digitalmente la escritura casi borrada para recuperar todos los detalles—. Bueno, lo que tenemos aquí es un ejemplo clásico de escritura cortesana del siglo XVII. Para el ojo no entrenado parece un galimatías, pero el desafío no es el lenguaje, pues el castellano no ha cambiado mucho en los últimos siglos, sino la escritura. Yo puedo leerla, pero para el no iniciado es prácticamente imposible hacerlo. Por suerte, en internet hay abecedarios de escritura antigua española. —Su voz había adquirido un tono casi de profesor—. Verás, te lo enseñaré.

Chavez se volvió hacia otra pantalla, tecleó unos comandos y se cargó una página web con numerosos cuadros; cada uno de ellos mostraba una letra del alfabeto escrita en todos los estilos de escritura a lo largo de la historia de la lengua castellana, tanto en mayúscula como en minúscula.

—Cojamos la letra A mayúscula, por ejemplo —dijo—. Ahí

la tienes escrita en letra cortesana en todas sus variantes. ¡La variedad es muy grande, la verdad, y algunas ni siquiera parecen una A! Ahora, la B...

—Es fascinante —lo interrumpió educadamente Nora, controlando su impaciencia—. ¿Podemos centrarnos ya en el texto?

—Por supuesto. Ahora es legible. A ver qué dice...

Chavez se quedó callado mientras escudriñaba la imagen de la primera pantalla y Nora esperaba.

Unos minutos después se recostó en la silla.

—Madre de Dios —masculló.

—¿Qué dice? —La arqueóloga ya no podía contener su ansiedad.

—Es difícil saber qué dice exactamente, porque falta un trozo del texto, pero puedo traducir la parte que hay.

—¿Y? —insistió.

—Te lo traduciré línea por línea. No es que disfrute manteniéndote en vilo, pero no quiero hacerte un resumen de mi cosecha porque..., bueno, ya lo verás tú misma.

—«S. C. C. Majestad» —leyó. Hizo una pausa—. Esa es la abreviatura de Sacra Cesárea Católica Majestad. Intrigante. Indica que la carta no estaba dirigida al virrey de la Ciudad de México, sino al mismísimo rey de España, Carlos II. Es evidente que se trata de una misiva muy importante. De acuerdo, iré línea por línea:

El 20 de agosto de 1680 escribo con prisa...
yendo por el Camino Real. El 10 de agosto...

Chavez se detuvo.

—El 10 de agosto de 1680 fue el primer día de la rebelión de los indios pueblo. Continúo:

a muchos de los sacerdotes. Habiéndose enterado...

—Es probable que quiera decir que se enteraron de la rebelión. Uno de los conspiradores de la rebelión traicionó a sus compañeros y avisó de la revuelta a los religiosos justo antes de que estallara.

Angélico, fray Bartolomé y soldados...
de la catedral, las iglesias y las mis...
con el tesoro y huido al sur. En el Ca...

Nora lo interrumpió.
—¿Has dicho tesoro?
—Sí, tesoro. «En el Ca...» debe de ser «en el Camino Real», que era la carretera entre Santa Fe y Ciudad de México, por donde los frailes huyeron durante la rebelión.
Chavez prosiguió:

acosados por salvajes indios apaches y obligados a ir al este...
el tesoro en la antigua mina Reina de Oro, en la...
Sierra Oscura. Ocultamos la entrada sur...
una piedra cinco pasos a la derecha. En la base del E...
en una gran piedra justo debajo. Tap...
Aún nos hostigan los apaches y yo...
para que la recibáis, y que el sagrado tes...
Cesárea Católica Majestad.

Humilde servidor y vasallo de Vuestra Majestad, que...

Fray Bartolomé de Aragón

Chavez se quedó callado mirando el texto fijamente a través de sus gruesas gafas.
—Nora, ¿te das cuenta de la importancia de esto? Lo que tenemos aquí parece ser un documento histórico real sobre el tesoro de Victorio Peak.
—No solo eso, también da indicaciones del lugar donde se escondió el tesoro.

—Y mira aquí, menciona Sierra Oscura. Es la cadena de colinas que está al norte de Victorio Peak. —Chavez suspiró—. Esto es increíble. Significa que Doc Noss era un estafador y un timador. ¡Él afirmaba que había encontrado el tesoro en Victorio Peak! —Hizo una pausa—. «En la base del E…». Quizá sea una colina o un punto de referencia en Sierra Oscura… la verdadera colina.

—¿Está dentro del Polígono de Misiles de White Sands?

—Sí, pero casi en el extremo septentrional, en el lado de las montañas de la Jornada del Muerto, no muy lejos del lugar de la prueba Trinity.

«No muy lejos del lugar de la prueba Trinity».

—¿Te suena esa mina Reina de Oro?

—No. No hay duda de que es una de las numerosas minas anteriores a la rebelión, de las que se perdieron todos los documentos históricos durante la revuelta. —Chavez se quitó las gafas y las limpió con un pañuelo—. Hay algo que no quería decirte aún, pero bueno, este documento lo cambia todo.

—¿Qué es?

—Tiene que ver con la cruz de oro encontrada en el cuerpo de James Gower. Al principio pensé que solo eran especulaciones mías, pero ahora… —Chavez volvió a ponerse las gafas—. Primero te pondré en antecedentes. En 1519, como sabes, Hernán Cortés desembarcó en la costa de México y acabó conquistando Tenochtitlán, la capital de los aztecas, la ciudad más grande del Nuevo Mundo. Su emperador, Moctezuma, poseía una cantidad pasmosa de oro, plata y demás objetos preciosos en su tesorería. Los españoles tomaron Tenochtitlán en 1521 y se llevaron su tesoro. Casi todo se fundió en lingotes para enviarlos a España, pero una parte de ese oro se empleó para crear objetos sagrados con el fin de usarse en el Nuevo Mundo. —Chavez juntó las manos por las yemas de los dedos y dio a su voz un tono más grave—. Moctezuma llevaba un enorme ornamento de oro en la frente que representaba al dios Quetzalcóatl, tachonado de piedras preciosas. Era el símbolo fundamental de su autoridad divina.

A la muerte de Moctezuma, los españoles arrancaron las piedras preciosas, fundieron el oro y con él hicieron una cruz. El hecho tenía un gran significado simbólico, como comprenderás. Lo hicieron por la misma razón por la que construyeron iglesias encima de los templos y lugares sagrados aztecas: transformar en cristianos los símbolos de adoración pagana.

—¿Es la cruz que llevaba encima Gower?

—Creo que sí. —A Chavez le brillaron los ojos—. La misma cruz que los expertos creían que se había perdido para siempre… o que no era más que una leyenda.

—Pero ¿cómo sabes que es esa cruz?

—¿Recuerdas aquellas pequeñas marcas que me tenían tan desconcertado, las que pensaba que eran marcas de ensayo o el sello del orfebre? Pues no son nada de eso. De hecho, son glifos náhuatl: uno corresponde al nombre de Moctezuma, y el otro es el glifo silábico de Jesucristo. Cuando lo descubrí, me pregunté si podría ser la cruz. Esa es una afirmación mayúscula, así que he estado buscando más pruebas que confirmaran mi teoría. Esta carta es esa prueba. Se pensaba que la cruz fue introducida en Nuevo México a principios del siglo XVII, así que lo normal sería que se encontrara con el tesoro eclesiástico. —Dio unos toquecitos con el dedo índice en la pantalla del ordenador—. Este tesoro.

Llamaron a la puerta con unos golpes suaves y la secretaria de la directora entró.

—Perdonen que los moleste, pero, Nora, la agente del FBI la ha llamado al teléfono de su despacho. Lo he oído y he contestado. Está intentando ponerse en contacto con usted.

—¿El teléfono de mi despacho? —Nora sacó el móvil del bolsillo. La batería se había agotado mientras estudiaban la carta española—. Gracias.

Después de felicitar a Chavez y prometerle una botella de Dom Pérignon, la arqueóloga regresó a su despacho y llamó a Corrie desde el teléfono fijo.

—¡Nora, llevo toda la mañana intentando hablar contigo!

—Escucha, Corrie, tengo una noticia increíble. He encontrado a Nantan Taza, el socio apache. Aún vive. Y me ha entregado…

—No sigas, Nora —espetó con sequedad la agente.

—¿Qué ocurre?

—El teléfono… podría no ser fiable. Tenemos que reunirnos en persona en un lugar seguro.

—¿Puedes venir al instituto?

—Sí. —Una pausa—. No, no es lo bastante seguro. Ven a mi apartamento de Albuquerque.

—¿A qué hora?

—Sobre las seis, por favor.

49

—He de hacerle una advertencia —dijo Watts. Morwood y él estaban de pie en el aparcamiento de la Taberna del Cascabel. La luz parpadeante de un cactus de neón se recortaba en el cielo vespertino—. En este lugar los agentes de la ley no son muy bien recibidos.

—Ya me lo había dicho. —Morwood sacó una foto de Rivers y otra foto borrosa del tipo con el uniforme de policía militar que lo había asesinado y se las dio a Watts—. Dejaré que hable usted. Parece uno de ellos y yo no.

—Maldita sea, agente Morwood, ya le dije que se pusiera un sombrero de vaquero y unos tejanos —dijo sonriendo Watts.

Morwood resopló.

—Antes se congelará el infierno.

Watts oyó unos gritos seguidos de la voz estridente de una mujer en el otro lado del aparcamiento de tierra. Aparecieron dos hombres que se amenazaban con los puños levantados mientras una chica gritaba, disfrutando plenamente de la pelea.

—¿No es un poco pronto para eso? —dijo Morwood—. No son ni las seis.

—En el Cascabel nunca es demasiado pronto. Además prefiero entrar ahora que esperar a medianoche.

Watts dio un pequeño tirón al ala de su sombrero y echó a andar por el aparcamiento. Morwood lo siguió. El sheriff empujó las puertas batientes al estilo de un bar del Oeste y entró. El interior del local olía a perfume barato y cerveza derramada, y flotaba una densa nube de humo de cigarrillos a pesar de que estaba prohibido fumar en los bares de Nuevo México desde hacía quince años.

Watts miró a su alrededor mientras se dirigían a la barra, pero no vio a nadie conocido. Él pidió una taza de café y Morwood un agua con gas. El camarero, un tipo enorme que superaba de largo el metro ochenta de estatura y macizo como una caldera de hierro fundido, con una gran barba negra y el pelo recogido en una coleta, les dejó claro con su expresión facial que no aprobaba su elección de consumiciones.

Watts sacó su estrella de sheriff y la dejó encima de la barra.

El hombre miró la estrella y luego a Watts.

—¿Y bien?

—Esperaba poder hacerle algunas preguntas sobre un sujeto que solía venir por aquí. Pick Rivers.

El camarero mantuvo los ojos clavados en Watts un momento y luego se volvió a Morwood y miró la identificación que llevaba colgada del cuello.

—¿Eres un federal?

—FBI.

El camarero volvió a mirarlos fijamente a uno y luego al otro.

—Parecéis tipos listos. Si queréis un consejo, yo me terminaría lo que habéis pedido y me largaría. Este sitio no es para vosotros, os lo garantizo.

—¿Y si primero me responde a unas preguntas?

—No, gracias.

—¿No tiene curiosidad por saber por qué nos interesa Rivers?

—Ninguna en especial. Es un gilipollas bocazas.

—No está bien hablar mal de los muertos.

Al oír eso, el camarero se quedó callado. Watts se dio cuenta de que quería preguntar cómo había muerto Rivers, pero no lo hizo.

—Lo asesinaron —añadió el sheriff.

Watts vio que ahora la intriga del camarero había aumentado. Le tendió una mano.

—Sheriff Homer Watts.

El gesto pilló tan por sorpresa al camarero que se la estrechó.

—Bob Glen.

—Pues sí —continuó Watts—, a Rivers lo asesinaron en el hospital, ¿se lo puede creer? Un tipo se coló y le inyectó un medicamento mortal en la bolsa de la intravenosa.

Glen no dijo nada.

Watts sacó la foto del asesino.

—Este tipo.

El camarero miró la imagen.

—Vaya mierda de foto. No se le ve la cara.

—Ese es el problema. Escuche, señor Glen, no estamos aquí para romperle las pelotas a nadie ni meternos en líos. Solo queremos saber quién mató a Rivers.

Glen se inclinó hacia delante y habló en voz baja.

—Escuche, si respondo sus preguntas, ¿se largarán de aquí? Ya he tenido suficientes problemas y no quiero que me destrocen el bar otra vez.

—Parece que hemos hecho un trato —respondió Watts—. ¿Sabe si Rivers estaba involucrado en el saqueo o la venta de reliquias?

—Sí, de vez en cuando fanfarroneaba acerca de que había excavado en unas ruinas y había encontrado cacharros y mierdas así.

—¿Y alguna vez dijo a quién se las vendía? ¿O con quién trabajaba?

—Tengo la impresión de que iba por libre. Estaba demasiado jodido para trabajar con nadie. Pero cuando salió de chirona dejó de venir por aquí. Imaginé que se había vuelto un tipo respetable...

—¡Fi-fi-fo-fum! —gritó alguien con voz de borracho detrás de ellos.

Watts se dio la vuelta y vio a tres tipos vestidos de vaqueros de los pies a la cabeza que iban hacia ellos acompañados por el repiqueteo de las botas en el suelo y el tintineo de las espuelas. Los tres tenían la tez roja y áspera típica de los borrachos, y Watts reconoció a los hermanos Sturgis. Tenían un rancho en Arabela, donde habían construido búnkeres de hormigón, campos de tiro y circuitos de obstáculos, instalado placas solares y un depósito de gasolina de más de treinta y cinco mil litros y acumulado un arsenal de armas, todo ello listo para el inminente apocalipsis. No eran vaqueros de verdad, solo una panda de gilipollas que creían que el fin del mundo se acercaba y habían conseguido de manera ilícita más concesiones federales de tierra para pastoreo que las que les correspondían, por las que apenas pagaban nada; unos tipos que estaban en contra del gobierno y vivían de sus ayudas. Acorralaban sus reses con todoterrenos y bocinazos y ni siquiera tenían caballos.

—Huelo a sangre de federal —añadió el que había hablado acercándose a Morwood.

Los otros dos se desplegaron alrededor del taburete de Morwood, que miró al hombre de abajo arriba sin decir nada.

En el bar se hizo el silencio y los otros clientes se volvieron hacia ellos; algunos incluso se levantaron para ver mejor.

—Oye, Sturgis —dijo Watts—, no queremos problemas, ¿vale? Solo estamos haciendo algunas preguntas sobre un asesinato. De este tipo. —Le enseñó la foto de Rivers.

Sturgis le arrancó la foto de la mano y la lanzó como si fuera un disco volador.

Morwood se levantó del taburete. Watts vio que los tres hermanos llevaban armas a la vista, como siempre. Al parecer, en el bar todo el mundo tenía una pistola colgada de la cintura. Se alegró de llevar su pareja de revólveres.

Morwood mantuvo sorprendentemente la calma —para ser un tío cerca de cumplir los cincuenta y no estar en particular buena forma— delante de un hombre que era un gorila.

—¿De verdad quiere que vayamos por ese camino, señor Sturgis?

—Sí, ya lo creo. Lo estoy deseando.

El silencio se alargó mientras los dos hombres se miraban fijamente. Entonces Sturgis estiró la mano y cogió la identificación que colgaba del cuello de Morwood.

—En memoria de Ruby Ridge —dijo Sturgis, se inclinó y escupió en la identificación.

Ahora el silencio en el bar era sepulcral. Watts esperó, tenso, preparado para desenfundar sus Peacemaker. No tenía ni idea de cómo reaccionaría Morwood ni de lo que podría pasar.

Lentamente, casi de manera relajada, Morwood se pasó la cadena con la identificación por encima de la cabeza y, con los brazos en jarras, en una postura nada amenazante, se acercó un poco más al gorila.

—Bueno, pues yo no quiero ir por ese camino. Así que ahora nos iremos. Quizá volvamos a vernos en otra ocasión.

Todos los ojos estaban clavados en los dos hombres que se miraban fijamente. Solo Watts se dio cuenta de que, mientras hablaba, Morwood estaba limpiando discretamente la identificación en el faldón de la camisa de Sturgis.

Tras un silencio tenso, Morwood dio media vuelta y enfiló hacia las puertas batientes, seguido por Watts. A su espalda se produjo un estallido de abucheos y silbidos. Al llegar a las puertas, el agente especial se volvió.

—En memoria de la ciudad de Oklahoma —dijo con voz acerada.

Cruzaron el aparcamiento y Morwood subió a su camioneta. Watts se sentó a su lado. Cuando ya estaban en la carretera, Watts miró a Morwood. La cara del agente del FBI tenía una expresión neutra, sosegada, tranquila, sin el menor reflejo de lo que acababa de suceder.

—Ha hecho falta mucho autocontrol allí —comentó el sheriff.

—Sí, mucho.

—Ha sido una agresión en toda regla.

—Absolutamente.

—Si me permite que se lo pregunte, ¿qué pensaba hacer?
—Watts no añadió que él, personalmente, se habría liado a puñetazos con ese hijo de perra; pero tenía que reconocer que eso
los habría llevado a todos a un territorio desconocido.

—Digamos que al señor Sturgis le va a caer encima un cubo
de mierda… Solo me queda decidir el tamaño del cubo. Pero ahora tenemos cosas más importantes que hacer. Además tengo que
limpiar mi identificación.

Entraron en la carretera 380 y se dirigieron al este. El sol casi
rozaba el horizonte cuando alcanzaron el paso de las montañas
Azul. Watts divisó al sur una diminuta columna de polvo, iluminada por el sol crepuscular. Miró con atención. Allí era donde
empezaba la carretera del BLM que iba a High Lonesome.

—Oiga, agente Morwood —dijo Watts.

Este le lanzó una mirada.

—¿Su gente está trabajando en High Lonesome?

—Todavía no.

—Pues entonces creo que tenemos un problema.

50

Nora llegó al apartamento de Corrie cuando el sol se ponía en la sierra de Sandía. La agente esperaba en la puerta y la invitó a entrar. Estaba impaciente por darle la noticia, pero Corrie no la dejó hablar y la condujo hasta un segundo dormitorio que había convertido en despacho, con un ordenador en una mesa y montañas de carpetas y papeles en el suelo. Cerca del escritorio había una papelera también rebosante de papeles.

—Lo siento —se disculpó Corrie apartando los montones de documentos que impedían el paso—, he estado ocupada con este caso. No saco tiempo para hacer nada más. No imaginas la cantidad de papeleo que tiene que hacer un agente del FBI. En la oficina es aún peor.

Cogió una silla y la puso al lado del escritorio, delante de un trípode donde había colocado el teléfono móvil para grabar un vídeo.

—Siéntate, Nora, voy a tomar notas y a grabar tu declaración.

—Siempre quise ser una estrella de las redes sociales —repuso Nora intentando relajar el ambiente.

Corrie no sonrió.

—Yo me sentaré aquí y haré las preguntas. —Pulsó el botón para iniciar la grabación y se sentó—. De acuerdo. Hábleme de su viaje para buscar a Nantan Taza y de lo que ha descubierto. Todo lo que diga será registrado como prueba del caso.

Ese era un lado de Corrie que Nora rara vez había visto.

Comenzó su relato con el viaje en caballo y contó que había encontrado a Taza moribundo y le había entregado la bolsa de remedios.

En ese momento la agente pausó bruscamente la grabación.

—Un segundo, ¿le has dado la bolsa de remedios? Es una broma, ¿no?

—No.

—Pero... —Corrie casi no podía ni hablar—. Era una prueba. ¡Una prueba! Tú lo sabías. ¿Te haces una idea de lo que tuve que luchar para sacar esa vieja bolsa mugrienta del maldito edificio?

Al oír eso, la emoción de la arqueóloga se diluyó en un repentino ataque de ira.

—¡Resulta que esa «vieja bolsa mugrienta» tenía un dueño! Y tuve que dársela a cambio de otra cosa. Algo valioso.

—¿Y cómo demonios voy a explicárselo a mi jefe? —espetó Corrie elevando la voz—. Ya estoy en su lista negra. Yo firmé para que pudieras llevarte esa prueba, ¿lo recuerdas? Acabo de firmar mi sentencia de muerte.

—¿Ahora estás intentando echarme la culpa a mí? —replicó Nora alzando la voz para ponerla al mismo nivel que la de Corrie—. Yo no te pedí que te presentaras en mi yacimiento, me contaras entre lágrimas el lío en el que estabas metida y me suplicaras que cruzara medio estado para ayudarte. Debería haberlo supuesto. ¡Soy yo la que está haciéndote un favor!

—Eso no justifica lo que has hecho. Te entregué esa prueba porque confiaba en ti. Esperaba que actuaras dentro de los límites de la legalidad. Además, ¡cuando viste aquel pueblo casi tuve que sacarte a rastras de allí!

—¡Pareces un drogadicto echándole la culpa a su camello por haberse enganchado! —Toda la frustración y la rabia que había estado conteniendo, más de las que había pensado, surgieron de manera torrencial—. Bueno, ¿sabes qué? Tú no eres la única que tiene problemas en el trabajo. Por culpa de perder el tiempo ayudándote me he retrasado en mi excavación... y he puesto en peligro un importante ascenso. Y eso es culpa tuya. —Se puso en pie—. Da igual. He terminado. Lo dejo.

—Nora..., espera.

—Vete al infierno. —Nora dio media vuelta y salió de la habitación.

—Nora, lo siento. No sabía que esto estaba causándote tantos problemas.

Nora vaciló. Respiraba agitadamente.

—Has dicho que te dio algo valioso a cambio —continuó Corrie.

—Sí.

—Quizá pueda usar eso como excusa y nos salve a las dos de meternos en un lío.

Una vez descargada la ira, Nora empezaba a tranquilizarse. Esos arrebatos no eran propios de ella, más bien parecían la especialidad de Corrie. Dudó si pedir a la agente que se disculpara, pero se dio cuenta de que la agente nunca lo haría. En cualquier caso, ella también se había pasado de la raya.

—Se considera razonable que un agente del FBI dé algo a cambio de información valiosa.

La arqueóloga se obligó a darse la vuelta y sentarse otra vez.

—De acuerdo —dijo Corrie—. Si estás preparada, retomemos el interrogatorio. —Reanudó la grabación.

Nora respiró hondo.

—Después de darle la bolsa de remedios —continuó Nora desde donde lo había dejado—, Taza me pidió que le acercara una caja de madera. Dentro había dos objetos: un pesado reloj de oro decorado con constelaciones y un trozo de pergamino con un dibujo de los nativos americanos en un lado y un texto casi borrado en español en el otro.

—¿Un trozo de pergamino? —preguntó Corrie inclinándose hacia ella con cara de asombro—. ¿Estaba recortado?

—Sí. ¿Cómo lo sabe?

En vez de responder su pregunta, Corrie le lanzó otra:

—¿Qué le contó el anciano sobre ese pergamino?

—Me dijo que la Jornada del Muerto y todas las tierras que rodean el desierto, ahora ocupadas por el Polígono de Misiles de White Sands, pertenecían a los apaches. Hace muchos siglos, dijo, sus antepasados se encontraron con un grupo de frailes que viajaban con mucha prisa por el Camino Español, con soldados y mulas. Atacaron la caravana y persiguieron a los españoles por las estribaciones de las montañas, adonde habían huido en busca de una posición defensiva. Se refugiaron en una colina. Los apaches los rodearon, pero los soldados españoles los mantuvieron a raya mientras descargaban las mulas y escondían la mercancía en la montaña. La defensa de los españoles duró un poco más, pero no tenían agua y al final los apaches se impusieron y los mataron. Un día después los indios capturaron en el Camino Real a un muchacho de la caravana que llevaba una carta. Había escapado de la colina durante la batalla. Los apaches le quitaron la carta. El muchacho les dijo que era muy importante y que iba dirigida al mismísimo gran jefe de España. Los apaches se quedaron el pergamino; no sabían qué era, pero pensaron que tenía una gran importancia para los españoles. Años después, uno de los indios que custodiaba el pergamino hizo unos dibujos en el reverso. Imágenes sagradas, dijo Taza, de una batalla en la que Gerónimo derrotaba a sus enemigos. El dibujo tenía el fin de contrarrestar el poder negativo de las palabras escritas en el otro lado.

»Taza me contó que heredó de su padre la responsabilidad de guardar el pergamino. Solo tenía diecisiete años y no se lo tomó demasiado en serio. Había desarrollado una curiosidad juvenil por el hombre blanco y su forma de vida. Se hizo amigo de un hombre mucho mayor que él, llamado James Gower, y pasaban mucho tiempo juntos buscando reliquias y tesoros en las montañas y el desierto que tan bien conocía Taza. Este había perdido a su madre y a su padre y Gower se convirtió en una especie de padre adoptivo. En un momento dado, Taza le enseñó el documento y Gower inmediatamente comprendió su importancia.

—¿Gower fue capaz de leer la carta? —preguntó Corrie.

—Parece ser que, en realidad, el texto no es tan difícil de traducir; la dificultad radica en la escritura. Se ve que Gower sabía leer esa escritura antigua y hablaba bien español. Quizá no fuera a la universidad, pero era un tipo listo.

—Continúe.

—De manera que decidieron hacerse socios y buscar el tesoro descrito en la carta. Para sellar su pacto intercambiaron sus posesiones más preciadas. Taza le dio a Gower su bolsa para remedios y Gower a él su reloj de oro. Dividieron el pergamino en dos partes y cada uno se quedó una como símbolo de su sociedad.

»Taza sabía en lo más profundo de su ser que estaba mal buscar el tesoro porque las tierras que exploraban eran sagradas y el oro de los españoles estaba maldito. Pero el poder de atracción del oro resultaba irresistible. Instalaron el campamento en High Lonesome, consiguieron una mula y se pusieron a explorar Sierra Oscura buscando la colina que se mencionaba en el documento. Pasaron las semanas y… entonces ocurrió algo inconcebible.

»Acordaron separarse una temporada para abarcar más terreno. Cuando Taza regresó al campamento aquella noche, Gower y la mula todavía no habían vuelto de las estribaciones del sur. A la mañana siguiente, poco antes del alba, Taza lo vio, una luz repentina más brillante que el Sol. La luz se expandió a una velocidad increíble hasta convertirse en un ojo gigantesco, y me describió cómo se elevó por el cielo nocturno brillando con todos los colores del arcoíris. Y solo entonces llegó el ruido. Fue, me dijo, el rugido del diablo; nada más podía ser tan potente, tan terrible. Unos momentos después un viento huracanado lo tiró al suelo. Cuando consiguió levantarse, vio una columna turbia que se elevaba hasta el cielo y se expandía en todas direcciones, provocando lluvia y rayos mientras los truenos retumbaban en las montañas y los desiertos.

—Dios mío —masculló Corrie.

—Casi enloquecido por el miedo, pero negándose a abandonar

a su amigo, Taza esperó el regreso de Gower en el campamento, quien finalmente regresó al atardecer. La piel le colgaba del cuerpo como cuero podrido; estaba herido y quemado y sangraba; tenía los ojos rojos como la sangre. Y se había vuelto completamente loco. La mula también estaba enloquecida. Gower balbucía cosas sombre el diablo, el oro y el Armagedón. Solo vivió media hora más, dijo Taza, y luego lo enterró y disparó a la mula. Se marchó de aquel lugar maligno para no volver jamás. Por desgracia, el pánico y las prisas por irse de allí eran tan grandes que olvidó la bolsa de remedios. Y nunca regresó, ni volvió a hablar de ello… hasta ahora.

Nora guardó silencio. El esfuerzo emocional de contar la historia se había llevado por delante toda la ira residual que quedaba dentro de ella. Y era evidente que había tenido el mismo efecto en Corrie.

—¿Puedes enseñarme el pergamino? —pidió Corrie tras el breve silencio.

La arqueóloga cogió su cartera de piel y sacó una funda de plástico transparente para carpeta de anillas que contenía el pergamino. La dejó encima de la mesa.

La agente la miró un momento. Luego sacó un sobre para pruebas de su maletín y extrajo su trozo de pergamino. Lo depositó en la mesa junto al de Nora. Los dos bordes recortados encajaban perfectamente.

Nora los miró con ojos incrédulos.

—¡Dios mío! ¿De dónde lo has sacado?

—De la casa de Gower. Estaba escondido en el gallinero.

—¿Sabes qué es?

—No. Esperaba que tú me lo pudieras decir.

—Son unas indicaciones —le explicó Nora— del lugar donde se encuentra el tesoro de Victorio Peak.

51

Nora miró las dos mitades del pergamino y las juntó encima de la mesa.

—Tengo una traducción de mi parte —dijo—. La hizo Orlando. Ahora hay que traducir la tuya.

—¿Cómo lo vamos a hacer? —preguntó Corrie sin despegar los ojos del pergamino—. No solo es un galimatías garrapatoso, también hay algunas letras tan borradas que no soy capaz de distinguirlas.

—En el instituto, Orlando fotografió mi mitad con luz ultravioleta y a continuación editó digitalmente la foto para aumentar el contraste. Podríamos hacer lo mismo. ¿Tienes algo azul y transparente?

—Tengo algo mejor, una lámpara de luz ultravioleta portátil. Forma parte del equipo estándar del FBI. —Corrie hurgó entre su material de oficina y sacó una pequeña linterna negra con forma de lápiz.

Nora la cogió.

—Tú ilumina el pergamino y yo hago una foto con el móvil.

La agente apuntó con la linterna y la encendió para iluminar el documento. Nora vio que la escritura resaltaba a la misteriosa luz morada. Sacó una serie de fotografías con el móvil y las envió al iMac de Corrie. Esta las abrió en un programa de edición de imágenes, seleccionó las más claras y se puso a trabajar con ellas. Al cabo de unos minutos, después de aumentar el contraste y ajustar el brillo, la escritura que mostraba la pantalla era lo bastante clara para poder leerse.

Corrie la escudriñó.

—Ni siquiera parecen letras.

—Mira y aprende. —Nora, de repente agradecida por la pedantería de Orlando, entró en la página web de escritura antigua castellana y abrió el abecedario para la letra cortesana—. Usaremos esto.

A
Mayúscula

Minúscula

—¿Lo ves? Esas son las variantes de la letra A.

Corrie miraba fijamente la pantalla.

—Qué guay. No tenía ni idea de que podían encontrarse estas cosas en internet.

—Solo hay que dedicar un poco de tiempo.

Nora se puso a trabajar. Cada vez cogía una letra del trozo

de pergamino de Corrie, la buscaba en el abecedario y miraba la letra moderna que representaba. Al principio era una tarea laboriosa, pero al cabo de diez minutos comenzó a reconocer las letras de memoria. Una hora después había transcrito la mitad del documento de Corrie. Se recostó en la silla.

—Ya está.

—¿Puedes traducirlo?

—Por supuesto. —Nora cogió un papel en blanco y comenzó por la primera línea. Traducía poco a poco y a veces recurría a Google Translate para las palabras menos habituales.

... a Vuestra Majestad desde la provincia de Nueva España

... sto los diversos indios pueblo se han rebelado y martirizado

... o de dicha revuelta, fray Marcos, fray

... han rescatado buena parte del sacro tesoro eclesiástico

... iones. Hemos cargado sesenta y dos mulas y caballos

... mino Real, en la vecindad de Senecú, hemos sido

... , donde estábamos tan asediados que escondimos

... colina llamada el Aguijón del Escorpión, en la

... de la mina e hicimos la marca de la cruz en

... scorpión hicimos una segunda marca de dos cruces

... imos la entrada norte de la mina sin dejar marcas.

... os envío esta carta a través de un mensajero y rezo

... oro regrese a las legítimas manos de Vuestra Sacra

... besa vuestros pies y reales manos.

La arqueóloga acabó de leer la última frase y empujó el papel hacia Corrie.

—¡Listo!

—¿Y la otra mitad?

—Está aquí. —Nora sacó el papel en el que Orlando había escrito su traducción de la otra parte del documento y, con las manos temblorosas, puso las dos traducciones juntas sobre la mesa. Las dos se inclinaron para leer.

El 20 de agosto de 1680 escribo con prisa
a Vuestra Majestad desde la provincia de Nueva España
yendo por el Camino Real. El 10 de agosto
los diversos indios pueblo se han rebelado y martirizado
a muchos de los sacerdotes. Habiéndose enterad
o de dicha revuelta, fray Marcos, fray
Angélico, fray Bartolomé y soldados
han rescatado buena parte del sacro tesoro eclesiástico
de la catedral, las iglesias y las mis
iones. Hemos cargado sesenta y dos mulas y caballos
con el tesoro y huido al sur. En el Ca
mino Real, en la vecindad de Senecú, hemos sido
acosados por salvajes indios apaches y obligados a ir al este
donde estábamos tan asediados que escondimos
el tesoro en la antigua mina Reina de Oro, en la
colina llamada el Aguijón del Escorpión, en la
Sierra Oscura. Ocultamos la entrada sur
de la mina e hicimos la marca de la cruz en
una piedra cinco pasos a la derecha. En la base del E
scorpión hicimos una segunda marca de dos cruces
en una gran piedra justo debajo. Tap
amos la entrada norte de la mina sin dejar marcas.
Aún nos hostigan los apaches y yo
os envío esta carta a través de un mensajero y rezo
para que la recibáis, y que el sagrado tes
oro regrese a las legítimas manos de Vuestra Sacra
Cesárea Católica Majestad.

Humilde servidor y vasallo de Vuestra Majestad, que
besa vuestros pies y reales manos.

Fray Bartolomé de Aragón.

Leyeron en silencio, y este se prolongó cuando levantaron la cabeza y se miraron.

—Esto es increíble —murmuró finalmente Corrie.

—Sí —repuso Nora. Sacudió la cabeza como para disipar un sueño—. ¿Qué colina es el Aguijón del Escorpión?

Corrie se inclinó sobre el teclado y Google Earth enseguida les mostró en la pantalla Sierra Oscura, en el extremo septentrional del Polígono de Misiles, al suroeste de donde tuvo lugar la prueba Trinity. La sierra se extendía de norte a sur a lo largo de casi cuarenta kilómetros y comprendía centenares de colinas, montañas, mesetas y macizos.

—¿Quieres saber cuál es el Aguijón del Escorpión? —preguntó Nora escudriñando el mapa—. Gower y Taza tardaron semanas en averiguarlo.

—Ellos no disponían de la tecnología del siglo XXI —contestó Nora—. Fíjate en el extraño nombre de la colina. ¿No podría tener la forma de la cola de un escorpión? ¿O se llamaría así por otro motivo?

Corrie se encogió de hombros. Amplió la imagen con el extremo septentrional de Sierra Oscura en el centro, más cerca del escenario de la prueba Trinity. Había más montañas y cadenas de colinas de las que podía contar.

—Estoy pensando una cosa —dijo Nora—. Después de que Gower encontrara el tesoro, lo más lógico es que regresara en línea recta a High Lonesome, llevando la cruz como prueba de su descubrimiento. High Lonesome aparece en el mapa. Para que la explosión lo alcanzara, debió de pasar a menos de un kilómetro y medio de la zona cero, aquí. ¿Por qué no trazamos unas líneas desde High Lonesome que pasen a un kilómetro y medio por cada lado de donde se detonó Trinity y vemos qué colinas cortan?

La arqueóloga dibujó dos líneas con la propia herramienta de Google Earth. Las rayas atravesaban alrededor de una docena de colinas. Acercaron la cara a la pantalla para escrutar el mapa.

—¡Alto ahí! —exclamó Nora—. Mira esa colina. ¿Ves eso?

La agente amplió la imagen. La colina se llamaba en el mapa Mockingbird Butte.

—No veo nada.

—No mires la colina —dijo Nora—, sino el pequeño desfiladero que hay debajo y escinde su base.

Corrie miró. El desfiladero se curvaba de abajo arriba y se parecía mucho a la cola de un escorpión con un aguijón bulboso al final.

—Joder.

—Joder es la palabra —repuso Nora con el hormigueo de la emoción y el corazón aporreándole el pecho—. Esa es la colina. ¡Ahí está escondido el tesoro de Victorio Peak! ¡No está en Victorio Peak, sino ahí!

Una hora después, Corrie y Nora tenían en la mano la copa de vino vacía que se habían tomado para celebrarlo. Los valiosos pergaminos habían regresado a los sobres de plástico para pruebas y descansaban, cuidadosamente precintados, en la caja fuerte proporcionada por el FBI que Corrie tenía en el despacho de su casa. La agente había llamado a Morwood, pero le había saltado el buzón de voz.

—Será mejor que vuelva a Santa Fe —dijo Nora levantándose—. Skip debe de haber preparado la cena y se pone de mal humor si se seca en el horno.

—De acuerdo. —Corrie también se levantó—. Reúnete conmigo en mi cubículo mañana a las ocho en punto. Le llevaremos esto a Morwood juntas.

—Estoy impaciente.

Corrie sonrió al imaginárselo.

—Va a flipar.

52

Cuando ya se estaban acercando a la cresta del paso que bajaba a High Lonesome, Morwood salió de la carretera y detuvo el vehículo.

—Será mejor que no se vean los faros de la camioneta —dijo—. Vayamos a echar un vistazo, a ver qué está pasando.

Watts bajó del vehículo, se puso el sombrero y se abrochó el cinturón con los revólveres. El agente especial no dijo nada durante ese ritual, pero le hacía gracia. Él cogió unos prismáticos de la guantera y se adentraron juntos en el bosque de pinos para seguir ascendiendo hasta la cresta.

El pueblo de High Lonesome apareció a sus pies, a un kilómetro de distancia. Había luz. Morwood miró con los prismáticos y vio dos camionetas aparcadas formando un ángulo recto, alumbrando una zona de trabajo con los faros. Varios hombres se afanaban en desmontar la pared de madera de la primera planta del edificio donde habían encontrado el cuerpo de Gower. Otros dos hombres, armados, parecían hacer guardia cerca de ellos.

—Hijos de perra —masculló el sheriff.

Morwood contó los hombres y confirmó que eran cinco visibles.

—Tenemos que pedir refuerzos.

Watts gruñó.

—¿Cuánto tardarán?

—Horas, pero la alternativa es detenerlos nosotros, lo cual es un suicidio.

Watts asintió tras pensarlo un momento.

—Voto por los refuerzos.

Regresaron al vehículo. Morwood cogió la radio, pero estaba fuera de su radio de acción. Los móviles tampoco tenían cobertura. Encendió el motor de la camioneta.

—Lo único que podemos hacer es retroceder hasta que tengamos cobertura y llamar.

Watts frunció los labios.

—¿Puedo hacerle una sugerencia, agente Morwood?

—Claro.

—¿Por qué no nos acercamos un poco e intentamos identificar a alguno de esos tipos, o al menos ver las matrículas? Para cuando encontremos cobertura, llamemos y regresemos, esos tíos ya se habrán largado.

Morwood sopesó la sugerencia. Entrañaba peligro, pero también prometía una recompensa. Incluso una matrícula podía ser una información crucial.

—De acuerdo —respondió—. No es mala idea.

Avanzó poco a poco con la camioneta, con los faros apagados. La luna no había salido, pero en el cielo había un resplandor de azimut del desierto, la luz justa para ver. Cruzaron el paso y emprendieron el descenso por el camino lleno de subidas y bajadas, lentamente y en silencio, con el vehículo en punto muerto para evitar el ruido de las marchas y jugando con el freno. Al llegar al final del pueblo, Morwood detuvo la camioneta detrás de un muro de adobe donde quedaría bien escondida. Se apearon. Watts cogió uno de sus .45 y giró lentamente el tambor mientras su acompañante revisaba su arma.

—Solo nos acercaremos lo imprescindible para ver una matrícula —dijo el agente especial.

—Vale.

Salieron sigilosamente de detrás del muro. El pueblo estaba sumido en la oscuridad salvo por el intenso resplandor de los faros de las camionetas aparcadas en el otro extremo. Watts y Morwood se acercaron interponiendo muros de adobe entre ellos y los focos.

Cuando ya habían recorrido cerca de la mitad del pueblo, al salir de detrás del muro de un edificio en ruinas, de repente se encendieron dos nuevas luces que los alcanzaron de lleno con su resplandor. Debían haber estado escondidas, esperando precisamente a unos intrusos como ellos. Sus brillantes haces parecían salir de la nada. Morwood oyó al mismo tiempo el ruido de armas.

—Ahora, tranquilos. Quiero verles las manos —espetó una voz—. Tenemos tres armas apuntándoles, así que no intenten nada estúpido.

Morwood se quedó paralizado. Veía los puntitos rojos de las miras láser bailando en sus pechos.

—Mantenga las manos lejos de las pistolas, sheriff.

—Sí, señor —dijo Watts.

Un hombre alto salió de la oscuridad, flanqueado por los dos haces de luz. Llevaba puesto un guardapolvo y un sombrero de vaquero, sujetaba un rifle y tenía otra arma ceñida a la cintura. Se detuvo en medio de la calle, a mitad de camino de los intrusos y de la actividad que estaban realizando en el otro extremo del pueblo. Había algo familiar en él, aunque su voz no lo era. Otras dos figuras surgieron parcialmente de las sombras a ambos lados del líder, apuntándolos con rifles y con linternas en las manos. Cuando una de las linternas iluminó de forma fugaz la cara del primer hombre, de pronto Morwood lo reconoció.

El tipo vestido con el guardapolvo era el policía militar del vídeo del hospital.

—Muy bien, caballeros —dijo con voz cansina aquel hombre—. Ahora, sheriff, usted primero. Saque esos revólveres de sus fundas, muy despacio, usando solo dos dedos. Estire los brazos y déjelos caer al suelo. ¿Me ha entendido, compadre?

—Sí, señor.

Watts cruzó el brazo izquierdo por encima del derecho moviéndose muy lentamente y cogió los revólveres con los dedos pulgar e índice, los sacó de las fundas y extendió los brazos con las armas colgando en el aire.

—Ahora déjelos caer.

—Échese al suelo y ruede hacia la izquierda —murmuró Watts hacia Morwood sin mover los labios.

Este se puso tenso.

—Le he dicho que los deje caer, compadre.

Watts hizo el ademán de soltar los revólveres, pero entonces, con un rápido latigazo de las dos muñecas, los empuñó y disparó en dos direcciones simultáneamente, con los codos apoyados en la cintura. Acertó en los dos hombres que flanqueaban al líder, que se derrumbaron haciendo una pirueta. Watts se tiró hacia la izquierda y rodó por el suelo justo cuando el hombre con el guardapolvo levantaba el rifle para dispararle. Morwood siguió el ejemplo del sheriff y, al mismo tiempo que rodaba por el suelo, sacó la Glock y disparó al hombre que seguía en pie.

Pero Morwood falló el tiro y el hombre del guardapolvo le disparó y le dio en la mano derecha. El agente especial sintió como si le hubieran golpeado con un bate de béisbol y su pistola salió volando por el aire. Aturdido y tendido en el polvo, oyó más disparos y gritos, y luego notó que lo agarraban y lo arrastraban al interior de unas ruinas. Sonaron más tiros y el ruido sordo de las balas que impactaban en los muros de adobe.

Watts se agachó junto a Morwood, con su arma en la mano.

—Buenos disparos —masculló el agente.

—Le han dado.

—Sí.

Watts se arrancó una tira de la camisa y la usó para vendar la mano de Morwood. El agente del FBI comenzaba a recobrarse del aturdimiento, y la conmoción del disparo se transformó en dolor. Lo cual, en cierta manera, era una buena noticia.

—Deme la pistola. Todavía puedo disparar con la mano izquierda.

—Acaba usted de hacerme feliz —dijo Watts.

—Aunque no se me da muy bien —puntualizó Morwood.

Se produjo una ráfaga de disparos y las balas pasaron silbando por encima de sus cabezas o se hundieron en la pared. A juzgar por los impactos de los proyectiles, estaban atrapados en un fuego cruzado. Entonces oyeron una repentina descarga cerrada —no dirigida a ellos—, seguida por un silbido de neumáticos pinchados y el breve bocinazo de un coche: los hombres habían encontrado su vehículo y lo habían neutralizado.

—¿Cuántos son? —preguntó Morwood.

—Diría que media docena. Sin contar a los tíos a los que he disparado.

Morwood gruñó.

—Me quedan veinticuatro balas en el cinturón y seis en los tambores —dijo el sheriff—. ¿A usted?

—Quince. —Morwood respiró hondo intentando no pensar en el dolor—. Tenemos que averiguar su ubicación, sus defensas y la zona que abarcan con sus armas. Eso significa que hay que sacar la cabeza.

—Correcto.

—Algunos tienen fusiles.

—Sí —dijo Watts—. Nos lo van a poner difícil.

Otra ráfaga de disparos acribilló las paredes a su alrededor.

—Le diré lo que haremos —dijo Morwood—. Los dos nos levantaremos y no les dejaremos disparar mientras echamos una ojeada a lo que hay. Tiene que ser rápido, una fracción de segundo.

—Entendido.

—A la de tres.

Morwood contó y los dos se asomaron al mismo tiempo que disparaban arrebatadamente. Volvieron a agacharse. La respuesta en forma de descarga cerrada no se hizo esperar.

—No sé usted —dijo Watts—, pero lo que yo he visto es que tienen buenas defensas y que con sus armas abarcan toda la zona. Estamos rodeados y vienen a por nosotros.

El agente especial volvió a gruñir.

—Diría que estamos jodidos —añadió Watts.

Morwood cerró los ojos, dominó el dolor lo mejor que pudo y los abrió de nuevo.

—Me ha leído el pensamiento. —Inspiró hondo y espiró. Necesitaba concentrarse.

—A lo mejor deberíamos darnos la mano y despedirnos, como hacen en las pelis del Oeste.

Morwood hizo una mueca.

—Todavía no.

53

Ahora que el tesoro y su ubicación parecían una realidad, Corrie sabía que le iba a resultar casi imposible pegar ojo por tercera noche seguida. Existía la posibilidad, claro, de que el tesoro ya no estuviera allí porque alguien lo hubiera encontrado hacía mucho tiempo. Pero lo dudaba, pues sería muy difícil mantener en secreto un tesoro tan fabuloso, sobre todo en un polígono de misiles. «Sesenta y dos mulas». Una mula, según Nora, podía cargar un peso máximo de setenta kilos, así que sesenta y dos por setenta eran más de cuatro toneladas y de tesoro. Estaban muy lejos de las sesenta toneladas de la leyenda, pero solo su valor histórico y artístico ya sería inmenso. Mañana, pensó con satisfacción, todo habrá terminado. Se organizaría una búsqueda inmediata, pública y oficial, se hallaría el tesoro y se pondría a buen recaudo. Y el general, si es que estaba metido en algo, se llevaría un chasco.

Sonó su móvil. Era Nora.

—¿Corrie?

—Buenas, ¿qué tal?

—He hecho un descubrimiento que... lo cambia todo. Tienes que venir.

—¿Cómo?

—El teléfono podría no ser seguro, como ya me advertiste —dijo Nora. Parecía tensa—. Debemos vernos en persona. Ven a mi casa de Santa Fe.

—Son las once de la noche, ¿no puede esperar a mañana?

—Ven, por favor. Y trae el pergamino. Ahora tengo que colgar.

Y colgó.

La agente soltó el teléfono. Había sido una llamada de lo más extraña. ¿Qué podía haber descubierto? A juzgar por su voz, lo que quiera que fuera la había alterado mucho. Pero Corrie pensó que su voz probablemente sonaría igual en las mismas circunstancias.

Abrió la caja fuerte y sacó el sobre para pruebas que contenía las dos mitades del pergamino. Lanzó una mirada a su arma reglamentaria y recordó lo que Morwood le había dicho sobre que debería acostumbrarse a llevarla siempre encima, así que se la enfundó. Se dirigió a su coche para ir a Santa Fe.

Nora vivía en Galisteo Street, al sur del Paseo de Peralta. Su coche estaba en la entrada y en su casa, con las cortinas corridas, había luz. Corrie aparcó detrás del coche de la arqueóloga, fue hasta la puerta y llamó con el sobre en la mano.

—Adelante —se oyó la voz de Nora—. No está cerrado con llave.

Corrie entró e inmediatamente la agarraron y la inmovilizaron retorciéndole un brazo a la espalda. Forcejeó e intentó gritar, pero le dieron un fuerte golpe en la cabeza.

—Quítele el arma —ordenó alguien.

La desarmaron con una diligencia extraordinaria. También le quitaron la cartera y la identificación, la esposaron con las manos detrás y, medio grogui, la llevaron a empellones hasta el salón.

Allí estaban Nora, atada a una silla con cinta americana, y Skip, tirado en el suelo, con las manos esposadas a la espalda y la cara ensangrentada. En la habitación había un puñado de soldados, además de la teniente Woodbridge y el general McGurk. Un soldado apretaba el cañón de una M16 contra la nuca de Skip.

Sin mediar palabra, el general abrió el sobre y sacó las dos mitades del pergamino, las miró, volvió a guardarlas y se las entregó a Woodbridge.

—Iba a matar a mi hermano —dijo sollozando Nora—. Lo siento mucho, apuntaba a Skip con esa arma…

Un soldado le dio un guantazo en la cara.

—Cierra la puta boca.

—¿Dónde está la traducción? —preguntó el general.

Corrie miró fijamente a McGurk. La calma con la que controlaba la situación la aterrorizaba más que cualquier otra cosa. Se dio cuenta de que no solo había pinchado su teléfono, también debía haber puesto micrófonos en su apartamento. ¿Qué habían dicho y no dicho exactamente? ¿Habían pronunciado en voz alta el nombre de Mockingbird Butte? Se estrujó el cerebro intentando hacer memoria.

—No la tengo —respondió.

El general se quedó pensativo un momento. Miró a la agente.

—Pero sabe dónde está escondido el tesoro.

Esta no respondió. El general hizo un gesto y el soldado con la M16 golpeó la cabeza de Skip con el arma.

—Es su última oportunidad para responder.

—Sí —dijo Corrie—. Sabemos dónde está. —A pesar de todo, su terror inicial estaba cediendo su sitio a una abrumadora sensación de lucidez. Ese cabrón no iba a salirse con la suya—. Si lo mata —añadió serenamente—, nunca conseguirá la información que quiere de nosotras. Tendrá que traducir ese documento en español del siglo XVII por su cuenta y, créame, no será fácil. Son necesarios expertos. Los expertos hacen preguntas. Y ellos no conocen el desierto como Nora. Pero si lo deja vivir, le diremos dónde está el tesoro.

El general la miró de soslayo.

—¿Me dirán? No, gracias; me llevarán hasta él.

Corrie le devolvió la mirada.

—¿Y luego?

Se hizo un silencio que se alargó unos momentos.

—Es usted una zorra con los nervios de acero, dadas las circunstancias —dijo finalmente McGurk—. No mataremos a nadie si cooperan. Si el tesoro está donde dicen, no les pasará nada.

«Mentiroso», pensó Corrie.

El general se volvió hacia Woodbridge.

—Teniente, pida vehículos.

Woodbridge se comunicó por la radio y enseguida aparecieron tres jeeps. Se montaron todos en los coches, salieron de la ciudad y viajaron varios kilómetros en dirección sur por la I-25 con destino a la base de la Guardia Nacional en Reserva. Un helicóptero estaba esperándolos en la pista. Los tres rehenes estaban amordazados y esposados. Los soldados los obligaron a sentarse y el aparato despegó y ascendió por la noche de terciopelo.

54

Encogido contra el muro, Morwood trataba de no pensar en el dolor. El trozo de tela que le envolvía la mano ya estaba empapado en sangre.

Watts había mantenido a raya a los tiradores moviéndose de un lado a otro por detrás del muro y asomándose en intervalos impredecibles para disparar una bala. La idea era mantenerlos en sus parapetos y estorbarles el avance. Pero la estrategia tenía los minutos contados y mientras tanto estaba agotando su munición.

Se produjo una tregua en los disparos y una voz habló:

—¿Sheriff?

Morwood se sobresaltó. Esa voz sí la reconoció: Fountain. Vio la expresión de estupor en la cara de Watts.

—¿Sheriff? Soy Charles Fountain.

—Sé quién es —respondió Watts—. ¡Y es usted un hijo de perra embustero!

—Sería estúpido negar esa afirmación tan obvia —dijo Fountain—. Pero vayamos al grano: están metidos en un buen lío. Quizá yo pueda ayudarlos a salir de él.

—Chorradas.

—Detestaría tener que matarlo, Homer. Hablemos.

Watts ya iba a replicar cuando Morwood le puso una mano en el brazo y le dijo en voz baja:

—Dele conversación.

Watts vaciló un momento y asintió con la cabeza. Se volvió hacia Fountain.

—Hable.

—No tienen por qué morir. Podemos encontrar una solución.

—¿Como cuál?

—Como repartirnos el botín. Nos iría bien tener en nómina al sheriff del condado.

—¿El botín? ¿Se refiere al tesoro de Victorio Peak?

A Fountain se le escapó una risita.

—Los jueguecitos están de más conmigo, sheriff. Nosotros no perdemos el tiempo con tesoros de cuentos de hadas. Solo nos interesan las cosas reales. Y subrayo lo de reales.

—¿Como qué? ¿Algo que hay aquí?

—Oh, sí, algo que hay aquí tremendamente valioso. Lo sabemos con absoluta certeza. Ahora, responda a mi pregunta: ¿quiere unirse a nosotros?

—¿Y qué pasa con mi compañero?

—También nos iría bien un agente del FBI.

Morwood lo dudaba. Tal vez pensaran que podían convencer a un sheriff del condado, pero sabían que a un agente del FBI era imposible. Iban a matarlo en cuanto se les presentara la primera ocasión, de eso estaba seguro. Y probablemente también a Watts.

—¿Cuánto me llevaría? —preguntó Watts.

—Muchísimo más que el salario de mierda que le paga el condado.

—¿Y qué tengo que hacer?

—Arrojar las armas por encima del muro y salir con las manos en alto. Le trataremos bien. Ya no tardaremos en dar con lo que estamos buscando. Se llevará una parte justa, se lo prometo.

«La parte justa de una bala entre los ojos», pensó Morwood. Intercambió una mirada con Watts y confirmó que el sheriff tampoco había mordido el anzuelo.

—¿Qué me dice? —insistió Fountain.

—Cuénteme algo más de eso que espera encontrar —pidió Watts.

—Basta de charla. Le doy sesenta segundos para que tome una decisión. Si no se une a nosotros, morirá. El tiempo empieza a contar ya.

Watts se inclinó hacia Morwood.

—Sabe que van a matarnos, ¿verdad?

Morwood asintió.

—¡Treinta segundos!

—Solo se me ocurre salir corriendo hacia ellos y llevarnos con nosotros a todos los cabrones que podamos —dijo el agente.

—¿Cómo Butch Cassidy?

—¡Diez segundos!

Watts maldijo entre dientes, se asomó y disparó en la dirección de la voz. Volvió a agacharse antes de que las armas rugieran a su alrededor.

—¡Ha dejado pasar su oportunidad, Watts! —gritó Fountain—. ¡Usted y su familia siempre fueron una panda de arrogantes muy satisfechos de sí mismos! ¿Oye esos cuervos? Le picotearán los ojos como si fueran guindas.

Morwood miró a Watts.

—¿Qué le parece? Si los dos vamos a por Fountain, seguro que por lo menos nos lo cargaremos a él.

Watts negó con la cabeza.

—Deje que me lo piense.

55

El helicóptero surcaba estrepitosamente la noche. Volaban hacia el sur y Nora veía la luminosa hilera de poblaciones a lo largo de Río Grande, una sinuosa guirnalda de luces en la oscuridad del desierto. Pasaron al este de lo que Nora supuso que era Socorro y se dirigieron hacia el vasto pozo de tinieblas que comprendía el Polígono de Misiles de White Sands. Woodbridge pilotaba el aparato y el general estaba sentado a su lado, en el puesto del copiloto. Detrás de ellos, los tres rehenes y tres soldados armados se apretaban en unos asientos abatibles de lona.

Nora miró de soslayo a su hermano. Skip le devolvió la mirada con los ojos rebosantes de miedo. Le habían roto la nariz y la tenía recubierta por una costra de sangre seca, también la camisa. Corrie, por el contrario, permanecía inmutable. Los soldados no bajaban la guardia. Sus rostros radiantes y ansiosos dejaban claro que ya estaban fantaseando con el generoso sobresueldo que iban a embolsarse. Y el celo y la competencia de la teniente Woodbridge, a los mandos del helicóptero, daban escalofríos.

El general, pensó Nora, había elegido bien a su gente. Un reducido grupo de élite escogido a dedo para una misión muy inusual.

Dejaron atrás Río Grande y siguieron la cadena principal de las montañas Oscura. Cuando superaron las cumbres, Nora divisó una zona de aterrizaje iluminada en el suelo del desierto. El helicóptero trazó un círculo en el aire y descendió hacia una pista de asfalto cerca de dos grandes camiones con el techo de lona. Solo había una persona en la pista haciendo indicaciones al helicóptero. Un momento después habían aterrizado y los rotores se apagaron. El general bajó del aparato seguido por los soldados, que tiraron de las esposas a los rehenes para llevárselos lejos de las ráfagas de viento de las aspas.

—Poneos en fila ahí —espetó un soldado empujándolos hacia uno de los camiones.

Los soldados retrocedieron y McGurk se adelantó. Woodbridge salió del helicóptero y se puso al lado del general.

—Quíteles las mordazas y las esposas —ordenó McGurk.

Woodbridge les quitó la cinta americana que les tapaba la boca y las esposas.

—¿Se da cuenta de…? —empezó Corrie, pero Woodbridge rápidamente fue hasta ella y le cruzó la cara de una bofetada.

—Solo hablará cuando le pregunten —le advirtió el general—. Piense que estamos en mitad de la mayor reserva militar del país, cinco mil kilómetros cuadrados. Esta zona está deshabitada, cerrada y vigilada. Yo soy el oficial al mando y tengo mil soldados a mi disposición. He sido previsor y he ordenado que un Reaper MQ-9 y un dron Shadow RQ-7, y sus respectivos equipos, estén preparados para entrar en acción en cualquier momento. Como pueden ver, la colaboración es su única opción. Si no cooperan, tendremos que acabar con ustedes. ¿Lo han entendido?

Nadie dijo nada.

—Cuando yo hago una pregunta —dijo sin alterarse el general—, quiero oír de cada uno de ustedes un «sí, señor» o «no, señor». De lo contrario habrá consecuencias. Se lo vuelvo a preguntar: ¿lo han entendido? ¿Doctora Kelly?

Nora vaciló, y Woodbridge le dio una bofetada tan fuerte que la arqueóloga se tambaleó.

—Sí, señor —respondieron Corrie y Skip.

Nora jadeaba mientras intentaba recuperarse del golpe; le ardía la cara y habían brotado lágrimas en sus ojos.

—Sí, señor.

—Bien. Ahora empecemos con ustedes diciéndome el nombre de la colina de las Oscura donde está escondido el tesoro.

Se hizo el silencio.

—Les repetiré la pregunta —dijo el general—, y si no recibo una respuesta inmediata, la teniente Woodbridge meterá una bala en la cabeza de ese señor de ahí. —Señaló a Skip.

—En cuanto le dispare —intervino Corrie— habrá perdido todo su poder de coacción sobre nosotras, y lo sabe.

El general la miró.

—Tiene razón. —El general hizo un gesto con la mano y un soldado se adelantó y asestó un culatazo con su arma a Skip en el plexo solar. Skip se derrumbó con un alarido ahogado de dolor.

—¡Espere! —gritó Nora—. ¿Corrie? —Miró fijamente a la agente del FBI—. Vamos a cooperar. —Se volvió hacia el general—. Mockingbird Butte.

Corrie no dijo nada.

El general sonrió. El mismo soldado que había golpeado a Skip lo ayudó a levantarse. Skip se agarraba el estómago y respiraba con dificultad.

—Mockingbird Butte —repitió el general. Le brillaban los ojos—. Una colina tan insignificante, ¿quién lo habría dicho? En marcha.

Metieron a empujones a Nora y a los otros en la trasera de uno de los camiones y los soldados se sentaron a su alrededor. Los dos vehículos arrancaron y emprendieron el viaje por un laberinto de carreteras de tierra que cruzaban serpenteando las estribaciones. En un momento dado, los camiones abandonaron la carretera y continuaron a través de arbustos y hierbas altas; de vez en cuando paraban y los soldados bajaban para reconocer el terreno, hasta que por fin se detuvieron de manera definitiva.

—Fuera —ordenó el general.

El grupo de Nora obedeció. Los camiones habían parado en el borde de un cauce seco. En la otra orilla se alzaba una colina negra recortada en el cielo estrellado. No era muy alta, apenas superaba los treinta metros, y estaba coronada por una especie de protuberancia rocosa.

El general se plantó delante de Nora.

—¿Y ahora qué?

—En la base de la colina —dijo la arqueóloga—, en la vertiente sur. Hay una piedra grande con dos cruces grabadas. Desde allí hay que ascender en línea recta la colina hasta otra piedra con una cruz. La entrada... La entrada está a cinco pasos a la izquierda.

Los soldados se pusieron a buscar en la base de la colina pertrechados con unas potentes linternas frontales. Había muchas piedras que examinar, pero no pasó demasiado tiempo hasta que uno de los soldados gritó que la había encontrado.

—Tráiganlos —ordenó el general mientras se dirigían hacia la piedra. En la base de un bloque cuadrado de basalto, a la luz de las linternas, Nora distinguió una pequeña cruz grabada en la roca, parcialmente tapada por unas hierbas altas.

—Busquen la segunda marca —espetó el general.

Los soldados subieron por la colina y se desplegaron para inspeccionar todas las piedras que hallaban en su camino. La ladera entera estaba cubierta de fragmentos de roca y los minutos pasaban. Por fin, cuando habían ascendido dos tercios de la colina, un soldado gritó:

—¡Aquí!

Subieron todos. Los soldados ya habían dado los cinco pasos hacia la izquierda y estaban retirando las piedras que se amontonaban en una depresión.

—Usted —ordenó el general señalando a Skip—, eche una mano.

Skip se adelantó renqueando, todavía visiblemente dolorido, y se puso a sacar piedras.

Enseguida apareció el contorno de la entrada de una mina. No estaba demasiado escondida. Nora supuso que Gower probablemente la había despejado en gran medida setenta y cinco años antes y solo había vuelto a disimularla un poco antes de emprender su fatídico viaje de regreso a High Lonesome.

Diez minutos después, la entrada, un tosco agujero negro de más o menos un metro y medio de diámetro que se adentraba en línea recta en la colina, estaba completamente despejada.

—Vamos —dijo el general.

Woodbridge hizo una indicación con su M16 y Nora, Skip y Corrie entraron en la mina detrás de cuatro soldados y seguidos por el general y la teniente.

«No nos dejarán salir vivos de aquí», pensó Nora con una curiosa indiferencia. Miró de soslayo a Corrie y vio la misma expresión imperturbable que le había llamado la atención antes. Y el pobre Skip…, se le rompía el corazón al pensar en todo lo que le habían hecho y lo aterrorizado que estaba. Solo esperaba que el final fuera rápido.

El túnel empezó a descender suavemente y los obligó a encorvarse. Olía a polvo y sus pasos resonaban en la angosta galería.

Los soldados que iban delante se detuvieron.

—¿General?

Iluminaban con sus linternas una inscripción en la pared del túnel:

J D GOWER
15 JUL 1945

Nora vio, justo a continuación de la inscripción, una puerta improvisada con ramas de enebro atadas con unas tiras de piel sin curtir. Estaba entreabierta y daba a una cámara oscura.

56

Morwood estaba tendido bocarriba y la cabeza le daba vueltas. Watts había conseguido mantener más o menos a raya a sus atacantes, pero cada vez que le oía disparar una bala se estremecía al pensar que les quedaba una menos. Sus adversarios habían ido saltando de parapeto en parapeto durante el intercambio de disparos y ahora los rodeaban. Solo un pequeño tramo de terreno descubierto los separaba de ellos. Pero Watts era un tirador de primera, y eso era lo único que seguía retrasando el inevitable y sangriento desenlace. Morwood empuñaba su Glock y estaba decidido a cargarse por lo menos a uno de ellos cuando saltaran a su lado del muro.

—¿Cómo lo lleva? —le preguntó Watts.

—En las pelis del Oeste están en situaciones aún peores —respondió Morwood.

—Esto no es una peli del Oeste —repuso el sheriff—. Pero una vez un tipo llamado Elfego Baca, uno de mis predecesores como sheriff del condado de Socorro, resistió él solito durante treinta y seis horas el asedio de cuarenta vaqueros. Mató a cuatro e hirió a ocho. Incluso hicieron una peli de su historia.

—Debía de estar sentado encima de un arsenal. Nosotros no tenemos uno a mano… y solo esperan a que se nos acabe la munición. ¿Cuántas balas le quedan?

—Ocho. Cuatro en cada tambor.

—A mí siete.

—Quizá deberíamos hacerles pensar que nos hemos quedado sin balas —sugirió lentamente Watts tras un breve silencio.

—¿Cómo?

—Si aprieto el gatillo con el tambor vacío, el ruido que hace es inconfundible. A lo mejor conseguimos engañarlos.

Morwood asintió despacio.

—Y cuando mi Glock dispara la última bala, la corredera expulsa el casquillo vacío, pero hace un ruido diferente de cuando introduce en la recámara otra bala del cargador. Si saben de armas, es posible que reconozcan el sonido.

—Me parece una apuesta más segura que sepan de armas —comentó Watts. Otra tanda de disparos hizo saltar por los aires la concentración de Morwood—. Vale la pena intentarlo.

El sheriff abrió los tambores de sus revólveres y sacó tres balas de cada uno. A continuación las introdujo de nuevo dejando vacía la recámara entre ellas y el siguiente disparo. Por su parte, Morwood extrajo el cargador de la Glock dejando una bala en la recámara, sacó las demás y volvió a introducir el cargador vacío en la pistola.

Watts decidió esperar a que hubiera un momento de silencio para asomarse y disparó dos veces, la segunda sin proyectil en la recámara. Sus atacantes le respondieron y él se agachó corriendo.

—¡Mierda! —Un reguero de sangre caía por su cabeza—. Esos cabrones me han dado en la otra oreja.

—Por lo menos ha recuperado la simetría.

Watts se quitó el sombrero. Estaba salpicado de sangre y faltaba un trozo del ala.

—Lo peor es que me han destrozado el sombrero.

—Me toca a mí —dijo Morwood. Se arrastró pegado al muro y, como Watts, esperó a que regresara el silencio para levantar la cabeza y disparar la última bala con la mano izquierda. A cambio recibió una descarga cerrada. El agente volvió a introducir rápidamente las balas en el cargador y lo insertó en el arma. No se atrevió a meter una bala en la recámara porque el sonido habría alertado al enemigo.

—Ahora esperaremos un poco —dijo Watts—. Probablemente pensarán que nos quedan una o dos balas, así que intentarán algo para provocarnos.

—Amagarán con acercarse para que les disparemos.

El sheriff asintió. Esperaron, tensos... y entonces Watts oyó un ruido de pies que corrían. Se asomó y apretó dos veces el gatillo hacia una figura que corría desde un parapeto a otro. El segundo disparo no encontró bala en la recámara. Watts volvió a agacharse cuando recibieron otra andanada de fuego enemigo.

—Ahora intentaremos negociar con ellos —dijo Morwood—. Es lo que esperarían que hiciéramos si se nos hubiera acabado la munición de verdad.

Watts asintió y gritó:

—¡Oiga, Fountain!

—¡Demasiado tarde, sheriff! ¡Tuvo su oportunidad!

—¡Escuche, hablemos!

Silencio.

—Hemos tenido tiempo para reflexionar —continuó Watts—. ¡Podemos ayudarlo!

—No, con los cuervos picoteando sus ojos no podrán ayudarme.

—No hay necesidad de hacer algo tan estúpido como matar a un sheriff y a un agente del FBI —insistió con un tono casi suplicante—. Todas las fuerzas de seguridad caerán sobre usted como una tonelada de piedras. Y lo sabe.

—Lo dudo. Tenemos mil quinientos kilómetros cuadrados de montañas y desiertos donde podemos hacer desaparecer sus restos. Despídanse. Quizá el próximo sheriff sea medio decente, no un mocoso presuntuoso al que le gusta exhibir sus revólveres.

—Eso ya lo veremos —replicó este, que dejó a un lado su fingida bravuconería y se puso serio al oír aquel insulto—. Voy a dejarle el culo como un colador.

—Sí, claro.

Morwood oyó un ruido de pasos e inmediatamente introdujo una bala en la recámara.

—¡Ahora! —murmuró Watts con un tono apremiante.

Los dos se levantaron de un salto y dispararon. Los seis hombres que quedaban y ya corrían hacia ellos, perplejos ante el repentino torrente de disparos, se dispersaron para ponerse a cubierto, pero las últimas balas de Watts alcanzaron su objetivo sin excepción, incluido Fountain, a quien Morwood vio dar una sacudida por el impacto de un proyectil y brotar un chorro carmesí de su cuerpo antes de que se desplomara y lo perdiera de vista en la oscuridad. El agente del FBI era más ruidoso que peligroso disparando con la mano izquierda, pero Watts lo compensaba con su puntería.

Y entonces, de repente, todo terminó. Watts volvió a agacharse al lado de Morwood.

—Hemos abatido a cinco, pero ¿ha visto escapar a aquel tipo…, Bellingame, o como se llame?

—Sí. Dios mío, menudo tiroteo. —Morwood extrajo el cargador, lo revisó y volvió a insertarlo—. Me he quedado sin balas.

—A mí me queda una… para Bellingame. Vamos a por él.

Morwood echó un vistazo por encima del muro. Los faros de las dos camionetas todavía alumbraban buena parte del pueblo y creaban unas sombras alargadas. Había muchas zonas de oscuridad en las que un hombre podía esconderse.

Morwood negó con la cabeza.

—Va a ser complicado hacerle salir sin llamar a la caballería.

—Los muy cabrones han disparado a nuestra camioneta —apuntó Watts—. Tendremos que coger una de las suyas. Y apuesto a que eso es exactamente lo que Bellingame espera que hagamos. No puede permitir que nos vayamos. El tiroteo no ha terminado aún. —Enfundó el Colt con el tambor vacío y dio unas palmadas cariñosas al otro.

57

Un soldado se acercó a la puerta de enebro y la empujó. La puerta se movió hacia dentro con un crujido de raíces secas, se desprendió de los goznes y cayó al suelo con un débil repiqueteo.

—Un momento —espetó el general.

Los soldados se quedaron quietos. El general los adelantó y sondeó con la luz de la linterna la nube de polvo que habían levantado. Pasó por encima de la puerta caída e inspeccionó la cámara con la linterna. Nora entrevió, a través del polvo que comenzaba a posarse en el suelo, los deslumbrantes destellos del oro y las piedras preciosas mientras la linterna se movía de un lado a otro para mostrar lo que había allí. Se oyeron gritos ahogados. El general se internó seguido por Woodbridge. Todos los demás se quedaron donde estaban.

Nora observó al general mientras se adentraba en la cámara del tesoro. La luz reflejada en las resplandecientes montañas de objetos valiosos bañaba su rostro de un brillo dorado. Lo que veían era fabuloso: cálices, cruces y custodias de oro, vestiduras tejidas con hilos de metales preciosos, mitras y relicarios incrustados de gemas...; todo ello apilado precipitadamente, sin orden ni concierto. Y en torno a esos montones había cajas podridas y sacos de piel reventados que derramaban doblones de oro y lingotes de oro y plata del tamaño de la palma de la mano.

El general por fin se volvió hacia el grupo, lentamente, como si despertara de un sueño.

—¿Por qué se quedan ahí parados? —bramó—. ¡Hay mucho trabajo que hacer!

Los soldados se cuadraron y empujaron a Nora y a los otros dos al interior de la cámara.

—Llévenlos al fondo y vigílenlos —ordenó el general—. Los quiero lo más lejos posible de la entrada.

Un soldado los condujo hasta el fondo de la cueva pasando por delante de las montañas de objetos preciosos y se quedó con ellos, custodiándolos. Nora contempló la ingente cantidad de riquezas que los rodeaban con una insólita falta de pasión, pues nunca tendría la oportunidad de estudiarlas.

El general y Woodbridge no perdieron un segundo en organizar al resto de los soldados. Tres de ellos se fueron un momento y regresaron con baterías, un puñado de focos potentes y varias parihuelas de lona para transportar el tesoro. También trajeron una pequeña caja de madera con unas letras de estilo militar estampadas en un lado. Nora se dio cuenta de que era una operación perfectamente planificada y ensayada. Se disponían a vaciar la cámara de inmediato.

También tuvo claro que no tardarían en asesinarlos a Skip, a Corrie y a ella y que abandonarían sus cuerpos allí mismo. Algo llamaba su atención desde un rincón de su cabeza, como una vocecita insistente que le susurraba. Se había enfrentado a la muerte en otras ocasiones, pero nunca a nada parecido como aquello: a sangre fría, sin la menor oportunidad de luchar para sobrevivir. Lanzó una mirada a la caja con las letras estampadas. Seguro que contenía explosivos. Antes o después los detonarían..., seguramente no tardarían mucho, en cuanto hubieran sacado todo el tesoro, y entonces la dinamita borraría cualquier rastro de la cámara y de ellos y desaparecerían para siempre. No había esperanza de escapar ni de rescate. Miró de reojo a Corrie y vio sus ojos extrañamente inexpresivos. Skip tenía la cabeza agachada.

Enseguida montaron la estructura de focos y la reluciente montaña de oro y plata relumbró con la repentina luz. Por un momento todos volvieron a quedarse pasmados. Nora aprovechó la iluminación para observar con detenimiento la cámara. Era mucho más grande de lo necesario para albergar el tesoro. De hecho, era tan vasta que la luz de los focos no penetraba la oscuridad que se extendía detrás de donde estaban ellos, casi al final de la cueva.

De nuevo le sobrevino esa sensación de oír una vocecita dentro de su cabeza. Y entonces, súbitamente, recordó el texto de la carta española: «Ocultamos la entrada sur de la mina e hicimos la marca de la cruz en una piedra cinco pasos a la derecha... Tapamos la entrada norte de la mina sin dejar marcas... ¡La entrada norte de la mina!».

Volvió a mirar de soslayo a Corrie, luego a Skip y por último al soldado que los vigilaba. Este contemplaba tan fascinado todo el oro que de repente relumbraba con la nueva luz que no les prestaba la menor atención. El general estaba repartiendo órdenes para que comenzaran a cargar las parihuelas.

Nora ladeó la cabeza hacia la agente.

—¿Recuerdas la carta? —le susurró—. «La entrada norte de la mina».

Esta la miró sin dar muestras de entender lo que le decía. Pero, de pronto, apareció una expresión de comprensión en su rostro y también lanzó una mirada al vigilante, que seguía hipnotizado por la frenética actividad de los compañeros que cargaban el tesoro. No se planteaba la posibilidad de que existiera una salida detrás de él.

Nadie se la había planteado.

Nora dio un golpecito a su hermano y empezó a retroceder poco a poco hacia la oscuridad que había a su espalda. Skip y Corrie la siguieron.

—¡Vamos! —susurró la arqueóloga.

Se dieron la vuelta, se sumergieron con todo el sigilo del que fueron capaces en la oscuridad y echaron a correr. Cuando estaba demasiado oscuro para ver, Skip sacó un mechero y lo encendió un momento. A la luz fluctuante de la llama, Nora vislumbró el fondo de la cámara, una pared de roca maciza. La desesperación se adueñó de ella. Pero se había precipitado, porque a unos dos metros y medio de altura había una pequeña abertura. Corrieron hacia allí y Nora ayudó primero a Corrie y luego a Skip a subir. Después ellos le agarraron las manos desde arriba y la subieron. Skip encendió de nuevo el mechero y corrieron agachados por un pasaje estrecho y de escasa altura excavado en la roca. No había túneles secundarios. Al cabo de unos minutos vieron delante de ellos un montón de piedras: el túnel estaba bloqueado.

Y ahora resonaban gritos y voces distorsionadas en el pasaje, a los que siguieron disparos. Habían descubierto su fuga.

—¡Movamos las piedras! —gritó Nora.

Treparon hasta la parte más alta de la montaña de piedras y se pusieron a retirar trozos de roca de la cima y dejarlos caer rodando por la pendiente. A su espalda seguían oyéndose gritos, cada vez más próximos.

De repente, Nora sintió una ráfaga de aire frío y un puñado de estrellas aparecieron encima del montón de piedras. Retiraron unas cuantas más hasta que abrieron un hueco lo suficientemente grande para caber por él. Nora fue la primera en pasar al otro lado y después ayudó a Corrie y a Skip a salir a la escarpada ladera de la colina.

Volvieron a sonar disparos y la arqueóloga oyó el estruendo de las balas que impactaban y rebotaban en las piedras.

—¡Tenemos que bloquear la salida! —gritó.

Al ir a levantar una piedra cercana con la intención de tapar el hueco, Nora reparó en un trozo de roca mucho mayor en la ladera, justo encima de la salida, a unos cuatro metros. Corrie la vio al mismo tiempo que ella.

—¡Usemos esa! —exclamó subiendo por la ladera. Se sentó en el suelo y apoyó los pies en el trozo de roca para empujarla. Nora y Skip pusieron las manos sobre la piedra para evitar que se desplazara en la dirección equivocada y por fin la roca se movió y rodó por la ladera hasta que cayó en el hueco y lo taponó como si fuera un tornillo encastrado.

Oyeron más disparos y gritos procedentes del otro lado de la piedra.

—¡Vámonos! —dijo Nora, y los demás la siguieron colina abajo. No había luna, pero la luz de las estrellas era tan intensa en el desierto que veían lo suficiente para moverse sorteando los obstáculos. Al llegar a la base de la colina se detuvieron.

—¿Y ahora adónde nos dirigiremos? —preguntó Corrie.

—A las montañas —sugirió Skip—. Tienen soldados y seguro que envían drones. En el desierto no hay donde esconderse y será como ir al matadero.

Skip se puso a la cabeza del grupo, atravesaron una hondonada y corrieron hacia la entrada de un barranco que conducía a las montañas. Encendía de vez en cuando el mechero para alumbrar el camino. Cuando se internaron en el barranco, Nora echó un vistazo atrás y divisó varios puntos luminosos que se desplazaban por la base de la colina del tesoro.

—Nos siguen —dijo.

—Normal —repuso su hermano—. No podrán hacer nada con todo ese oro si sobrevivimos para contarlo.

—Deberíamos quitárnoslos de encima, hacer algo impredecible —propuso Corrie mirando a su alrededor—. Como… escalar esa pared.

—Será broma, ¿no? —exclamó Skip—. Ni siquiera veo dónde acaba.

Nora alzó la vista. La pared del precipicio era negra como la noche y no se veía un solo detalle de su superficie. Tendrían que escalar a tientas. Parecía una locura, pero sus opciones eran escasas.

—Yo iré delante —se ofreció Nora, y, antes de que pudiera pensárselo mejor, puso una mano en la áspera roca, encontró un asidero y luego otro, apoyó un pie y emprendió la subida—. Skip, ven tú detrás de mí. Haz todo lo que yo haga.

—No pienso subir por ahí —protestó Skip—. Ni hablar. No voy a hacerlo.

Nora dio otro paso por la pared rocosa y otro a continuación.

—Corrie te ayudará.

—Empieza a subir —espetó Corrie en un tono nada amistoso.

—Por Dios, deme un momento, por favor.

Nora lanzó una mirada abajo por encima del hombro. Corrie estaba encorvada, murmurando y ayudando a Skip a agarrarse a los asideros, y luego a apoyar un pie y después el otro. Skip se impulsó hacia arriba con un gruñido.

—Despacio —advirtió a su hermano. Devolvió la vista al frente y continuó escalando. Entre un paso y el siguiente esperaba a que Skip la alcanzara. Era horrible la sensación de estar aferrada a un muro de tinieblas, buscando a tientas el próximo asidero, incapaz de ver la altura de la pared... o dónde terminaría aquella pesadilla.

58

Watts respiró hondo, como si disfrutara conscientemente de la sensación de inhalar aire fresco. Morwood se dio cuenta de que eso era exactamente lo que estaba haciendo el sheriff, por si el destino quería que esa fuera la última vez. Luego salió de un salto de su escondite y corrió hasta el siguiente edificio. Por el camino se agenció el arma de uno de los hombres muertos. El agente especial lo siguió un momento después y también cogió otra. No les dispararon. Echaron un vistazo. La vieja calle principal estaba desierta y no había signos de Bellingame. Las dos camionetas seguían en el mismo sitio, con los faros formando un ángulo recto.

—Tenemos que cubrir las camionetas —dijo Morwood—. Y creo que él está haciendo lo mismo.

Watts comprobó el arma, una Beretta 9 milímetros. Extrajo el cargador y maldijo.

—Una bala en el cargador y otra en la recámara. —Introdujo de nuevo el cargador.

Morwood tiró su Glock y examinó el arma que había recogido, una Ruger calibre 357 Mag. Abrió el cilindro.

—Cuatro balas. Tenemos que acercarnos más para cubrir los vehículos. Vaya usted delante, yo lo cubriré.

—Gracias.

Watts salió disparado de detrás del edificio y corrió por el callejón hasta una pared de piedra. Sonó un disparo. Morwood vio el chispazo y disparó en su dirección. Watts le hizo un gesto con el pulgar levantado y se preparó para cubrir a Morwood cuando este saliera del parapeto.

El agente decidió que lo mejor sería que él fuera en otra dirección, así que se agachó, se deslizó hasta la otra punta del muro y echó a correr para cruzar la calle principal. Esta vez sonaron dos tiros, pero Morwood consiguió escabullirse tras la esquina de unas ruinas sin sumar nuevas heridas.

Mientras recuperaba el aliento se agachó y echó un vistazo por el borde de las ruinas a la vez que intentaba no pensar en el dolor de la mano. Ya sabía más o menos dónde estaba Bellingame. A pesar de que su mano buena estaba fuera de juego, aún eran dos contra uno y Bellingame lo tenía todo en contra.

—¡Nos estamos acercando! —gritó Watts—. ¡Nosotros somos dos, con armas nuevas y munición! Puedes rendirte o podemos matarte. Tú eliges.

El silencio se alargó unos segundos. Luego Bellingame lo rompió:

—¡O yo puedo mataros a los dos!

—Cuénteles eso a sus colegas muertos. A los seis. ¿O eran siete? Ya he perdido la cuenta.

Se oyó una risa glacial.

—Entonces ¿por qué no vienes a buscarme, capullo?

—Apuesto a que te crees un gran tirador —gritó Watts.

No recibió respuesta.

—¿Es que no lo eres?

Morwood se preguntó a qué estaría jugando el sheriff provocando a Bellingame de esa manera.

—¡Mejor que tú! —espetó finalmente Bellingame.

—Pues en ese caso voy a hacerte una propuesta —dijo Watts en un tono jactancioso—. Zanjemos este asunto al estilo del Salvaje Oeste. Tú y yo, aquí mismo, en la calle. A ver quién es el más rápido.

—¿Y que tu socio me dispare? No, gracias.

—Es un hombre de honor. Si te da su palabra, puedes confiar en él. Además tiene la mano con la que dispara hecha polvo.

Morwood no podía creer lo que estaba oyendo. ¿Se había vuelto loco? Abrió la boca para protestar, pero Bellingame se le adelantó con su voz retumbante:

—¿Un duelo a la vieja usanza, como Dios manda? ¿Y qué pasará si gano yo?

—En ese caso yo estaré muerto, podrás coger un vehículo y largarte. Pero no vas a ganar, porque eres uno de esos vaqueros que se pasean con el sombrero y no han visto una vaca en su vida.

—¡Eres un auténtico bocazas!

—Es tu única opción. A menos que quieras rendirte por las buenas. Estoy seguro de que el gobierno estará encantado de cuidar de ti el resto de tu vida.

Aquello era un disparate. ¿Qué pasaba por la cabeza de Watts? Sin embargo, Morwood decidió mantener la boca cerrada.

—De acuerdo —dijo Bellingame—. Si tu colega da su palabra de honor, enfundemos las armas y salgamos a la calle. Yo contaré y desenfundaremos.

—¡Agente Morwood! —gritó Watts—. ¿Está de acuerdo? ¿Da su palabra de honor?

Morwood no respondió de inmediato. Era una locura, una estupidez, y sin embargo la alternativa era alargar el tiroteo… y solo Dios sabía cómo acabaría. Watts tenía un as debajo de la manga… y le parecía mejor dejar que jugara la mano que liar todavía más el asunto.

—¡Tiene mi palabra! —gritó el agente.

—¡Ya ha oído, Bellingame! ¡Hagámoslo!

Morwood rodeó la esquina para obtener una vista mejor de la calle. Vio a Bellingame salir de detrás de un muro, con una M1991 en la funda del cinturón y el guardapolvo ondeando a su espalda. A continuación apareció Watts en el otro extremo del pueblo, con su sombrero de vaquero y los dos revólveres colgados sobre las caderas, guardados con la empuñadura hacia delante en las fundas Slim Jim. Dios mío, era como haber viajado en la máquina del tiempo. Entre los pistoleros había una distancia de cincuenta metros, demasiados para un revólver, incluso disponiendo de tiempo para apuntar con la mira. Pero allí estaban, con las pistolas enfundadas en la cintura… y a Watts solo le quedaba una bala.

—¿Listo para desenfundar? —gritó Watts.

Bellingame asintió.

—A la de tres. Uno. Dos. ¡Tres!

Bellingame desenfundó y en ese mismo instante Watts se apartó inesperadamente de un salto y con una acrobática pirueta digna de un bailarín. La bala pasó de largo.

—¡Qué cojones…! —Bellingame fue a disparar otra vez, pero en ese lapso de tiempo Watts desenfundó con una velocidad pasmosa, martilleó el Peacemaker con la palma de la mano y una bala en la boca interrumpió bruscamente la imprecación de Bellingame. Este soltó un gritó ahogado, se desplomó hacia atrás y quedó inmóvil en el suelo.

Tras la conmoción inicial, Morwood salió de detrás del muro y caminó hacia Bellingame sin despegar la mirada de él. El hombre tenía los ojos abiertos con una expresión de sorpresa y debajo de él se extendía un charco de sangre por la tierra.

—Maldita sea —dijo Watts enfundando el Peacemaker—. Qué mal tiro.

—¿Mal tiro? —exclamó Morwood. Nunca había visto nada igual en su vida.

—Demasiado bajo por dos centímetros. Quería darle en el caballete de la nariz.

—¿Suele practicar esa maniobra?

—Llevo haciéndolo casi toda la vida.

—¿Y la de antes, cuando ha desenfundado los dos a la vez? ¿También?

—Desde que tenía cinco años —respondió Watts—. Quería ser el pistolero más rápido del Oeste. Practicaba todos los movimientos clásicos, a pesar de que sabía que ya eran cosa de otros tiempos. —Hizo una pausa—. En cierto modo estoy contento… de haber podido usarlo en la vida real, me refiero.

Mientras se dirigían a las camionetas, Morwood vio que el sheriff sonreía para sí.

59

Nora enseguida cogió el ritmo de la escalada y tras cada movimiento paraba para esperar a su hermano. La verticalidad de la pared fue suavizándose hasta que por fin pasó por encima del borde. Skip apareció detrás de ella, arrastrándose por el suelo, y se tumbó bocarriba.

—Puta pared —dijo jadeando.

—¿Adónde vamos ahora? —preguntó Corrie—. No podemos echar a correr a lo loco.

—El lugar habitado más cercano tiene que ser San Antonio —dijo Nora—. Debe de estar por lo menos a sesenta kilómetros.

—¿Por qué no hablamos mientras nos movemos? —terció Skip levantándose.

Se pusieron en marcha y corrieron siguiendo el borde del precipicio, que se curvaba hacia el norte y los conducía hacia el interior de las montañas, que se alzaban como sierras por encima de ellos.

—El general no tardará en lanzar de todo sobre nosotros —avisó Corrie—. No podemos escondernos mucho tiempo, ni siquiera en las montañas. Necesitamos un plan.

—Estoy de acuerdo, pero ¿cuál? —dijo Skip.

Nadie respondió. No había plan, salvo no quedarse quietos, pensó Nora. ¿Sesenta kilómetros hasta San Antonio? Era una idea absurda; para llegar a su destino tendrían que cruzar a pie la Jornada del Muerto, uno de los peores desiertos del país. Sin agua no sobrevivirían, aunque los drones no los encontraran. Pero ¿a qué otro sitio podían ir?

Mantuvieron su ruta junto al borde del precipicio todo lo rápido que se atrevían dada la oscuridad. Un cuarto de hora después, Nora echó un vistazo atrás y vio que empezaban a aparecer unas luces.

—¿Veis eso?

—Bajemos al próximo valle —propuso Skip. Emprendió el descenso por una escarpada ladera y las dos mujeres lo imitaron, intentando no tropezar en la oscuridad con las piedras sueltas. Llegaron al fondo del valle, donde había un cauce seco cubierto de arena y flanqueado por arbustos espinosos. Skip giró y continuó en la dirección en la que iría la corriente.

—No estamos lejos del viejo Rancho Gower —apuntó Nora.

—¿Podríamos refugiarnos allí? —preguntó Corrie, pero ella misma se contestó—: No, es un sitio demasiado obvio.

Nora volvió a mirar atrás. Las luces debían estar a unos ochocientos metros.

—Nunca los dejaremos atrás —se lamentó la agente.

—Hay que resistir y perderlos —dijo Skip—. De lo contrario, estamos muertos.

El angosto valle se ensanchaba para dar paso a una pequeña llanura moteada de colinas y montones de piedras. Las luces volvieron a aparecer a su espalda. De repente Nora oyó un zumbido, seguido por el estallido de un fusil, y los tres se tiraron a la hierba mientras las balas estriaban el aire silbando y zumbando a su alrededor.

—Esos cabrones deben tener gafas de visión nocturna —dijo Corrie. Siguió corriendo agachada, con Nora y Skip pisándole los talones.

Otra ráfaga de balas pasó volando a su alrededor, pero la distancia era excesiva para acertarles. Segundos después se habían puesto a cubierto detrás de una colina y se tomaron un momento para recuperar el aliento.

La arqueóloga alzó la vista. Sin contaminación lumínica ni luna, el cielo estaba plagado de estrellas. Desde su atalaya podía ver la Jornada del Muerto, un vasto océano de negrura, apenas con un puñado de luces en un lado, en la base de un macizo de montañas.

—¡Eh! ¿Veis aquello? ¿Las luces? —preguntó Nora señalando hacia allí.

—Parece alguna clase de puesto avanzado —dijo Skip.

—¿Puesto avanzado? —repitió Nora—. ¿En el extremo más lejano de Sierra Oscura? Eso debe de ser Abajo Peak. Incluso para el Polígono de Misiles de White Sands está en mitad de la nada.

—Un momento —intervino Corrie, mirando fijamente a la arqueóloga—. ¿Qué has dicho?

Nora frunció el ceño desconcertada.

—¿Eh?

—Repite esos nombres. ¡Rápido!

—Sierra Oscura. Abajo Peak…

—¡Eso es! ¿Recuerdas lo que te conté de aquel tipo de la marina que conocí en un bar?

—Sí —respondió Nora.

—Me dijo que trabajaba en una pequeña base de comunicaciones en White Sands, al oeste de Abajo Peak.

Nora escrutó el oscuro macizo de montañas.

—Entonces debe de ser eso.

—¿Una base de la marina? —preguntó con incredulidad Skip—. ¿En el desierto?

—La usan para comunicarse con los submarinos nucleares. ¿Cómo lo llamó? Una emisora de ELF o frecuencia extremadamente baja. Las ondas atraviesan la tierra y llegan incluso a los submarinos que hay en las antípodas.

—¡Vaya! —exclamó Skip—. Todos los días se aprende algo nuevo.

—De acuerdo. Iremos allí —declaró Corrie, y se preparó para correr otra vez.

—¿Y de qué nos servirá? —inquirió Nora—. Estaremos entregándonos.

—Son la marina —explicó Corrie—. En unas instalaciones del ejército de tierra. No se llevan muy bien. Si conseguimos llegar, quizá podamos aguarle la fiesta al general.

Nora negó con la cabeza.

—¡Ni soñarlo! ¿De verdad piensas que la marina nos creerá a nosotros antes que al general al mando de todo este sitio?

—¿Tienes una idea mejor?

—Oye, Nora —terció Skip—, no es que dispongamos de muchas opciones. Nos presentamos allí e intentamos explicarles lo que pasa. Correremos el riesgo. Es mejor que esperar a que un dron nos convierta en unas manchas húmedas en el suelo del desierto.

—Estoy de acuerdo —convino Corrie.

Nora se encogió de hombros. Tenía que reconocer que era mejor eso que acabar con un tiro en la espalda... siempre y cuando llegaran a aquel puñado de luces.

—Por aquí —los apremió Corrie.

La agente se puso a la cabeza del grupo mientras corrían hacia una serie de barrancos que descollaban de las montañas. Entraron en un pedregal, un impracticable terreno lleno de depósitos de piedras arrastradas por los aluviones y canales, que retrasó su avance, pero al menos no estaban tan expuestos. Nora miró atrás y no vio las luces.

Corrie y Skip iban delante por la tortuosa ruta que los conducía hacia el norte. De repente Skip se detuvo.

—Escuchad —susurró.

Se oía un leve zumbido procedente del sur, como de una máquina cortacésped que estuviera muy lejos... o de varias.

—¡Drones! —exclamó Skip.

Los tres miraron a su alrededor, pero no había ningún lugar donde refugiarse, solo arbustos y piedras enormes. El zumbido sonó más cercano.

—Vuelan bajo —dijo Skip—. Van a vernos.

Y entonces aparecieron unas figuras negras que surcaban el cielo nocturno lentamente desde el sur, sin luces, distinguibles solo porque tapaban las estrellas. A Nora se le secó la boca nada más verlos.

—¡Tumbaos sobre las piedras! —gritó Skip.

Eso hicieron, y los drones los sobrevolaron a poca altura del suelo. En un primer momento dio la impresión de que pasaban de largo, pero entonces hubo un cambio en el sonido de sus motores y dieron media vuelta.

—¡Nos han visto! —gritó Skip—. ¡Moveos!

Echaron a correr a trompicones y en zigzag por el pedregal mientras los drones regresaban. Se produjo un destello seguido por un silbido.

—¡Al suelo! —bramó Skip.

Nora se estiró bocabajo junto a un gran fragmento de roca y se apretó contra las piedras. Hubo otro destello brillante y se oyó un ruido ensordecedor de aumento de la presión. La metralla cortó el aire silbando y acribilló las piedras.

—¡Moveos! —gritó Skip.

Se levantaron de un salto y corrieron trastabillando y casi a ciegas a través del tenebroso pedregal mientras los demás drones volvían a desaparecer detrás de las colinas. Pero la arqueóloga sabía por el sonido que estaban dando la vuelta para realizar otra pasada. De modo que rodearon una colina y súbitamente la casa del Rancho Gower apareció delante de ellos, en la oscura hondonada que se extendía a sus pies.

—¡Mierda! —exclamó Corrie—. Somos carne de cañón.

—¡El manantial! —dijo Skip. Se volvió hacia su hermana—. Dijiste que había un manantial de agua caliente en la ladera.

Esta giró hacia la alameda donde, según el general, estaba el manantial. Los drones regresaban volando bajo y despacio. Nora iba a poner reparos, pero vio que Skip y Corrie ya corrían por la ladera en dirección a los árboles. Entraron en el bosquecillo y allí, de la misma pared rocosa, brotaba un riachuelo de agua humeante bordeado de travertino que desembocaba en un tosco estanque de piedra, construido por el hombre, del que salían más volutas de vapor.

—¡Entremos! —las apremió Skip.

—¿Qué…? —comenzó Nora, pero su hermano la agarró de la mano maldiciendo y la metió en el agua caliente.

—¡Sumérgete! —dijo Skip.

El agua humeante envolvió en un abrazo sofocante a Nora, que solo dejó la cabeza por encima de la superficie. Los drones los sobrevolaron con un repugnante zumbido y pasaron de largo.

—Esperad —susurró Skip.

Los drones hicieron otra pasada, esta vez más separados, y luego pasaron otra vez ampliando el radio de búsqueda.

—Sus cámaras térmicas no nos detectan en un medio caliente como este —explicó Skip.

Los drones no se detuvieron y su búsqueda los llevó hacia el oeste. Pronto dejó de oírse el zumbido de sus motores.

—Nos han perdido el rastro —dijo Skip—. Aprovechemos para largarnos.

Salieron del manantial de agua caliente, con los cuerpos humeantes en el frío aire otoñal, y se dirigieron hacia el norte sin abandonar el complejo laberinto de estribaciones y barrancos. Habían hecho un brusco cambio de dirección para llegar al manantial y daba la impresión de que los soldados que los perseguían también los habían perdido.

Coronaron la siguiente cresta y descendieron como buenamente pudieron por el lado opuesto. Nora terminó con las manos llenas de rasguños.

Al llegar abajo corrieron por un desfiladero que enseguida se convirtió en una madriguera de escarpados barrancos sembrados de grandes fragmentos de roca. Corrie encabezaba ahora la marcha y en cada bifurcación elegía el camino más difícil, pero siempre siguiendo la estrella polar. La caminata se convirtió en una verdadera pesadilla: a oscuras, entre piedras, árboles caídos y arbustos, por terrenos que eran el resultado del corrimiento de tierras. Se trataba de uno de los paisajes más implacables en los que Nora había estado, a veces incluso casi imposible de atravesar; pero lo que era difícil para ellos, también lo sería para sus perseguidores, y no se le ocurría un terreno mejor donde deshacerse de un rastreador.

Una hora después, con los cuerpos llenos de arañazos, exhaustos y sangrando, Corrie por fin se detuvo. Nora tenía náuseas y estaba físicamente destrozada. La adrenalina era lo único que los mantenía en movimiento.

—Creo que los hemos perdido —dijo Skip—. Esta vez de verdad.

—No cantemos victoria aún —repuso la agente.

—Debemos estar al sur de la base de la marina —terció la arqueóloga—. Creo que tendríamos que ir hacia el oeste y abandonar las montañas, continuar en línea recta y rezar para llegar antes de que nos corten el paso. —Era consciente de que ni a ella ni a los demás les quedaban energías para proseguir con su táctica de evasión por aquel terreno escabroso.

—A lo mejor ya se huelen que nos dirigimos allí —observó Corrie.

Skip negó con la cabeza.

—Es, literalmente, nuestra única opción.

Dos minutos después, tras el más breve de los descansos, descendieron por un angosto barranco abarrotado de enebros. Tras media hora abriéndose paso a través de los arbustos, la interminable sucesión de barrancos y desfiladeros dio paso a una llanura herbosa, y allí, a menos de un kilómetro, se divisaba el puñado de luces de la base de la marina.

—Parece tranquilo —comentó Skip.

Para atravesar la llanura tenían que salir de la cobertura de los barrancos. El desierto era llano y monótono, y estaba salpicado de arbustos de gobernadora, hierbajos dispersos y chumberas.

—No puedo moverme —gruñó Corrie.

—¡Tenemos que llegar! —la animó Skip.

Corrieron, pero al poco de arrancar apenas eran capaces de avanzar arrastrando los pies. A Nora le ardían los pulmones y las náuseas regresaron.

Y entonces volvieron a oír el zumbido de máquinas cortacésped encima de sus cabezas.

—¡No paréis! —gritó Skip—. ¡No dispararán cerca de la base de la marina!

Nora estaba tan agotada y aterrorizada que no podía ni pensar. El suelo del desierto era una alfombra de piedrecitas sueltas y ellos corrían a trompicones a través de los arbustos bajos. El zumbido sonaba cada vez más cerca y los objetos negros volvieron a pasar sobre ellos como torpedos..., pero esta vez no dispararon.

Los drones dieron media vuelta. Delante se alzaba la base de la marina, un feo conglomerado de edificios de hormigón junto a un puñado de torres de comunicación. A un lado, ocupando una vasta extensión de terreno, había una telaraña de cables tendidos de unos postes cortos; parecía una especie de gigantesco bosque de antenas.

Los drones habían empezado a sobrevolarlos, trazando estrechos círculos sobre sus cabezas, y Nora distinguió el estruendo de un helicóptero por encima de sus jadeos y el martilleo de su corazón. El aparato surgió de detrás de las montañas, iluminado por unas brillantes luces, y en la base de las montañas aparecieron los puntitos oscilantes de las linternas de los soldados que los perseguían y que se dirigían hacia ellos.

Los tres llegaron a una valla que cercaba el bosque de antenas. La rodearon en dirección a los edificios. A su espalda, el helicóptero se acercaba rápidamente a una pista de aterrizaje que estaba justo al otro lado de la base. Nora no tenía ninguna duda de que el general y la teniente Woodbridge iban en él.

Se les había agotado el tiempo.

Alcanzaron el edificio más cercano. Había una pequeña ventana con luz y Nora distinguió unas figuras en su interior, sentadas a una mesa. Su grupo y ella no se decidían mientras el helicóptero maniobraba para aterrizar.

Y entonces Skip cogió una pesada piedra y la lanzó hacia la ventana. El pedrusco hizo añicos el cristal.

—¿Qué demonios haces? —le increpó Corrie.

—¿A ti qué te parece? ¡Obligarlos a que nos detengan! —respondió Skip.

No hubo tiempo para más cháchara. La puerta se abrió violentamente, salieron varios soldados con el uniforme de la marina y los apuntaron con las armas. Skip levantó las manos.

—¡No disparen! ¡No vamos armados!

—¡Al suelo! ¡Bocabajo! ¡Las manos detrás de la cabeza!

Skip y sus compañeras se tiraron al suelo e inmediatamente los rodearon. Un oficial con uniforme de comandante apareció corriendo.

—¿Qué pasa aquí? —bramó—. ¿Quiénes son estas personas?

—Intrusos, señor.

—Dios mío, ¿aquí? —El oficial miró al grupo de Corrie—. ¿Quiénes son ustedes?

—Soy la agente especial del FBI Corinne Swanson.

—¿Cómo? ¿Del FBI? Enséñeme una identificación.

—No llevo ninguna identificación encima, señor.

—Han tirado una piedra a la ventana, señor —dijo uno de los soldados.

—Por el amor de Dios, más activistas antinucleares. ¿Quién iba a pensar que vendrían hasta aquí? —El oficial suspiró, irritado—. Regístrenlos.

Les palparon todo el cuerpo en busca de armas y luego los levantaron del suelo.

—Están detenidos —dijo el oficial—. Jefe de seguridad, espóselos.

—Sí, señor.

Los soldados les pusieron las manos a la espalda y los esposaron sin miramientos. Nora vio que el helicóptero se posaba en la pista de aterrizaje, a un par de centenares de metros, levantando una gran polvareda.

—Es el general McGurk, señor —informó un soldado acercando una radio al comandante.

El comandante escuchó lo que le decían por la radio, pronunció unas pocas palabras y devolvió la radio al soldado.

—Llévenlos dentro —ordenó—. Esperaremos al general.

60

Los metieron dentro y los condujeron a una pequeña habitación con aspecto de búnker donde los soldados de la marina habían estado jugando a las cartas. Unos minutos después, Nora oyó la voz retumbante del general y la puerta volvió a abrirse. McGurk entró seguido por media docena de soldados del ejército de tierra. La teniente Woodbridge fue la última en aparecer, tan fría y contenida como siempre.

El general se volvió hacia el comandante.

—Son los espías de los que le he hablado —declaró en voz alta—. Yo me hago cargo de ellos.

—Un momento —terció Corrie—. El general está involucrado en actividades ilícitas. Soy agente del FBI en la delegación de Albuquerque. Llámelos para verificarlo. Soy la agente especial Corinne Swanson.

El comandante volvió a mirar a Corrie sin disimular su incredulidad. Y no debía de extrañarla, ya que estaban sucios, tenían ramitas enredadas en el pelo, la ropa mojada y hecha jirones y los rostros manchados de sangre y llenos de arañazos y rasguños.

—Llame a la delegación de Albuquerque… —insistió Corrie.

—¡Silencio! —la interrumpió el comandante—. Ha sido nuestro jefe de seguridad quien ha detenido a estos intrusos, así que están bajo custodia de la marina.

Solo en ese momento Nora comprendió la genialidad de su hermano al hacer que los detuvieran.

—Yo soy el general al mando —aseveró McGurk—. Le ordeno que me los entregue, comandante.

—General, con el debido respeto, yo estoy al mando de esta base y la decisión me corresponde a mí tomarla. ¿Podría explicarme, por favor, qué está pasando aquí?

El general hizo un esfuerzo visible para controlarse.

—Comandante, perseguíamos a estos intrusos. Son espías.

—¿Qué clase de espías?

—Todavía no lo sabemos. Es posible que sean saboteadores de instalaciones nucleares trabajando para un gobierno extranjero.

—¡No somos espías! —gritó Corrie—. El general y esa gente que lo acompaña están robando un valioso tesoro español en Mockingbird Butte…

El general se adelantó hacia ella.

—Cállese —espetó—. ¿Hasta cuándo vamos a tener que seguir oyendo eso?

—¿Un tesoro? —inquirió con incredulidad el comandante.

—¡Exacto! —respondió Corrie—. ¡Llevaba años buscándolo! Durante nuestra investigación descubrimos dónde estaba escondido y nos ha obligado a llevarlo hasta él. Sus soldados están vaciando la cámara del tesoro mientras nosotros estamos aquí…

El general le propinó una bofetada en la boca.

—Le he dicho que se calle. —Se volvió hacia el otro oficial—. Comandante, apelo a su sensatez, cuando menos. ¿El FBI? ¿Un tesoro español? ¿De verdad necesita más pruebas para darse cuenta de que son, en el mejor de los casos, unos intrusos, y espías en el peor de ellos? —McGurk respiró hondo y continuó en un tono más conciliador—: Y ahora, comandante, ¿sería tan amable de entregármelos? Este es un problema del ejército de tierra que ha tenido lugar en territorio del ejército de tierra, y creo que tendrá dificultades para explicar por qué desobedeció una orden directa mía.

El comandante, que había hecho una mueca de desaprobación cuando el general había golpeado a Corrie, dudó un momento, pero finalmente se volvió hacia su jefe de seguridad.

—De acuerdo, entréngueselos.

—¡No! —gritó Skip, y forcejeó con las esposas que lo maniataban a la espalda.

—¡Tiene un arma! —gritó alguien.

Pero Skip consiguió introducir una mano en el bolsillo y volvió a sacarla con algo dentro de su puño. De repente, media docena de brillantes piedras preciosas de diversos colores y unos cuantos doblones de oro repicaron al caer al suelo y rodaron en todas direcciones.

Un silencio de estupefacción se instaló en la habitación mientras todos los ojos seguían las piedras preciosas y las monedas de oro.

—El tesoro —explicó Skip—. Yo, en fin, cogí algunas cosas.

El silencio se prolongó un poco más, hasta que el comandante se aclaró la garganta.

—¿Qué es esto, general McGurk? —preguntó señalando el ahora destellante suelo.

El general se había puesto pálido, pero su voz se mantuvo firme cuando respondió:

—No tengo ni idea. Será algún truco.

El comandante hizo un gesto a su jefe de seguridad.

—Orden cancelada —dijo, y sacó su teléfono móvil.

—¿Qué va a hacer? —quiso saber McGurk.

—Voy a llamar a nuestro contacto para emergencias del FBI —respondió con voz calmada el comandante—. Quiero verificar la existencia de una agente especial llamada Corinne Swanson.

—¡Pues claro que le dirán que existe! —exclamó el general—. ¡Es obvio que esa mujer es una suplantadora!

El comandante marcó un número de teléfono.

—¡Haré que lo juzguen en consejo de guerra, comandante! —bramó McGurk. Se volvió hacia sus soldados—. ¡Les ordeno que pongan bajo custodia a los detenidos!

Pero los soldados vacilaron mientras el comandante, con una imperturbabilidad pasmosa, hablaba brevemente por el teléfono y escuchaba lo que le decían desde el otro lado de la línea. Luego dio las gracias a su interlocutor y volvió a guardar el teléfono en el bolsillo.

—Existe una agente Corinne Swanson que está trabajando en un caso en el que está envuelto el Polígono de Misiles de White Sands… y responde a la descripción de esta mujer.

—Como ya le he dicho, es una suplantadora.

—Tal vez —repuso tranquilamente el comandante—. O tal vez no. Pero el hecho es que está bajo custodia de la marina. He decidido no entregar a los detenidos de momento. Si quiere hacerse cargo de ellos, general, hay un proceso, como usted bien sabe, y requiere cierto papeleo.

El general sacó el arma que llevaba en la cintura.

—¿Papeleo, hijo de perra? ¡Me los llevaré a la fuerza! —Se volvió hacia sus hombres—. ¡Soldados, saquen las armas!

Los soldados obedecieron. Un par de marineros reaccionaron levantando las armas y rodeando a su comandante para protegerlo.

—General —dijo el comandante—, ¿se da cuenta de la gravedad de sus actos?

Al general comenzó a temblarle la mano con la que empuñaba la pistola.

—Soldados, guarden las armas —ordenó el comandante.

Los marineros bajaron las armas, pero la tensión que flotaba en el ambiente era casi insoportable.

El comandante respiró hondo.

—Vamos a…, es decir, la marina va a verificar la identidad de estas personas. Y después decidiremos qué pasos seguir…, pero no de cualquier manera, sino respetando el protocolo establecido.

El temblor de la mano del general se hizo más intenso y el cañón de su pistola vibraba en el aire.

La teniente Woodbridge también había desenfundado el arma y todavía apuntaba con ella al comandante. Pero, de repente, la giró hacia el general.

—Señor, baje el arma.

McGurk se la quedó mirando boquiabierto.

—Comandante —dijo la teniente todavía apuntando al general—, sus pesquisas le confirmarán que estas personas son quienes dicen ser. El tesoro español es real y el general está trasladándolo en este momento. Coaccionados por sus amenazas, nos vimos obligados a acatar sus órdenes.

El general miró fijamente a su teniente.

—¿Cómo? Serás traidora…, zorra ingrata.

—Todos tuvimos que obedecer las órdenes del general, pero ahora ya ha terminado —continuó Woodbridge. Se volvió hacia los soldados—. Bajen las armas, caballeros.

Los soldados obedecieron.

—General —añadió Woodbridge con una frialdad que dejó estupefacta a Nora—, usted también.

Sin embargo, McGurk no obedeció la orden y retrocedió, todavía apuntando con la pistola al comandante de la marina, hacia la puerta abierta del barracón, salió y desapareció en la noche.

—Dejen que se vaya —ordenó el comandante. Tras un breve silencio, añadió—: Teniente Woodbridge, póngase en contacto con el segundo al mando del Polígono de Misiles. Explíquele la situación y haga que sus hombres paren de saquear ese… —Hizo un gesto con la mano hacia el oro y las piedras preciosas desparramados por el suelo—. Y que esos malditos drones dejen de sobrevolar la base.

—Sí, señor.

Nora la observó mientras daba media vuelta y se marchaba. Lo que en un principio le había parecido un movimiento tremendamente estúpido era en realidad extraordinariamente inteligente: en un abrir y cerrar de ojos, la teniente se había transformado de diligente cómplice a leal oficial del ejército.

El comandante se volvió hacia Corrie.

—En cuanto a usted…, ¿es una verdadera agente el FBI?

—¿Qué quiere decir con «verdadera»? —respondió Corrie furiosa—. ¡Ya ha oído a la teniente Woodbridge! Quítenos estas esposas ahora mismo y déjeme llamar a mi supervisor.

61

Tres días después, a las diez en punto de la mañana, la agente especial Corrie Swanson estaba colocando cuidadosamente sobre las mesas de la sala de búsqueda y recogida de pruebas todo lo que el equipo del FBI había recogido en la residencia de Charles Fountain. Era un verdadero botín. Resultaba ser que Fountain dirigía desde hacía tres años una sofisticada organización de saqueadores integrada por un selecto grupo de delincuentes de cuya defensa se había encargado alguna vez como abogado. Él era el único miembro de la banda que había sobrevivido al tiroteo en High Lonesome. Watts lo había herido en el brazo y, puesto que no era un hombre de armas, se había quedado tendido en el suelo hasta que todo concluyó. Desde entonces no había hablado —no había dicho ni una palabra—, ni siquiera después de ver a su abogado.

Así que le tocaba al FBI averiguar qué buscaban exactamente Fountain y su banda en High Lonesome. Un vistazo somero al montón de documentos bastaba para descartar que fuera el tesoro de Victorio Peak, como le había confirmado al sheriff Watts durante el tiroteo. No, era otra cosa, algo de gran valor que seguía escondido en el pueblo fantasma, pero ¿qué? Los documentos que habían encontrado en la caja fuerte de Fountain eran tan abundantes como desconcertantes.

Como paso previo para delegar en Corrie el control total de la investigación, Morwood le había pedido que reuniera todas las pruebas documentales para una revisión en grupo. Era un método habitual del FBI para analizar un volumen grande de pruebas que resultaban demasiado confusas; se exponían en una sala para que todos los convocados tuvieran la oportunidad de examinarlas.

Corrie estaba nerviosa. Suponía una gran responsabilidad. Miró a su alrededor y confirmó que el café estaba listo y recién hecho y que todo lo demás se encontraba en su sitio. Era la una menos cinco. Faltaban cinco minutos para que el grupo llegara. Había programado la sesión para justo antes de comer.

Se compuso el traje, puso recta la identificación que colgaba de su cuello… y oyó las primeras voces en el pasillo. Entró Morwood, con un voluminoso vendaje en la mano, seguido por Nora Kelly, el sheriff Homer Watts, Milt Alfieri, Don Ketterman y Nigel Lathrop. En el último momento entró una persona a la que Corrie rara vez veía, el agente especial al mando Julio Garcia, el jefazo de la delegación del FBI en Albuquerque.

—Aquí hay mucho que ver —observó Morwood con el sujetapapeles con la lista de las pruebas en la mano. Si bien su supervisor no le había comentado nada sobre el descubrimiento del oro y el desenmascaramiento del general, o, ya puestos, sobre la desaparición de la bolsa de remedios bajo custodia del FBI, el instinto le decía que había logrado un éxito importante—. A ver si podemos sacar algo en claro de todo esto, ¿eh?

—Sí, señor.

Morwood consultó la lista.

—¿Por qué no empezamos con el plano de High Lonesome?

Corrie lo localizó rápidamente entre el montón de pruebas y lo desplegó encima de otra mesa. Todos los participantes se colocaron alrededor de él.

—Excelente —continuó Morwood—. Las fotos aéreas también nos vendrían bien para comparar.

Corrie echó un vistazo hacia el punto donde había colocado las fotografías y rebuscó entre ellas.

—¿Qué fotos aéreas exactamente? —preguntó con un nudo en el estómago.

—Las ampliadas —respondió Morwood—. Las más detalladas.

Corrie buscó y rebuscó mientras el silencio se instalaba en la sala.

—Creo que no las tengo.

Morwood arqueó una ceja, pero no dijo nada.

—No pasa nada —la tranquilizó finalmente—. ¿Y un plano del interior de la casa?

—Sí, señor. —La agente fue hasta donde lo había dejado esa mañana, pero tampoco lo encontró. Tragó saliva—. No está aquí.

Volvió a hacerse el silencio en la habitación.

—¿Qué quiere decir con que no está aquí? —preguntó Morwood—. ¿Es que la prueba ha desaparecido?

Corrie sintió que le ardían las mejillas.

—Eso parece.

—¿Quién ha entrado en esta sala? —preguntó secamente Garcia—. ¿Quién tiene acceso?

—No lo sé —respondió Corrie—. Esta mañana coloqué todas las pruebas encima de la mesa. El plano estaba aquí, pero ahora… —Volvió a tragar saliva.

—Debe de haberse traspapelado —sugirió Morwood intentando cubrir a su agente—. Corrie, ¿por qué no va a echar un vistazo a las estanterías, a ver si se ha dejado alguna caja sin darse cuenta?

Corrie sabía que no se había dejado ninguna caja, pero no quiso contradecir a su supervisor.

—Sí, señor.

Regresó a la zona del almacén con una copia de la lista de las pruebas, pero la estantería con las pruebas de Fountain estaba vacía —se lo había llevado todo y no había otro sitio donde pudiera estar—.

—Lo siento —dijo cuando volvió a la sala—. Allí no hay pruebas. Están todas aquí.

—¿Cómo puede ser que estén todas aquí y falten pruebas clave? —preguntó Garcia elevando gradualmente la voz.

La agente miró a los ojos a Garcia, con la cara cada vez más roja por la confusión.

—No lo sé, señor.

—¿No lo sabe? —espetó este mirándola fijamente.

Corrie quería morirse. El duro trabajo, todos los peligros a los que se había enfrentado, la trama que había descubierto, el tesoro...

Oyó el débil ruido de una puerta que se abría a su espalda y luego una voz dulce que preguntaba con una nota de desdén:

—¿Me permiten que les pregunte cuándo se preparó este café?

Corrie se dio la vuelta como si estuviera dentro de un sueño... y allí estaba esa figura de gran estatura que tan bien conocía, con su adusto pero impecable traje negro confeccionado a medida, los ojos plateados y el pálido rostro con las facciones cinceladas.

—¿Quién demonios es usted? —preguntó Garcia.

—El agente especial Pendergast. —El recién llegado se deslizó por la sala y tendió una mano—. Encantado de conocerlo.

Garcia se quedó inmóvil, como si lo hubiera alcanzado un rayo.

—¿Pendergast? —repitió estrechando robóticamente la mano—. ¿El agente Pendergast?

—Eso creo, sí. —Pendergast se volvió hacia el resto del grupo—. Ah, hola, Nora. Corrie.

—Esto..., esto es inesperado... —tartamudeó Garcia—. ¿Qué, eh..., le trae a Albuquerque, agente Pendergast?

—El caso en el que está trabajando mi protegida, la agente Swanson, me ha despertado cierto interés. Les ruego que me perdonen por haber tomado prestadas algunas de sus pruebas. He quedado encantado con todo lo que ha conseguido y, vaya..., me intrigan los pocos cabos sueltos que aún quedan por atar.

—¿Su protegida? —inquirió Garcia.

—Bueno, supongo que, estrictamente hablando, ahora es la protegida del agente Morwood. Sin embargo, se me han ocurrido algunas ideas. ¿Les gustaría escucharlas?

—Bueno, sí. Por supuesto.

—He tomado prestado ese cuarto vacío de ahí; síganme, por favor.

Todavía aturdida, Corrie siguió a los demás, a los que Pendergast, moviéndose con el sigilo de un gato, condujo hasta una habitación que casi parecía un cuarto escobero sin utilizar. Todo el espacio estaba ocupado por una mesa sobre la que estaban expuestas las pruebas desaparecidas.

—Me he puesto al día por mi cuenta —dijo Pendergast esbozando media sonrisa—. Así que podemos saltarnos los antecedentes. Creo que todos estamos de acuerdo en que Fountain y su banda no iban detrás del tesoro de Victorio Peak. Pero lo que quiera que fuera que estaban buscando debía tener un gran valor; tanto como para que valiera la pena asesinar a un agente de la ley, como usted mismo pudo comprobar, sheriff Watts, cuando sorprendió al señor Rivers excavando en el sótano de esta casa de aquí. —Dio unos golpecitos con un delgado dedo a un viejo plano—. Se ha sugerido que esta casa era un prostíbulo. Sin embargo, eso es incorrecto. No era más que una casa de huéspedes con un bar en la planta baja. Si se fijan, pueden ver los nombres de varias personas escritos por todo el plano… por la mano de Fountain. Quería saber quién se hospedaba en cada habitación. Basándome en las pruebas, he llegado a la conclusión de que le interesaba un individuo en particular, un tal Houston Smith.

Pendergast deslizó el plano hacia el grupo.

—Aquí está su nombre. Se alojaba en esta pequeña habitación.

Todos miraron el nombre garabateado en el plano.

Pendergast se puso derecho.

—¿Y quién era Houston Smith? No debe sorprendernos que fuera un minero. Como podrán comprobar en esta lista de empleados de la compañía minera, muchos de esos mineros procedían del Cuarto de Caballería, cuyo cuartel general estaba cerca de Socorro. Fue el regimiento que persiguió y capturó a Gerónimo, el jefe apache. Tras su captura, los miembros del Cuarto de Caballería fueron licenciados. Algunos se marcharon a trabajar a High Lonesome, porque acababa de encontrarse oro allí y la minería estaba creciendo rápidamente.

Mientras escuchaba a Pendergast, Corrie se preguntaba adónde podía llevar todo aquello. Recordó que Fountain había hablado de lo mismo cuando Watts la llevó al pueblo fantasma por primera vez.

Pendergast presentó otro documento.

—Aquí está la licencia de Smith. Había sido teniente del Cuarto de Caballería y mano derecha del capitán Henry Ware Lawton, comandante en jefe del regimiento. El teniente Smith desempeño un papel decisivo en la captura o debería decir «rendición voluntaria» de Gerónimo, ya que nunca fue capturado. Lo engañaron para que se entregara.

En ese momento, Pendergast sacó una fotografía.

—Esta es la famosa imagen de Gerónimo y sus guerreros cuando se «entregaron». Fíjense en la gran cantidad de armas que llevan encima. Hacía mucho tiempo que habían abandonado los arcos y las flechas por los rifles más modernos y letales.

La delgada mano de Pendergast agarró otro documento.

—Aquí está el certificado de defunción de Smith. Se darán cuenta de que fue uno de los desdichados que quedaron atrapados por el derrumbamiento de la mina. Nunca se recuperó su cuerpo. Y aquí —continuó Pendergast— hay un documento con fecha de hace diez años. Es el acta de una subasta. El Winchester modelo 1836 del capitán Lawton se vendió por un millón doscientos mil dólares, el precio más alto jamás pagado por un arma hasta el momento. Es curioso que estuviera entre los papeles de Fountain. O quizá no tanto.

Pendergast paseó la mirada por los presentes.

—¿No opinan que todo esto es muy sugerente? —preguntó—. Parece bastante obvio qué era lo que Fountain y su banda buscaban.

Corrie permaneció callada. Para ella no era nada obvio. En aquel confuso revoltijo de pruebas nada parecía tener una conexión.

Una sonrisa escindió el rostro de Pendergast cuando su afirmación fue recibida con silencio.

—Agente Pendergast —intervino Morwood—, quizá debería ser más concreto en la conexión que ve en esos hechos que acaba de referir.

Las cejas de Pendergast se arquearon en un gesto de fingida sorpresa.

—¿Necesitan más explicaciones?

—Para aquellos de nosotros que carecemos de su extraordinaria perspicacia —respondió con sequedad Morwood.

Corrie notaba que Pendergast estaba pasándoselo en grande.

—Muy bien. ¿Qué es lo primero que le pasa a un hombre armado cuando se entrega al enemigo?

—Lo desarman —soltó Corrie. De pronto comenzaba a ver cómo encajaban todas las piezas—. Por lo tanto, Lawton le quitó el rifle a Gerónimo... y tal vez se lo entregó a Smith como recompensa; ha dicho que el teniente Smith desempeñó un papel importante en la captura. Cuando se licenció, Smith debió de llevarse el rifle a High Lonesome. No se lo confiaría a nadie. Pero entonces murió en el derrumbe.

—Y no se habría llevado el rifle a la mina con él —observó Nora.

Corrie asintió.

—Eso significa que el rifle todavía podría estar allí, en algún lugar... en High Lonesome.

—¡Bravo, agente Swanson! —exclamó Pendergast juntando las manos—. Y si el rifle de Lawton tiene un valor de un millón doscientos mil dólares, ¿cuánto creen que se llegaría a pagar por el de Gerónimo? —Dio unas palmadas al plano de la vieja casa de huéspedes donde había vivido Smith—. Seguramente guardaba su premio cerca. Por lo tanto, está en algún recoveco de esas ruinas. ¿No creen que deberíamos ir a echar un vistazo? —Hizo una pausa—. Y llevar con nosotros al señor Charles Fountain. Estoy convencido de que el hallazgo de ese rifle será el empujoncito psicológico que necesitamos para hacerle hablar.

62

Nora Kelly no tenía ningún interés en participar en la búsqueda ni le pidieron que lo hiciera. Era evidente que Pendergast tampoco iba a ensuciarse su impecable traje. Por lo tanto, los dos se quedaron al margen, como meros observadores, mientras el equipo de la unidad de búsqueda y recogida de pruebas del FBI, dirigida por Corrie y Morwood, inspeccionaba la vieja casa de huéspedes, el mismo edificio en el que ella había exhumado el cadáver de James Gower. Algunos miembros del equipo exploraban los alrededores y el interior de la casa con detectores de metales. Hacía un maravilloso día de otoño; el aire era fresco y vigorizante y la luz dorada del sol inundaba el pueblo fantasma. Entre la arqueóloga y Pendergast, a petición de este último, estaba Charles Fountain, que seguía sin hablar, esposado y con el brazo vendado.

—Dime, Nora, ¿qué ocurrió después de vuestra huida por el desierto? Nadie me ha contado todavía los detalles.

—La marina nos entregó al FBI, que nos interrogó. Luego dejaron que nos fuéramos, gracias a Dios.

—Tengo entendido que la codicia de tu hermano resultó ser, irónicamente, una jugada maestra.

Nora sonrió.

—Más bien una serendipia.

—¿Y el general?

—Encontraron su cuerpo al día siguiente. Se había disparado

en la cabeza. El resto de los soldados fueron interceptados cuando intentaban salir del Polígono de Misiles con los dos camiones cargados con el tesoro. Se ha recuperado todo. Estudiaremos las piezas y su importancia histórica durante los próximos años.

Pendergast sacudió la cabeza.

—«Ahora todos los hombres adoran el oro, todos los demás cultos se han dejado de lado». Lo escribió un poeta de la época de Augusto refiriéndose al Imperio romano. Lo mismo podría decirse de nuestro tiempo. —Miró a Fountain—. ¿No está de acuerdo?

El abogado no respondió.

—El plan era muy inteligente —continuó Pendergast—. Usted y un cuadro de hombres con ideas afines, acomodados, los pilares de la comunidad... Tenían los recursos y los conocimientos para buscar en los yacimientos y los lugares históricos donde era más probable encontrar objetos valiosos. Hacían un trabajo preliminar escrupuloso y luego el golpe era quirúrgico... Siempre por la noche, con vehículos pesados e incluso un helicóptero... Saqueaban el sitio y se marchaban. Solían tomarse la molestia de dejar el yacimiento como lo habían encontrado, pero inexplicablemente vacío. Cuando eso no era posible, causaban un gran destrozo para disfrazar su brillante robo de un acto de vandalismo gratuito. Y después vendían su botín en el mercado negro a un círculo de oligarcas, jeques y millonarios con pasión por coleccionar determinados objetos.

—Para ser un agente del FBI, tiene usted mucha imaginación —dijo Fountain.

—Salvo que, según pasaba el tiempo, los lugares que se encontraban solo mediante la investigación empezaron a escasear y se rebajó a traficar con baratijas; compraba cachivaches cuyo rastro no podía llevar hasta usted. A veces incluso pagaba por objetos de dudoso valor... a gente como Jesse Gower.

—Solo intenta responsabilizarme de su muerte —espetó Fountain.

—¿Por qué iba a hacer yo eso cuando usted no tiene nada que

ver con ella? Fue cosa del general. Había jaqueado el móvil de la agente Swanson con métodos sofisticados, exclusivos del ejército, y pensó que el joven Gower tenía la pieza que le faltaba del rompecabezas. Sus hombres se entusiasmaron demasiado durante el interrogatorio. Es una ironía, la verdad, porque una banda como la suya sería el sospechoso obvio. Pero usted se había aliado con Pick Rivers. Imagino que lo utilizaba, manteniendo las distancias, para realizar la exploración inicial en sus nuevos proyectos. Proyectos que pensaba que no podrían conectarse con usted, cuya participación en ellos podría negar con facilidad. No es de extrañar que Rivers hubiera acumulado un poco de dinero últimamente. Pero todo se torció cuando el sheriff Watts lo pilló con las manos en la masa y Rivers tuvo un ataque de pánico y sacó su arma. Rivers no se fue de la lengua, por supuesto, pues sabía que se jugaba la vida si lo hacía, pero ese socio suyo que se hacía llamar Bellingame no estaba dispuesto a correr el riesgo de dejarlo vivir. Una prueba más del valor del objeto que hay escondido aquí.

Fountain esbozó una ligera sonrisa, pero no dijo nada.

—¿De verdad crees que encontrarán ese rifle? —preguntó la arqueóloga—. Si es que aún está aquí. Quizá alguien se lo llevó hace tiempo.

—Ay, Nora, la incertidumbre que percibo en tu voz me hiere. No tengo ninguna duda de que el rifle de Gerónimo está aquí.

—Si es el rifle de Gerónimo, ¿quién es su propietario legítimo?

—Una pregunta interesante. Después de que se utilice como prueba en el juicio, creo que habría que entregárselo a un descendiente de Gerónimo, si es que queda alguno. Imagino que lo recibirá como dinero caído del cielo.

Nora no pudo evitar sonreír.

—Que yo sepa, por lo menos queda uno.

Pendergast señaló con la cabeza al equipo que llevaba a cabo la búsqueda.

—Pero que ellos sean capaces de encontrarlo es otro asunto.

No hay duda de que está bien escondido. —Examinó en silencio el progreso de los agentes y añadió—: Da la casualidad de que creo que están acercándose.

—¿Estás diciendo que sabes dónde está? —preguntó Nora mirándolo con curiosidad.

—Tengo un presentimiento.

—¡Pero si es la primera vez que vienes aquí!

—¿Y puede saberse qué importancia tiene eso?

Su interlocutora se quedó callada un momento.

—De acuerdo, me rindo. ¿Dónde?

—La primera pregunta que hay que responder, Nora, es dónde no está. Smith no lo dejaría en su habitación, pues permanecía todo el día en la mina y no sería un sitio seguro. Tampoco lo escondería en el bar, pues era una zona muy concurrida. Lo mismo podría decirse de la cocina. No lo escondería en ningún otro lugar del pueblo porque sería demasiado arriesgado, ni en las colinas de los alrededores, porque la gente lo vería ir y venir y se preguntaría qué hacía. Y si lo hubiera dejado a la intemperie, estaría expuesto a los elementos. Eso nos deja solo un escondrijo: el sótano.

—¡Pero el sótano ya se inspeccionó de forma minuciosa! Primero por mí y después por Huckey y el resto de los tipos del FBI.

—Ya. Pobre Huckey. —Pendergast volvió a mirar a Fountain—. Supongo que tirarlo al pozo fue cosa suya. Después de todo, no podía permitir que alguien, sobre todo si era un experto en encontrar pruebas, campara a sus anchas por el pueblo fantasma y posiblemente encontrara su valioso rifle.

Cuando Fountain no dijo nada, Pendergast regresó de nuevo a Nora.

—En cualquier caso, el hecho de saber que el sótano ya se había inspeccionado con meticulosidad me fue de gran ayuda. Redujo enormemente los posibles escondites.

—¿Dónde está entonces? —preguntó con impaciencia la arqueóloga.

—Las paredes del sótano son de adobe, es decir, barro seco,

y muy gruesas. Esconder algo en ellas en el fondo sería muy sencillo. Solo habría que excavar una cavidad en el adobe del tamaño necesario para encajar el rifle y luego volver a taparla con barro. Después se le daría un toque para disimular la excavación y lograr que tuviese el mismo aspecto que el resto de las paredes. Sin embargo, el barro del siglo XIX no tiene nada que hacer contra los detectores de metales del siglo XXI.

Justo en ese instante llegó un grito desde el yacimiento y Nora vio que todo el mundo entraba corriendo en el sótano. A través del hueco de la puerta, la arqueóloga vio que un miembro del equipo estaba arrodillado junto a la pared del fondo, donde habían encontrado el cuerpo de Gower. Los técnicos comenzaron a rascar el barro y enseguida llegaron a una cavidad en la pared. Sacaron algunas fotos y acto seguido, por fin, extrajeron el rifle de su escondite acompañados por los aplausos de los agentes.

Nora miró a Pendergast.

—No sé cómo lo haces.

—Simplemente voy más allá que la mayoría de la gente a la hora de extrapolar los hechos, eso es todo. Es como el ajedrez: un buen jugador es capaz de pensar con antelación tres movimientos; un jugador mejor, cinco. —Pendergast miró a Fountain, que observaba la escena con estupor y rabia—. Bueno, señor Fountain, puesto que su silencio no le ha servido de nada, ya que como puede ver usted mismo hemos encontrado lo que buscaba, tal vez quiera considerar si le convendría hablar con nosotros.

Fountain clavó una mirada fulminante en Pendergast.

—Es usted el mismísimo diablo.

—Viniendo de usted, señor, me lo tomaré como un cumplido —respondió Pendergast haciendo una pequeña reverencia.

63

Pendergast, tras descender *deus ex machina* al escenario como era su costumbre, había obrado su pequeño milagro y regresado a la ciudad de Nueva York, Corrie estaba de vuelta en Albuquerque y Nora acababa de recibir una llamada del despacho de la directora del instituto para decirle que la doctora Weingrau quería verla cuando le fuera bien. Le iba bien en ese mismo momento. La arqueóloga se puso en pie de un salto, todavía con el sobre que estaba a punto de abrir en la mano, rodeó su escritorio y salió al pasillo caminando con pasos enérgicos.

El despacho de la doctora Marcelle Weingrau estaba igual que la última vez que lo había visitado, salvo por una reproducción nueva de un cuadro de Salvador Dalí en una pared. Nora se sentó en uno de los sillones de cuero. Sabía el motivo de la reunión, por supuesto, y el corazón latía frenéticamente en su pecho. No paraba de repetirse que no había razón para estar nerviosa después de todas las felicitaciones que había recibido por su colaboración con el FBI para la resolución del caso.

—Nora, me alegro mucho de que haya podido venir —dijo Weingrau con un tono afectuoso—. ¿Ya se ha recuperado de todas las emociones que ha vivido últimamente?

—Sí —respondió Nora—. Ahora me resulta un poco embarazoso recordar que le pedí dos días libres para exhumar el cuerpo de High Lonesome y al final se convirtieron en varias semanas...

Weingrau agitó una mano para restarle importancia.

—Lo que ha hecho puede considerarse una heroicidad. Su ayuda ha sido fundamental para el FBI…, por no hablar ya del incalculable valor de la publicidad para el instituto.

—Gracias.

Weingrau entrelazó las manos encima de la mesa.

—Le he pedido que venga porque quería hablarle de otro asunto.

Nora se preparó. Había llegado el momento. Ese asunto era su ascenso.

—Como bien sabe, el doctor Winters está a punto de jubilarse y quedará vacante el puesto de jefe de arqueología.

Nora asintió.

—Aunque supongo que yo soy la excepción de la regla, sin duda sabe que en el instituto existe la tradición de promover a nuestros empleados dentro de la institución. Normalmente no nos gusta recurrir a alguien de fuera de la familia, por así decirlo, para ocupar las vacantes, sobre todo cuando tenemos el talento en casa.

—Me parece una buena política.

—Bien. Primero me gustaría explicarle que la decisión para cubrir esta vacante es el fruto de numerosas consultas con el subdirector y la junta. No es solo mía, más que nada porque yo solo llevo aquí dos meses. Se ha hablado y reflexionado mucho entre bambalinas.

Nora volvió a asentir. Consiguió dominar su emoción. «Jefa de arqueología». Era algo importante, con un sustancial aumento de sueldo. Pero lo mejor de todo era que se trataba de un reconocimiento tangible de su duro trabajo, de sus años de servicio y del respeto que merecían sus investigaciones.

—Ya hemos tomado una decisión. —Weingrau hizo una pausa y su rostro adquirió una expresión seria—. Le he pedido que venga porque quería darle la noticia personalmente.

Nora asintió. Claro que se la quería dar personalmente.

—Sé que para usted va a suponer una decepción.

En un primer momento Nora pensó que no había oído bien.

Pero había oído perfectamente. Sintió una parálisis interior, como si sus constantes vitales estuvieran reduciéndose al mínimo.

—Ha sido una decisión difícil, con muchos tiras y aflojas, pero al final la junta y yo nos hemos puesto de acuerdo para que la vacante la ocupe el doctor Connor Digby. —Weingrau se quedó callada, pero cuando Nora no dijo nada, añadió con un tono cordial—: Sé que es una noticia decepcionante para usted y creo que le debo una explicación clara. El puesto no solo consiste en tareas administrativas, también exige mucho trabajo de relaciones públicas y trato con la comunidad. Mucho trabajo. Se necesita a alguien que no solo posea un currículum académico impecable, sino que también tenga buena imagen, sepa expresarse, posea un encanto personal; empleando una expresión vulgar, un encantador de serpientes. No es que usted carezca de todas esas cualidades, por supuesto, pero usted es por encima de todo una arqueóloga. De primera fila, sin ninguna duda. Su trabajo es excepcional. Y lo que ha hecho por el instituto es espectacular y le estamos inmensamente agradecidos. Pero el trabajo administrativo no es su fuerte. El proyecto de Tsankawi va con retraso. Naturalmente comprendo las razones, pero aun así tendremos que pedir una renovación del permiso el año que viene cuando no esperábamos tener que hacerlo. Nora, queremos mantenerla en el sitio donde brilla en todo su esplendor, donde sus puntos fuertes son tan evidentes: en los yacimientos y los laboratorios. No en las salas de juntas ni en los eventos para recaudar fondos. —Weingrau continuó hablando rápido y con nerviosismo—: Ahí es donde entra Connor. Ya sabe que fue mi estudiante de posgrado y conozco muy bien a su familia.

No, Nora no lo sabía. Pero tenía sentido. Si hubiera echado un vistazo al currículum de Digby, como había sido su intención, sin duda se habría enterado de que había hecho el doctorado en la Universidad de Boston… y habría atado cabos.

Pero Weingrau seguía hablando:

—Viene de ese ambiente, ya entiende lo que quiero decir, la vieja Nueva Inglaterra y eso. Es algo con lo que se nace, la verdad. No estoy haciendo ninguna observación sobre usted. Es así y se acabó. Estamos dando grandes pasos, todos los años, grandes pasos... pero lo que marca la diferencia son esas fortunas históricas, esas conexiones con las familias de la Costa Este.

Weingrau por fin dejó de hablar, tal vez porque se había dado cuenta de que ya había dicho demasiado. Nora sintió una tirantez alrededor de los ojos y en las comisuras de la boca, y con gran consternación se dio cuenta de que estaba a punto de llorar. Pero nunca, jamás, permitiría que esa mujer la viera derramar una lágrima. Así que se puso en pie con toda la dignidad que pudo reunir y, porque no confiaba en que fuese capaz de hablar, simplemente dio media vuelta y salió del despacho. Oyó que Weingrau la llamaba una vez antes de doblar una esquina y regresar deprisa a su despacho. Cerró la puerta con llave y dio gracias a Dios por que Digby no estuviera por allí. Quizá sabía lo que iba a pasar y se había esfumado.

Se sentó en el despacho poco iluminado; respiraba de forma agitada, pero al final no lloró. Comprendió que ese había sido el plan desde el principio. Weingrau había traído a Digby expresamente para ese ascenso. Había sido premeditado. Nada de lo que ella hubiera hecho, dejado de hacer o podido hacer habría cambiado nada. Los artículos en los periódicos destacando su importante papel en el descubrimiento de la conspiración de White Sands habrían puesto en una situación embarazosa a Weingrau delante de la junta cuando defendía su decisión. Pero la junta era débil; estaba formada en su mayor parte por hombres de negocios jubilados y seguramente Weingrau al final no había encontrado demasiados obstáculos.

Sacudió la cabeza. Tenía que levantarse y sobreponerse. La vida era injusta, había aprendido esa lección muchas veces. Perder un ascenso no era ni mucho menos lo peor que le había pasado... ni de lejos. Por mucho que odiara reconocerlo, en las palabras de Weingrau había una parte de verdad. El puesto de arqueólogo jefe, pese a su prestigio y su alto sueldo, implicaba más trabajo de politiqueo que académico. El jefe dirigía el rebaño, pero no hacía un trabajo real ni se manchaba las manos. Eso era algo que Nora, en su impaciencia por progresar, no había tenido en cuenta realmente.

Exhaló un largo suspiro. Era evidente que solo estaba racionalizando lo sucedido. Toda la charada, porque eso es lo que había sido exactamente, le había hecho mucho daño y sabía que la herida tardaría mucho tiempo en cicatrizar. Supuso que Digby no tenía la culpa de nada; Weingrau era quien movía los hilos. Aun así estaba segura de que jamás volvería a mirar a ninguno de los dos de la misma manera.

Solo entonces se dio cuenta de que aferraba algo en la mano derecha. Era el sobre que estaba a punto de abrir cuando había recibido la llamada para avisarla de que la directora quería verla. Estaba arrugado como resultado de los actos reflejos de su reacción emocional a la noticia. Lo puso encima de la mesa y lo alisó. No había remitente, solo un membrete en relieve: Departamento de Justicia de los EE. UU. Con el día que estaba teniendo, seguramente se trataba de la notificación de que le iban a hacer una revisión de la declaración de la renta.

Nora lo abrió deslizando el dedo índice, sacó la hoja que había en su interior y la leyó. Cuando hubo terminado —la carta era breve—, se quedó en silencio. No se movió en un largo rato. Por fin levantó la cabeza y miró por la ventana, que tenía vistas al jardín de rosas del instituto; más allá se divisaba el contorno cubierto de pinos de Sun Mountain, bañado por la luz dorada de la tarde. Se secó una ligera humedad que había aparecido en las comisuras de sus ojos y sonrió débilmente para sí. La vida era injusta de verdad…, pero a veces, cuando menos te lo esperabas, se ponía a tu favor. Miró de nuevo la carta y un rayo de sol incidió en ella mientras la releía.

DEPARTAMENTO DE JUSTICIA
DE LOS ESTADOS UNIDOS DE AMÉRICA

FEDERAL BUREAU OF INVESTIGATION

WASHINGTON, D. C. 20353-0001

CONFIDENCIAL
Dra. Nora Kelly
Instituto Arqueológico de Santa Fe
4212 Camino Campanas
Santa Fe, NM 87507

Estimada Dra. Kelly:

Me complace informarla de que se le ha concedido la Medalla de la Directora por sus Logros Excepcionales de este año.

Una vez al año, cada una de las cincuenta y seis delegaciones del FBI elige, mediante el voto de sus agentes de mayor rango, a un civil que haya destacado por su valor, su generosidad y su patriotismo, con frecuencia aun poniendo en riesgo su seguridad personal. Usted ha sido la persona elegida por la delegación de Albuquerque para recibir este galardón.

Además, otra delegación —en lo que supone un caso único en la historia de este organismo— también la ha elegido a usted. Si bien no estoy autorizada para revelar la identidad de esa otra delegación, puede estar segura de que se trata de una de las más importantes. A la luz de su extraordinario desempeño, su medalla se acompañará de una estrella de distinción por su valor.

Estamos deseosos de contar con su presencia en el cuartel general del FBI, 935 Pennsylvania Avenue NW, el primer día del próximo mes, a las 10.00 horas, donde, junto con los otros cincuenta y cinco galardonados, recibirá su medalla. Será para mí un privilegio entregársela.

La saluda afectuosamente,
Marissa Greely
Directora del FBI